光逝

[美] 乔治·R. R. 马丁 著　朱佳文 译

Dying
of the
Light

George R. R. Martin

DYING OF THE LIGHT
Copyright © 1977 by George R. R. Martin
This edition arranged with The Lotts Agency Ltd.
through Andrew Nurnberg Associates International Limited
All rights reserved

© 中南博集天卷文化传媒有限公司。本书版权受法律保护。未经权利人许可，任何人不得以任何方式使用本书包括正文、插图、封面、版式等任何部分内容，违者将受到法律制裁。

著作权合同登记号：图字18-2023-111

图书在版编目（CIP）数据

光逝 / (美) 乔治·R. R. 马丁 (George R. R. Martin) 著；朱佳文译 . -- 长沙：湖南文艺出版社，2023.8
书名原文：Dying of the Light
ISBN 978-7-5726-1192-6

Ⅰ. ①光… Ⅱ. ①乔… ②朱… Ⅲ. ①长篇小说—美国—现代 Ⅳ. ① I712.45

中国国家版本馆 CIP 数据核字（2023）第 103784 号

上架建议：外国文学·畅销文学

GUANG SHI
光逝

著　　者：	[美] 乔治·R. R. 马丁
译　　者：	朱佳文
出 版 人：	陈新文
责任编辑：	刘雪琳
监　　制：	吴文娟
策划编辑：	姚珊珊　黄　琰
特约编辑：	逯方艺
版权支持：	王媛媛　姚珊珊
营销编辑：	傅　丽　杨若冰
封面设计：	利　锐
版式设计：	李　洁
出　　版：	湖南文艺出版社
	（长沙市雨花区东二环一段 508 号　邮编：410014）
网　　址：	www.hnwy.net
印　　刷：	三河市百盛印装有限公司
经　　销：	新华书店
开　　本：	875 mm × 1230 mm　1/32
字　　数：	280 千字
印　　张：	10.5
版　　次：	2023 年 8 月第 1 版
印　　次：	2023 年 8 月第 1 次印刷
书　　号：	ISBN 978-7-5726-1192-6
定　　价：	54.00 元

若有质量问题，请致电质量监督电话：010-59096394
团购电话：010-59320018

序章

它是流浪汉，漂泊客，造物主的弃儿。

它坠落了无数个世纪，孤单无伴、漫无目的，穿过恒星间冰冷孤寂的空间，不断坠落。繁星世代交替，庄严地掠过它荒芜的天际。它不属于任何星系。它是颗完全自由的星。在某种意义上，它甚至独立于宇宙之外。它翻滚的轨迹穿透了银河平面，如同钉子钉穿圆木桌面。

它没有归属，也没有邻居。

人类历史发端之时，这颗流浪星穿过了银河系旋臂上端某块狭小的星际尘埃。在尘埃彼端有几颗星辰——为数不多，大约三十颗——其后便是无穷的虚空，没有尽头的漫长夜晚。

就是在那里——阴影笼罩的边境星空，它遭遇了散落于群星间的人类。

率先发现它的是地球联邦帝国，当时帝国正处于盲目扩张的顶峰时期。古地球努力突破重重阻碍，一心想统治所有星球。一艘名为"领袖号"的战舰在对哈兰甘人的突袭战中受损，船员全数罹难，但引擎碰巧切入了跃迁，然后再次切出，因而成为人类世界中第一艘穿越诱惑者面纱[1]的飞船。"领袖号"是一艘弃船,若干世纪以来,无数奇形怪状的死尸在飞船走廊中飘浮,碰撞舱壁,可飞船的电脑机能依旧正常,仍在一成不变、周而复始地运作。这艘幽灵船切出跃迁时,离那颗流浪星只有几光分。飞船上的电脑对它进行了细致的扫描,并将状况标注在了宇航图上。大约七个世纪后,一艘托贝星的商船在无意中发现了"领袖号",以及它宇航图上的注解。

到那时,这些已经不再是新闻,有人再次发现了这颗星球。

第二位发现者是西莉亚·马西安。在大崩溃之后的空白期,她的"逐影者号"绕行这颗黑暗行星长达一个标准日。然而西莉亚对这颗漂泊的行星很失望:上面只有岩石和坚冰,以及无穷无尽的夜晚,所以她没过多久就离开了。但她是星球的命名人,离去之前,她给这颗行星取了名字。她叫它沃罗恩,但从未提起如此命名的缘由。它就这样成了沃罗恩星,西莉亚则迈向其他星球和其他传说。

空白期后46年,克莱勒诺玛斯成为这颗星球的下一任访客。他的勘探船进行了数次短暂的低空勘察,绘制了荒野的地图。在他的传感器下,这颗流浪星乖乖吐露了秘密。他发现,它比大多数星球更大,资源也更丰富,它冰封的海洋和大气等待着解放。

有人说,空白期后97年,托莫和瓦尔贝格在他们跨越全宇宙的疯狂历险中首次踏上了沃罗恩星。这是真的吗?也许不是。每颗人类星球上关于托莫和瓦尔贝格的传说版本都各不相同,可"梦想恶女号"一去不返,谁又知道它究竟停靠过哪些地方?

后来的见闻中真实的成分更多,虚构的成分很少。无光又无趣的沃罗恩星成了边缘星域——诱惑者面纱和黑色大洋之间稀疏分散的人类星

---

1. 原文为"Tempter's Veil",撒旦曾因引诱人类吃下代表原罪的禁果,而被称为"诱惑者(Tempter)"。——译注

球——的宇航图上一个不起眼的符号。

空白期后446年,沃尔夫海姆星的某位天文学家将沃罗恩星列入了研究课题,这是第一次有人把相关线索整理在一起。自此之后,情况发生了变化。这位名叫英戈·哈帕拉的天文学家带着自己的发现,兴奋地冲出了电脑室——典型的沃尔夫海姆星作风。他激动的原因是沃罗恩星即将拥有真正的白昼,漫长而明亮的白昼。

被称为"烈焰巨轮"的星群闪耀于每颗外域星球的天际,它恶名远扬,一直传到了遥远的古地球。星群的中央是一颗红超巨星,"轴心""地狱之眼""胖撒旦"——它的名字有十余个。而在环绕它的轨道上,等距排列着六颗弹珠般的黄色火球,它们以单调的节奏不停旋转,被称为"特洛伊诸阳""撒旦子嗣""地狱王冠"……其实名字如何并不重要,关键在于巨轮本身:六颗中型黄色恒星向巨大的红色主宰顶礼膜拜,这是迄今已知最离奇也最稳定的多恒星天体系统。"烈焰巨轮"曾是个热门话题,对那些厌倦了古老神话的人类来说,它是新的传奇。在更文明的星球上,科学家们提出种种理论加以解释:在诱惑者面纱彼端,邪教兴起,流言都在谈论,是某个早已消亡的恒星技师种族,将这些黄色火球排列成如今的形状,作为自己的纪念碑。科学推论和迷信崇拜各自风行了数十载,又由盛转衰,其理论被世人遗忘。

如今,沃尔夫海姆星人哈帕拉宣称:沃罗恩星将围绕烈焰巨轮,以双曲线轨道缓慢旋转一圈。它不会进入天体系统内部,但会非常接近。经过五十个标准年的日照之后,它将再度坠入边缘星域的黑暗空间,穿过终末群星,投入银河的虚空,最终没入黑色大洋。

那是个奋进的时代,以卡瓦娜高原星为首的外域星球初尝自由滋味,对于能在分崩离析的人类世界中找到一席之地而倍感自豪。每颗星球都看到了眼前的机会。烈焰巨轮一向是外域的荣耀,可迄今为止,这份荣耀中尚未有人类的贡献。

阳光洒落之前，沃罗恩星率先迎来了风暴年代：一百年间，冰雪消融，火山喷发，地震频临。一点一点，冰冻的大气层恢复了生机，骇人的风声好似怪物幼崽的啼鸣。外域的人们直面了这一切艰难，并与之搏斗。

地形塑造师自面纱托贝星前来，气候监控师从黑暗黎明星赶来，还有来自沃尔夫海姆星、奇姆迪斯星、后伊莫瑞尔星及黑酿海世界的技师。卡瓦娜高原星负责监管所有工作，因为是他们率先登陆这颗流浪星的。人们奋斗了百余年，其间的先驱们如今成了边缘星域孩童眼中的传奇。沃罗恩星最终被驯服了。城市相继涌现，怪异的森林在巨轮的光辉下旺盛生长，放养的动物则将生机带给这颗行星。

空白期后589年，当胖撒旦星填满了沃罗恩星四分之一的天空，而环绕在它膝下的子嗣也光芒璀璨之时，边缘星域节庆拉开了序幕。节庆第一天，托贝星人让他们的层云护盾闪烁光芒，云朵和阳光随之奔流旋转，泛起万花筒般的华丽纹路。众多飞船接踵而至，到场观礼的不仅有全体外域星球的人民，更有远方群星的代表。飞船从面纱彼端的塔拉星和达隆尼星，阿瓦隆星和贾米森世界，遥远的新霍姆星、古波塞冬星，甚至从古地球驶来。

在随后的五个标准年间，沃罗恩星移向了近日点，后五年则逐渐远离。空白期后599年，节庆告终。

沃罗恩星踏入暮光之中，坠向永夜。

1

窗外远处,雨水拍打着运河边木制人行道的短桩。德克·提拉里恩抬头望去,一艘黑色小驳船在月色中缓缓驶过。有个孤独的身影伫立于船尾,手撑一根黑色细杆。一切都被月光映照得分外清晰,布拉克星的月亮正高悬天空,它大如拳头,明亮夺目。

月亮后面有片静谧而苍茫的夜色,犹如一块静止的帘布,遮蔽了星星。那些尘埃和气体,他心想,是诱惑者面纱。

往事不可追,而今从头越。

这是一枚呢喃宝石的故事。

它包裹在层层银箔和柔软的黑天鹅绒中,和多年前他送给她时一模一样。他拆开包装,坐在窗边,远眺遍布浮渣的宽敞运河,看着那些商人撑着满载水果的驳船熙来攘往。宝石正如德克记忆中的样子:它呈深红色,上有纤细的黑色条纹,状似泪滴。他忆起了那天在阿瓦隆星,灵刻师为他们切割宝石的光景。

良久,他方才伸手触碰。

指尖的触感光滑冰冷,而在他的脑海深处,宝石开始低语,喃喃出他未曾忘记的记忆和诺言。

　　他来布拉克星并没有明确的目的，也不知他们是怎么找到他的。可他们的确找到了他，而德克·提拉里恩取回了他的宝石。

　　"格温。"他低声自语，让词语在舌尖成形，只为再度体味那股熟悉的温馨。他的珍妮，他的吉尼维尔[1]，他早已抛弃的梦境中的女主人。

　　七年过去了，他一边想，一边轻抚那颗冰寒刺骨的宝石，感觉就像七生七世。一切都结束了。她现在又要他做什么呢？那个爱过她的人，另一个德克·提拉里恩，那个向她许下诺言、赠予宝石的人已经死了。

　　德克抬起手，拂开眼前一缕棕灰色发丝。他不经意间想起，从前格温每次想吻他时，都会这样拂开他的头发。

　　他异常疲惫，又满心失落。苦心营造的玩世不恭的形象，此刻摇摇欲坠，双肩有种虚无缥缈的重量，是已逝的过去所带来的重量。他这些年来变了，变得更睿智、更成熟了，但如今看来又显得如此荒谬。他让思绪徜徉，驻足于背弃的诺言近旁，徘徊在被他弃置、继而遗忘的梦想周遭，停留在妥协的理想和向沉闷与堕落束手归降的未来之上。

　　她为何要令他想起往事？已经过去了太久太久，而他又有了太多变化——也许她也一样。他从没想过她会使用这颗呢喃宝石。这种愚蠢的表态是属于年轻人的浪漫。理智的成年人绝不会要求对方遵守如此荒谬的誓言。当然，他去不了。他还没看够布拉克星呢，他还有自己的事要做。说到底，格温不可能真以为他会到外域去吧。

　　他愤懑地伸手拿起宝石，手指合拢攥成拳头，下定决心要把它抛出窗户，抛进运河黑黑的流水里，抛开它代表的一切。可那枚小宝石甫入掌心，便化作冰冷的地狱烈焰，而回忆犹如万千尖刀。

---

1. 吉尼维尔（Guinevere）：传说中亚瑟王的王后。——若无特殊说明，本书注释均为编者注

"……因为她需要你,"宝石低语道,"因为你承诺过。"

他的手纹丝不动。他的拳头依然握紧。掌中的寒意越过了痛苦的极限,转化为彻底的麻木。

另一个德克,那个年轻的德克,那个属于格温的德克,的确承诺过。可她也一样。许久以前,在阿瓦隆星的时候,那位来自后伊莫瑞尔星的有着金红色头发、瘦削的年老灵刻师,用极为有限的灵能天资为他们切割了两颗宝石。他读了德克·提拉里恩的心,感受到了德克对珍妮的全部爱意,再用尽他有限的能力,将这一切置入宝石。然后,灵刻师对格温依样照做了一遍。接着德克与格温交换了宝石。

这是德克的主意。"世事无常,悲欢离合"[1],他引用古诗里的句子向她解释。两人就此立下诺言:记忆送抵,我即前来,无论何时,无论何地,无论我们之间有何变故,我都会赶来,而且不问任何问题。

可惜这诺言早已名存实亡。她离开六个月后,德克送去了宝石。她没有来。他从未想过她居然还要求他守诺。可她的确这么做了。

她真以为他会去吗?

他悲伤地想,若是在过去,无论情况如何,无论他有多恨她——或是多爱她——他都会去的。可那个傻瓜早已入土。时间和格温联手杀死了他。

然而他仍在聆听宝石的低语,体味着旧日的感受和新生的倦怠。最后,他抬起头来,心想:噢,或许现在还不算太晚。

在群星间旅行有许多种方法,有的超过光速,有的次于光速,但

---

1. 原文为"It may not always be so",出自美国著名现代诗人卡明斯(E. E. Cummings)的诗歌。

总体来说都很慢。乘坐飞船从人类世界的一端到另一端，得花去一个人的大半辈子，而人类世界——四散的人类殖民星球，以及星球间的广阔太空——只是宇宙中很小的一部分而已。幸而布拉克星距离面纱及面纱彼端的外域群星很近，有不少商船来往其间，所以搭船对德克来说并不难。

那艘船名为"被遗忘诸敌的战栗号"，它将从布拉克星飞往塔拉星，再穿过面纱，前往沃尔夫海姆星、奇姆迪斯星，最后抵达沃罗恩星。即便配备了FLT引擎，这段航程也要花去三个标准月的时间。德克知道，到达沃罗恩星以后，这艘飞船会继续前进，驶往卡瓦娜高原星、后伊莫瑞尔星与终末群星，随后折返，继续它周而复始的漫长航行。

按照这座太空机场原本的设计，每天足以供二十艘飞船起降，可眼下恐怕每月才有一艘。机场的大部分区域都已封闭，灯火熄灭，无人管理。战栗号停泊在仍开放区域的正中间，在那堆私人太空船和拆卸中的托贝星货船旁显得格外高大。

这座自动化的巨大起降台不见人影，好在仍有照明。德克快步走过，步入夜色，步入那空无一物、渴求星辰点缀的外域夜空之下。他们正在那里等他，就在大门另一侧，这多少符合他的预期。战栗号刚从跃迁中切出，船长便向沃罗恩星发出了讯号。

格温·迪瓦诺应他的要求前来与他会面。可她并非孤身一人。当他走出站台时，格温正跟她带来的男人谨慎地低声交谈。

德克走出门外，停下脚步，竭力摆出轻松的笑容，又放下手里仅有的那只轻巧的提包。"嘿，"他温和地说，"我听说这儿在过节哪。"

他说话时，她转过了脸，随后更笑出声来。那是一阵令人格外怀念的笑声。"哈，"她说，"你来晚了差不多十年。"

德克愁眉苦脸地摇摇头。"真见鬼。"他说。接着他又笑起来，而她走上前拥抱他。那个陌生男人只是站在原地，不动声色地看着他们。

拥抱很短暂。德克刚用双臂环抱住格温，她便抽身退后。接着，两人面面相觑，打量着岁月在对方身上留下的痕迹。

她年岁见增，可变化并不大，而他眼中的改变或许只是记忆的疏失而已。她那双绿色的大眼睛不如他记忆中的那么大、那么绿；她比从前高了一点，或许还重了一些。她和他靠得很近：她的笑容没变，长发也一如从前，乌黑美丽，如闪亮的溪水流过她的双肩，比外域的夜色更为深邃。她身穿白色高翻领套衫，系着腰带的结实长裤由变色面料制成——此时变成了黑夜的颜色，扎着宽发带，正是她在阿瓦隆星惯常的打扮。跟以往不同的是，如今她还戴着只手镯，确切地说，那是只臂环，冰冷的银环中镶嵌着玉，覆盖了她左前臂的一半。她卷起套衫的袖子，为的就是展示它。

"你瘦了，德克。"她说。

他耸耸肩，把手插进夹克口袋。"是啊。"他说。事实上，他几乎瘦得皮包骨头，幸而略宽的肩膀令他不至于显得太过没精打采。岁月在很多方面改变了他：如今他的头发里灰色多于棕色——和从前恰恰相反。他的头发纠结纷乱，却留得几乎和格温一样长。

"好久不见。"格温说。

"七个标准年。"他点头答道，"我不觉得……"

等候在旁的陌生人咳嗽起来，仿佛在提醒他们。德克抬起头，格温也转过身。那个人走上前，礼貌地鞠躬致敬。他又矮又胖，有一头看起来几近白色的金发。他穿着一件色彩鲜明的绸布外套，全身都是亮绿和鲜黄，而他鞠躬时，头上仍然戴着那顶小小的黑色针织帽。

"阿金·鲁阿克。"他对德克说。

"德克·提拉里恩。"

"阿金和我一起为这个项目工作。"格温解释道。

"项目？"

她眨眨眼。"你连我为什么在这儿都不知道？"

他不知道。呢喃宝石是从沃罗恩星送来的,除此之外他一无所知。
"你是生态学家,"他说,"在阿瓦隆……"

"对。在学院里,但那是很久以前的事了。我拿到毕业证书后,就去了卡瓦娜高原星,直到被派来这里。"

"格温加入了铁玉。"鲁阿克说。他的脸上挂着紧张的微笑。"至于我嘛,我是因普里尔城市学院的代表。学院在奇姆迪斯星,你是知道的吧?"

德克点点头。这么说,鲁阿克是个外域客,来自奇姆迪斯的高等学府。

"因普里尔和铁玉,嗯……都在朝着一个目标前进。你明白吧?我们都在研究沃罗恩星的生态互动状况。节庆期间研究没能完成,毕竟外域星球的生态科技实力都不强——照伊莫瑞尔人的说法,这是种'空白期失传科技'。可项目总得完成。格温和我以前就认识,所以我们觉得,呃,既然目的相同,一同研究交流是个好办法。"

"嗯。"德克说。他对研究项目本身没什么兴趣。他只想跟格温说话。他注视着她。"稍后再告诉我这些吧。等我们有空聊天的时候。我猜你有话跟我说。"

她露出古怪的神情。"噢,当然。我们有很多话要说。"

他拎起包。"先去哪儿?"他问,"我恐怕得洗个澡,再吃点东西。"

格温和鲁阿克交换了一个眼神。"阿金刚才就在和我说这个呢。他会为你安排住宿。我们住在同一栋大楼,只差几层。"

鲁阿克点点头。"乐意之至。我乐于为朋友效劳。我们都是格温的朋友,对不对?"

"呃,"德克说,"奇怪了,我本以为能住在你那里,格温。"

有一会儿,她无法直视他的眼睛。她看着鲁阿克,看着地板,看着黑沉沉的夜空,最后才与他目光交接。"也许吧,"她语气谨慎,脸上全无笑意,"可现在不行。我觉得这样不好,有点太快了。先回去吧。我们有车。"

"这边走。"没等德克组织起词句,鲁阿克就插了嘴。在战栗号长达数月的航程中,他上百次设想过重逢的场景,在他的想象中,这个场景有时温馨而深情,有时是愤怒的对峙,充斥着泪水——可没有一次像这样尴尬怪异的,还有个陌生人来见证整个过程。他不由得猜测,阿金·鲁阿克究竟是谁,其人和格温的关系是否只是像他们宣称的那样。话说回来,他们还没说几句话呢。他不知该说些什么,又感到毫无头绪,便耸耸肩,跟着他们走向那辆飞车。

这段路不长。来到车边时,德克吃了一惊。他在旅途中见过许多不同类型的飞车,可没有一辆和它相似:车身巨大,呈铁灰色,有一对结实的三角曲翼,犹如一只栩栩如生的巨型金属蝠鲼。车子两翼之间安置着小巧的座舱,共有四张座椅,而在翼梢下方,他瞥见了几根吓人的金属杆。

他盯着格温,指了指:"这是激光炮?"

她点点头,露出一抹微笑。

"这是什么鬼东西?"德克问,"简直像台战车。难不成是为了防备哈兰甘人?自从上回我们在阿瓦隆逛过学院博物馆以后,我就再没见过类似的玩意儿了。"

格温大笑,从他手里接过提包,丢到后车座上。"上车吧,"她对他说,"这是卡瓦娜的上等飞车,刚出厂不久。据说它的形象参照了一种名为黑猞女的飞行食肉动物,是铁玉的兄弟兽,传说中个头很大,可以算是图腾了。"

她爬进车里,坐在操控杆后面。鲁阿克有些笨拙地跟了上去,他跳过厚实的铁翼,落进后车座。德克没动。"可它有激光炮!"他顽固地说。

格温叹了口气。"它们从来没有填充过能量。卡瓦娜生产的每辆车都配有武器，文化背景使然。注意，我说的不只是铁玉的车，赤钢、布赖特和夏恩埃吉的车也一样。"

德克绕过车身，爬进格温旁边的座位，一脸茫然。"这些是什么？"

"卡瓦娜的四大邦国，"她解释道，"你把它们当成国家或者氏族都行。它们跟这两样都沾点边。"

"究竟为何要安装激光炮？"

"卡瓦娜高原星是颗崇尚暴力的星球。"格温回答。

鲁阿克嗤笑出声。"啊，格温，"他说，"你这话可是大错特错了！"

"错？"她厉声道。

"错得离谱，"鲁阿克说，"是的，非常离谱。你说的半真半假，这可是最恶劣的谎言啊。"

德克在座椅上转过脸，看着肥胖的金发奇姆迪斯人。"什么？"

"卡瓦娜高原星曾经是颗野蛮暴力的星球，这没错。可到如今，野蛮的只是卡瓦娜人本身而已。每个人都特别好斗，仇外，又搞种族主义，骄傲又善妒。还有他们的高阶战争和决斗法则，对，这就是卡瓦娜飞车配备武器的原因。为了在空中格斗！我警告你，提拉里恩——"

"阿金！"格温从牙缝里挤出这句话。德克被她话里满盈的恶意吓了一跳。她突然启动重力格栅，拉动操纵杆，飞车猛然向前冲去，留下一阵抗议的哀鸣后，迅速升空。下方的港口灯火闪烁，而战栗号鹤立其中，遮蔽了周遭的飞船。夜色延伸至极远处，直到那看不见的地平线，黑暗的大地与深黑的天幕融为一体。头顶只有几点稀疏的星辰，这就是边缘星域，上有无垠的太空，下有诱惑者面纱的朦胧幕布，这颗星球远比德克想象的更加孤寂。

鲁阿克躺在椅子里喃喃自语，很长一段时间里，沉重的沉默笼罩了这辆飞车。

"阿金来自奇姆迪斯星。"最后，格温开口。她强迫自己笑出声来，可德克太熟悉她了：和先前呵斥鲁阿克时相比，她这会儿的紧张感半点也没减少。

"我不明白。"德克说。他觉得自己很蠢，因为别人似乎都以为他会明白。

"你不是外域客。"鲁阿克说，"你来自阿瓦隆、巴尔迪，或者随便哪颗星球，这都不重要。你们这些住在面纱里的人不了解卡瓦娜人。"

"也不了解奇姆迪斯人。"格温说。她显得冷静了些。

鲁阿克哼了一声。"讽刺得好，"他告诉德克，"奇姆迪斯人和卡瓦娜人，噢，我们合不来，你明白吧？所以格温是想告诉你，我的话全是偏见，千万别信。"

"没错，阿金，我就是这个意思。"她说，"德克，他不了解卡瓦娜，不理解那里的文化和人民。跟所有奇姆迪斯人一样，他只会拣最糟糕的部分告诉你，可真相要比他的看法复杂得多。你跟这个油嘴滑舌的无赖共事时得记住这点。这应该不难吧？记得你从前总跟我说，凡事都得从三十个角度去看。"

德克笑了。"是啊，"他说，"这是至理名言。虽然最近几年我才发现'三十'这个数字有点太小了。话说回来，我还是没弄明白，这车——是你的工作用车？还是说因为你替铁玉工作，就非得开这种车不可？"

"哈，"鲁阿克大声道，"没人会替铁玉工作，德克。加入或不加入，你只有这两个选择。你只会成为铁玉的一员，而不能替他们工作！"

"没错，"格温说，她话语里的锐气又回来了，"我是铁玉的人。希望你记住这点，阿金，你就快惹火我了。"

"格温，格温，"鲁阿克慌忙道，"你是我的朋友，我的知己，真的。我们在一起工作奋斗，我绝不会冒犯你，如果我说错了什么，也并非有意。可你不是卡瓦娜人，真的。首先，你是个女人，你是一个真正的女人,不是什么'伊恩-克西'或者'贝瑟恩'。"

"哦?我不是吗?可我立下过银玉誓约。"她望向德克,压低声音。"为了扬,"她说,"这是他的车,他是我开它的原因,也是你先前问题的答案。为了扬。"

沉默。唯有狂风在升往黑暗夜空的三人身旁盘旋,拨动格温整齐的青丝和德克的乱发,嘈吵不休。它如尖刀般轻易刺穿了他单薄的布拉克服装。他的脑海里掠过一个念头:为何这辆飞车没有舱盖?那块薄薄的挡风玻璃只是摆设而已。

他双臂交叠,紧抵胸膛,靠向椅背。"扬?"他轻声问。问题的答案即将到来,他心知肚明,也十分害怕:因为格温说出那个名字的方式,因为她语气中古怪的挑衅。

"他还不知道。"鲁阿克说。

格温叹了口气,德克能发觉她流露出的紧张。"抱歉,德克。我以为你已经知道了。这是很久以前的事了。我以为,噢,总会有个我们都认识的人回到阿瓦隆,把这事告诉你。"

"我没见过任何人。"德克小心翼翼地说,"那些我俩都认识的人,我一个都没再见过,你知道吗?我经常旅行,去了布拉克星、普罗米修斯星、贾米森世界……"他的声音变得空洞,耳朵里嗡嗡作响。于是他顿了顿,咽了口唾沫。"扬是谁?"

"扬托尼·里弗·沃尔夫·高阶铁玉·维卡瑞。"鲁阿克说。

"扬是我的……"她犹豫道,"这很难解释。我是扬的'贝瑟恩',也就是他的'特恩'盖瑟的'克罗-贝瑟恩'。"她偏转目光,扫视了一番飞车的仪表盘,接着再次转回。德克没有露出半点明白的神色。

"丈夫。"她耸了耸肩,说道,"抱歉,德克,这么说不太确切,可这是最能让你明白又意思接近的表达方式。扬是我丈夫。"

德克双臂交叠，缩进座椅里，一言不发。他很冷，心很痛，不明白自己为何要到这儿来。他想起了呢喃宝石，心里又生出一线希望。她叫他来肯定有原因，等时机成熟，她会告诉他的。说真的，他也没对她还是单身这种事抱有什么期待。在码头那会儿，他甚至想过——虽然很短暂——或许鲁阿克就是……所以他没必要因此心烦意乱。

见他沉默良久，格温又转开目光。"抱歉，"她又说了一遍，"德克，真的很抱歉。你不该来的。"

她说得对。

三人继续前行，彼此缄默不语。德克得到了答案，却不是他想要的答案，而且这答案什么都改变不了。他来到了沃罗恩，格温就在他身旁，却忽然变得如此陌生。二人如同素不相识的路人。他瘫软在座椅里，任凛凛寒风拍打他的面庞，唯有烦乱的思绪与他相伴。

在布拉克星的时候，他以为这颗呢喃宝石意味着她在呼唤他回去，意味着她再次需要他了。他要决定的只是自己要不要去，要不要回到她身边，以及德克·提拉里恩是否依然能够付出和接受爱情。他现在才明白，根本不是这么回事。

记忆送抵，我即前来，不问任何问题。这是承诺，唯一的承诺。

他感到恼火。她为何要对他这么做？她也曾手握宝石，感受他的心意。她猜得到他的想法，她的任何需求都比不上这份记忆的价值。

随后，德克·提拉里恩恢复了平静。他紧闭双眼，眼前再次出现了布拉克星的运河，还有那条乍看之下颇为显眼的孤独黑驳船。他想到了他的决定：去尝试，再次成为过去那个他，回到她身边，无论她需要什么都付出一切——这是为了她，也是为了他自己。

于是他费力地挺直身体，放下手臂，睁开双眼，在呼啸的狂风中正襟危坐。他谨慎地看着格温，露出从前那种羞涩的笑容。"呃，珍妮，"他说，"我也很抱歉。不过这不要紧，真的。我很高兴自己能来，你肯定也这么觉得吧？七年的时间太久了点，对吧？"

她注视着他，接着把目光转回仪表盘，紧张地舔舔嘴唇。"是啊，七年真的很久，德克。"

"我能见见扬吗？"

她点点头。"还有盖瑟，他的特恩。"

从下方某处，他听到了水声，那想必是一条隐匿于黑暗之中的河流。水声很快消失不见：他们的速度太快了。德克的目光越过飞车侧腹，穿过机翼下方，望向奔驰而去的夜幕，又转向上空。"你们这里的星星太少了，"他若有所思地说，"我觉得自己好像要瞎了，只看见一片漆黑。"

"我懂。"格温说。她露出微笑，德克觉得心情忽然轻松了许多。

"还记得阿瓦隆的天空吗？"他问。

"嗯。当然记得。"

"那儿的天空有好多星星，是个美丽的世界。"

"沃罗恩也有它的美丽之处，"她说，"你对它了解多少呢？"

"不多。"德克回答，他的目光仍旧停在她身上，"我知道节庆，还知道这是颗流浪星，就这些了。飞船上有个女人对我说，托莫和瓦尔贝格在他们前往宇宙尽头的远足途中发现了这个地方。"

"她的说法虽然有意思，但并不准确。"格温说，"顺带一提，你即将看到的一切都是节庆的一部分，整颗星球共同营造了节庆。边缘星域的人们联合开发了这里，每颗星球的文化在这儿都有所展现。这里共有十四座城市，分别属于边缘星域的十四颗人类星球。城市之间是太空机场和公共区，后者就是某种公园。我们正飞过它的上方，现下就算在白天，公共区也没什么可看的。节庆期间倒是有集市和比赛。"

"你们的研究项目在哪儿进行？"

"在荒野里，"鲁阿克说，"城市之外，山墙彼端。"

"看。"格温说。

德克依稀分辨出地平线处那排高山，那是道参差不齐的黑色屏障，自公共区向上攀升，直至遮蔽了低空的星辰。一道血色闪光在某座高山顶端驻留不去，随着他们接近，它也逐渐增长，变得更高、更长，可亮度没有分毫变化：它保持着那种黯淡而骇人的红色，不知为何让德克想起了呢喃宝石。

"那便是我们的家，"当那光芒继续增长时，格温宣布，"拉特恩城。'拉'在古卡瓦娜语里指天空。这是卡瓦娜人的城市，有些人也叫它'烈焰堡垒'。"

他完全明白如此称呼的原因。这座卡瓦娜都市建于山脉侧翼，其底部和后方都是岩石，它本身就是一座四四方方的城堡，有厚重高大的城墙和狭长的窗户。城墙后面耸立的矮小塔群也显得沉重而坚固。巍峨的山脉在高处隐现，暗色的山体沾染了折射而来的血色光芒。可城市本身的光芒并非来自反光，拉特恩城的高墙和街道都闪耀着黯淡而炽烈的火光。

"是耀石的作用，"格温回答了他没说出口的问题，"它在白天会吸收阳光，晚上释放光能。在卡瓦娜高原星，它被当作珠宝，但为了节庆，它们被成吨采掘，运到了沃罗恩。"

鲁阿克解释说："引人注目的巴洛克风格，这是卡瓦娜的艺术。"德克只点点头。

"你过去真该来看看它，"格温说，"那时拉特恩城每天痛饮七个太阳的光芒，在夜晚把整个山脉照得透亮，好似一把顶天立地的火焰匕首。耀石如今变暗了——巨轮每时每刻都在远离这颗星球。再过十年，这座城市就会像烧尽的木炭那样一片漆黑。"

"它看上去不大，"德克说，"能住多少人呢？"

"曾经住了一百万人。你看到的只是冰山一角。整座城市都位于山腹中。"

"典型的卡瓦娜风格,"鲁阿克道,"地底的堡垒,石中的要塞,只是现在成了空壳。最近一次人口统计是二十人,包括我们两个在内。"

飞车越过外墙,掠过宽广山脊边缘的绝壁,越过山岩和耀石,朝下笔直飞降。在下方,德克看到了宽敞的走道、一排排缓缓飘动的三角旗和有着闪烁耀石眼睛的巨型滴水兽。建筑物则由白色石块和黑檀木筑成,耀石的火光打在建筑物的侧面,化为长长的红色条纹,仿佛某种庞大的黑色野兽身上未愈合的伤口。他们飞过塔群、穹顶和街道,飞过曲折的小巷和宽阔的林荫道,飞过开阔的庭院和一座巨大的多层式露天剧院。

空的,全是空的。在火红的拉特恩城里,看不到一个活人。

格温在一座方形黑塔顶部盘旋降下。当她缓缓调低重力以便降落时,德克注意到下方起降台上停着另外两辆飞车:一辆车身呈黄色,线条十分流畅,如同泪滴一般;另一辆很骇人,是旧式的军用飞车,看上去像某场古老战争的遗留物,车身呈橄榄绿色,方方正正,裹有装甲,前方车盖装着激光加农炮,后方则有脉冲管。

她把那辆金属蝠鲼车停在两辆车之间,然后众人跳上塔顶。来到电梯边时,格温转身看着德克,面泛红晕,在周围微红的光芒中显得颇为古怪。"很晚了,"她说,"我们各自休息吧。"

德克明白,这是逐客令。"扬呢?"他说。

"你明天会见到他。"她回答,"我得先跟他谈谈。"

"为什么?"德克问,可格温已转过身,迈步走向台阶。然后电梯到了,鲁阿克伸手搭上他的肩膀,把他拉了进去。

他们乘电梯下行,随后各自休息。

2

那晚德克几乎彻夜未眠。断断续续的噩梦不断将他惊醒,转醒后却已不记得梦境的内容。这样的过程反复再三,持续了整晚。最后他放弃了。他在行李中搜寻,翻出那颗宝石。它被银箔和天鹅绒包裹着,德克握住它,独坐在黑暗中,啜饮其中冰冷的诺言。

几小时就这样过去了。德克起身穿衣,把宝石揣进口袋,独自步出屋外,观赏巨轮升起。鲁阿克睡梦正酣,但他修改了大门密码,让德克可以自由出入。德克乘坐管道电梯回到塔顶,坐上那辆灰色飞车的冰冷铁翼,等待残存的夜色散去。

那个黎明陌生、昏暗而危险,由它孕育而生的天空阴沉无光。起先只有一团弥漫于地平线处的模糊云雾,它模糊的深红光斑与城市中的耀石遥相呼应。接着第一颗太阳升了起来:它是颗小小的黄色圆球,可用肉眼直视。几分钟后,在地平线另一边,第二颗太阳出现,它个头略大,也稍显明亮。尽管它们比其他星辰都显眼,却不及布拉克星的圆月明亮。

片刻之后,"轴心"开始攀上公共区的高空。起先只有一条在拂晓晨光中难以辨认的模糊红线，随后光芒稳步增强，直到最后，德克发现那并非反光，而是鲜红旭日的冠冕。与此同时，世界渐渐转为绯红色。

他低头望向下方的街道。拉特恩城中耀石的光彩尽数隐去，唯阴影覆盖处犹有朦胧的光辉。阴霾盖住了城市，犹如一张带有淡红斑点的浅灰幕布。在这清冷微弱的光芒中，夜晚的火焰尽皆湮灭，无声的街道中回响着死寂与荒凉。

沃罗恩星的白昼，仿如黄昏。

"去年要明亮得多，"有个声音自身后传来，"如今每一天都变得更暗、更冷。地狱王冠的六大恒星里，有两颗已经躲在胖撒旦身后，不再照耀沃罗恩星。其余几颗也越来越小，越来越远。撒旦星仍在俯视沃罗恩星，但它的光芒日渐黯淡，由金转红。所以，如今的沃罗恩星笼罩在愈加深邃的暮色里。再过几年，七颗太阳将衰退成七颗星辰，冰河时代会再次到来。"

发言者静静伫立，凝望着晨光。他双足略微分开，两手叉腰。他个头很高，全身没有一点赘肉，在这冰冷的清晨袒露着胸膛。他的红铜色皮肤在胖撒旦的光辉中显得更红。他颧骨高凸，有棱有角，厚重的下巴四四方方，还有和格温一样乌黑的齐肩长发。而在他前臂上——有细细黑毛的黝黑前臂上——戴着两只同样宽大的臂环：左边是白银和玉石，右边是黑铁和红色耀石。

德克坐在蝠鲼的铁翼上，纹丝不动。那人把目光转向他。"你是德克·提拉里恩，格温曾经的爱人。"

"你是扬。"

"扬·维卡瑞，隶属铁玉。"那人道。他走上前，抬起手，掌心向外，手中空无一物。

德克听说过这种手势的含义。他站起身，和这个卡瓦娜人两掌相抵。与此同时，他看到了某样东西：扬系着条浸过油的黑色金属皮带，腰间别着把激光枪。

维卡瑞看到他的神情,笑了起来。"卡瓦娜人外出时都会配备武器。这是风俗——我们的风俗。希望你不会像格温的朋友——那个奇姆迪斯人——那样震惊,甚至因此轻视我们。当然,假使你真这么想,那也是你自己的问题,与我们无关。拉特恩城是卡瓦娜的一部分,你不该期待我们在自己的土地上遵循他人的风俗。"

德克又坐下来。"不。因为昨晚听说的那些事,我差不多已经料到了。我只是觉得奇怪,是不是你们正在打仗?"

维卡瑞淡淡一笑——只是略微咧了咧嘴,露出牙齿。"战争无所不在,提拉里恩。生命就是一场战争。"他顿了顿,"你的名字——提拉里恩——真少见。我从没听过这样的名字,我的'特恩'盖瑟也没有。你的家乡在哪儿呢?"

"巴尔迪星,离这儿很远,靠近古地球。不过我已几乎记不起家乡了。在我很小的时候,我父母就去了阿瓦隆。"

维卡瑞点点头,"格温说你经常旅行。你去过多少个星球?"

德克耸耸肩,"普罗米修斯星、里安农星、敝岩星、贾米森世界……当然还有阿瓦隆星。一共十来个吧,其中大多数星球比阿瓦隆原始,我的知识在那儿能派上用场。只要在学院待过的人,就算技艺和天赋不算出众,找工作倒也不难。这对我来说是好事,因为我喜欢旅行。"

"可你到现在为止都没来过诱惑者面纱的另一边。你一直待在失序星域,从没来过外域。你会发现这儿很不一样,提拉里恩。"

德克皱起眉头:"你说什么?失序?"

"失序星域,"维卡瑞重复道,"呃,这是沃尔夫海姆星的词语。失序星群,无序群星,随你叫吧。这说法是我在阿瓦隆进修时从几个沃尔夫海姆朋友那里听来的,指的是外域群星与古地球附近的初代及次代殖民星球之间的太空。失序星域原本属于哈兰甘人,他们奴役其他星球,并与地球联邦帝国交战。你先前提到的星球大多以前很有名,但受那场古老战争的影响,纷纷在大崩溃中陷入混乱。阿瓦隆过去曾是失序星域的首府。与之相对,远在天边的外域星球并未陷入混乱中。"

德克颔首表示认同。"没错。我听过这段历史,但所知不多。你似乎相当了解。"

"我是个史学家,"维卡瑞说,"我的工作是从母星卡瓦娜高原星的神话传说中整理出它真正的历史。铁玉耗费巨资把我送到阿瓦隆,就是为了让我在那些老式电脑的数据库里搜寻相关资料。我在那儿待了整整两年,拥有大把空闲时间,对更宽泛的人类通史也产生了兴趣。"

德克一言不发,只是再次远眺晨光。胖撒旦的红色圆盘如今已升上半空,第三颗黄色恒星也出现在视野中。它的位置稍微偏北,而且亮度只能算是星辰。"红色那颗是超巨星,"德克若有所思地说,"可从这儿看去,它似乎只比阿瓦隆的太阳大一点而已。它肯定离这儿相当远了。正常情况下,这儿该更冷的,说不定都结冰了。可现在仅仅有点凉。"

"那是我们的杰作。"维卡瑞的话里颇有几分自豪,"当然,功劳不只是卡瓦娜人的,更属于全体外域星球。大崩溃期间,托贝星保存了不少地球联邦帝国失落的力场技术。从那以后,托贝人不断完善这些技术。在近日点上,地狱王冠和胖撒旦的热量本该燃尽沃罗恩星的大气层,让海洋沸腾,可托贝人的护盾系统阻挡了那些热量,我们才拥有了漫长明亮的夏季和节庆。现在,它用类似的方法留住热量。不过万事都有终点,护盾也一样。寒潮终究是会来的。"

"没想到我们会这样子碰面,"德克说,"你到屋顶上做什么?"

"散步而已。好些年前,格温告诉我你喜欢观赏日出,她还告诉了我你别的事,德克·提拉里恩。我对你的了解比你对我的了解要多得多。"

德克笑道："噢，说得对。昨晚之前我还不知道有你这号人存在呢。"

扬·维卡瑞面色凝重而严肃。"可我的确存在。记住这点，我们就能成为朋友。我希望在别人醒来之前找到你，跟你说明白：这儿不是阿瓦隆，提拉里恩，而且这里已今不如昔。这是颗濒死的节庆星球，一个毫无法则可依的世界，所以每个人都必须谨守自己的法则。别质疑我的法则。从去阿瓦隆进修那时起，我一直在努力把自己当作扬·维卡瑞，可我始终是个卡瓦娜人。别逼我变成扬托尼·里弗·沃尔夫·高阶铁玉·维卡瑞。"

德克站起身。"我不太明白你的意思，"他说，"可要我友好点应该没问题。我跟你没什么过不去的，扬。"

这个回答似乎让维卡瑞很满意。他缓缓点头，手伸进裤袋里。"这个，象征我的友谊和对你的关心。"他手里有个小小的黑色金属领扣，形似蝠鲼。"你待在这里的时候能否一直戴着它？"

德克接过领扣。"如你所愿。"他对维卡瑞拘谨地笑笑，把它别在衣领上。"这儿的黎明阴沉。"维卡瑞说，"白天也好不了多少。下楼去我们房间吧。我叫醒他们，然后大家吃点东西。"

格温和另两个卡瓦娜人同住的套房大得出奇。起居室的天花板很高，中央是一座高达两米、宽更有四米的壁炉，上方有蓝灰色的壁炉架，怒目圆睁的滴水兽栖息其上，看守着炉中余烬。维卡瑞领着德克穿过起居室，踏过一块长长的深黑色地毯，步入几乎同样宽敞的餐厅。德克在巨大餐桌边的十二张高背木椅中选了一张坐下，扬则去拿食物和唤醒其他人。

他很快就回来了，手里端着一大盘切得薄薄的褐色肉片和一篮子饼干。他把这些放在德克面前,转身再次离开。

他走后没多久,另一扇门开了,格温走进来,脸上挂着困倦的笑。她扎着老旧的发带,穿着褪色的长裤,还有皱巴巴的绿色宽袖上衣。他看到紧扣在她左臂上沉重的银玉臂环的闪光。在她身边,与她同行的是另一名男子,他几乎和维卡瑞一样高大,但年轻了好几岁,而且身材苗条得多。他的身上套着一件变色面料制成的棕红色短袖连身衣,那张留着红色胡须的瘦削脸孔上,一双炯炯有神的蓝眼凝视着德克。德克从没见过这么蓝的眼睛。

格温坐了下来。红胡子停在德克对面的座椅边。"我是盖瑟·铁玉·加纳塞克。"他伸出手。德克站起身,和他掌心相抵。

德克注意到,这位盖瑟·铁玉·加纳塞克的腰间也有把激光手枪,就插在银色网眼钢腰带上的皮制枪套里。他的右前臂套着只黑色臂环,和维卡瑞那只一般无二——同样由黑铁与耀石制成。

"你大概知道我是谁吧?"德克说。

"的确。"加纳塞克回答。他露出颇为恶毒的笑容。两人都坐下来。

格温已经大口吃起饼干。等德克重新坐下,她把手伸向桌子对面,碰了碰他领口上小巧的蝠鲼别针,笑容中带着几分神秘。"我想你和扬已经互相认识了。"她说。

"差不多吧。"德克回答。这时,维卡瑞回来了,他用右手勉强握住四个白镴杯,左手抓着一大罐黑啤酒。他把这些全放在桌子中央,然后又前往厨房拿碗盘和刀叉,还有一玻璃罐用来抹饼干的黄色甜酱。

当他离开时,加纳塞克把杯子推到格温那边。"倒酒。"他用相当专横的语气说,然后才把注意力转回德克身上。"听说你是她的第一个男人,"格温倒酒时,他道,"你让她养成了数不清的可鄙习惯。"他冷笑着:"我很想声明你冒犯了我,然后教训你一顿。"

德克一头雾水。

格温把四个杯子中的三个倒满了啤酒和浮沫。她把第一个放在维卡瑞的位置，第二个给了德克，从第三个杯子里痛饮一口。接着她用手背揩揩嘴，对加纳塞克笑笑，把空杯子递给了他。"如果你是因为我的习惯而用威胁可怜的德克，"她说，"那我恐怕就得为了这些年来忍受你的恶习而去跟扬决斗了。"

加纳塞克拿过空啤酒杯，怒视着她。"贝瑟恩婊子。"他用满不在乎的口气说，然后给自己倒满了酒。

维卡瑞回来了。他坐进椅子，喝了一大口杯里的酒，然后众人进食。德克很快发现自己喜欢早饭时的啤酒，涂了厚厚一层甜酱的饼干也非常棒，只是肉有点太干了。

加纳塞克和维卡瑞整顿饭的时间都在盘问德克，而格温只是兴致不高地坐在座位上，寡言少语。这两个卡瓦娜人是相反性格的典型范例。扬·维卡瑞说话时会前倾身体（他仍旧裸露胸膛，时不时打个哈欠，或是心不在焉地挠挠痒），而且语气始终友好，时而露出微笑，比先前在屋顶时要从容不少。可他留给德克的印象却是个心思缜密、有意缓解紧张气氛的人，甚至连他那些难登大雅之堂的举动——讪笑和挠痒——也显得像刻意而为。而盖瑟·加纳塞克呢，尽管坐姿比维卡瑞端正，从不抓痒，而且话里全是矫揉造作的卡瓦娜式礼貌用语，却远比维卡瑞要轻松自在，他似乎是个享受着社会加诸的种种约束、从未想过要寻求自由的人。他的语气生动又无礼；他出言不逊，犹如飞轮迸出火星，而矛头大都指向格温。她也回了几句嘴，但颇为无力——加纳塞克的嘴巴比她厉害得多。大多数话题表面上是轻松而温馨的闲谈，可有好几次，德克都发觉了敌意的确凿痕迹。两人每次针锋相对时，维卡瑞都会皱起眉头。

德克碰巧提起自己在普罗米修斯星度过的时光，加纳塞克旋即接过话头。"跟我说说吧，提拉里恩，"他道，"你觉得'改造人'是人类吗？"

"当然是了。"德克说，"很久以前，他们是地球联邦帝国的公民，在战争时期移民到了那儿。现代普罗米修斯人都是以前生态工程兵团成员的后裔。"

"这没错，"加纳塞克说，"可我对你得出的结论不敢苟同。依我之见，他们肆意操纵自己的基因，以至于失去了被称为人类的权利。蜻蜓人，海底人，能在毒气里呼吸的人，和赫鲁恩人一样有夜视能力的人，有四条触手的人，阴阳人，没有胃的士兵，毫无思想只知配种的猪猡——这些东西根本不是人。更确切地说，是'非人类'。"

"不，"德克说，"'非人类'这个词用得很多，它在很多星球都是个常用词，但它指的是那些异变过度，以至于没法跟普通人繁殖后代的人。普罗米修斯人一直在努力避免这点。他们的领袖——要知道，他们都相当普通，只做过些延长寿命之类的小改造——常常跑去里安农星和敝岩星。他们就和地球人一样普通……"

"过去的几百年里，地球人也不那么普通了。"加纳塞克打断道，接着他耸了耸肩，"我不该插嘴的，对吧？不管怎么说，古地球可远得很哪。我们听到的谣言都有百年历史了。继续说吧。"

"我已经说过我的观点了。"德克说，"改造人仍旧是人类。就算是最卑微的贱民，最可怕的畸形人，还有被医生们抛弃的失败实验品——他们全都拥有交配的能力。这就是普罗米修斯人企图强制实施绝育手术的原因：他们害怕这些人的后代。"

加纳塞克吞下一口啤酒，用那双炯炯的蓝眼睛打量着他。"这么说，他们能交配？"他笑道，"告诉我，提拉里恩，你待在那儿时，有没有亲身验证过这一点啊？"

德克涨红了脸，不由自主地望向格温，好像这全是她的错似的。"我在过去七年里并非独身，你想问的是这个吧？"他厉声道。

加纳塞克对他的回答报以微笑，然后看着格温。"有趣，"他对她说，"这个男人跟你享受几年床笫欢愉之后，回头就爱上了野兽。"

怒意闪过她的脸庞——以德克对她的了解足以看出这点。扬·维卡瑞也面露不快。"盖瑟。"他语带警告。

加纳塞克让步了。"抱歉，格温，"他说，"我并非存心冒犯。提拉里恩肯定是对跟你完全不同的女性——比如人鱼啊、蜉蝣女人啊什么的——产生了兴趣。"

"你打算到野外去看看吗，提拉里恩？"维卡瑞大声发问，有意把话题岔开。

"我不知道。"德克说着，抿了口啤酒，"有必要吗？"

"你要是不去，我这辈子都不会原谅你。"格温笑着说。

"那我就去吧。有什么有趣的吗？"

"你可以同时看到生态系统的兴起与衰亡。长期以来，生态学是一门被边缘星域遗忘的学科，即使现在，外域中训练有素的生态工程师仍不满一打。节庆开始时，沃罗恩星接收了来自十四个不同星球的生命体，可人们几乎没考虑过生物之间的交互现象。说真的，要是算上那些从地球送往新霍姆星，再到阿瓦隆星，再到沃尔夫海姆星，经过多次迁移的动物，那么牵扯进来的星球远远不止十四个。

"阿金和我在研究物种交互的状况。我们已经耗费了两年时间，而剩下的工作量足够我们再忙上十年。研究结果会让每颗外域星球的农夫听得津津有味。他们会知道边缘星域的动植物中有哪些可以安全引进自己的星球，以及在何种状况下，它们会成为生态体系内的毒瘤。"

"奇姆迪斯星的动物就是毒瘤，"加纳塞克嘟哝道，"就跟那边的人差不多。"

格温对他露齿而笑。"盖瑟这么恼火，是因为黑猞女眼看就要灭绝了。"她对德克说，"这真的很可惜。在卡瓦娜，它们被大肆猎杀，以至于濒临绝种,二十年前,人们希望这种生物能在沃罗恩星自由自在地生活,繁衍生息。在冰河期到来前,可以重新捕获生长成熟的黑猞女,并带回卡瓦娜。可惜事与愿违。黑猞女是种可怕的食肉动物,但在母星,它无法与人类抗衡,在沃罗恩星上,它的栖息地又被成群结队的奇姆迪斯树灵侵占。"

"大多数卡瓦娜人把猞女看作灾害和威胁。"扬·维卡瑞解释道,"在其原生地,它是种食人恶兽,而布赖特、赤钢以及夏恩埃吉的猎人把捕猎猞女看作最伟大的运动,只有一个邦国——铁玉的看法与众不同。根据古老的传说,凯·艾恩-史密斯和他的'特恩'罗兰·沃尔夫-杰德曾凭二人之力对抗雷姆兰山丘的恶魔大军。当时凯已倒下,虚弱不堪的罗兰也只能勉强站立,猞女们从山丘上方飞来,结成庞大的黑色队列,密密麻麻遮蔽了阳光。它们饥饿地扑向那支大军,将恶魔们全数吞噬,凯和罗兰则活了下来。随后,这对特恩找到了女人们藏匿的洞窟,创立了最初的铁玉邦国,黑猞女因此成为他们的兄弟兽和象征。铁玉人从未捕杀过猞女,传说每当他们发生意外,危在旦夕的时候,猞女就会出现,指引和保护他们渡过难关。"

"真是个动人的故事。"德克说。

"它不仅是个故事,"加纳塞克说,"铁玉和猞女之间确实存在某种纽带,提拉里恩。或许是超能力,或许是心灵感应,也或许只是出于本能。我不敢说自己清楚真相,但这种纽带确实存在。"

"都是迷信罢了,"格温道,"你可别因此瞧不起盖瑟哟,没受过教育不是他的错。"

德克把一块饼干涂满甜酱,然后看着加纳塞克。"扬说他是个史学家,我也知道格温的工作是什么,"他说,"你呢?你是做什么的?"

那双蓝眼睛冷冷地打量着他。加纳塞克一言不发。

"我感觉,"德克继续说道,"你应该不是生态学家。"

格温哈哈大笑。

"你的观察力真是太敏锐了,提拉里恩。"加纳塞克说。

"你们在沃罗恩星做什么?一个史学家——"他把目光转向扬·维卡瑞,"——在这种地方能做什么?"

维卡瑞用两只大手握着酒杯,若有所思地喝酒。"说起来很简单,"他说,"我是铁玉的高阶成员,我和格温·迪瓦诺之间有银玉誓约。高阶议会投票决定把我的贝瑟恩派往沃罗恩星,所以我跟我的特恩到这儿来也就是理所当然的事。你明白了吗?"

"大概吧。这么说,你们是来陪伴格温的?"

加纳塞克的态度充满敌意。"我们是来保护格温的。"他冷冷地说,"通常是保护她免受自己的愚蠢所害。她根本不该来,可既然她来了,我们也必须待在这儿。至于你前面那个问题,提拉里恩,我也是铁玉,是扬托尼·高阶铁玉的特恩。邦国要我做什么,我就做什么:狩猎、耕种、决斗,向敌人发动高阶战争,或者让我们的'伊恩-克西'怀上孩子。这些都是我的工作。至于我的名字,我已经通报过了。"

维卡瑞盯着他,右手短促地一挥,示意安静。"就把我们看作来迟了的游客吧。"他告诉德克,"我们欣赏风景,四处游荡,我们从森林和死寂的城市上空飞过,自得其乐。我们还要将猇女捉回卡瓦娜,虽然还没找到过她们。"他站起身,将杯里的酒一饮而尽。"时间不等人,"他把酒杯放回桌上,"你想去野外的话,最好动作快。即便搭乘飞车,越过群山也要花不少时间,而且入夜后留在外面可不明智。"

"哦?"德克喝光了自己的那杯酒,用手背揩干嘴角。卡瓦娜人的餐桌上似乎没有餐巾。

"猇女绝非沃罗恩星上唯一的掠食者。"维卡瑞说,"森林里有来自十几个星球的恶虫猛兽,但这些根本算不了什么,人类才是最可怕的。沃罗恩星如今是颗空旷舒适的星球,每一处阴影、每一块荒地中都可能充满玄机。"

"你最好带上武器。"加纳塞克说,"更好的方法是让扬和我跟你一起去,确保你的安全。"

可维卡瑞摇摇头。"不,盖瑟。他们必须自行前去,并仔细交谈。这样比较好,明白吗?反正我这么觉得。"他端起一摞碟子,走向厨房。快到门口时,他停下脚步,回头看去,和德克的目光短暂交接。

德克顿时想起了黎明时分,对方在屋顶上说的话。"我的确存在,"扬说,"记住这点。"

"你多久没乘过天梭了?"两人在屋顶碰面后,格温问。她换上了一套变色连身装,这件配有束带的灰红色衣服把她从脖颈到靴子遮得严严实实。那条系住她黑发的发带也用了同样的面料。

"小时候常乘。"德克说。他的打扮和她如出一辙:服装是她给他的,为的是和森林的色调保持一致。"自从离开阿瓦隆就再没乘过了,想再试试,从前我可是个好手。"

"那就试吧,"格温说,"我们没法飞太远或太快,但没关系。"她打开那辆蝠鲼形状灰色飞车的储藏箱,拿出两个小巧的银色包裹和两双靴子。

德克再次坐上车翼,换鞋,系紧鞋带。格温展开了包裹里折放的天梭,那是用薄如棉纱的柔韧金属制成的小巧平台,堪可立足。当她在地上铺展天梭时,德克看到了平台下方重力格栅那复杂交错的缆线。他踏上其中一只,小心地站稳身体,平台随即固定,将他的金属鞋底牢牢扣住。格温把控制装置递给他,他用绑带把它系在手腕上,方便用手握住。

"我和阿金去森林的时候都用天梭。"格温单膝着地,系上鞋带,一面对他说，"当然了，飞车的速度是它的十倍，可够大又够空旷的着陆点不好找。在用不着带太多设备或时间不太匆忙的时候，天梭适合用来做些细致活儿。盖瑟说这些只是玩具，可……"她站起身，踏上平台，然后笑道："准备好了没？"

"好啦。"德克说着，手指轻轻碰了碰右手掌心的那块银色晶片。他按得稍重了点，天梭疾飞向前，猛拖他的双脚，而他身体的其余部分慢了半拍。一时间德克头下脚上地飞了出去，在空中翻转时，险些被屋顶撞破脑袋。他狂笑着飞上天空，身体在平台下面晃荡个不停。

格温跟在后面，她站在平台上，凭借长期练习得来的娴熟技术在晨风中持续攀升，活像个踩着小块银色飞毯的灯神。等她来到德克身边时，后者终于借助控制器摆正了姿势，可尽管他拼命维持平衡，身体还是摇摆不定。天梭不像飞车，没有回旋仪。

"咿呀——"他朝接近的她大喊。格温大笑着来到他身后，往他背上重重一拍。这一下让他再次翻了过去，狂乱地摆动着，朝下方的拉特恩城坠去。

格温跟在他身后，叫嚷着什么。德克眨眨眼，发现自己就要撞上一座黑檀色高塔的侧面了。他摆弄了几下控制器，竭力朝上方直飞，一面挣扎着维持平衡。

等他飞上高空，站直身体之后，她追上他。"别过来，"他咧嘴笑着说出这句警告，心里觉得自己愚蠢、笨拙又太好捉弄，"敢再拍倒我一次，我就去开那辆飞行战车，用激光炮把你从天上打下去，女人！"他侧向一边，想稳住身形，却因为幅度过大，惊叫着倒向另一边。

"你醉了，"格温在哀号的风中朝他叫嚷，"你早上不该喝那么多啤酒的。"她此时悬浮在他头顶，双臂交叠在胸前，佯装不快地看着他奋力挣扎。

"把它们踩紧就稳当了。"德克说。表面上看，他终于稳住了，尽管他不时朝两旁伸出手臂,暴露了难以维持平衡的事实。

格温降到与他等高,再飞到他身旁,稳稳站立,充满自信。她的黑发在身后飘逸,活像一面迎风飞扬的黑色旗帜。"感觉如何?"两人并驾齐驱时,她大喊道。

"我想我搞定它了!"德克宣称。他站得笔直。

"那好啊。往下看!"

他向下望去,目光越过脚下平台狭窄的防护板。拉特恩城的黑色高塔与昏暗耀石都已不见。取而代之的,是一条划过空旷的黎明、朝下方远处的公共区延伸而去的漫长细线。那是一条河,蜿蜒的黑水在泛动微光的绿意中流淌。他觉得头晕目眩,双手发麻,身体又开始翻腾。

他身体颠覆时,格温也跟着降下去。她又一次交叠双臂,得意扬扬地大笑。"你真是个蠢蛋,提拉里恩,"她对他说,"你怎么总也找不准姿势呢?"

他朝她怒吼,或者说试图怒吼,可狂风让他难以呼吸,他只好扮个鬼脸,就此作罢。接着他将身体倒转过来,双腿被折腾得酸痛难忍。"瞧啊!"他大喊一声,又挑衅地看向下方,试图证明高度不会第二次吓倒他。

格温又来到他身边,打量着他,然后点点头。"你真是阿瓦隆公民和全宇宙天梭手的耻辱,"她说,"但你应该能活下来。好了,想不想去野外瞧瞧?"

"前面带路,珍妮!"

"还是先掉头吧。你连方向都弄错了,得先飞越群山才行。"她伸出空着的那只手,拉住他的手,两人盘旋着绕了一个大圈,转向后侧,继续爬升,面朝拉特恩城和山墙而行。远远望去,城市显得灰白而缺乏色彩,它引以为傲的耀石痛饮阳光后,转为黑色。群山则是一片若隐若现的黑影。

他们并肩向前，稳步攀升，一直飞到烈焰堡垒上方，飞越山巅。这是天梭的极限了，毕竟，它没法和飞车相比。可这高度对德克来说已经够了。他们身穿的变色布外套变成了灰色和白色，他很庆幸它的御寒功用：风很冷，他怀疑沃罗恩的白天并不比夜晚温暖。

两人紧握双手，只偶尔提高声音评论几句。他们一路向前，飞入风中，上了一座山峰，沿漫长的山坡下到岩石峡谷，越过另一座山峰，接着又是一座。他们经过了锋利外露的绿岩石与黑岩石，跨过又高又窄的瀑布，翻过更高处的危崖。途中某处，格温向他挑战，要跟他比速度，他大吼着答应下来。接着两人向前飞驰，把天梭的性能和人类的技艺发挥到极致，直到格温于心不忍，折返回来，再次握住他的手。

如同先前在东边猛然拔高一般，山脉在西方骤然下降，在他们身后竖起一道高大的屏障，将仍在朝天际攀升的烈焰巨轮朝荒野投去的光芒尽数挡下。"我们下去吧。"格温说。他点点头，两人朝下方黯淡的绿野缓缓下落。这时已飞了一个多钟头，德克在沃罗恩凛冽寒风的吹拂下有些麻木，大部分身体都在抗议方才遭受的虐待。

他们稳稳地降入森林中，那森林位于湖泊旁边。格温优雅地画出曲线，向下飞去，最后在布满青苔的湖岸着陆。德克担心自己会撞上地面，摔断腿，结果过早关闭了重力格栅，在马上降落时直直地坠了下来。

格温帮他把靴子从天梭上松开，两人又一起将潮湿的沙子与苔藓从他的衣服和头发上掸去。接着她坐在他身边，面露微笑。他回以微笑，然后吻了她。

或者说，试图吻她。他刚伸手环抱她，她便抽身后退，而他想起了一切。他垂下双手，脸上阴晴不定。"抱歉。"他喃喃地说，一边移开目光，望向湖泊。绿色湖水显得油腻腻的，平静的水面上点缀着一些蓝紫色的菌类，唯一的动静是近旁浅塘中隐约可见的小虫在翻搅水面。林间比城市更昏暗，因为此刻群山将胖撒旦的大半身体遮得严严实实的。

格温伸出手,碰了碰他的肩膀。"不,"她柔声道,"抱歉的是我。我也忘记了,毕竟,这跟阿瓦隆那时真像啊。"

他注视着她,努力挤出一抹微笑,心中却感到失落。"是啊,太像了。不管怎么说,我很想你,格温。也许我不该这么说?"

"也许不该吧。"她再次避开他的目光,从他身边漫步走开,走向湖的另一端。那里仍笼罩在阴霾中。她眺望许久,不再走动,只是在寒风中短促地颤抖了片刻。德克看着她的衣服的颜色缓缓变淡,转为斑驳的米黄和绿色,与她驻足之处的阴暗色调相符。

最后他走上前,迟疑地碰了碰她。她动了动身体,避开他的碰触。"别。"她说。

德克叹口气,抓起一把冰凉的沙子,让它们从指缝间溜走。"格温。"他犹豫着,"珍妮,我不知道……"

她注视着他,皱起眉头。"这不是我的名字,德克,从来不是。除了你没人这么叫我。"

他仿佛受伤似的缩了缩身子。"为什么——"

"那不是我!"

"更不是别人,"他说,"是的,这是我在阿瓦隆时的突发奇想。它很适合你。我这么称呼,我还以为你喜欢它呢。"

她摇摇头。"我喜欢过……可你不明白,你从来都不明白。它对我的意义逐渐多了起来,德克,越来越多,越来越多,直到变得不再美好。我试图告诉你,我试过。这么多年过去了,想当年我还是个孩子,我不知该怎么说。"

"那现在呢?"他的话音里满是不加掩饰的愤怒,"你现在知道该怎么说了吗,格温?"

"是的。因为你,德克,我学会了。"她想起了某个不为人知的桥段,笑出了声,然后摇摇头,让长发飘扬在风中,"听着,名字是非常精细的东西，它们拥有特别的含义。比如就拿扬来说吧，高阶成员的名字很长，因为他们扮演着许多角色。对他在阿瓦隆星的狼人朋友来说，他是扬·维卡瑞；在铁玉的议会里，他是高阶铁玉；作为信徒，他是里弗；在高阶战争中，他是沃尔夫；而在床笫间，他还有另一个名字，一个私密的昵称。这些名字都很贴切，因为名副其实，我认同它们。虽然我对他某些部分的喜爱胜过另一些，譬如我喜欢扬，胜过沃尔夫或高阶铁玉，可他们都是真实的他。卡瓦娜人有句谚语：'一个人是名字的总和。'在卡瓦娜高原星上，名字非常重要，卡瓦娜人比大多数人更了解名字中蕴含的真理。没有名字的东西就没有本质。只要存在，就必然拥有名字。你想到什么名字，那从某种意义上说，这种被你命名的东西就必然会出现，或者说，终究会出现。这是卡瓦娜人的另一句谚语。现在你明白了吗，德克？"

"不明白。"

她哈哈大笑。"你还是跟以前一样糊涂。听着，扬去阿瓦隆的时候，他叫扬托尼·铁玉·维卡瑞，这是他当时的全名。其中重要的是前两个单词——扬托尼是他与生俱来的真名，铁玉则代表他所属的邦国和同盟。维卡瑞是他年轻时编造的名字——每个卡瓦娜人都会取类似的名字，出处通常是他们崇拜的高阶成员、传说形象或英雄人物。许多古地球的姓氏就这样传承下来。他们觉得给男孩取了英雄的名字，会让他获得英雄的某些品质。在卡瓦娜高原星，这种做法似乎确实有效。

"扬选择的名字，维卡瑞，从许多方面来说都不寻常。它听起来像个从古地球传下来的名字，然而事实并非如此。扬是个公认的怪孩子：他喜爱幻想，喜怒无常，又常常深思自省。他很小的时候，最喜欢听'伊恩-克西'唱歌和讲故事，这对卡瓦娜的孩子来说很糟糕——'伊恩-克西'指的是那种负责繁衍后代的女性，是邦国的终身育母，一般的孩子不该和她们多来往。扬年岁稍长后，总是独自一人探索群山间的洞窟和废弃矿坑，远远避开他的同胞弟兄。这不能怪他。他向来是受欺负的对象，扬没有朋友，直至遇到盖瑟。盖瑟虽比他年轻许多，但努力充当他的保护人，保护他度过童年时代。之后，一切都变了。扬在即将成年——成为合法的决斗对象时，开始转而钻研武器，并很快成为这个领域的大师。他的确很擅长学习，如今他身手矫健，判断精准，甚至比盖瑟更强——那家伙的技艺大多出自本能。

"可事情并不总是一帆风顺。总之，当扬托尼准备取名字的时候，他有两个大英雄的名字作为备选，可他两个都不敢选。因为两者都不是铁玉成员，更糟的是，这两个人还是准贱民，是卡瓦娜历史上的反派。作为富有魅力的群众领袖，他们的理念与主流观念不符，因而承担了好几代骂名。扬思前想后，把两个名字拼在一起，又改了发音，让最后的成品听起来像是地球上某个古老的家族名。高阶议会没有详细考察就通过了。毕竟，这是他的选定名，是他的身份中最不重要的部分，提到它的机会少之又少。"

她皱起眉头。"这是整个故事的重点。扬托尼·铁玉·维卡瑞去了阿瓦隆，之前人们叫他扬托尼·铁玉。但阿瓦隆的风俗是称呼姓氏，所以他发现大多数人都称他维卡瑞。学院登记簿上写的是维卡瑞，他的导师也叫他维卡瑞，于是这个名字陪伴了他整整两年。很快，他不光是扬托尼·铁玉，同时也是扬·维卡瑞，我觉得他更喜欢后者。从此以后，他一直在努力继续维持扬·维卡瑞的身份，虽然在我们返回卡瓦娜高原星之后，这么做很难。对卡瓦娜人来说，他永远都是扬托尼·铁玉。"

"那他别的那些名字是怎么来的？"德克不由自主地开口发问。她的故事让他听入了迷，更让他对扬·维卡瑞清晨在屋顶所说的话有了更多领悟。

"我们结婚之后，他带我回到铁玉邦国，当上了高阶成员，加入了高阶议会。"她说，"这样，他的名字里便加入了'高阶'两字，享有由此而来的种种特权，包括拥有不属于邦国的私有财产、进行宗教献祭，以及在战斗中指挥他的'克西'——他的邦国弟兄——的权利。也因此，扬得到了作战名——类似军阶——和宗教名。这些名字在过去非常重要，现在虽然没那么重要了，但这个风俗还是被保留了下来。"

"我明白了。"德克说。他其实没明白，没完全弄明白。卡瓦娜人似乎对婚姻特别看重。"这些跟我们有什么关系？"

"有很大关系，"格温说，她的语气又变得严肃起来，"当扬来到阿瓦隆，人们开始叫他维卡瑞的时候，他就变了。他变成了维卡瑞，变成了他那些叛逆偶像的混合体。这就是名字的作用，德克，这也是我们之间结束的原因。我爱过你，是的，爱得很深。我爱过你，而你爱的是珍妮。"

"你就是珍妮！"

"是，也不是。我是你的珍妮，是你的吉尼维尔。你总这么说，一遍又一遍地说。你用珍妮称呼我的次数，就跟用格温一样频繁。没错，这些名字属于你。是啊，我喜欢过它们，可那时的我对名字和命名又懂些什么呢？珍妮很好听，吉尼维尔更闪耀着传说的光彩。我懂些什么呢？

"即便我不知如何表达，心里却很明白。问题的实质在于，你爱的是珍妮——而珍妮不是我。也许她的原型是我，可大部分的她是你的幻想、是你的愿望、是你编造出来的梦。你把她强加在我身上，同时爱着我们俩，而我发现自己正逐渐变成珍妮。给某样东西命名，它就会以某种形式出现。命名中蕴含着全部的真理，还有全部的谎言，世上没有什么比假名字更扭曲的了。有时候，它不仅能扭曲表象，甚至能扭曲事实。

"我多希望你爱的是我，不是她。我是格温·迪瓦诺，我想成为最好的格温·迪瓦诺，而不是别人。我不要当珍妮，可你拒绝放弃她。你从来都没弄明白，这就是我离开你的原因。"她平静而冷漠地说完这些话。她的脸像张面具,接着,她再次把目光从他身上移开。

而他终于明白了。七年来他一直苦苦思索,现在不过短短一瞬间,他便恍然大悟。所以,他心想,这就是她送来呢喃宝石的原因。不是叫他回来,不,终于,她是要说出离他而去的原因。

原来如此。

他的怒火骤然消退,转化为困倦与忧郁。冰冷的沙子自顾自地流经他的指间,被风吹散。

她看到他的神情,语气缓和下来。"抱歉,德克,"她说,"可你又叫了我珍妮,所以我不得不告诉你真相。我从未忘记你,也想象不出你会忘记我,这些年来,我一直没有停止思考。我一直在想,曾经的美好,为何会变成这样?我很害怕,德克,我真的很害怕。我在想,要是连我们,连德克和我的感情都能变质,那就再没什么可依靠,再没什么可指望的了。这种恐惧整整束缚了我两年,直到最后,我和扬在一起后,我才明白。很抱歉,这个答案对你来说很痛苦。但你应该知道。"

"我本来还希望……"

"别,"她警告道,"别说了,德克,别再说了。别再想了。我们结束了。认清现实吧。否则我们会毁掉自己的。"

他叹了口气,欲言又止。在这漫长的对话中,他连碰都没碰过她。他觉得全身无力。"我猜扬从不叫你珍妮?"最后,他苦笑着问。

格温大笑:"不。作为卡瓦娜人,我有个不为人知的名字,他是那么称呼我的。可我早就接受了那个名字,所以这没关系。它是我的名字。"

他耸耸肩:"这么说,你过得很快乐?"

格温站直身体,把吹散的沙子从腿上拂去。"扬和我——有很多事难以解释。你曾是我的朋友,德克,或许是我最好的朋友。但我们已经分开太久了。顺其自然吧。现在的我需要一个朋友。我试着向阿金倾诉,他认真听了,也试图帮我,但帮不上什么忙,因为他身在局中,对卡瓦娜人和卡瓦娜文化的认识十分盲目。没错,扬、盖瑟和我之间的确有些问题,如果你想问的是这个的话。可这事很难说清。给我点时间。如果你愿意的话,就耐心等待,然后重新成为我的朋友吧。"

在没有尽头的暗红暮色中,湖泊显得安静极了。浓稠的湖水里满是蔓延的菌类,他看着湖水,脑海中突然浮现出布拉克星运河的画面。这么说,她确实需要他,这或许不是他心中所想的那种需要,可他依旧可以为她付出些什么。他紧紧攥住这个念头:他要为她付出,他应当为她付出。"怎么都行,"他说着,站起身来,"格温,这里有很多我不明白的事,不明白的人。我思考过你昨天的话,可现在我甚至连该问什么都不知道。但我可以去试,我想,这是我欠你的。我肯定欠你点什么。"

"你会等下去?"

"等待并聆听,直到合适的时机到来。"

"那么,我很高兴你来了。"她说,"我需要一个人,一个局外人。你来得正是时候,德克。这是我幸运的象征。"

好奇怪啊,他想,她送出宝石,只为了一个幸运的象征。可他什么都没说。"现在去哪儿?"

"现在让我带你看看森林。毕竟这才是我们到这儿来的原因。"

他们收起天梭,从沉静的湖边走开,奔向安然等待的浓密树林。林中全无道路可循,但树丛稀疏,并不影响行走,另有诸多天然小径可供挑选。德克默不作声地打量着周围的树木,双肩松弛,两手插入口袋中。只有格温在说话,但也只寥寥几句。她说话时语气轻柔虔诚,如同在大教堂里低语的孩童。大部分时候,她只是伸手指着让他看。

对德克而言,湖畔的这些树木是上千次碰面的老友。因为这儿是所谓的"家乡林",人类携带着这些树木来往于星辰间,在踏足的每颗星球上种植。家乡林最初来源于古地球,但地球并非它的唯一源头。在每颗殖民星球上,人类都会发现新树木,而它们很快就和最初产自地球的树木一样,成为家乡林不可或缺的一部分。随着人类世界的疆域不断拓宽,来自其他星球的树苗也持续加入了那些被多次移植的地球子嗣之中,家乡林因此发展壮大。

德克和格温在林间缓步穿行,就像其他若干星球上穿行于同样森林中的人一样。他们对这些树木了如指掌。这边是糖枫和火枫,那边是伪橡和橡树,还有银木、毒松和山杨。外域客把它们带到这里,正如他们的祖先把这些树带到边缘星域。这是为了增添家的气氛,无论家乡所在何处。

可这里看起来有些异样。

是光的关系,过了一会儿,德克才明白过来。自天际投向林间的光如此稀疏,这番惨淡的暗红光景便是沃罗恩星的白昼。这片森林已经步入了它生命的黄昏。

在缓慢流淌的时间中——在这异常漫长的秋日中——它正逐渐死去。

他凑近观察,发现糖枫的枝头空空荡荡,枯萎的叶片堆积在他的脚下。它们不会再长出来了。橡树也都光秃秃的。他停下脚步,从火枫上摘下一片叶子,发现细细的红色叶脉早已转为黑色。而那银木完全成了尘灰色。

腐朽将接踵而来。

在森林的某些地方,腐朽早已到来。在一片无人涉足的幽谷中,腐殖质比其他地方更黑也更厚,德克闻到了一股腐败的气味。他看着格温,开口提问。她俯下身,抓起一把黑色的那种东西,放到他鼻子底下。他闻了之后,便转过身去。

"这儿曾是一片苔藓,"她悲伤地说,"他们从伊瑟琳星千里迢迢带来的。一年之前，这儿还充斥着碧绿和鲜红的色彩，四处开满小花。现在已经全变黑了。"

他们继续深入森林，远离湖泊和山墙。太阳们此时几乎已高挂空中，胖撒旦浮肿而黯淡，就像鲜血淋漓的月亮，被四颗小小的黄色星辰——其实是太阳——围在中央。沃罗恩星啊，它走得太远，迷失了方向，连巨轮也无法拯救它。

他们步行了一个多小时，此时周围森林的面貌开始发生变化。变化缓慢而微妙，幅度之小，几乎令德克无从察觉。是格温提示了他。家乡林那为人所熟知的植被结构衰退消失，取而代之的是更为陌生、更为独特也更为狂野的生态环境。憔悴的黑树上长着灰色的叶片，高高的荆棘之墙红影斑驳，低垂的蔓藤闪动着浅蓝色磷光，巨大的球茎上满是暗色的片状斑点。格温指向每一种植物，叫出它们的名字。有一种植物越来越常见：那是种高高耸立的淡黄色树木，纷乱的枝条从蜡白色的树身延展而出，较小的分权则从树枝处长出来，分权上又长出更小的枝条，直到最后所有这些枝条共同组成了一座密不透风的木头迷宫。"绞杀树"，格温这么称呼它，个中原因不难看出：附近就有棵绞杀树生长在高贵的银木旁，它伸出弯曲的蜡黄枝条，缠住了银木庄严笔直的树枝，将树根深埋在另一棵树的树底下，犹如一把不断收紧的铁钳，挤压着竞争对手。现在那棵银木几乎被遮得看不见了，如今只是一根在不断膨胀的绞杀树旁边怅然无声的枯木。

"绞杀树原产于托贝星，"格温说，"它们正在接管这儿的森林，就像它们接管托贝星的森林那样。我们本该让托贝人来管管，可他们大概也不会操心这事吧。说到底，这片森林终将死去，这命运早在它们被种下之前就已注定。就连绞杀树也会死，虽然它们能存活到最后一刻。"

他们继续前行，绞杀树也越来越茂盛，直到最后彻底主宰了森林。

这部分的森林更为浓密黑暗,也更难以穿行。半掩半露的树根让他们磕磕绊绊,纠缠的枝条在他们头顶环环相扣,活像相扑手比赛时纠缠的手臂。有时两三棵或更多的绞杀树彼此靠近,枝条交缠,打了个死结,让格温和德克被迫绕道而行。其他种类的植物很稀少,只有黄色树干下点缀着一片片黑色和蓝紫色的蘑菇,还有寄生在树上的浮沫网藤。

可这儿有动物。

德克看着它们在昏暗交缠的绞杀树间穿梭,听着它们高亢的啁啾。最后他看清了其中一只。它端坐在他们头顶一根臃肿的黄色树枝上:大如拳头,纹丝不动,而且不知为何显得很透明。他拍拍格温的肩膀,对那边点点头。

她只是扬起嘴角,轻笑出声。

接着,她把手伸向那只小动物坐着的地方,把它捏在手里。当她拿给德克看的时候,德克发现她掌心里只有灰尘和死去的肌体组织。

"这儿有一窝树灵,"她解释道,"它们在发育成熟前要蜕四五次皮,并把蜕了的皮当作守卫,用来吓阻其他食肉动物。"她指了指,"你有兴趣的话,这儿有只活的。"

德克向那边张望,有只长着尖牙和棕色大眼球的黄色小生物在他的视野中飞奔而过。"它们也能飞,"格温告诉他,"树灵的上肢和下肢间长有软膜,可以在树与树之间滑翔。要知道,它们是食肉动物,结队狩猎,能杀死是它们的一百倍的生物。不过它们通常不会攻击人类,除非被人类闯进巢穴。"

那只树灵此时已经离去,消失在绞杀树的枝丫迷宫中,可德克觉得自己眼角余光又看到了一只。他打量着周围的树木。那种透明的蜕皮到处都是,它们端坐在枝头,在微光中凶狠地凝视他,就像一个个小巧而可怕的幽灵。"加纳塞克讨厌的正是这种东西,对不对?"他问。

格温点点头。"树灵在奇姆迪斯星是种害虫,可在这儿,它们如鱼得水。它们和绞杀树相处融洽,在这些纷乱的树枝间移动的速度比我见过的任何生物都要迅速。我们仔细研究过这种生物,它们正在清空这片森林,最终会杀光所有猎物,然后自己也全部饿死。可惜,它们没有足够的时间,护盾系统在那之前就会失效,而寒潮会接踵而来。"她略显疲惫地耸耸肩,将前臂搭在一根低垂的树枝上。他们身上的大衣早就变成了和周围树木相同的黄色,可她的袖子在拂过树枝时卷起,德克看到了在树木衬托下银玉臂环的黯淡光芒。

"那这儿剩下的动物还多吗?"

"很多,"她说,淡淡的红光让臂环的颜色变得很怪,"当然了,没有从前那么多。大多数野生动物抛弃了家乡林。动物们很清楚,这些树正濒临死亡。与之相对,产自外域的树木要坚忍得多,在外域树木生长的地方,你定然会发现生机:它们依旧茁壮,依旧屹立不倒。这些绞杀树、幽灵树和蓝色鳏夫——它们将顽强生长,坚持到最后一刻。而它们的房客,不管是新房客还是老房客们,都将安居在那里,直到寒冬来临。"

格温的手臂随意地晃荡着,而那臂环在他眼里闪耀,在他耳中尖叫。它是誓约,是信物,也是对他的拒绝。这白银与玉石中蕴藏着爱的诺言,而他只有小小一颗、形似泪滴的呢喃宝石,还有心中满载的褪色回忆。

他向上望,目光穿过交错往来的黄色绞杀树树枝,望向那高挂在被分割成小块的昏暗苍穹中的地狱之眼。如今,它看起来比地狱更疲惫,比撒旦更可悲。他发起抖来。"我们回去吧,"他对格温说,"这地方太压抑了。"

她没有反对。他们在无穷无尽的绞杀树林中找到一小块空地,一块足以将天梭的银色金属平台铺展开来的地方。

随后他们飞向天际,共同踏上返回拉特恩城的漫长旅程。

3

他们再次翻越群山，德克这次好了许多，远没有先前那么失态，可飞行方面的进步并未让他心情好转。在返回的路上，他们大部分时间都一言不发，并且保持着距离。格温在他前面几米远的地方飞行。他们朝破碎失色的烈焰巨轮飞去，在天空的映照之下，格温的身体模糊不清，她就像故事里飞翔的女巫，总是遥不可及。沃罗恩星濒死的森林感染了德克。他满怀感伤地看着格温，看到的却只是个黯淡褪色的洋娃娃，她的黑发在红光下显得油油的。狂风席卷而过，思绪纷至沓来。她不是他的珍妮，从来都不是。

在飞行中，德克又有两次看见——或以为自己看见了——银玉臂环的闪光。那光芒令他痛苦，一如先前在林中对他的折磨。他每每强迫自己偏转目光，看向那些黑云。纤细狭长的云朵正在荒芜空旷的天空中飞掠而过。

等他们回到拉特恩城，那辆灰色蝠鲼飞车和橄榄绿战车都不见了踪影，只有鲁阿克的黄色泪滴飞车还停在原地。他们就近着陆——德克降落时还是像先前那样笨拙，出发时的幽默感也不见了踪影，只剩下木讷未曾改变——随后把天梭和靴子放回屋顶的原位。在电梯边,他们短暂交谈了几句,可德克完全记不得自己说了什么。然后格温就离开了。

阿金·鲁阿克正在塔底的房间里耐心等待。德克在蜡色的墙壁、雕塑和奇姆迪斯盆栽植物中间找到了一张躺椅。他躺了下去,只想休息,不想思考,可鲁阿克站在那儿,轻笑着摇摇头,金白色的头发飘舞起来,他又把一只绿色高脚杯塞进德克手里。德克接过它,坐起身来。杯子用纤薄的水晶制成,朴实无华,唯有表面裹着一层飞快融化的寒霜。他喝了一口,酒液柔和冰冷,带着熏香和肉桂的味道滑入他的喉咙。

"你看起来累坏了,德克。"奇姆迪斯人说着,给自己倒了点喝的,随后"扑通"一声,坐进吊床椅,陷进一株悬吊着的黑色植物的阴影下。矛状的叶片在他胖嘟嘟的笑脸上投下一道道细长的黑影。他大声地喝了几口酒,这一刻,德克有些讨厌他。

"漫长的一天。"他含混地说。

"的确,"鲁阿克赞同道,"卡瓦娜的一天,哈,总是很漫长。可爱的格温、扬托尼、讨厌的盖西[1],他们能让每天都变得很漫长。你觉得呢?"

德克不置可否。

"现在,"鲁阿克说着,笑了起来,"你应该明白了。在我告诉你这些事情之前,我希望你已经明白了。是啊,我发誓要告诉你的,我对自己发过誓。格温和我说了不少心里话,作为朋友,我们时常聊天。我在阿瓦隆时就认识了她和扬,不过我们那时没现在亲近。她没法很轻松地谈论这件事,一直不能,可她跟我谈过,或者说她非说不可。现在我把事情告诉你,这并不算违背她的信任。我认为,你有知情权。"

酒液仿如深入胸口的冰冷手指,德克只觉倦意阵阵袭来,半梦半

---

1. "盖西"是鲁阿克对盖瑟的蔑称。

醒。鲁阿克已经说了很多,他却半句也没在意。"你在说什么?"他说,"我应该知道什么?"

"知道格温为什么需要你,"鲁阿克说,"还有她为什么寄给你那个……东西。那颗红色泪滴。其中的内容你知道,我也知道。她都跟我说过。"

警觉、好奇和困惑同时涌上德克心头。"她跟你说……"他话没说完就住了口。格温要他等待,很久以前他对她有过承诺——不过这样也好,也许他应该听听鲁阿克说,也许她只是难以对他启齿。鲁阿克肯定知道内情。他是她的朋友,她先前在森林里说,他还是她唯一的倾诉对象。"……说了什么?"

"你必须帮助她,德克·提拉里恩,想个法子。我想不出来。"

"帮她什么?"

"帮她重获自由。帮她逃走。"

德克放下酒杯,挠起了头。"从哪儿逃走?"

"从他们那儿。那些卡瓦娜人。"

他皱起眉。"你是指扬吗?我今早见过他,还有加纳塞克。她爱扬。我不明白你的意思。"

鲁阿克大笑了几声,抿了口酒,又开始大笑。他身上的三件式套装布满了交错排列的绿色和棕色方块,活像丑角的装束,再加上他滔滔不绝的鬼话,令德克不禁怀疑这位矮个子生态学家真是个小丑。

"爱他,她这么说了吗?"鲁阿克道,"你确定?嗯?"

德克迟疑起来,他努力回忆和她在那片静谧的绿色湖畔所说的话。"我不确定,"他说,"可意思差不多。她是——那词怎么说来着?"

"贝瑟恩?"鲁阿克提示。

德克点点头。"没错,贝瑟恩,妻子。"

鲁阿克笑出了声。"不,你全弄错了。我在车里听得很仔细,格温一直在说假话。哦,不能算假话,只是你误会了。贝瑟恩并非妻子的意思,还记得我说过,半真半假是最恶劣的谎言吗?你以为'特恩'是什么意思?"

他一时语塞。特恩。他到了沃罗恩星以后,听过这个词不下百次。"朋友?"他一头雾水地猜测。

"你比刚才错得还离谱。"鲁阿克说,"对于外域,你还得多学点。贝瑟恩在古卡瓦娜语里是指'属于男人的女人',被银玉誓约束缚的'盟妻'。没错,在银玉誓约下可以有感情,甚至爱情的存在。可你得知道,'爱'这个词本身,这个标准的地球词语,在古卡瓦娜语中没有任何对应的字眼。很有趣,对不对?若是连'爱'这个词都没有,他们又该怎么去爱呢,提拉里恩朋友?"

德克没有回答。鲁阿克耸耸肩,喝了口酒,继续说道:"噢,没关系,好好想想吧。我提到银玉誓约,是的,很多卡瓦娜人曾在其中找到爱情,有时是贝瑟恩对誓主的爱,有时是誓主对贝瑟恩的爱,或者说是好感——如果这不算是真正的爱情的话。然而事情并非总是这样,爱不是必要条件,你明白吗?"

德克摇摇头。

"卡瓦娜誓约代表习俗和义务,"鲁阿克有意将身体前倾,"而爱情的出现纯属意外。我说过,他们是群野蛮人。去读读历史,读读传说故事吧。你知道,格温在阿瓦隆遇见了扬,而她当时没读过历史,至少读得不够多。他是来自卡瓦娜高原星的扬·维卡瑞,可卡瓦娜高原星究竟是什么?某颗行星?她不知道。所以他们之间好感渐增——也许算是爱情吧——然后水到渠成,再然后他给了她银玉臂环,她突然成了他的贝瑟恩,却不知自己中了陷阱。"

"陷阱?什么陷阱?"

"去读读历史吧!发生在卡瓦娜高原星上的暴行已是久远的过去,

可那里的文化却始终如一。格温是扬·维卡瑞的贝瑟恩,贝瑟恩和盟妻,他的妻子,是啊,他的爱人,可事实上,她更是财产、奴隶及赠礼。她是他献给铁玉的赠礼,有了她,他才得到了高阶名号。只要他一声令下,她就得为他生育后代,无论她是否愿意。她还得把盖西也看作爱人,无论她是否愿意。若是扬在与非铁玉邦国成员——比如布赖特人或赤钢人——的决斗中死去,格温就会归那个人所有,就像一件行李、一件道具,成为那个人的贝瑟恩;如果胜利者已立下过银玉誓约,她就会成为只能生育的伊恩-克西。若是扬死于意外,或是在与铁玉成员的决斗中死掉,格温将归盖西所有。在这其中,她的意愿根本无足轻重。谁管她恨不恨盖西呢?反正卡瓦娜人不在意。要是盖西也死了呢?噢,到那时候,她就成了伊恩-克西,邦国的育母,沦落到社会底层,任凭所有'克西'随意使用。克西的意思是邦国弟兄,差不多可翻译为'家中的男性'。铁玉就是个大家庭,其中包括成千上万个小家庭,而她届时将属于这些人。她是怎么称呼扬的?丈夫?不对,应该说是看守——这就是他和盖西的真实身份,要是你觉得监狱里的囚犯和看守之间能有真爱,那随便吧,反正我不相信。扬托尼尊重格温,因为他如今是高阶铁玉,而她是他的贝瑟恩赠礼,要是她死去或离开他,他就成了废铁玉,一个受人嘲笑、没有臂环、在议会里没有发言权的糟老头子。他已不再爱她,而是奴役着她。她离开阿瓦隆已经很久了,随着年岁的增长,也更加睿智,现在她明白了。"鲁阿克绷紧双唇,最后一段他是借着怒意一口气说完的。

德克犹豫道:"这么说,他并不爱她?"

"就像你爱自己的财物,誓主也爱他的贝瑟恩。银玉誓约有着牢不可破的誓言,可它代表的是职责和所有权,没有爱。就算卡瓦娜人懂得爱,也只会爱他们选定的兄弟、保护人、灵魂伴侣、爱人和同胞战友,那个永远忠实,为他带来欢笑、承担打击、缓解痛楚的人,那个与他终身为伴的人。"

"特恩。"德克有些麻木地说。他的思绪已经跟不上了。

"特恩!"鲁阿克点点头道,"卡瓦娜人尽管野蛮,却拥有许多诗作,其中不少是歌颂特恩的,歌颂钢铁与耀石,而非白银与玉石。"

事实真相逐渐展露端倪。"你刚才说,"德克开口道,"她和扬并不相爱,而且格温只是个奴隶。那她为什么不离开呢?"

鲁阿克的胖脸涨得通红。"离开?别胡扯了!他们只会逼她回来。高阶者必须保护和看护他的贝瑟恩,并杀掉那些想偷走她的人。"

"而她把呢喃宝石寄给了我……"

"她还能指望谁呢?指望卡瓦娜人吗?扬托尼已经干掉两个挑战者了。卡瓦娜人都不敢碰她,就算他们敢,对她又有什么好处?我?我帮得了她吗?"他的双手扫过身体,不屑地把自己排除在外,"你,提拉里恩,你才是格温的希望。你亏欠过她。你爱过她。"

德克觉得自己仿佛在远处听着自己的话。"我依然爱她。"他说。

"很好。要知道,我觉得格温……虽然她没提起,可我觉得……她依然在乎你。一如从前。而且她从未爱过扬托尼·里弗·沃尔夫·高阶铁玉·维卡瑞。"

这酒,这古怪的绿葡萄酒,影响他的程度远超想象。只一杯,不过一高脚杯的酒,就让房间天旋地转。德克·提拉里恩努力站直身体,听着这些惊人之语,满心迷惑。他起初认为鲁阿克的话毫无根据,可现在却句句在理。真的,他解释了每件事,让一切都水落石出,也让德克明白了自己该做什么。真是这样吗?房间摇晃着,忽暗忽明,德克前一秒才深信不疑的事,后一秒却又犹豫不定。他该做什么呢?该做些事,做些对格温有益的事。他必须弄清真相,然后……

他的手伸向额头,低垂的棕灰色卷发下,他的额头已然满是汗珠。鲁阿克忽然站了起来,脸上掠过警觉的神色。"噢,"奇姆迪斯人说,

"这酒让你不舒服了！我真是个蠢货！没错，外域的酒不适合阿瓦隆的胃。来点吃的会好些。吃的。"他匆忙跑开，慌乱间把那棵盆栽植物拂向一旁，黑色的矛叶在他身后轻摆舞动。

德克静静地坐着。远处传来嘈杂的碗碟响声，可他毫不在意。他那仍在滴汗的前额因为思考——异常艰难的思考——而泛起道道犁沟。他的逻辑能力不知所终，就算他拼命回忆那些再明白不过的事，它们也会迅速消失不见。死灰复燃的梦想令他战栗，与此同时，绞杀树在他脑海中枯萎，正午的烈焰巨轮则在沃罗恩星焕然一新的森林上空熊熊燃烧。借由力量和智慧，他能实现这一切，让漫长的日落画上句点。珍妮，他的吉尼维尔，将永远陪伴在他身边。没错。没错！

等鲁阿克带着刀叉和几碗软奶酪、某种红色块茎和热腾腾的肉回来时，德克已经冷静和镇定了许多。他接过碗，在恍惚中进食，而他的房东继续夸夸其谈。等到明天，他对自己承诺，他会在早餐时和他们碰面，和他们交涉，以尽力了解真相。然后他就采取行动。明天。

"……无意冒犯，"维卡瑞说，"你不是傻瓜，洛瑞玛尔，可我觉得这件事你做得很蠢。"

德克在门口僵住了，他不经意间开启的沉重木门在面前旋开。所有人都转过头，四双眼睛打量着他，其中维卡瑞等把话说完才最后转过目光。前晚告别时，格温曾叫他来吃早餐（只叫了他，因为鲁阿克和两个卡瓦娜人都在尽一切可能避免碰面）。他来得很准时，刚好在黎明后不久，可眼前这幕场景却出乎他的预料。

巨穴般的起居室里共有四人。格温头发凌乱，眼里满是睡意，坐在横于壁炉和滴水兽雕像前方那张裹有皮革的木制矮沙发边缘。盖瑟·加纳塞克就站在她身后，双臂环抱，眉头皱起，而维卡瑞和一个陌生人在壁炉架边对峙。三个男人都穿着正式服装，佩带着武器。加纳塞克绑着裹腿，身穿柔软的炭灰色高领衬衫，胸口从上往下钉着两排黑铁纽扣。他剪去了右边袖管，以展示那只用钢铁和闪亮耀石制成的臂环。维卡瑞也是一身灰色打扮，唯独缺了那排纽扣：他的衬衫前方有直开到腰带处的V形领口，一枚用铁链穿起的玉石奖章紧贴他的胸膛。

首先跟德克说话的是新来的陌生人。他起初背朝着门，看到其他人的眼神时，他迅速转过身，眉头皱了起来。他比维卡瑞或加纳塞克都要高出一个头，此刻更是俯视着德克——尽管他们之间相隔了好几米。他棕色的皮肤在皱巴巴的蓝紫色短斗篷和奶白色外套的映衬下，显得异常深沉。夹杂着银丝的灰发垂落在他宽阔的双肩，而他那对黑曜石般的眼睛——嵌在有上百道皱褶和细纹的脸上——并不友善。他的声音也一样。他迅速扫过德克，然后简要地说："出去。"

"什么？"没有什么回答能比这句更蠢的了，德克心里这样想，可脑子里除此之外空空如也。

"我说，出去。"那白衣巨人重复道。他和维卡瑞一样，赤裸着两只前臂，来展示那对仿佛双胞兄弟般的臂环：左臂是银和玉，右臂是铁和火。可那陌生人臂环的样式和缀饰与维卡瑞的截然不同。两人唯一相同的地方是腰间那把枪。

维卡瑞就像加纳塞克那样，交叠双臂。"这里是我的地盘，洛瑞玛尔·高阶布赖特。你无权对应我之邀而来的人无礼。"

"而你自己并非应邀而来，布赖特。"加纳塞克笑着补充。那笑容里带着一丝恶意。

维卡瑞看着他的特恩，急促用力地摇摇头。他的意思是加纳塞克错了。可错在哪儿？德克不明白。

"我满怀不平而来，扬托尼·高阶铁玉，我想跟你好好谈谈。"那身穿白衣的卡瓦娜人低声道，"难道我们非得在外乡人面前谈话不可?"他又瞥了德克一眼,依旧眉头深锁道,"就我所知,这还是个'伪人'。"

维卡瑞回答时的语气从容而坚定。"我们已经谈完了,伙计。我已经给出了我的答案。我的贝瑟恩受我的保护,还有那个奇姆迪斯人,还有他——"他朝德克摆摆手,接着再次叠起双臂,"——要是你想带走这儿的任何人,就先过我这关吧。"

加纳塞克笑了。"他不是伪人,"这个瘦骨嶙峋的红胡子卡瓦娜人说,"他是德克·提拉里恩,铁玉的'科拉瑞尔',无论你赞同与否。"加纳塞克朝德克微微转过身,指了指那个穿白衣的陌生人,"提拉里恩,这是洛瑞玛尔·雷恩·温特福克斯·高阶布赖特·阿凯洛。"

"他是我们的邻居,"坐在沙发上的格温头一次开口,"也住在拉特恩城。"

"离你们远着呢,铁玉们。"那个卡瓦娜人说。他显得不太高兴,纠结的双眉凝在脸上,那双黑眼睛接连扫过众人,满载着冰冷的怒意,最后停在维卡瑞身上。"你比我年轻,扬托尼·高阶铁玉,你的特恩更年轻,我不愿跟你们在决斗中对阵。可你我都清楚,法典自有公断,你和我都不该越界太甚。我觉得,你们这些年轻高阶者总喜欢在界限边缘游走,铁玉本身就是最胆大妄为的,而——"

"——而我又是铁玉里最胆大妄为的。"维卡瑞帮他说完。

阿凯洛摇摇头。"想当初,我还是布赖特邦国里一个没断奶的孩子,那时决斗常常是一场未完,一场又起,就跟你们现在轮番挑战我一样。是啊,那种生活一去不复返了。在我看来,卡瓦娜人变软弱了。"

"你觉得我软弱?"维卡瑞平静地发问。

"是,也不是,高阶铁玉。你是个怪人。你拥有无可否认的坚定,这点很好,可阿瓦隆让你沾上了伪人的臭气,把柔弱和愚蠢传染给了你。我不喜欢你的贝瑟恩婊子,也不喜欢你的这些'朋友'。要是我再年轻点,我会气愤地找上你,让你重新学习那些被你轻易遗忘的邦国古训。"

"你这是在挑战我们吗?"加纳塞克问,"你的口气很强硬啊。"

维卡瑞伸开双臂,漫不经心地摆摆手。"不,盖瑟。洛瑞玛尔·高阶布赖特没有挑战我们。对不对,伙计?"

阿凯洛等了好几次心跳的时间,方才开口作答。"对,"他说,"对,扬托尼·高阶铁玉,我无意冒犯。"

"也没人被冒犯。"维卡瑞说着,微笑起来。

布赖特的高阶者可没有笑。"祝好运。"他不情愿地说,随后大步走向门口,途中短暂停留了片刻,让德克有时间快步闪到一边,接着他继续向前,朝通往屋顶的阶梯走去。房门在他身后合拢。

德克走向前去,可眼前的场面随即就散了。加纳塞克双眉紧皱,摇摇头,转过身,快步走进另一个房间。格温面色苍白,颤抖着站起身,只有维卡瑞朝德克跨出一步。

"这不是什么好事,"卡瓦娜人说,"可它或许能对你有所启迪。无论如何,我表示歉意,我不希望你像奇姆迪斯人一样对卡瓦娜人产生偏见。"

"我不明白。"德克说。维卡瑞揽住他的肩膀,拉着他往就餐室走去,格温跟在两人身后。"他刚才在说什么?"

"啊,他说了很多,我会解释的。但我必须再次向你致歉:我答应你的早餐还没准备好。"他笑了。

"我可以等。"他们走进就餐室,坐下来,格温仍旧一言不发,心事重重。"盖瑟刚才叫我什么?"德克问,"科拉——什么的,那是什么意思?"

维卡瑞有些犹豫。"那念作科拉瑞尔,是个古卡瓦娜词。它的含义几个世纪以来已经发生了变化。在今天的场合下,在盖瑟或者我口中,它的意思是'受保护者'。你受我们保护，受铁玉邦国保护。"

"这是你一厢情愿的想法，扬，"格温说，她语气尖锐，满是怒意，"告诉他真正的含义！"

德克等待着。维卡瑞交叠双臂，目光在两人身上来回转换。"好吧，格温，如你所愿。"他转向德克，"它更古老也更完整的含义是'受保护的财产'，希望你别把这看作侮辱。科拉瑞尔是指那些不属于任何邦国，但仍旧被保护和受重视的人。"

德克想起了鲁阿克前晚告诉他的那些事，那些在绿葡萄酒的阴霾中隐约听闻的话语。他感到怒火如同红潮般涌上他的脖颈，只能将它强自压下。"我不太习惯被人称为财产，"他尖刻地说，"无论我多受重视。另外，你们准备保护我免受谁的伤害？"

"洛瑞玛尔和他的特恩，撒阿尼尔。"维卡瑞解释道。他倾身向前，越过餐桌，用力抓住德克的手臂。"盖瑟的话也许有些欠考虑，提拉里恩，可对他来说，在当时用这个古老的词语来表达古老的含义，无疑是恰当的。当然，这句话本身是错了——我明白，其荒谬之处在于你是个人，是独立的个体，不是谁的财产。可对洛瑞玛尔·高阶布赖特这种头脑简单的人来说，这个词正合适。若是你因此产生了不快——就我所知，格温就很不喜欢这种说法——那么，我为我的特恩所说的话表示深深的歉意。"

"好吧，"德克说，努力想表现得通情达理，"感谢你的致歉，可这还不够。我仍旧对眼下的状况一无所知。洛瑞玛尔是谁？他想要什么？他又为什么非得对付我？"

维卡瑞叹口气，松开德克的手臂。"要回答你的这些问题可不容易。我必须先行讲述我同胞的历史，而我清楚明了的又只有其中很少一部分，大部分只能依靠猜测。"他转向格温，"如果没人反对，我们就边吃边谈吧。你能去拿吃的来吗？"

她点头离开，几分钟后端着个大盘子回来，里面堆满了黑面包、三种不同的奶酪和亮蓝色外壳的煮蛋，当然，还有啤酒。维卡瑞身体前倾，将手肘撑在桌上，趁另外两个人吃饭时，他开始讲述。

他说："卡瓦娜高原星过去是个野蛮的地方，它是除'遗忘殖民地'之外最古老的外域殖民星球，在它漫长的历史中，争战从未停歇。遗憾的是，那些所谓的历史大部分都是传奇故事，充斥着出自民族优越感的谎言。可这些传说一直被众人坚信着，直到空白期结束后，太空船再次到来为止。

"举例来说，铁玉的男孩们接受的教育是：全宇宙只有三十颗恒星，而卡瓦娜高原星是宇宙的中心，人类起源于此。传说凯·艾恩-史密斯和他的特恩罗兰·沃尔夫-杰德乃是火山和雷暴交合所生，他们浑身冒着热气，从火山口走出，步入充斥着恶魔和怪物的世界。接着，他们四处漫游了许多年，经历了各式各样的冒险。最后，二人偶然间来到山下的一个深洞，在里面发现了十多个女人。她们是世上最早的女人。女人们害怕恶魔，不愿离开洞窟，因此凯和罗兰留了下来，粗野地占有了那些女人，让她们成为伊恩-克西。深洞因之成了邦国，女人们为他们诞下许多子嗣，卡瓦娜人的文明自此而生。

"据故事所说，文明之路并不轻松。伊恩-克西们生下的男孩都是凯和罗兰的后代，他们暴躁、危险但又意志坚定。他们时常争吵。其中一个儿子，狡猾邪恶的约翰·科尔-布莱克，时常出于嫉妒杀死他的克西，即他的邦国弟兄，只因为他们比他更擅长狩猎。然后，他又开始吞吃他们的尸体，想以此获得他们的部分技巧和力量。某天，罗兰撞见约翰正开怀大嚼，便一路追赶着他翻过了群山，用巨连枷狠狠鞭打他。后来约翰再也没有返回铁玉邦国，而是在某座煤矿中建起了他自己的邦国，找了个恶魔作为特恩。这就是地脉煤居的食人高阶者的由来。

"在铁玉的记载中，其他邦国也以类似的方式诞生，不过故事里对这些叛乱者的评价都远高于约翰。罗兰和凯是严苛的主人，不易相处。举例来说，剑士夏恩是个善良又强壮的男孩，但在一场和凯激烈的打斗后，夏恩带着他的特恩和贝瑟恩离开了铁玉，起因是凯轻视他的银玉誓约。夏恩就是夏恩埃吉的创始人。铁玉始终将他的后裔视为纯粹的人类。夏恩埃吉也成了最伟大的邦国之一。那些已经灭亡的邦国，例如地脉煤居，在传说中的境遇可就没那么好了。

"这些传说极具张力，大多拥有道德价值，发人深省。譬如这个不服从命令的克西的故事：铁玉的始祖们深知，人类唯一的安居之所位于深岩之下，磐石之中，也就是洞窟或矿井。可那些后来者并不相信，在他们幼稚的眼睛里，平原广阔，令人动心。所以他们离开了地下，带着伊恩-克西和孩子们，建起高塔林立的城市。这是他们的愚行。烈焰从天而降，摧毁了城市，熔毁了他们竖起的高塔，焚烧了市民，幸存者在惊恐中逃往火焰无法触及的地底深处，结果当他们的伊恩-克西生下后代时，那些孩子都成了非人的恶魔。有时他们甚至会吞噬血肉，钻出子宫。"

维卡瑞顿了顿，喝了口杯里的啤酒。快要吃完早餐的德克漫不经心地把几块奶酪碎屑拨出盘子，皱起眉头。"故事很吸引人，"他说，"但恐怕我没看出它和这件事之间的联系。"

维卡瑞又喝了口酒，飞快地咬了口奶酪。"耐心点。"他说。

"德克，"格温冷冷地说，"四个幸存邦国的历史大相径庭，可在两个重要事件上，他们的看法一致。这是卡瓦娜神话的核心。每个邦国对那个故事——那座被烧毁的城市——都有类似的记载，它被称为'烈焰与恶魔纪元'。另一个故事，'哀恸之疫'，也几乎一字不差地在每个邦国中辗转流传。"

"的确，"维卡瑞说，"这些故事，就是我研究古代史的基本依据。但等到我诞生的时候，卡瓦娜人都不把这些当真了。"

格温礼貌地轻咳一声。

维卡瑞看看她，露出微笑。"哦，格温是想纠正我，"他说，"应该说，绝大部分神智健全的卡瓦娜人都不会把这些事当真，"他继续道，"然而他们没有其他说法可以信仰，没有别种真理能够依靠。总而言之，多数人并不太看重这些。等到星际通航恢复，沃尔夫海姆星人、托贝星人，然后是奇姆迪斯星人来到卡瓦娜高原星，发现我们急于学习失落的科技，而他们通过传授这些来换取我们的宝石和重金属。我们很快拥有了太空船，可依然没有历史。"

他笑了："我在阿瓦隆进修期间发现了部分真相。数量很少，可已经足够了。在学院庞大的数据库深处，我找到了卡瓦娜高原星最初的殖民记录。

"那是在'双面战争'的后期。一群殖民者离开了塔拉星，去诱惑者面纱彼端寻找居住地，希望借此避开哈兰甘人和那些哈兰甘奴隶种族。据电脑记载，他们一度获得了成功，在找到一颗荒凉、陌生却矿藏丰富的行星之后，他们很快建起了以采掘矿物为经济基础的高科技殖民地。塔拉星和殖民地之间约有二十年的贸易记录，接着面纱彼端的这颗行星突然在人类历史中消失了，而塔拉星几乎没有察觉，那正是战况最激烈的几年。"

"你认为那颗行星就是卡瓦娜高原星？"德克问。

"这是事实，"维卡瑞回答，"它们坐标相同，其他一些有趣的数据也吻合。比方说殖民地的名字叫卡瓦诺格。更有趣的是，第一支考察队的领袖是一位名叫凯·史密斯的星舰舰长。一个女人。"

格温微微一笑。

"出于偶然，我还找到了别的一些东西，"维卡瑞继续道，"你肯定知道，绝大多数外域星球都没被卷入双面战争，边缘星域的文明是大崩溃时期——甚至是大崩溃之后——的产物。卡瓦娜人没见过哈兰甘人，更别提他们形形色色的奴隶种族了。我也一样，直到我去了阿瓦隆，才开始对更宽泛的人类历史产生兴趣。在一本关于失序星域的战事记录上，我找到几张插图，上面画的是几种半智慧奴隶生物，哈兰甘人曾让他们充任突击部队，来对付那些不值得亲自动手的星球。毫无疑问，作为失序星域的居民，德克，你了解这些外星种族：擅长夜间活动的赫鲁恩人，他们生长于高重力星球，力量强大，异常凶残，并且拥有红外视觉；长有翅膀的翼手人，得名于某种与他们有几分相似的史前生物；最可怕的是吉斯洋基人，那些吸魂者，他们拥有可怕的灵能。"

德克连连点头。"我在旅行中见过一两个赫鲁恩人。另外几个种族几乎都灭绝了，不是吗？"

"也许吧，"维卡瑞说，"我仔细研究了那些插图，翻来覆去地看。他们身上的某种特性让我特别在意。最后，我发现了真相。无论赫鲁恩人、翼手人还是吉斯洋基人——他们和每个卡瓦娜邦国大门前的滴水兽雕像都有些许相似。他们就是传说里提到的恶魔，德克！"

维卡瑞站起身，在房间里缓缓踱步，说个不停。他的语气平和克制，可那步幅却暴露了他激动的心情。"当格温和我返回铁玉时，我提出了自己的理论，它以那些古老传说、伟大的诗人和冒险家哈米斯-利昂·塔尔所著《恶魔之歌》，以及学院数据库内的资料为基础。想象一下吧：卡瓦诺格殖民地确实存在，城市竖立在平原之上，矿井散布于四面八方。哈兰甘人用核弹夷平了那些城市。幸存者只好在地底避难所或废弃矿井中居住。为了控制这颗星球，哈兰甘人派出奴隶种族分遣队登陆。随后，他们离开了，整整一个世纪都没有回来。矿井成为最初的邦国，其他邦国也在岩石深处陆续建成。随着城市消失于无形，这些矿工退化到较为原始的科技水平，很快建立了一种以生存为首务的苛刻文明。在无数个世代里，人类与奴隶种族争斗不休，也彼此内战不休。与此同时，在充满辐射的城市废墟中，变种人类出现了……"

这时德克站了起来。"扬。"他说。

维卡瑞停止踱步，他转过身，皱起眉。

"我一直耐心在听，"德克说，"我明白这些东西对你非常重要。这是你的工作。可我想要答案，现在就要。"他抬起手，用指头一一列举问题。"洛瑞玛尔是谁？他想干什么？还有，我为什么需要保护？"

格温也站了起来。"德克，"她说，"扬只是在告诉你事情的背景，方便你理解。别这么……"

"不！"维卡瑞摆摆手，示意她安静。"不，提拉里恩说得对，我每次谈到这些事的时候都会兴奋过度。"他对德克说，"那么，让我直接回答你的问题：洛瑞玛尔是个非常传统的卡瓦娜人，传统到跟现在的卡瓦娜格格不入。他属于另一个时代。你还记得昨天早上，我把我的别针给了你，而且盖瑟和我都让你入夜后要当心吗？"

德克点点头。他抬起手，碰了碰那只小巧的别针。它好端端地别在领口。"记得。"

"你必须留意洛瑞玛尔·高阶布赖特及其同伙，提拉里恩。这要解释清楚可不太容易。"

"我来说吧，"格温说，"德克，听着：高阶卡瓦娜人，那些邦国的成员，若干世代以来一向彼此敬重——噢，他们之间也频繁争斗，到现在已有二十多个邦国和联盟被连根铲除，只剩下四个幸存的大邦国。但说到底，他们仍将彼此视为人类，遵循高阶战争规则和卡瓦娜决斗法典。可你要知道，在卡瓦娜高原星还生活有其他人——群山中的独居者，聚居在城市废墟之中的人们，农夫。这些人的确存在，他们是矿井邦国之外的幸存者。而高阶者们并不把他们看作男人和女人。瞧，扬描述历史时遗漏了一部分——噢，别这么坐立不安，我知道这故事很长，可它很重要。你还记得哈兰甘奴隶种族分别和卡瓦娜神话中的三种恶魔对应这件事吧？事实上，奴隶种族只有三种，可恶魔却有四种，其中最可怕也最邪恶的恶魔就是伪人。"

德克双眉紧蹙。"伪人。洛瑞玛尔就把我称作伪人。我还以为意思和'非人'差不多呢。"

格温说："不，非人是个通用词，而伪人只有卡瓦娜高原星才有。在传说中，变形人是骗子。它们能化作任何形体，但大都选择人类的形象，而且总想渗入其他邦国。它们藏身于人群中，伪装成人形，暗中袭击和杀戮。

"其他幸存者——农夫、山民、变种人和卡瓦诺格的其他不幸居民——被称为伪人和变形人。他们没有投降的权利，高阶战争规则在此并不适用。卡瓦娜人把他们赶尽杀绝，根本不相信他们是人类，只认为他们是外星畜生。若干世纪之后，那些仍然活着的伪人成为卡瓦娜人消遣的猎物。邦国成员总是两人一组——特恩与特恩拍档——进行狩猎，以便归来时可以互相为彼此的人类身份做证。"

德克一脸惊恐："这种事现在还有？"

格温耸耸肩："不常有了。现代卡瓦娜人承认祖先所犯下的罪行，甚至在太空船抵达以前，最进步的两大邦国——铁玉和赤钢——已经禁止了狩猎伪人的行为。猎人之间有个传统，无论基于什么理由，如果他们不想立即杀死某个伪人，但仍将他看作个人选定的猎物时，他们就会把这个伪人称作'科拉瑞尔'，其他人若是对他动手，就得接受决斗。铁玉和赤钢的成员们抓住了每一个能找到的伪人，把他们安置在村子里，试图让他们从野蛮状态中回归文明。他们把每一个伪人都称为科拉瑞尔，因此卡瓦娜星上爆发了一场短暂的高阶战争，由铁玉对抗夏恩埃吉。铁玉获得了胜利，因而科拉瑞尔这个词有了新的含义：受保护的财产。"

"那洛瑞玛尔呢？"德克询问，"他是怎么回事？"

她坏笑起来，这笑容让他想起了加纳塞克。"任何文化体系中都有顽固派存在，他们维护所谓的正统和原教旨。布赖特乃是最最保守的邦国，而且它大约有十分之一的成员——据扬估计——仍然坚信伪人存在，或者说强迫自己相信。这些人主要是猎人，洛瑞玛尔和他的特恩，还有其他一众布赖特邦国成员，都来这里狩猎。这里不仅猎物比卡瓦娜高原星种类多，而且用不着遵循狩猎法典。事实上，这儿根本没有规则可言。节庆公约很久以前就终止了。洛瑞玛尔现在想杀什么就杀什么。"

"包括人类。"德克说。

"只要能找到，他们就会动手。"她说，"拉特恩城现在有二十位居民——加上你是二十一。除了我们，以及一个住在旧瞭望塔里，名叫奇拉克·赤钢·凯维斯的诗人，还有两个来自夏恩埃吉的合法猎人，剩下的都是布赖特。他们狩猎伪人，找不到伪人，就捕杀其他猎物。论岁数，他们大多是扬的上一辈，而且相当嗜血。他们对古老狩猎的了解仅止于传说和邦国中流传的故事，或许年轻时还在雷姆兰山丘非法狩猎过几次人类。总之，他们坚信传统，却又屡屡受挫。"她不由自主地笑笑。

"可他们还在继续？没人阻止他们？"

扬·维卡瑞交叠双臂。他严肃地说："我必须向你坦白，提拉里恩，昨天你问我们为什么来这儿的时候，我和盖瑟对你撒了谎。确切地说，说谎的是我，盖瑟说的至少一部分是真的——我们必须保护格温。她是个外来客，不是卡瓦娜人，要是没有铁玉的保护，布赖特们会很乐意把她当作伪人杀掉。阿金·鲁阿克也是一样，而他对此一无所知，甚至连我们在保护他都不知道。但这是事实。他也是铁玉的科拉瑞尔。

"可我们来这儿的理由并非仅此而已。我必须离开卡瓦娜高原星，否则会有生命危险。当我用真名将我的理论公之于众时，我在高阶议会中拥有了巨大的权力，受尽赞誉，却也备受憎恨。许多宗教人士认为我的论点——凯·史密斯是个女人——是对他们的个人侮辱。为这个，我在短时间内接受了六次挑战。在上一次决斗中，盖瑟杀掉了对手，而我重伤了他的特恩，让那个人再也站不起来。我不想这么继续下去了。在我看来，沃罗恩星上没有敌人存在。于是在我的催促下，铁玉派格温去研究她的生态学项目。

"可来到这里，我才发现了洛瑞玛尔的勾当。他已经取得了第一份战利品，消息传回布赖特邦国，又传到我们耳中。盖瑟和我讨论了一番，决定阻止他们。这件事的影响太大了。要是奇姆迪斯人知道卡瓦娜人又开始狩猎伪人，他们会高高兴兴地把这事传遍外域群星。正如你所知，奇姆迪斯人和卡瓦娜人之间没有好感可言。其实我们不害怕奇姆迪斯人，他们的文明是宗教和哲学的结合体，又跟伊莫瑞尔人一样厌恶暴力。可其他边缘星球要危险得多。沃尔夫海姆星人的行为捉摸不定；托贝星人要是听说卡瓦娜人捕杀他们滞留在此的游客，就会终止贸易协定；若消息传到面纱另一边，或许连阿瓦隆星人也会与我们为敌，学院将把我们拒之门外。这些都是我们无法承受的，但洛瑞玛尔和他的手下不在乎，而邦国议会什么也做不了，他们在这儿没有权限。四大邦国中只有铁玉才会去操心几光年以外，发生在一颗濒死星球上的事务。盖瑟和我是在孤身对抗布赖特的猎人。

"到目前为止，还没有发生正面冲突。我们尽量扩大巡游范围，访问每一座城市，寻找那些仍滞留在沃罗恩星上的人。我们把能找到的每一个人都视为科拉瑞尔。事实上，我们只找到几个人——一个在节庆期间走失的野孩子，几个在哈帕拉之城逗留的沃尔夫海姆星人，还有个来自塔拉星的铁角猎人。我把自己的信物给了每一个人——"他笑笑，"——一枚形似黑狰女的黑色铁别针。这是种类似警示标的东西，用来警告举止过火的猎人。要是他们对任何佩戴别针的人——任何我的科拉瑞尔——动手,就代表自己挑起了一场决斗。洛瑞玛尔尽可以大吼大叫,可他不会跟我们决斗,因为那样他必死无疑。"

"我懂了。"德克说。他把手伸向领子,取下那枚小巧的铁别针,把它扔到桌上吃剩的早餐中间。"噢,这小玩意儿很漂亮,可你还是把它拿走吧。我不是任何人的财产。我一向自己照顾自己,以后也一样。"

维卡瑞锁紧眉头。"格温,"他说,"你能不能让他相信这么做比较安全——"

"不,"她尖声回答,"我很感激你的付出,扬,这你清楚。可我也了解德克的感受。我也不喜欢被人保护,更不想被当成私人财产。"她的语气急促而坚决。

维卡瑞手足无措地看着他们。"好吧,"他拿起德克丢下的别针说道,"实话告诉你,提拉里恩。我们找人的运气之所以比布赖特人好,是因为我们在城市里搜寻,而他们受旧习的束缚,总是去森林里狩猎。他们在森林里几乎没找到过人,直到现在,他们对我和盖瑟所做的事都一无所知。可今天早上,洛瑞玛尔·高阶布赖特不满地找上门来,因为前一天,他和他的特恩狩猎时发现了合适的猎物,却没法出手。"

"他们找到的猎物是个乘天梭的男人,正独自高飞在群山之上。"他拿起那枚形似黑猞女的别针。"要是没有它,"他说,"他便会强迫你降落,或用激光直接把你击落,随即在荒野中追赶你,最后杀死你。"他把别针放进口袋,意味深长地看了德克一会儿,转身离开。

4

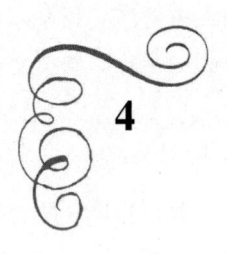

"你早上撞见洛瑞玛尔真是太不走运了,"扬走后,格温说,"事实上,你不该卷进来,我本来也不打算告诉你那些恐怖的细节。我打算保守秘密,直到你离开沃罗恩星为止。就让扬和盖瑟去对付布赖特们好了,其他星球的人除了议论和诽谤无辜的卡瓦娜人之外,什么都不会做。最重要的是,千万别告诉阿金!他一向看不起卡瓦娜人,肯定会立马回奇姆迪斯星去。"她站起身。"至于眼下,我们还是谈点开心的事吧。我们能在一起的时间不多:我只能做你几天的向导,就得回去继续工作。没理由让那些布赖特屠夫扰乱我们的心情。"

"都听你的,"德克回答。他本想镇定下来,可洛瑞玛尔和伪人的那些事仍旧让他胆战心惊。"你有什么计划?"

"我可以带你再去森林,"格温告诉他,"它们连绵千里,野外更有许许多多的迷人事物:装满了比我们个头还大的鱼儿的湖泊,由比你指甲盖还小的昆虫建起的但比这栋建筑物还大的虫穴,还有扬在山墙那边发现的一套规模惊人的洞穴体系——扬可是个天生的洞穴探险家。只是我们今天或许该小心行事,最好别往洛瑞玛尔的伤口上撒太多的盐,要不他和他那个胖子特恩没准真会来狩猎我们两个,到时就算是扬也没办法……或者我还是带你参观城市吧。城里也有很多迷人的景观,充斥着某种衰败之美。正如扬所说的,洛瑞玛尔从没想过在城里狩猎。"

"好吧。"德克没精打采地说。

格温很快打扮齐整,带他上了屋顶。天梭静静地躺在昨天两人着陆的地方。德克弯腰去拿天梭,可格温从他手中取走那些银色金属箔,丢进灰色蝠鲼飞车的后车座里。接着她抄起飞行靴和控制器,也扔了进去。"今天不用天梭,"她说,"大部分的路得靠步行。"

德克点点头,两人翻过飞车的双翼,坐进前座里。沃罗恩的天空让他觉得自己并非是在乘坐一辆小小的飞车,而是代表着一整支远征队。

狂风在飞车周围尖啸,德克暂时接过控制杆,好让格温扎紧她的黑色长发。他自己那头棕灰色乱发在飞车划过天际时疯狂飘舞,可他此时思绪万千,根本未曾注意,更别提因此心烦了。

格温让飞车高飞在山墙之上,向南方前进。平静的公共区、青翠的丘陵和蜿蜒的河流在他们右侧绵延而去,直到天地交接之处;而在左侧远方,群山稀疏的地方,他们瞥见了荒野的边缘所在。即便在这样的高空,绞杀树的泛滥也异常明显——就像那暗绿色地毯中蔓延的黄色毒瘤。

将近一小时的时间里,他们默不作声地驱车向前,德克陷入了沉思。他努力想理出头绪,却徒劳无益。最后格温看着他,脸上挂着微笑。"我喜欢开飞车,"她说,"包括这辆。它让我觉得自由和清白,可以把世间的种种烦恼抛诸脑后。你明白我的意思吧?"

德克点点头。"是啊。你不是头一个这样说的人。很多人都这么觉得,我也是。"

"没错,"她说,"我过去常常载你出去,记得吗?在阿瓦隆。我一开就是好几个钟头,甚至有次从黎明开到入夜,而你只是坐在那儿,一只手伸出窗外,眺望着远方,神情就像在梦里。"她又笑了。

他的确记得。那些旅程非常特别。他们从不多说什么,只是不时彼此对视,当两人目光相接时,便不约而同地露齿而笑。那样的情景是无法避免的:无论他如何压抑自己,笑容总会自行浮现。可如今一切都显得遥远至极,而且模糊不清。

"你怎么会想到这些?"他问她。

"因为你啊,"她说着,指了指,"你坐在这儿,无精打采,一只手伸出车外。啊,德克,要知道,你这是作弊。我看你是故意让我想起阿瓦隆,好让我笑着再次拥抱你。呸。"

两人一起大笑。

接着,德克几乎不假思索地挪动身子,伸出手臂搂住了她。她飞快地看了他一眼,略微耸耸肩,紧锁的眉头化为一声听之任之的叹息,最后勉强笑了笑。可她并未抽身拒绝。

接着他们看到了城市。

那座属于清晨的城市就像一幅由宽阔的绿色山谷作为背景的淡色蜡笔画。格温把飞车停在一座阶梯形广场的中央,两人结伴在林荫大道上闲逛了一个钟头。这是座优雅的城市,用纹理细致的粉红色大理石和苍白的石料砌成。街道宽敞而曲折,房屋低矮,抛光木料和有色玻璃的结构使房子显得颇为脆弱。小公园和宽敞的商业街比比皆是,艺术气息无处不在:雕塑、绘画、人行道和房屋墙上的壁画、假山庭院,还有栩栩如生的树雕。

可如今公园早已荒废,植物茂盛过了头,蓝绿色草坪肆意疯长。黑色藤蔓在人行道上曲折行进,公园边原本置有树雕的底座时常空空如也,少数结实的树雕已经长成了雕塑者所无法想象的奇异形状。

一条缓缓流淌的蔚蓝河流将城市一分为二,再二分为四,它前进的路线如同沿岸的街道一般蜿蜒迂回。格温和德克在华丽的木制行人桥下的阴影里落座,看着水面上胖撒旦那红色的慵懒浮影,她开始对他讲述这座城市的过去:在节庆时期,在他们二人都还没来到沃罗恩星时,奇姆迪斯人就建造了它,他们管它叫"第十二梦"。

也许这座城市此刻就在梦中。倘若如此,那么这将是它最后一次沉睡。它的拱顶大厅寂静无声,花园长成可怕的密林,很快将化为墓地。欢声笑语曾充斥于街角巷尾,可如今唯一的响动便是风卷枯叶的飒飒声。坐在桥底时,德克忽然想到,如果说拉特恩城正濒临死亡,那么"第十二梦"已然入土。

"阿金想把基地定在这儿,"格温说,"我们否决了他的提议。既然我们要一起工作,就最好住在同一座城市里。我当初不愿来这里,不知道他现在有没有原谅我。如果说卡瓦娜人建造拉特恩城时把它当作要塞,那么奇姆迪斯人就是用艺术品的标准来建造这座城市的。我听说,从前的它比现在更美。节庆结束时,他们拆走了最好的建筑物,又从广场上搬走了最精巧的树雕。"

"你投了拉特恩城一票?"德克说,"你觉得那儿适合居住?"

她摇摇头。她这时已解开发带,长发随风轻舞,她笑着捶了德克一拳。"不,"她说,"这是扬和盖瑟的意思。我——好吧,我没法支持'第十二梦'。我在这儿可住不下去,腐烂的气味太重了。你知道,我跟济慈看法相同:没有什么能比美的消亡更让人忧郁。这里比拉特恩城要美得多——扬要是听我这么说,准得跟我发火,所以,这是一座忧郁之城。此外,拉特恩城里至少还有些同伴——如果说洛瑞玛尔和他那伙人也能算的话。可这儿除了幽灵,什么都没有。"

德克注视着水面。那轮红色的巨阳耗尽了气力,被河水掳获,随着徐徐翻卷的波浪怪异地上下浮动。他几乎能看见她所说的幽灵,那些拥挤在河堤两旁、为早已失去之物吟唱哀歌的幻影。其中有一个专属于他的幽灵：一位手握黑色长杆的布拉克驳船船夫，他顺流而下，撑着黑色长杆，一路乘风破浪，他为德克而来。黑色驳船吃水很深，满载虚空。

德克站起身，也拉起格温，推说自己想要继续参观。于是他们逃离了那些幽灵，回到灰色飞车所在的广场。

飞车载着他们再度升上高空，而耳畔的风、头顶的天空和沉默的思绪一齐编织的幕间短剧也再次上演。格温驾车南飞，随后转向东方，而德克眺望着远处，沉思着，默然不语。她时不时会注视着他，在不经意间露出微笑。

最后他们来到海边。

那座属于白昼的城市沿海湾中参差不齐的海岸线建成，暗绿色的波浪拍打着腐朽的码头。它被称作"海畔穆斯奎"，格温一边驾着飞车在城市低空处盘旋，一边对他介绍。这座城市和沃罗恩星的其他城市年岁相当，却弥漫着古老的气息。穆斯奎城的街道犹如脊骨断裂的长蛇，那是由于鹅卵石小径在多彩砖瓦砌成的倾斜塔楼间曲折蜿蜒。这是座砖瓦之城。蓝色的砖瓦，红色的砖瓦，黄色、绿色、橙色……既有布满纹路和斑点的彩色砖瓦，也有胶泥粘接的砖瓦，后者或漆黑如黑曜石，又或鲜红如胖撒旦，堆砌方式毫无章法。城市中更花哨的则是商铺的彩色帆布遮阳篷，它们仍然排列在杂乱的街道和废弃的木码头边。

他们在一座看起来较为坚固的码头上着陆，聆听了一会儿海浪，接着漫步入城。城里到处空空荡荡——四处积满灰尘，饱经风霜的街道空无一人，洋葱形圆顶塔楼已遭废弃，而头顶的红色巨阳更将过去鼓舞人心的色彩一扫而空。砖瓦也崩溃碎裂，各色尘土四处飞扬，令人喘不过气。穆斯奎城的建筑工艺算不上出众，而现在它和"第十二梦"一样，只是一座死城。

"它真原始。"德克伫立于废墟之间，说道。他们站在两条小巷交叉处，那儿有一口被周围的石块挤压着的深井。黑水在井底飞溅。"整座城市给我一种空间时代之前的视觉印象，那些招牌在述说着古老的文化。布拉克星和它相似，但没有古老到这个程度。毕竟，布拉克星还有少许旧日科技的残留——那些没有被宗教禁止的一鳞半爪。可穆斯奎好像什么都没有。"

她点点头，手掌轻轻拂过井口，一股尘灰与碎石随即涌入黑暗之中。银玉臂环在她左臂上闪烁着隐约的红光，莫名地俘获了德克的视线，让他再次踌躇起来。那算什么呢？是奴隶的印记，还是爱情的证明？他把这个念头抛开，不愿再去思考。

"穆斯奎城的建造者没有什么科技实力可言，"她道，"他们来自'遗忘殖民地'，那儿也被其他外域客称作'忘川星'，而它自己的人民总是管自己的星球叫地球。卡瓦娜人则把这些人称为'失落之民'。至于他们究竟是谁，他们是怎么到达那颗星球的，他们来自哪里……"她笑了笑，耸耸肩，"没有人知道。早在卡瓦娜人之前，他们就到达了外域，或许比有史以来第一艘突破诱惑者面纱的人类太空船'领袖号'还要早。传统上，卡瓦娜人坚信所有的失落之民都是伪人和哈兰甘恶魔，可这些失落之民却早已证明，他们能与更为知名的星球上的其他人类繁殖后代。遗忘殖民地基本上是一颗孤星，它的居民对宇宙的其余部分没有太多兴趣。他们的文明还处于青铜时代，而他们大都是些渔夫，不喜交际。"

"照这么说，他们能到这儿来就够让我惊奇了，"德克说，"更别说建起一座城市了。"

"是啊，"她露出微笑，把更多碎石拂入井中，溅起细小的水花，"可大家都必须建造城市——所有十四个外域星球，这是约定的计划。

沃尔夫海姆星在几个世纪以前发现了遗忘殖民地,后来沃尔夫海姆星人和托贝星人便携手把失落之民带到了这里,因为后者没有太空船。在母星上,他们是渔夫,在这儿他们还靠捕鱼生活。这一次,沃尔夫海姆星和黑酿海世界为他们制造了海洋,于是赤裸上身的男男女女驾着小艇,用编织的渔网捕捞,为来访者在土坑中煎烤渔获。吟游诗人和街头歌手为小街巷弄送去欢欣。节庆期间,人人都会在此驻足,聆听怪异的传说,品尝烤鱼,租赁小艇。可我不觉得失落之民有多么喜爱他们的城市。节庆结束后还不到一个月,他们就走得一干二净,匆忙得甚至没有拆走那些遮阳篷。要是你愿意去建筑物里搜罗,很容易就能找到几把切鱼刀和衣物,或许还有一两根鱼骨头。"

"你去过?"

"不。可我听人说起过。那个住在拉特恩城的诗人,奇拉克·赤钢·凯维斯曾到这儿来漫游过,还写下了许多歌谣。"

德克四下张望,却发现没什么可看的。褪色的砖瓦,空旷的街道,没安玻璃的窗户仿佛千只盲眼的眼眶,彩色遮阳篷在风中"噼啪"作响。什么都没有。"又一座幽灵之城。"他评论道。

"不,"格温说,"不,我不这么想。失落之民从未将自己的灵魂注入穆斯奎城或是沃罗恩星。他们的魂灵都随他们一起回到了家乡。"

德克打了个寒战,在他看来,这座城市突然空洞了许多。比空洞更空洞。好个怪念头。"拉特恩城是不是所有城市里唯一还有生命的?"他问。

"不。"她从井边转身走开。他们沿小巷并肩而行,朝海滨走去。"不,如果你想,我这就带你去看生命的迹象。来吧。"

两人再度飞上高空,在逐渐暗淡的天空中穿行。他们先前花了大半个下午的时间游历穆斯奎城,胖撒旦这时已低垂在西方地平线上,那四颗伴随在侧的黄色太阳有一颗沉到了视线之外。深邃的暮色再次降临,这次是货真价实的黄昏。

心神不宁的德克接手驾驶，而格温坐在他身边，手臂轻轻搭在他的手臂上，不时简短地指明方向。这一天已过去了大半，可他还有许多话要说，许多问题要问，许多事要决定。然而他没有行动。稍等一会儿，他一边驾驶，一边向自己承诺，稍等一会儿。

飞车在他轻轻的碰触下，发出几不可闻的咕隆轻响。下方的大地逐渐昏暗下去，一千米又一千米地朝后掠过。生命，格温对他说，就在前方，向西，正西，于是他朝着落日疾飞而去。

那座属于夜晚的城市是一座银色高楼，底部位于下方起伏的山丘里，而屋顶高耸于两千米高的云层中。这是座光之城，高楼两侧全是金属，不见窗棂，闪烁着鲜明的、炽热的白光。那光芒有如浪涛般攀上高耸的楼身。光芒始于岩层之中的城市地基，随着爬升而愈加明亮，城市却愈加狭小，仿佛一根竖立的巨针。那光的浪涛爬升得越来越快，越来越高，直到无从分辨，终于抵达了云团环绕的银色尖顶，绽放出炫目的光辉。与此同时，又有三股浪涛从底部开始爬升。

"这是挑战城。"两人到达城市近旁时，格温叫出它的名字，还有其中的含义。它由伊莫瑞尔人所建，他们家乡的城市都是建立在起伏平原上的黑钢塔楼。每一个伊莫瑞尔城市都是一个独立的城邦，所有人都生活在一座塔楼中，大多数伊莫瑞尔人从未离开过自己的出生地（不过那少数例外者，格温说，往往能跻身全宇宙最伟大的漫游者之列）。挑战城集所有伊莫瑞尔塔楼为一体，用银白替代漆黑，有着比其他塔楼多数倍的傲慢和高度，它展示了后伊莫瑞尔星的生态哲学体系——核能动力、自动化系统、电脑控制和自我修复功能。伊莫瑞尔人夸耀它的不朽，说它是边缘星域科技水平的终极象征（至少是伊莫瑞尔科技），其先进程度绝不亚于新霍姆星、阿瓦隆星甚至是古地球本身。

城体上有许多道暗色的水平开口——那是降落用甲板，每道开口彼此间隔十层楼。德克用雷达锁定了其中一块甲板，而当他接近时，黑暗的裂口顿时变得灯火通明。开口约有十米高，他毫无困难地在第一百层甲板上着了陆。

两人才刚爬出车外，一个低沉的男声不知从何处传来。"欢迎光临，"那个声音说，"我是挑战城之声。能为您效劳吗？"

德克回头张望，而格温哈哈大笑。"这是城市的主脑，"她解释道，"一台超级电脑。我跟你说过，这座城市还活着。"

"能为您效劳吗？"那个声音重复道。声音从墙中传来。

"也许吧，"德克试探着说，"我想我们可能饿了。你能喂饱我们吗？"

那个声音没有回答，可在几米外，有面墙板翻转过来，一辆气垫车无声地开出，停在他们面前。他们坐进座椅，那辆车随即启动，穿过另一道转开的墙壁。

柔软的低压轮胎转动不停，领着他们穿过一连串洁白无瑕的走廊，经过许许多多带有编号的房门，一路上，轻柔的乐声在两人身边萦绕不去。德克刚说起这白光和沃罗恩星的暗褐暮色相比有些刺眼，走廊的灯光就立刻转为柔和的蓝光。

这辆宽轮车在一间餐厅门口停下，有个声音很像挑战城之声的机器侍者送上了菜单和酒水单。两个单子的选项都极为丰富，而且烹饪风格并不局限于后伊莫瑞尔星，甚至不局限于外域星球，而是囊括了散布于人类宇宙各处的知名菜肴和陈年佳酿，甚至有几种德克闻所未闻。菜单上的每道菜都用铅字印出了原产星球。他们为点什么菜踌躇了很久，最后德克点了份贾米森世界的黄油烤砂龙，而格温要了古波塞冬星的奶酪蓝鱼卵。

他们又选了种清爽的白葡萄酒。机器侍者端上被封在方形冰块里的酒液,然后敲裂冰块,将酒倒出。不知为何,那酒依然是液态的,而且异常冰冷。挑战城之声坚称,这才是正宗的储藏方式。盛在温热的银盘和骨碟中的晚餐被端了上来。德克从菜盘里拔下一只脚爪,剥开硬壳,开始品尝抹满黄油的白色龙肉。

"难以置信,"他说着,朝盘子点点头,道,"我在贾米森世界住过一段时间,那儿的人最爱吃鲜烤砂龙,这比我吃过的那几次分毫不差。是冷藏的?冷藏之后运到这儿?见鬼,伊莫瑞尔人肯定动用了舰队才能运齐这地方所需的全部食料。"

"不是冷藏。"回答声传来,但并非来自格温:她此时正饶有兴味地注视着他,笑着。"节庆之前,后伊莫瑞尔星的特别蓝碟号商船探访了尽可能多的星球,收集和储藏了他们最佳食材的样本。那段航程经过周密的筹划,历时近四十三个标准年,其间先后有四名舰长和无数的船员参与。最后飞船抵达沃罗恩星,收集来的样本则被送进挑战城的厨房和生物槽,进行反复克隆,以满足人们的口腹之欲。创造出这些面包和鱼的,不是虚假的先知,而是后伊莫瑞尔星的科学家们。"

"听起来像是自吹自擂。"格温说着,"哧哧"笑了起来。

"听起来像是预设台词。"德克说。他耸耸肩,继续吃他的晚餐,格温也一样。在这间足可容纳上百人的餐厅中,除了机器侍者和挑战城之声之外,就只有他们两人孤单地用餐。周围虽空无一人,却一尘不染,在其他餐桌上,深红色桌布和亮银的餐具摆得齐齐整整。顾客们十年前就已离去,可挑战城之声和这座城市拥有无限的耐心。

稍后,等喝完咖啡(注满奶油和香料的浓咖啡,产自满载美好回忆的阿瓦隆),德克觉得身心愉悦放松,这或许是他来到沃罗恩后最为轻松的时刻。扬·维卡瑞、银玉臂环(它在餐厅的昏暗灯光中泛动着微芒,显示出美感,精雕细琢,却奇怪地失去了威胁和意义)与他和格温的重逢相比，显得不那么重要了。格温坐在他对面，浅抿着盛在白色瓷杯中的咖啡，脸上挂着如梦似幻的朦胧笑意，仿佛触手可及。这时的她像极了他曾了解和深爱的珍妮，像极了呢喃宝石中的那名女子。

"很棒。"他说着点点头，表示自己指的是身边这一切。

格温也颔首回应。"是很棒。"她笑着应和，而德克的心开始隐隐作痛，是为她，为拥有碧绿双眼和长长黑发的吉尼维尔，为他过去所关心的人，为他失落的灵魂伴侣。

他倾身向前，低头望向杯中。咖啡里没有任何预兆显现。他必须和她谈谈。"今晚的一切都很棒，"他说，"就像在阿瓦隆。"

等她咕哝着再次赞同之后，他继续道："你的心里还留着些什么吗，格温？"

她不动声色地看着他，又呷了口咖啡。"这问题太不公平了，德克，你自己明白，总会留下些什么的。关键在于你拥有过的是否真实。如果不是，好吧，那就没关系。可如果是真实的，就一定会留下些什么，爱、憎、怨、绝望、激情。随便怎样，总是会留下一些。"

"我不知道。"德克·提拉里恩叹息着说。他的目光低垂内敛。"也许我拥有过的真实就只有你。"

"悲伤。"她说。

"是，"他说，"我想是的。"他抬起双眼。"在我心里留下了许多，格温。爱，憎，怨，如此种种。就像你说的。还有激情。"他笑起来。

她只是浅浅一笑。"悲伤。"她重复道。

他不打算就此罢休。"那你呢？你也留下了什么吧，格温？"

"是的，我不否认，确实有些什么。而且它还在不时增长。"

"是爱？"

"你在逼我。"她柔声说，一边放下杯子。她肘边的机器侍者立刻为她重新倒满加了奶油和香料的咖啡。"我说过，别这样。"

"我非这样不可，"他说，"我费尽力气才再次接近你，可你说的却是沃罗恩或卡瓦娜的风俗，甚至还有什么猎人的传说。这可不是我想谈的事！"

"我明白。当两个旧情人独处交流时，这是常见的情形，也是常见的尴尬处境。他们各自心怀顾虑，不知是否应该再次开启回忆的大门，不知对方是愿意唤醒那些沉睡的记忆，还是情愿避而不提，任由一切随水东流而去。每当我想起在阿瓦隆的点点滴滴，几乎就要说出口的时候，都会揣测：你是渴望和我畅谈往事，还是在祈祷我千万别往事重提？"

"我想这取决于你想说什么。我曾想重新开始。记得吗？就在事情发生之后不久。我把自己的呢喃宝石送去给你。你从未答复，也从未前来。"他语气平静，带着些许责备和懊悔，却没有愤怒。不知为什么，他此刻完全没有怒气。

"你想过原因吗？"格温说，"当我收到宝石时，大哭一场。我那时还孤单一人，还没遇见扬，而且特别想有人能依靠。要是你真的召唤我，我会回去的。"

"我召唤了你。可你没有来。"

她苦涩地笑笑。"啊，德克。呢喃宝石寄来时装在一个小盒子里，上面贴着张字条。'求求你，'字条上写，'快回到我身边吧。我需要你，珍妮。'上面就是这么写的。我哭了一次又一次。要是你写的只是'格温'该有多好，要是你爱的只有格温，只有我，那该有多好。可你心里只有珍妮，从前这样，后来也是。"

德克回想起自己写的话，不由得缩了缩身子。"对，"沉默片刻之后，他承认道，"我想我确实是这么写的。很抱歉。我之前一直不明白。可我现在懂了。是不是太晚了？"

"我在森林里说过了。太晚了,德克,一切都结束了。你再逼迫下去,只会伤了我们两个人。"

"都结束了?你说自己留下了一些东西,而且它还在继续增长。你刚刚才说过。承认吧,格温,我不想伤害你,或是我自己。可我想——"

"我知道你想要什么。但那是不可能的。它早已不复存在了。"

"为什么呢?"他问。他探出手,越过餐桌,指着她的臂环。"因为它?永恒的银玉誓约,是吗?"

"也许吧,"她支支吾吾,语气犹疑不定,"我不知道。我们……是的,我……"

德克想起鲁阿克告诉他的那些事。"我明白,这很难启齿,"他轻声细语,小心翼翼道,"我也答应过要等下去。可有些事不能等。你说扬是你丈夫,对吗?那盖瑟呢?贝瑟恩又是什么意思?"

"盟妻,"她说,"你不明白。扬和其他卡瓦娜人不一样。他更强壮、更睿智、更正派。他企图凭一己之力实行变革。贝瑟恩和高阶者之间存在着古老的约束,可我们之间并非如此。扬不认同这些,就像他不认同狩猎伪人一样。"

"可他毕竟是个骄傲的卡瓦娜人,"德克说,"他认同决斗法典。也许他是个异类,可他始终是卡瓦娜人。"

他不该提这个的。格温对他嘲弄地笑笑。"啐,"她说,"现在你说话跟阿金差不多了。"

"是吗?可也许阿金是对的。先不提这个。你说扬不认同很多传统,对吧?"

格温点点头。

"很好。那么盖瑟呢?我还没机会跟他聊聊。不用说,盖瑟也同样开明吧?"

这让她一时语塞。"盖瑟……"她欲言又止,迟疑着摇摇头,"好吧,盖瑟比较守旧一些。"

"是了,"突然间,他恍然大悟道,"是了,我想也是,这就是你最大的问题,对不对?卡瓦娜的传统不是男人和女人,而是男人和男人,或许再加上个女人,在这中间,她根本算不上有多重要。你也许爱着扬,但你对盖瑟·加纳塞克就毫不关心了,对不对?"

"我对他很有好感——"

"真的吗?"

格温的脸色变了。"别说了。"她道。

她的语气吓着了他。他抽身退后,突然满心厌恶地意识到自己刚才的行径:身子前倾,威逼强迫,粗声大气,语带恶意地奚落她,可他前来的目的本该是施以关怀和伸出援手。"我很抱歉。"他脱口而出。

一阵沉默。她凝视着他,下唇发颤,接着坐直身体,开始积聚气力。"你说得对,"她最后开口道,"至少说对了一部分。我并不……好吧……并不完全满意自己的命运。"她挤出一声自嘲的轻笑。"我猜我是在欺骗自己。这么做很蠢。可每个人都这么做,每个人。我戴着银玉臂环,我对自己说:我和盟妻不同,和其他卡瓦娜女性不同。可到底为什么呢?就因为扬这么说吗?扬·维卡瑞是个好男人,德克,他确实如此,在很多方面他都是我所知的最好的男人。我爱过他,或许到现在还爱着他。我不知道。我现在脑子很乱。但无论我爱不爱他,义务与职责,这些才是卡瓦娜人重视的。扬来到阿瓦隆后方才认识到什么是爱情,而我至今仍不敢肯定他能否称得上真正了解。可以的话,我宁愿成为他的特恩。可他已经有特恩了。另外,就算是扬,也不敢毫无顾忌地反对家乡的风俗。你听他提起过决斗——只因他在某个古旧电脑库里搜寻,发现了某位卡瓦娜民族英雄是女性而已。"她冷笑道,"想想看吧,要是他选我做特恩又会发生什么!他会失去一切,所有的一切。没错，铁玉是个相对宽容的邦国，可要让任何邦国改变观念，都得花上好多个世纪。从没有女人立下过钢铁与耀石的誓言。"

"为什么？"德克说，"我不明白。你们总说这种话——什么育母，什么盟妻，什么藏在洞里不敢出去的女人，所有这些，而我一直没法相信。说到底，卡瓦娜人的观念为何如此扭曲？他们歧视女性又能得到什么好处？铁玉的创始人是女性又有什么打紧？要知道，很多大人物都是女性啊。"

格温给了他一个无力的浅笑，指尖轻轻摩擦鬓角，仿佛头部正隐隐作痛，而她正用按摩缓解痛楚。"你上次应该听扬讲完的，"她说，"这样你就会知道了。他当时还只是在给你热身，连哀恸之疫都没说到。"她叹了口气。"这个故事很长，德克，可我现在没有精力来讲。等我们回到拉特恩城再说吧。我会去弄一份扬论文的副本，到时你自己读。"

"好，"德克说，"可有些事是我在任何论文里都读不到的。几分钟以前，你说你不确定自己是否还爱着扬。你肯定不喜欢卡瓦娜人。我还猜想你痛恨盖瑟。可你为什么要这样委屈自己？"

"你在问这种恼人的问题方面可真有一套，"她不快地说，"在回答以前，让我先纠正你的几个错误。如你所说，也许我恨盖瑟。有时我肯定自己痛恨盖瑟——扬听到这句话准会难受得要命。但有时候这是事实，我先前也对你说，我对他抱有相当的好感，这并非谎言。初到卡瓦娜高原星的时候，我天真又无知，说有多脆弱就有多脆弱。当然了，扬事先跟我解释了一切，解释得很耐心也很彻底，我以为自己听进去了。毕竟我来自阿瓦隆，没什么能比阿瓦隆的社会还复杂的了，对不对？——除非你是个地球人。我研究过散布于群星间的各种怪异文明，我很清楚，踏上太空船时，就得准备好适应迥然相异的社会体系和道德规范。各个星球上性风俗与家庭风俗本就大相径庭，而在这点上，阿瓦隆人并不比卡瓦娜人开明多少。我自认在这方面很开明。"

"可我完全没料到卡瓦娜人竟是这种状况,噢,不,我这辈子都不会忘记作为扬·维卡瑞的贝瑟恩初次来到铁玉邦国的那一天。特别是那个晚上。"她笑道,"当然了,扬警告过我,可——见鬼,我没准备好被人分享。我能说什么呢?状况很糟,好歹我忍过来了。是盖瑟帮了大忙,他发自内心地关怀我,关怀扬。你甚至可以说他很温柔。我对他推心置腹,他也侧耳倾听。可到第二天早上,言语虐待就开始了。我很惶恐、很受伤,扬则满心困惑,而且愤怒得要命。当盖瑟头一回叫我'贝瑟恩婊子'的时候,扬把他扔到了房间另一头。在那之后,盖瑟稍微平静了些。他时常会安静一阵子,但总是本性难移。从某种角度来说,他的确很了不起。他会挑战并杀死任何侮辱过我——但不及他对我的侮辱一半严重——的卡瓦娜人。他很清楚是他的笑话激怒了扬,引发了那些可怕的争吵——至少过去是这样。如今扬对一切都麻木了。可盖瑟还在继续。或许他只是控制不住自己,或许他是打心眼里痛恨我,又或许他是在享受伤害别人的过程。如果是这样,那过去几年里我可没让他得到多少乐趣。我的第一个决定就是:我不会再让他把我弄哭了。我再没哭过。就算他跑到我面前,说出些让我想用斧头劈开他脑袋的话来,我也只会笑着咬紧牙关,努力想些恶心的话来回敬他。有那么一两次,我打乱了他的方寸。可通常他会让我觉得自己像只被碾碎的虫子。"

"不管怎么说,好歹有些特别的时刻,在我们永无止境的战争中,会有休战和短暂的停火,会有令人惊讶的温情存在。那些时刻多数是在夜晚,每当它到来时,我总会大为震惊。那情感是如此强烈,曾有一次,不管你信不信,我对盖瑟说,我爱他。他回给我一通嘲笑。他大声说,他不爱我,我对他而言只是克罗-贝瑟恩,他只是根据我们之间的盟约来对待我。那是最后一次我差点哭出来。我拼命努力,最终忍住了。我没有哭。我只是对他尖叫了一句,然后冲出门,跑到走廊里。要知道，我们住在地底。所有卡瓦娜人都住在地底。我身上除了臂环之外什么都没穿，像疯子似的四下乱跑，最后有个人试图阻止我——那是个醉汉，一个蠢货，一个看不见银玉臂环的瞎子，我不清楚。我怒火中烧，便从他腰间枪套里抽出武器，狠狠砸在他脸上，那是我头一回因为发火殴打另一个人，接着扬和盖瑟赶到了。扬表面上很冷静，实际心乱如麻。盖瑟几乎有些愉快，一心想挑起争斗，好像被我打倒的那个人受的侮辱还不够似的。后来，盖瑟不情愿地告诉我，我应该捡起所有被我敲掉的牙，还到那人手里。我受够了。他们够走运的，靠这种姿态躲过了一场决斗。"

"见鬼，你怎会让自己落到这种境地，格温？"德克质问。他努力让语气保持平静。他为她生气，替她伤心，可心底却有种怪异——也许没那么怪异——的喜悦。原来全是真的。鲁阿克告诉他的每句话都是真的，那个奇姆迪斯人确是她的好友和知己。难怪她会召唤德克，她的生活悲苦不幸，本人沦为奴隶，而他能让一切回归正轨。只有他。"你之前不可能对这种状况毫无准备。"

她耸耸肩，"我对自己撒了谎，"她说，"也让扬对我撒了谎，虽然我认为他是真的相信自己对我说的每一句可爱的谎言。要是我有从头来过的机会——可我没有……德克，我所做的一切全是为了他，我需要他，我爱他。可他没有铁与火的誓约能够给我。他早已把它给了别人，所以他给了我银和玉的誓约，而我接受了誓约，只为了能留在他身边。我对誓约的真正含义仅有最懵懂的了解。那时我才失去你没多久。我不想让扬也离我而去。所以我戴上了这漂亮小巧的臂环，大声说'我不只是贝瑟恩而已'，就好像这样会有什么区别似的。给某样东西命名，它就会以某种形式出现。对盖瑟来说，我是扬的贝瑟恩和他的克罗-贝瑟恩，事情就这样了。这些名字定义了约束和职责，还可能有别的什么含义呢？其他所有卡瓦娜人也都这么想。每当我试图反抗，试图把这个名字抛在身后时,盖瑟都会出现,朝我怒吼,'贝瑟恩'!扬不同,只有扬不同,但有时我也会忍不住揣摩,他心里究竟是怎么想的。"

她的双手从桌布上抬起,在身体两侧捏成两个小小的拳头。"历史重演了,德克。你想把我变成珍妮,而我拒绝这个名字,拯救了自己。可随后我又像个傻瓜似的接受了银玉誓约,现在成了盟妻,得到了那些我竭力否认却无法改变的身份。历史重演了!"她的声音刺耳,拳头握得那么紧,以致指节都变成了白色。

"我们能改变这一切,"德克飞快地说,"回到我身边来吧。"这句话听来空洞无物,却又带着希望、绝望、欢欣与关怀:他的一句话将所有情绪都包含其中。

起初格温没有回答。她缓缓地,一根手指一根手指地松开拳头,面色严肃地看着自己的双手,呼吸深沉,手掌翻来覆去,仿佛它们是别人拿来让她检验的两件陌生古物。接着,她把手掌平放在桌上,借力站起身来。"为什么?"她问,语气里又恢复了冷静。"为什么,德克?为了再一次把我变成珍妮?这就是原因?因为我爱过你,因为我心里或许还留下了些东西?"

"对!我是说,不。我被你搞糊涂了。"他也站起来。

她笑了:"啊,可我也爱过扬,而且从时间上说,我对他的爱比对你的更近。伴随他的还有那些约束,所有银玉誓约中的义务。可伴随你的呢,噢,只有回忆而已,德克。"见他不答——他只是站起来等待着——格温走向门口。他跟上去。

机器侍者挡住了去路,它的金属脸孔是毫无特色的卵状。"餐费,"他说,"请给我你们的节庆账号。"

格温皱了皱眉。"拉特恩账户,铁玉797-742-677,"她厉声道,"把两份晚餐记在一起。"

"已记录,"机器侍者说,随后让他们通过。在他们身后,餐厅黯淡下来。

挑战城之声为他们备好了车。格温叫它把他们带回起降台去，它便启程出发，穿过那些突然充斥了欢快色彩和悦耳音乐的走廊。"该死的电脑发现了我们话里的紧张气氛，"她有点恼火地说，"它现在想逗我们开心。"

"它做得可不怎么出色。"德克道，可他说这句话时露出了笑容，"感谢你的款待。我来之前已把标准币兑换成了节庆货币，可恐怕我的钱不多。"

"铁玉可不穷，"格温说，"而且不管怎样，在沃罗恩星没什么需要花钱的地方。"

"唔。是啊。直到刚才为止，我都没想过还得花钱。"

"这是节庆规划程序，"格温说，"也就这儿还这样了。其他城市都关闭了。后伊莫瑞尔星每年会派个人来取走银行里的所有存款，不过要不了多久，他取走的钱就不够支付他来回的旅费了。"

"我很惊讶这钱还够。"

"挑战城之声！"她提高声调，"今天有多少人住在挑战城？"

墙壁答道："目前有三百零九位合法住户和四十二位访客，包括你们在内。如果你们愿意，可以成为住户。我们的价钱非常公道。"

"三百零九位？"德克说，"这些人在哪儿？"

"挑战城可以容纳两千万人，"格温说，"你别指望现在能跟任何人偶遇，不过这儿确实有人。其他城市也有，但都没挑战城中这么多。毕竟，在这儿最容易生活，也最容易被杀——如果布赖特的高阶者想着把狩猎场所从野外换到城里的话。这里一直是扬最为担心的地方。"

"这些住户都是些什么人？"德克好奇地询问，"他们的生活方式是怎样的？我不明白，如果几百人住了几千万人的地方，那么挑战城的财富不就是每天都在减少吗？"

"是的，能源遭到挥霍和浪费。可这是包括挑战城、拉特恩城在内的整个节庆活动的重点：挥霍，公然挥霍，为了证明边缘星域的富有和强大。他们以人类宇宙闻所未闻的程度大肆挥霍，塑造出一整颗行星，然后将它抛弃。明白了吧？至于挑战城，噢，说实话，它如今重复着毫无意义的行为。它用核反应堆制造动力，又把动力浪费在无人观赏的烟花上。它每天用巨大的农业机械收获成吨的食物，品尝者却寥寥无几——隐士、宗教信徒、成了野人的流浪儿童，还有节庆留下的任何渣滓。它每天都派一艘小艇去穆斯奎城取鱼。当然，那儿早就没有鱼了。"

"挑战城之声不能重置程序吗？"

"这是症结所在！挑战城之声是个蠢货。它无法思考，无法编写自己的程序。自然了，伊莫瑞尔人想给大家留下深刻的印象，所以挑战城之声的系统异常庞大。可和阿瓦隆学院的电脑或古地球开发的人工智能相比较的话，它非常原始，完全没有意识，也无法做出什么改变。它只会听从安排，伊莫瑞尔人叫它继续运转，并尽力抵挡袭来的寒流，它就这样继续运转。"

她看向德克。"它就像你，"她说，"虽然很久以前，坚持的东西已失去了目的和意义，可它还在继续，还会漫无目的地继续下去，直到所有一切统统消亡为止。"

"噢？"德克说，"可直到一切消亡之前，都应该坚持不懈。这是生命的意义，格温。我没有别的路可走，不是吗？我羡慕这座城市，尽管它像你所说的，是个过度发育的蠢货。"

她摇摇头："你就是这种人。"

"还有，"他说，"你现在就想埋葬一切，未免太操之过急了，格温。沃罗恩星也许正在消亡，可它毕竟还没有死。而我们，噢，我们不用去死。你先前在餐厅里说的那些话，关于扬和我的那些，我觉得你应该再好好想想。弄清楚你心里为我和为他各留下了些什么。弄清楚你胳膊上的臂环有多沉重——"他指了指。"——还有你最喜欢哪个名字，或者说，谁更可能让你找回自己的名字。明白吗？然后再告诉我什么是死，什么是生！"

他对自己这段小小的演说十分满意。当然了，他心想，她应该明白，他会放弃珍妮，让她做回格温的，而且这比扬托尼·维卡瑞让她成为女性特恩而非贝瑟恩要容易得多。可她只看着他，一言不发，直到两人抵达起降台。

她下了车。"当我们四人选择沃罗恩星上的居住地时，盖瑟和扬投票给拉特恩城，阿金选了第十二梦，"她说，"我两者都没选。我也没选挑战城，尽管这里充满生机，但我不喜欢住在兔子窝里。你想知道什么是死，什么是生？那就来吧，我让你见识见识我选择的城市。"

随后两人再次出发，格温在操纵杆后紧抿双唇，一言不发，冰冷的夜风突然将他们包围，挑战城的光线消失在身后，如今四下幽暗深沉，就像战栗号带着德克·提拉里恩来到沃罗恩星那晚的情景。只有十来颗孤单的星辰摇摆着划过天际，其中半数还被翻搅的云层遮蔽在后。那些太阳早已落下。

属于午夜的城市庞大纷繁，唯有几道零散的光线穿透笼罩城区的夜幕，仿佛镶嵌在柔软黑毛毡上的淡色珠宝。在诸城之中，只有它独自伫立于山墙彼端的荒野。它属于这里，属于这片布满绞杀树、幽灵树和蓝色鳏夫树的森林。林间昏暗处，它纤细的白色高塔如魂灵般飞升，直指群星；雅致的桥梁连接其间，光泽仿如冰封的蛛网。低矮的圆顶建筑仿佛孤独的守夜人，笔直矗立在映射着高塔灯火和罕有的遥远星光的运河网络之间。城里有许多奇形怪状的建筑，造型像一只只攫向天空的瘦削手掌。这儿的树和周围森林中的树木一样,产自外域。城中没有草坪,只有泛动着微光的、厚厚的磷光藓丛。

这座城市还有自己的歌。

它跟德克听过的任何乐曲都不同。它怪诞狂野,几近冷酷,而乐声起起伏伏,变幻不定。这是首黑暗的交响曲,来自虚无,来自没有星星的夜晚和恼人的梦境。它包含着呻吟、低语和哭号,还夹杂着一个只可能表达悲恸的怪异低音。但无论如何,它确实是首乐曲。

德克看着格温,眼带讶异。"怎么回事?"

她一面驾驶,一面聆听,他的问题让她从飘摇不定的思绪中抽离出来。她微微一笑:"黑暗黎明星建造了这座城市,那里的人都是些怪人。群山之间有道凹口,天气监管者便让风从那儿吹过。然后人们建起尖塔,每座塔顶都留下风孔。于是风成了乐师,城市成了乐器,同一首歌被唱了又唱。天气控制装置负责变换风向,每次变换,某些尖塔便会响起乐声,另一些则陷入沉寂。"

"这首乐曲——这支交响曲是一百年前,由黑暗黎明星的作曲家拉米娅-拜里斯所谱写。据说它是由电脑操纵造风机械演奏的。奇怪之处在于,黑民们很少使用电脑,他们缺乏这方面的技术。有种解释在节庆期间流传甚广,应该说,这是个传说。它声称黑暗黎明星是个永远徘徊在理智边缘的危险世界,而拉米娅-拜里斯——黑民中最伟大的梦想家——的音乐将整个文明推入了癫狂和绝望的境地。作为惩罚,她的大脑被活生生保存在沃罗恩星的地下深处,和造风机械连接,于是她不断重复演奏着自己的杰作,直到永远。"她颤抖了一下,说,"至少到大气层冻结为止,就算是黑暗黎明星的天气监管者也无能为力。"

"它是……"德克迷失在歌声中,找不到合适的词句,"不知怎么,我觉得它太合适了。"最后,他评价道:"它就是献给沃罗恩星的歌。"

"那是到现在才合适。"格温说,"它歌唱暮色,歌唱黑夜将至,歌唱不会再来的黎明。这是首落幕之歌,和欢快的节庆格格不入。噢,克莱尼·拉米娅——这是这座城市的名字,尽管它通常被人称作塞壬之城,跟拉特恩城烈焰堡垒的别名差不多——一向不受欢迎。它看起来很大,但其实不够大,只能容纳十万人,而且从没住满过四分之一的区域。我猜它就像其母星黑暗黎明星那样。有多少旅者会去位于黑色大洋边缘的黑暗黎明星呢?看到黑暗黎明星除了几个遥远星系之外几乎空无一物的天空,又有多少人愿意留在那里?只有怪人才会住在那儿,或是爱上这座克莱尼·拉米娅城的人。人们说这歌声让他们心烦意乱,而且它永无休止。黑民们甚至没给卧室加上隔音装置。"

德克默不作声。他凝望着曼妙的高塔,聆听它们的歌。

"下去看看吗?"格温问。

他点点头,她便盘旋着降下。他们在一座高塔的边缘找到一条开启的登陆口。和挑战城或第十二梦的起降台不同,这儿并不全是空的。还有两辆飞车停在这里,一辆是双翼短小的红色跑车,另一辆是小巧的银黑色泪滴状飞车,两者都已弃置许久。引擎盖和车篷上积着厚厚的灰尘,而那辆跑车内部的软垫早已腐朽不堪。出于好奇,德克尝试去发动它们,结果发现跑车已彻底失灵,机能耗尽,它的动力在几年前就已用完;那艘小巧的泪滴形飞车在他的触摸下仍有余温,它的控制板亮起,闪烁不定,表示还有少量动力存留。卡瓦娜的灰色巨型蝠鲼飞车比这两辆弃车加起来还要大,还要重。

他们离开起降台,步入一条长廊。灰白相间的灯光壁画回旋转动,画出模糊不清的图案,与荡漾的乐声相得益彰。接着他们走上先前接近时发现的那座阳台。

阳台上,乐声在两人身边回响,用怪异的声音呼唤他们,触碰他们,把玩他们,乐声隆隆,好似充满激情的雷电。德克握住格温的手,茫然的目光穿越高塔、圆顶和运河，投向远方的森林和群山，侧耳倾听。那奏乐的风仿佛在牵引他，在对他轻声低语，在催促他一跃而下——结束一切，结束愚蠢、失去尊严和毫无意义的生命。

格温把一切看在眼里。她捏捏他的手，当他转头望来时，她说："节庆期间，有超过两百人在克莱尼·拉米娅城自杀，十倍于其他城市的总和。尽管这座城市的人口是所有节庆都市里最少的。"

德克点点头："没错。我能感觉得到。都是因为这首歌。"

"一场死亡庆典，"格温说，"可另一方面，塞壬之城却没有死，它跟穆斯奎城或第十二梦不同。它不仅活着，还会活下去，只为赞美绝望，颂扬它所依附的那些生命的空虚。很奇怪，对吧？"

"他们为何建造这么个地方？它很美，可——"

"我推测，"格温说，"黑民们大都是崇尚黑色幽默的虚无主义者，克莱尼·拉米娅城就是他们对卡瓦娜高原星、沃尔夫海姆星、托贝星和其他为节庆尽心竭力的星球所开的恶毒玩笑。瞧，黑民们来了，他们建起了一座宣示一切都毫无价值的城市。一切都毫无价值——节庆、文明，还有生命。想想吧！这对那些自大的游客来说是多么可怕的教训！"她昂起头，狂野地大笑。而德克心里突然掠过一阵无端的恐惧，他害怕格温发了疯。

"你想住在这儿？"他说。

她的笑声消退得飞快，正如发笑时那么突如其来：是风夺去了它。在他们右侧远方，一座针形高塔传出一个短暂尖锐的音符，音色震颤，如同动物的痛苦哀号。他们所在的塔楼则以雾号[1]般的低沉悲鸣回应，余音绕梁，挥之不去。乐声在他们身旁流转。从极远之处，德克听到了一声鼓鸣，随后是短促沉闷的鼓声，节奏均匀。

1.指船只在雾中或黑暗中用于发出警告信号的号角。——译注

"是的,"格温说,"我想住在这儿。"雾号声隐去,运河对岸,四座由低垂的天桥相连的芦苇状尖塔开始狂乱地悲泣,一拍高过一拍,到最后攀升到人耳难以听闻的声觉高度。鼓声一成不变,仍在继续,"咚,咚,咚"。

德克叹口气。"我明白了,"他的语气异常疲惫,"我想我也愿意住在这里,可我很想知道:当我这么做了之后还能活多久。布拉克星和这里有点像。那儿的空中有种很轻很轻的回音,多数是在夜里,或许这就是我在那儿定居的原因。我已经很累了,格温,很累了。我猜我会选择放弃。你知道的,从前的我总是在寻找——寻找爱情,寻找传说中的金子,寻找宇宙的奥秘,诸如此类。可当你离开我以后……怎么说呢,一切都变了味,给我留下的只有苦涩。就算有什么事做成了,我也觉得它根本不重要,成不成都没什么差别。一切都没了意义。我试了又试,得到的却只有疲惫、冷漠和愤世嫉俗的情绪。或许这就是我来这儿的原因。你……噢,和你在一起的时候,我没这么糟,许多东西我都还没有放弃。我觉得,如果我能再次找到你,或许也能找回我自己。看来这个办法不怎么管用,也许根本就没用。"

"听拉米娅-拜里斯的歌吧,"格温说,"她会告诉你,没有什么是有用的,也没有什么意味着一切。我真的想住在这儿。我选……好吧,我选它的时候没有经过深思熟虑,我们初次登陆时我就选了它。这吓着我了。或许我跟你确实有许多相似之处,德克。我也觉得太累,虽然大多数时间我感觉不到。毕竟,我有工作要忙,身边有阿金这个朋友,有扬爱我。可每当我来到这里的时候……有时我只是放慢脚步,肆意徜徉,我就会开始思索,我拥有的还不够。它们也并不是我想要的。"

她转向他,伸出双手握住他的手。"是的,我想过你。我曾想过,当我和你还在阿瓦隆的时候,一切都要好得多;我曾想过,或许我爱的依然是你,而不是扬;我还曾想过,我们能够重温旧梦,再续前缘。可你不明白吗?事实并非如此,德克,而你所做的一切也不会让它实现。聆听这座城市,聆听克莱尼·拉米娅城之歌,歌声中便是真相。你会想起我,我有时也会想起你,但那只是因为我们的感情已经死去。这是它如此美好的唯一原因。那是属于昨天和明天的幸福,却不属于今天,德克,我们的感情不过只是个远远看去颇为真实的幻影,它不再可能了。我们之间结束了,我沉溺于幻想的旧情人啊,结束了。其实这才是最好的,只有这样,一切才显得美好。"

说着,她哭了,泪滴颤动着缓缓流下她的面颊。克莱尼·拉米娅城应和着她的哭声,高塔哭诉着它们的挽歌。可它们也在嘲笑她,就好像在说:啊,我见证了你的悲伤,可悲伤并不比其余事物更具意义,痛苦也和欢乐一样空虚。尖塔哀号,纤细的格栅疯狂大笑,而远方的低沉鼓声响彻依然,"咚,咚,咚"。

德克又有了比先前更加强烈的冲动,他想跳出阳台,迎向下方的灰白石板和暗色运河。那将是一次头晕目眩的坠落,最终他会安眠于此。可城市继续用歌声嘲笑他:安眠?它高唱道,死亡带不来安眠。只有空虚。空虚,空虚,鼓声、风声和哀号声都在如此诉说。他颤抖着,仍旧握紧格温的双手。他又望向下方的地面。

有什么东西在沿着运河前进。它上下浮动,从容漂流,朝他缓缓驶来。那是艘黑色的驳船,上面只有一名船夫。"不。"他说。

格温眨眨眼。"不?"她重复道。

突然间,那些话语,另一位德克·提拉里恩会对珍妮诉说的话语涌上心头。那些话语之前便已呼之欲出,尽管他对它们不复以往的信心,可他发现自己不由自主地脱口而出。"不!"他几乎冲这座城市咆哮起来,将突如其来的怒火施加在克莱尼·拉米娅城嘲弄的乐声之上。"见鬼，格温，每个人心里都有一部分属于这座城市。这是一场考验，就看我们如何去面对它，面对那些可怕的东西——"他松开她的手，朝漆黑的夜幕做了个手势，手掌横扫过整个城市，"——它的话都很可怕。当你心里有一部分赞同着它，进而觉得它说的全是真话，而你自己属于这儿的时候，那种恐惧感最为真实。你该拿这种恐惧怎么办呢？如果你软弱，你会忽略它。你知道的，假装它不存在，没准它就会跑开。你会让自己整天埋首于琐事，不去考虑外面的黑暗。如此一来，你就把胜利让给了它，格温，最后它会吞噬掉你和你所有的琐事，而你和别的那些傻瓜只会一面高高兴兴地互相欺骗，一面在心底里迎接它的到来。你不能这样，格温，你不能。你必须起来斗争。你是个生态学家，对吧？生态学是研究什么的？生命！你必须站在生命这一边，你的每一部分都在这么说。这座城市，这座高唱死亡赞美诗的白骨城市，它否认你的所有信仰，抹杀你的一切存在。可如果你够坚强，你就能面对它，对抗它，蔑视它，否认它。"

格温停止了哭泣。"没用的。"她说着，摇了摇头。

"你错了，"他回答道，"关于这座城市，关于我们，你都错了。这一切是有关联的，明白吗？你说你想住在这儿？很好！那就住吧！住在这座城市本身就是胜利，一种哲学意义上的胜利。可住在这儿，是因为你清楚生命本身就能证明拉米娅-拜里斯的谬误，是为了嘲笑她的荒谬乐曲，不是为了赞同这哀号个没完的该死谎言。"他又握起她的手。

"我不知道。"她说。

"我知道。"他撒了谎。

"你真觉得……我们能做到吗？比从前更好？"

"你不会再是珍妮了，"他承诺，"再也不会。"

"我不知道。"她重复的话音犹如耳语。

他用双手捧起她的脸，抬到与他四目相交的位置。他吻了她，动作轻盈，只是毫无花样地嘴唇相触。克莱尼·拉米娅城呜咽连连，身旁的雾号声低沉而悲伤，远方的高塔尖声哀号，而孤独的鼓仍在发出沉闷又缺乏意义的隆隆声响。

一吻过后，他们伫立在乐声之中，凝视着彼此。"格温，"最后，他开了口，那话语中的力度和自信还不到片刻前的一半，"我猜连我自己也不知道。可这也许值得我们一试……"

"也许吧，"她说，绿色明眸望向远处，随后再次垂低目光，"这很难，德克。有扬、盖瑟，还有其他很多问题需要考虑。我们甚至不清楚这是否值得，也不知道结果是否会因此而有所不同。"

"是，我们不知道，"他说，"而且过去几年的大部分时间里，我都坚信这毫无用处，根本不值得尝试。我感觉不到愉悦，只有疲惫，无尽的疲惫。格温，但如果我们不尝试一下，永远不会知道结果。"

她点点头。"也许吧。"她说道，随后便沉默不语。狂风冰冷凛冽，疯狂的乐曲也随之起伏。他们走进室内，从阳台沿楼梯下行，穿过闪烁着灰白色光芒的褪色墙壁，向起降台而去。这座魔幻之城中唯一真实的飞车停泊在那儿，等待着将两人送回拉特恩城。

5

他们离开克莱尼·拉米娅城的洁白塔群，飞往如将熄火堆般的拉特恩城，其间缄默不语，互不碰触，各怀思绪。格温把飞车停在屋顶惯常停泊的位置，德克随她下楼，走到门口。"等等。"她飞快地低语，他本以为她会对他说晚安的。她消失在门后，而他大惑不解地等待着。门的另一边传来嘈杂的声音——人声——接着格温突然回来了，把一本厚厚的手稿塞进他手里。那是一沓黑皮革封面的手工装订、异常沉重的手稿，是扬的论文，他差点忘了。"读读看吧，"她低语道，身体探出门外，"明早到楼上来，我们再继续聊。"她轻轻吻了他的脸颊，"咔嗒"一声带上沉重的房门。德克伫立片刻，翻弄了一下手里装订好的手稿，随后转过身，走向电梯。

听到第一声尖叫时，他才沿长廊走出几步。不知为何，他再也迈不开步子了：那个声音把他拉了回去，让他在格温的房门前驻足细听。

墙壁很厚，只有些微说话声传来，其中的词句和含义都难以分辨，可声调和语气却依稀可闻。格温主宰了对话。她的声音响亮、尖锐、锋芒毕露——有几次她甚至在尖叫——接近歇斯底里。德克想象着她在起居室的滴水兽雕像前踱步，她每次发怒都会这样。两个卡瓦娜人肯定都在场，并对她严厉斥责——德克能肯定自己听到了另外两个声音——一个平静而坚决，不带怒气，只有无情的盘问，无疑是扬·维卡瑞。他的语调出卖了他，而他说话的节奏即便在穿过墙壁之后也是那么与众不同。第三个声音属于盖瑟·加纳塞克，他起初很少开口，随后话语却越来越多，音量和怒气也逐渐增长。不久后，平静的男声几乎沉默下来，格温和盖瑟则在互相大喊大叫。接着传来一句刺耳的命令声。德克听到一个响声，那是肉体碰撞的闷响。重重一击。某人打了某人，肯定是这样。

维卡瑞终于发布了命令，继而一阵沉默。房里的灯熄灭了。

德克静静地站着，手里拿着维卡瑞的论文，思索自己该做些什么。看来，在明早和格温谈话，弄清楚是谁打了她，以及打她的原因之前，他什么都做不了。他认定是加纳塞克干的。

他没乘电梯，径直走下楼，去了鲁阿克的房间。

刚躺上床，德克就感到无边的倦意，以及白天的见闻所带来的强烈震撼。一下子了解这么多，他几乎应付不过来。卡瓦娜猎人和伪人猎物，格温、维卡瑞和加纳塞克之间怪异而痛苦的生活，还有那突如其来、令他头晕眼花的可能性，她回到他身边的可能性。他无法入眠，思索了很久。鲁阿克睡梦正酣，所以无人能听德克诉说。最后德克拿起格温给他的那份厚厚的手稿，通读了前几页。他觉得，没有什么比一本厚厚的学术著作更能催人入梦了。

四个钟头和六杯咖啡过后，他放下手稿，打了个哈欠，揉揉眼睛。接着他关了灯，注视着黑暗。

扬·维卡瑞的论文——《传说和历史：以哈米斯-利昂·塔尔的〈恶魔之歌〉阐释邦国社会的起源》——对他的同胞来说是远比阿金·鲁阿克的任何言论都更为强烈的控诉。他把事情和盘托出，包括阿瓦隆电脑库里的资料和文献，包括对哈米斯-利昂·塔尔诗歌的大段引用，甚至有对哈米斯诗歌含义的长篇论述。扬和格温早上告诉他的那些东西都以更为详细的方式呈现在这里面。在论文中，维卡瑞提出了许多理论，试图阐明一切。他甚至替伪人多少做了些辩护。他坚称在烈焰与恶魔纪元，有些来自城市的幸存者抵达了采掘营地，寻求栖身之所。可当他们被接纳之后，就证明了自己的危险。他们中有些是辐射病的受害者，死法缓慢而可怕，且很可能将疾病传染给了看护他们的人。看似健康的另一些人活了下来，直到他们结婚生子前，都生活在这个原始的邦国中，并渐渐成为邦国的一分子。随后，辐射污染显现了出来。当然，这完全是维卡瑞的假说，甚至连一句哈米斯-利昂可资证明的诗句都没有，可这番对伪人传说的解释却给人一种条理分明且令人信服的感觉。

维卡瑞还详细描述了被卡瓦娜人称为"哀恸之疫"的事件——这次事件被他谨慎地称为"卡瓦娜人转向现代性爱婚娶模式的关键"。

据他假设，哈兰甘人在初次袭击后的一百年左右回到了卡瓦娜星。那时，被他们轰炸过的城市仍是一片残迹，没有人造新建筑的迹象。可他们从前投放在星球上繁衍的三个奴隶种族也杳无音信，无疑，他们被大肆屠杀，遭遇了灭顶之灾。哈兰甘智者们得出结论：有部分人类还活着。为实现彻底清洗，哈兰甘人投下了瘟疫炸弹。

哈米斯-利昂的诗篇中完全没提到哈兰甘人，却多次提到了疾病。所有保存至今的卡瓦娜故事在这点上都保持一致。哀恸之疫的确存在，在很长一段时间里，各种流行病接连不断地在各邦国中暴发。每次季节变迁都会带来一种更新也更可怕的疾病——这是终极恶魔，是卡瓦娜人无法搏杀的敌手。

每一百个男人中有九十个死去。女性的死亡率则是百分之九十九。

这众多疫病中的一种，似乎专以女性为目标。当维卡瑞向阿瓦隆的医学专家请教时，他们从他手里寥寥无几的证据——几首古代诗歌和歌曲——中得出结论：女性的性激素似乎是该疾病的催化剂。哈米斯-利昂·塔尔曾写过，年轻女性因天真单纯，幸免于血腥的恶疾；而伊恩-克西因堕落放荡，导致病魔缠身，痉挛至死。维卡瑞把这段话解释为：处于前青春期的女孩能幸免于难，而性成熟的女性则尽数死亡。整整一代人消失了。更糟的是，这种疾病驻留不去：少女们才进入青春期不久，瘟疫便再度来袭。哈米斯-利昂在诗篇中用这个事例来证明具有重大宗教意义的真理。

有些女性存活了下来——她们天生对这种疾病免疫。起初只有很少的人，后来人数慢慢增多。因为她们活了下来，又诞下儿女，这些后代大多拥有相同的免疫力，而其他不具有免疫力的女性，生命则终结于青春期。最后除极少数特例外，所有卡瓦娜人都对这种疾病免疫了。哀恸之疫就此终结。

但灾难造成的损失已无法挽回。许多邦国从此消亡，即便勉力支撑下来，人口也不足以维持正常社群发展。社会结构和性别角色因之发生了无可避免的剧变，早期塔拉星殖民者一夫一妻的平等制度不复存在。当一代人长大成人时，男性是女性的十倍，而女性在很小的时候就知道，进入青春期也许就意味着死亡。时局艰难，在这点上，扬·维卡瑞和哈米斯-利昂·塔尔意见一致。

哈米斯-利昂写道："当伊恩-克西被安全地隔离在远离阳光的洞窟深处，耻辱无人得见时，卡瓦娜人的罪才终于被免除。"维卡瑞却认为幸存的卡瓦娜人为抵抗瘟疫尽心竭力。他们不再拥有建造密封无菌房间的科技，可毫无疑问，关于此类地点的传闻仍在流传，他们也依然期待那些房间能预防疾病侵袭。因此幸存的女性被保护在地底如同监狱的医院里。医院位于邦国中守卫最严密的区域，远离饱受污染的空气和雨水。那些过去和妻子结伴徜徉或并肩作战的男人如今只能与其他男人为伍，共同为故去的伴侣而哀伤。为缓解性压力——并尽可能维持基因库的完整，如果他们懂得这个概念的话——那些经历过哀恸之疫的男人把他们的女人变成了公共财产。为了尽量确保后代的数量，那些历经危险而幸存的女性都被变成了常年处于妊娠期中的永久育母。没有采取这类措施的邦国无一从灭国中幸免，幸存的邦国则将它作为文化传承了下去。

其他各种变化也在这时打下根基。塔拉星原是颗由宗教掌权的星球，是爱尔兰-罗马改革天主教的统治地，一夫一妻制度根深蒂固。但在卡瓦娜高原星，两种变体制度继而出现：男性狩猎伙伴之间滋长的强烈情感联结成为特恩伴侣制度普遍化的基础，而那些想要与女性建立半排他关系的男性则从其他邦国俘虏异性，创造了贝瑟恩制度。扬·维卡瑞认为，邦国的领袖们鼓励这种劫掠，因为新的女性意味着新生力量，意味着更多的子女和更多的人口，以及更高的存活率。任何想要独占伊恩-克西的行为都是不可想象的，但能从外界带回女人的男人将荣耀加身，在领导邦国的议会中获得一席之地，当然还能——也许是最重要的——得到那名女性本身。

维卡瑞坚称，这些毋庸置疑的事实塑造了现代卡瓦娜社会。漫长的岁月过去，当哈米斯-利昂·塔尔开始遨游世界时，他对自己星球的了解就像个懵懂孩童，他无法设想从前女性的地位和今日所见有任何不同。所以他无法接受从收集到的民间故事中了解的不同观点。于是在修订整理《恶魔之歌》时，他重写了所有口耳相传的民间故事：凯·史密斯在他笔下变成了威风凛凛的巨汉，哀恸之疫被写成了斥责伊恩-克西罪孽的民谣。哈米斯-利昂·塔尔创造出了一种假象，让人们觉得这个世界一直以来都是他书里所记录的样子。后世的诗人们更是将他的作品当成自身创作的基石。

催生卡瓦娜高原星邦国社会的各种因素若干世代前就已消失。如今，女人和男人几乎数量相等，疫病只是骇人的传说，而行星表面的大多数危险都已被人们征服，但邦国依旧存续。男人参与决斗、研习新式科技、在农庄和工厂劳作，或是驾驶卡瓦娜太空船航向太空；伊恩-克西却居住在庞大的地底兵营，充当邦国所有男人的性伴侣，并生儿育女。只是她们产子的数量已不若从前，因为卡瓦娜的人口受到了严格控制。稍微自由些的女性处于银玉誓约的保护下，但她们的数量不多。按照传统，贝瑟恩必须来自邦国之外，这实际上就是要求有野心的年轻人挑战并杀死另一个邦国的高阶者，或索要对方的伊恩-克西，并面对对方议会选出的防卫者。第二种方法鲜有成功的范例，因为高阶议会向来会指派邦国中最为出色的决斗者来保护伊恩-克西——而这项指派意味着无上的荣耀。另一方面，赢得贝瑟恩的男人将立即获得高阶之名，并位列领袖之间。这意味着这个人向他的克西献上了两件血之赠礼——代表死亡之血的死去的敌人，以及代表生命之血的外邦女性。这名女性将获得银和玉的身份，直到她的誓主被杀为止。如果杀死誓主的是自己邦国的成员，她会成为伊恩-克西；如果杀死他的是外来者，她的所有权就会转让给对方。

这就是格温·迪瓦诺戴上扬的臂环时得到的身份。

德克躺卧良久，思索着读到的一切。他抬起头，凝视着天花板，越思考，怒气越甚。当初道晨光自他头顶的窗户缓缓渗入时，他做出了决定。从某种意义上说，只要格温能离开维卡瑞、加纳塞克和整个令人作呕的卡瓦娜社会，那她是否回到他身边都不重要了。这事仅凭她一人是做不到的。好吧，看来阿金·鲁阿克说得对：他会帮助她。他会帮她获得自由。在那之后，有的是时间去考虑他们两人的关系。

终于，下定决心之后，德克睡着了。

等他醒来，时间已是正午。他心怀愧疚地坐起身，眨眨眼，想起自己曾答应格温今早上楼找她，而现在晨曦早已远去——他睡过头了。他匆忙起身穿衣，并飞快环顾周围，寻找鲁阿克，但奇姆迪斯人已不知去向，也不知离开了多久。随后他上楼前往格温的住处，胳膊下紧紧夹着维卡瑞的论文。

应门的是盖瑟·加纳塞克。

"怎么？"那红色胡须的卡瓦娜人边说边皱起眉头。他赤裸着上身，只穿着黑色紧身裤，右臂戴着永不褪下的黑铁与耀石的臂环。德克看了一眼，立刻明白加纳塞克不穿维卡瑞最爱的那种V领衬衫的原因：他的左胸有道又长又弯的疤痕，从腋窝处一直延伸至胸口，疤痕早已发硬。

加纳塞克察觉到他的目光。"决斗里出的岔子，"他大声说，"我那时年轻。不会有下次了。好了，你有何贵干？"

德克涨红了脸，"我想见格温。"他说。

"她不在这儿。"加纳塞克说，那双冰冷的眼睛一点也不友好。他开始关门。

"等等。"德克伸手挡住。

"怎么？还有事？"

"格温。我约好与她见面。她现在在哪儿？"

"在野外，提拉里恩。如果你能想起来她是位生态学家，铁玉的高阶者把她送到这儿是为了重要的工作的话，我会很高兴。为了带你到处观光，她已经荒废工作整整两天了，现在回去干活也是理所当然的事。她和阿金·鲁阿克带着仪器到森林去了。"

"她昨晚根本没提过这事。"德克坚持道。

"她没必要告诉你她想做什么，"加纳塞克说，"也没必要向你要求什么许可。你们之间可没有誓约。"

德克想起前一晚偷听到的争吵，疑虑顿生。"我能进去吗？"他说，"我得把这个还给扬，再跟他讨论讨论。"他补上这句话，把皮革封面的论文拿给盖瑟看。事实上，他怀疑有人不想让他跟格温见面，可这要是说出来就太不礼貌了。加纳塞克的敌意已经极为浓烈，试图从他身边挤过是很不明智的做法。

"扬现在也不在家。这儿除了我没别人，而且我这就要出门了。"他伸出手，从德克手里夺过那份论文，"交给我就好。格温真不该把它给你的。"

"嘿！"德克说，他忽然有股冲动。"这段历史很有趣，"他叫道，"我能进去跟你聊聊吗？一会儿就好——不会打扰你太久的。"

加纳塞克突然像是改变了态度。他笑着让出道来，招呼德克进房间。

德克飞快地扫视四周。起居室冷冷清清，壁炉冰凉，似乎没什么反常的。透过敞开的拱门，能看到同样空空荡荡的餐厅。整间公寓安静极了。没有格温或扬的影子。加纳塞克似乎说的是真话。

德克迟疑着缓步走过房间，在壁炉架和滴水兽雕像前停下了脚步。加纳塞克默然看着他，接着转身走开，片刻后又回来了。他的腰间已经绑上了网眼钢皮带和沉重的枪套，正扣着褪色黑衬衣的纽扣。

"你要去哪儿？"德克问。

"出门去。"加纳塞克咧嘴笑笑。他松开枪套搭扣，拔出里面的激光手枪，检查了一番枪柄侧面的能量读数，把它插回枪套，再次拔出——他右手这一连串动作异常流畅——然后低头看着德克。"我吓着你了？"他问。

"对。"德克说。他从壁炉架那边走开。

加纳塞克的笑容又回来了。他把激光枪塞进枪套。"我很擅长用激光枪决斗，"他说，"我的特恩则比我更强。当然了，这是由于我只能用右手,左边还是痛,因为会牵动伤疤,胸肌没法像右边一样灵活。不过也没关系,我基本上是个右撇子,右手比左手用得多。"说话间,他的右手就放在激光手枪上,而在他的前臂上,那嵌入黑铁中的耀石光芒闪耀,就像一只只暗红色的眼睛。

"关于你的伤,我表示遗憾。"

"是我自己犯了错,提拉里恩。那时我太年轻,却犯了大错。这种错误很可能是无可挽回的,虽然我熬了过去。"他目不转睛地看着德克道,"那些还没犯错的人应该特别小心。"

"哦?"德克挤出个无辜的笑容。

加纳塞克并未立刻作答。过了半晌,他才开口:"我想你明白我在说什么。"

"是吗?"

"是的。你不是没脑子的人,提拉里恩,我也不是。你幼稚的花招连逗我发笑都做不到。比方说,你跟我没什么好谈的,你只是为了某些理由想进到房间里而已。"

德克的微笑不见了,他点点头,"好吧。既然被你看穿了,说明这把戏的确够烂。我想找格温。"

"我告诉过你,她去了野外,去工作。"

"我不相信,"德克说,"如果是这样,她昨天会告诉我的。你只是不想让我见到她。为什么?出了什么事?"

"出什么事不需要你操心,"加纳塞克说,"提拉里恩,劳驾,脑子放清醒点。也许对你,或对阿金·鲁阿克来说,我是个恶棍。随你们怎么想。我不在乎。但我没有恶意。这就是我警告你别犯错的原因。这就是我明知你没话跟我说还让你进来的原因——因为'我'有话要跟你说。"

德克倚着沙发靠背,点点头:"好吧,加纳塞克。说吧。"

加纳塞克皱起眉头:"你的问题,提拉里恩,在于你对扬、对我、对我们的世界了解实在太少。"

"我知道的比你想象的多。"

"是吗?你读了扬对《恶魔之歌》的论述,毫无疑问,还有人告诉过你一些故事。那又怎样?你不是卡瓦娜人,你不了解卡瓦娜人,可你站在这儿,我能从你的眼里看出你对卡瓦娜的评判。你有什么权利?凭什么来评判我们?你几乎一无所知。我举个例子好了,就在刚才,你叫我加纳塞克。"

"这难道不是你的名字吗?"

"那只是我名字的一部分,最后一部分,也是我身份中最低微、最不重要的部分。它是我的选定名,是铁玉一位古代英雄的名字:他寿数绵长,子女众多,曾在高阶战争中多次光荣地保卫邦国和他的克西。当然了,我知道你为什么这么叫我。在你们星球上,按照你们的命名体系,用姓名的最后一部分来称呼不够亲近或敌对的对象是一种风俗——对于密友,你们会直呼其名,对不对?"

德克点点头,"差不多吧。其实没这么简单,不过相差不远。"

加纳塞克浅浅一笑,那双蓝眼似乎在闪耀光芒。"瞧,我了解你的同胞,相当了解。为方便你理解,我叫你提拉里恩——因为我对你不怀好意——这用法没错吧?可你不懂得礼尚往来。你不假思索地称呼我为加纳塞克,存心把你们的命名体系强加于我身上。"

"那我该叫你什么呢?盖瑟?"

加纳塞克不耐烦地飞快打了个手势。"盖瑟是我的真名,可你这么叫我就不合适了。按照卡瓦娜习俗,直呼真名意味着一种特殊的关系——显然不存在于我们之间。只有我的特恩、克罗-贝瑟恩和克西才能用真名来称呼我,区区一个外乡人可不行。也许你该称呼我为盖瑟·铁玉,叫我的特恩为扬托尼·高阶铁玉。在和地位等同的对象交谈时——例如来自其他家族的卡瓦娜人——这样的称呼符合传统和礼数。虽然,我给你提供的便利会让很多人看不惯的。"他笑道,"所以搞清楚点,提拉里恩。其实我刚说的只是个例子,我才懒得管你叫我盖瑟、盖瑟·铁玉还是加纳塞克先生呢。哪个名字最合你心意,你就用它称呼我吧,我不会把这当成侮辱。那个奇姆迪斯人,阿金·鲁阿克甚至还叫我盖西,我都忍住了收拾他的冲动。"

"这些礼节和称呼之类的——不用扬说我也明白,它们都是陈年旧事,是那些更讲究也更原始的时代的残余,它们正在逐渐消亡。如今卡瓦娜人在星辰之间航行,和曾被我们当作恶魔大肆屠杀的生物交谈和贸易,甚至塑造行星本身,就像我们对沃罗恩星所做的那样。古卡瓦娜语,这种按你们的标准年来计算,已经延续千载的邦国语言,现在几乎无人使用,尽管有几个词语流传至今,而且也将继续流传下去。因为用它们命名的事物以那些星际旅者的语言难以或根本无法描述——反过来说,如果我们放弃这些名字,放弃这些古卡瓦娜词语,那这些事物也会很快消失。宇宙中的一切都在不断变化,我们卡瓦娜人也在变,扬还说如果我们想在人类历史中继续发挥作用,就还得继续改变。于是古老的姓名准则和纽带土崩瓦解,连高阶者们也不再斟酌字句,扬托尼·高阶铁玉开始叫自己扬·维卡瑞。"

"如果说名字都不重要,"德克说,"那你这番话的用意是什么?"

"用意在于举例,提拉里恩,简单清楚的举例,举例证明你认为我们的文明之间存在许多交集是大错特错,证明你的一言一行都在把你们的价值观强加在我们身上。在另一些更重要的事情上,你也犯了同样的错误,不该犯的错误。到时候,你付出的代价或许会超过你的承受能力。你以为我不知道你想做什么吗?"

"我想做什么?"

加纳塞克再度微笑,他眯成缝的双眼目光冷酷,眼角的皮肤微微皱起:"你想把格温·迪瓦诺从我的特恩身边带走。没错吧?"

德克没有回答。

"我说得没错,"加纳塞克说,"可你想都别想。你得明白,这是绝不允许的——我绝不会允许。我与扬托尼·高阶铁玉之间有铁火誓约。我们是特恩拍档。你所知的一切纽带都不可能比这更坚固。"

德克不由得想到了格温,还有那颗满载回忆与承诺的深红泪滴。他觉得很可惜:要是能把呢喃宝石拿给加纳塞克,让他紧握片刻该多好,如此一来,这个傲慢自大的卡瓦娜人就能体会到德克和珍妮之间的感情有多深。可这种做法毫无助益。加纳塞克的头脑对宝石的蚀刻纹路不会有丝毫共鸣,它对他来说只是颗宝石而已。"我爱格温,"他尖声说道,"我不觉得你们之间的任何纽带能胜过它。"

"是吗?好吧,你不是卡瓦娜人,和格温一样,你不了解铁火誓约。初次遇见扬托尼时,我们年纪都不大。事实上,我比他小。相比同龄人,他更喜欢和比他年幼的孩子玩耍,他经常来我们的托儿所。还是懵懂孩童的我,起初非常尊重他,因为他比我年长,也更接近高阶地位,他还会带我去陌生的长廊和洞穴冒险,会讲好听的故事给我听。等我长大一些,了解他频繁与年幼孩童为伍的原因时,我感到震惊和羞耻。他害怕和他年岁相当的人,这些人总是嘲弄他,而且经常打他。可当我了解到这一点时,某种纽带已经出现在了我们之间。你可以称它为友谊,不过这种说法是错误的,这等于是再次把你们的观念强加在我们身上。它胜过你们外乡人的所谓友谊,尽管我们那时还没有互为特恩拍档,但感情已如钢铁般坚固。

"等我和扬下一次外出探险时——我们远离邦国,去了某个他熟知的洞穴——我出其不意地攻击了他,打得他全身上下青一块紫一块的。他一整个冬天都没再来我的同龄兵营,但最后他还是回来了。我们之间没有任何怨恨,又开始结伴漫游和狩猎。他给我讲了很多故事,那些神话和历史传说。至于我,我还会时不时偷袭他,抓住他分神的机会把他打倒。他很快开始还击。不久后,我的拳头就没法让他大吃一惊了。有天我从铁玉的仓库里偷走一把匕首,藏在衬衫下面,在扬面前亮出来,割伤了他。从此之后,我们都开始携带匕首。等他进入青春期,到了能够选择选定名,并可以决斗的年纪时,扬托尼已不再是能被轻易嘲笑的对象了。

"他向来不合群。你得明白,他总是充满好奇,会提出令人不快的疑问和旁门左道的观点;他热爱历史,公然蔑视宗教;他更对移居卡瓦娜的外乡人抱有太过危险的兴趣。因此,刚到可以决斗的年纪,他就被人一再挑战,但总能获胜。又过了几年,我也进入了青春期。我们二人结成特恩拍档之后,我却很少得到搏斗的机会。扬托尼让所有人都心怀恐惧,所以他们大多不愿挑战我们。我非常失望。

"不过从那时起,我们总并肩决斗。扬与我立下了同生共死的誓约,又经历过种种艰难困苦,所以说,我才没兴趣听你没完没了地拿你们外乡人鼓吹的所谓'爱情'来比较:这种伪人间的誓约来来去去全凭一时兴起。扬托尼在阿瓦隆待的那几年堕落得够厉害了——对这事我多少也得负点责任,毕竟是我放他单独去的。的确,我在阿瓦隆既派不上用场又待不习惯,可我应该跟去。我辜负了扬,这不会有下次了。我是他的特恩,永远都是,我决不允许别人杀掉他或伤害他,或扭曲他的思想,又或偷走他的名字。这些是我的誓言,也是我的职责。

"这些天来,扬多次放任自己的名字被你和鲁阿克之流侵犯。从很多方面来说,扬都是个执拗又危险的人,他的突发奇想常常让我们面临危机。甚至连他心目中的英雄——童年时他给我讲的故事,让我感到非常惊讶——扬最喜欢的英雄都是些遭受过巨大失败的隐士。比如说,曾手握权柄长达一个世纪的阿瑞恩·高阶耀石。他凭借人格魅力统治着卡瓦娜有史以来最强大的邦国——'耀石山脉'。当敌人们结成同盟联合起来对抗他时,阿瑞恩·高阶耀石把剑和盾交给了伊恩-克西,让她们参与战斗,以此壮大部队。敌人溃不成军,这是扬告诉我的。但后来我才知道,阿瑞恩·高阶耀石并没有赢得真正的胜利。当时他的邦国有太多伊恩-克西被杀,幸存下来,培育新生力量的女性屈指可数。耀石山脉的军力和人口持续减少,在阿瑞恩那次鲁莽进攻的四十年后,便宣告覆灭,来自塔尔、铁玉和铜拳的高阶者们带走了耀石山脉的女人和孩童,只剩一片残垣断壁。事实上,阿瑞恩·高阶耀石是一个失败者、傻瓜,是历史的弃儿,正如扬口中其他那些疯狂的英雄。"

"我觉得阿瑞恩是个大英雄,"德克尖锐地说,"在阿瓦隆,我们会因为他释放奴隶而赞扬他,就算他没有获胜也一样。"

加纳塞克朝他怒目而视,他的双眼犹如嵌在狭小颅骨里的两道蓝色火花。他恼怒地揪了揪红胡子。"提拉里恩,我刚才警告你别犯错,指的就是这种评论。伊恩-克西不是奴隶,她们就是伊恩-克西。你下判断所依据的标准不对,你的翻译更不对头。"

"这是你的看法,"德克说,"而在鲁阿克看来——"

"鲁阿克,"加纳塞克语带不屑道,"难道那个奇姆迪斯人是你了解卡瓦娜人的唯一途径?这么说来,我纯粹在浪费口舌和时间。提拉里恩,你已经受了毒害,根本不想了解真相。你是他的工具。我不会再劝说你了。"

"好吧,"德克说,"你只需告诉我格温在哪儿就行。"

"我已经说过了。"

"那她到底什么时候回来?"

"晚些吧,而且那时她多半累了。我相信她不会想见你的。"

"你根本不想让我见她!"

加纳塞克沉默片刻。"没错,"最后,他阴沉着脸开了口,"这对你、对她都是最好的办法,提拉里恩,虽然我不觉得你会这么想。"

"你无权这么做。"

"那是你们的标准。在卡瓦娜文化中,我完全有这个权利。从现在起,你别想再跟她独处了。"

"格温不属于你们那恶心的卡瓦娜文化!"德克说。

"她的确不是生在卡瓦娜,可她接受了银玉誓约,拥有贝瑟恩之名。现在的她就是卡瓦娜人。"

德克身躯颤抖,自控尽失。"她说了些什么?"他朝加纳塞克踏前几步,询问着,"她昨晚都说了些什么?她威胁说要离开吗?"他的手指抓向卡瓦娜人:"她说了要跟我走,对不对?然后你打了她,不准她说下去?"

加纳塞克皱起眉头,用力拂开德克的手。"这么说你还在窥探我们。你做得不够漂亮,提拉里恩,但已经足够无礼了。这是第二个错误。第一个是扬犯下的:他对你倾诉自己所做的一切,他相信你,还为你提供保护。"

"我不需要任何人保护!"

"随你吧。不合时宜的愚蠢自尊。只有强者才会拒绝保护,而弱者——那些的确无力自卫的弱者——需要得到强者的保护。"他转过身去,"我不会再在你身上浪费时间了。"他说着,走向就餐室。桌上放着一个薄薄的黑色手提箱。加纳塞克同时按下两枚锁扣,翻开箱盖。德克看到红色毡布上别着五排黑铁獍女别针。加纳塞克拿起其中一枚。"你真的确定自己不需要这个?科拉瑞尔?"他咧嘴笑起来。

德克交叉双臂,对他的问题不屑一顾。

加纳塞克等了一会儿。见德克不予答复,他便把獍女别针放回原位,合拢箱子。"你比娇生惯养的果冻孩子还挑剔,"他说,"现在我得把这些拿去给扬了。滚出去。"

正午才过去不久。轴心在苍穹中央黯淡地燃烧，伴随着零散的微光——那是以不均匀间距环绕着轴心旋转、依然可见的四颗特洛伊诸阳。强风自东方吹来，似乎正汇聚为风暴。尘土自灰白与鲜红的小巷间漫卷而过。

德克坐在屋顶一角，两腿悬空在街道上空晃荡，琢磨着种种可能。

他跟随盖瑟·加纳塞克来到起降台，看他带着装有猎女别针的箱子，发动那辆覆有厚实橄榄绿装甲的巨型古战车，启程离开。另外两辆飞车——灰色蝠鲼翼形和亮黄色泪滴形——也都不见了踪影。眼下，他被困在了拉特恩城，对格温的所在，以及他们对她做了什么，全都一无所知。有那么一个片刻，他希望鲁阿克就在旁边。他多想拥有一辆属于自己的飞车啊。假如早些想到这点，他肯定能在挑战城租一辆，甚至能在刚到沃罗恩星时的机场租到。可惜，现在的他孤单无助，连天梭也没了。世界灰红一片，漫无目的。他思索着自己该做些什么。

当他坐在那儿，思考着自己未尽的职责时，有个想法跃入脑海。他所看到的节庆都市迥然相异，可它们有个共同点：每座城市都不具备对应其人口数量的飞车泊位。这意味着这些城市之间以另一种交通网络彼此相连，也就是说，他可能还拥有些许自由行动的能力。

他起身走向电梯，一路向下，来到鲁阿克位于塔底的房间。在那两株种在陶罐中且高至天花板的黑色植株之间，那面显示墙仍在他记忆中的位置。它屏幕漆黑，尚未开启，一如先前所见。沃罗恩星没剩多少可以通话的对象了，可毫无疑问，通信回路依然存在。他研究了一番屏幕下方那两排按钮，选定其中一枚，用力按下。柔和的蓝光驱除了黑暗，德克的呼吸也略微轻松了一些。看来，线路运转正常。

其中一枚按钮上有问号标记。他按下按钮，得到了回应。蓝光消失不见，屏幕骤然被细小的文字填满：一百个数字，对应一百种基础服务项目，从医疗急救到宗教信息再到星际新闻，无所不有。

他按下"访客运输"这一条。数字在屏幕上闪过，而德克的希望也逐渐枯萎。十四座城市中，有十座的太空机场配有飞车租赁设施，但都已关闭。机能正常的飞车跟着参与节庆的人们一起离开了沃罗恩星。有的城市过去提供气垫船和水翼艇，现在也都不再提供。在海畔穆斯奎，来访者本可乘坐遗忘殖民地生产的名副其实的风力船只沿岸航行，可现在服务已终止。城际空中巴士航班已封闭，托贝星的核能高空客机和伊瑟琳星的氦动力飞船也都停止使用。显示墙为他展示了一幅地图：那是在起降场底部运行，通往各大城市的高速地铁线路。但整张地图都显示为红色，根据下方的图例说明，红色表示"无动力——运转终止"。

看起来，除了徒步，沃罗恩星上再没有别的交通方式了。最多再加上后来访客们带来的交通工具。

德克紧锁眉头，停止了读数。出于好奇，他按下"图书馆"，屏幕回以一个问号和操作说明，他接着输入"果冻孩子"和"定义"几个字，等待着。

没等多久，图书馆便抛出了海量的信息——历史、地理、哲学方面的详细资料——其中大部分都派不上用场，他迅速找出了关键信息。"果冻孩子"似乎是黑酿海世界里一个伪宗教毒品邪教组织中信徒的外号。之所以这样称呼他们，是因为这些信徒长期生活在数千米长的胶状蛞蝓体内。巨型蛞蝓在黑酿海世界的海底以极其缓慢的速度蠕动前行。信徒把这种生物称作"母亲"，"母亲"则用甘甜而带有致幻作用的分泌物喂养她们的孩子。"果冻孩子"相信他们是种半智慧生物。德克注意到，当巨型蛞蝓的致幻分泌物减少时，信仰并未阻止这些果冻孩子杀死宿主，这种情况必然会在蛞蝓衰老时出现。摆脱了一位"母亲"以后，果冻孩子们会去寻找下一位。

德克很快清空了屏幕上的数据，再次在图书馆的页面上查询。黑酿海世界在沃罗恩星也有一座城市。它坐落于方圆五十千米的一片人工湖底部，埋藏在像黑酿海世界表面那样，一片黑沉、波涛汹涌的水体之下。它被称为"无星池中城"，城市周围的湖水中充斥着为庆祝边缘星域节庆而引入的各种生命体。不用说，也包括"母亲"。

德克在沃罗恩星的地图上找到了这座城市，当然了，他没法到那儿去。于是他关闭了显示墙，走进厨房，帮自己冲了杯饮料。他将饮料一饮而尽——那是取自某种奇姆迪斯动物的灰白色浓稠乳汁，异常冰冷，带有苦味，却颇为提神。德克不耐烦地用手指敲打着吧台，心中的不安逐渐增长，他极度渴望做点什么。他觉得自己被困在了这里，被迫等待某一个人回来，却不知那个人会是谁，也不知到时会发生什么。似乎他自从走下战栗号之后，就一直随他人的心血来潮而东奔西跑，甚至最初来这儿都不是出于他自己的意愿：格温用她的呢喃宝石召唤了他，却不怎么欢迎他的到来。至少，在最后这个问题上，他明白她被困在了一张异常繁复的罗网之中，一张兼具政治和情感因素的罗网；而他似乎也和她一起陷入网中，一知半解地看着性和文化的压力汇聚成风暴，在他们身边盘旋不休。他受够这种无助的感觉了。

他突然想到克莱尼·拉米娅城。在一个饱经风霜的登陆口，停有两台弃置的飞车。德克沉思着放下杯子，用手背擦干嘴唇，回到显示墙边。

要找到拉特恩城所有飞车停泊设施的位置并不难。每座大型公寓塔楼的顶端都有起降台，而城底的岩层深处还有一个大型公用车库。据城市名录记载，这个车库可以经由均匀散布于拉特恩城的十二座地下电梯抵达；它暗藏的入口开设在高悬于公共区上空的危崖中央。要是卡瓦娜人在城里留下了飞车，他肯定能在车库里找到它们。

他乘电梯前往底层，走上街道。胖撒旦已自顶点降下，正朝着地平线缓缓下沉。暗红的暮色低垂,耀石街道也变得黯淡灰黑,可当德克在乌黑的方形塔楼的阴影间穿行时,他仍旧能看见脚底的城市渗出的冰冷火焰,石块的柔和红光逐渐消退,但始终驻留不去。他的身影投射在空地上,无数朦胧的黑色幽灵笨拙地相互交叠——几近重合,但并不完全一致——继而朝他足底急退而去,将耀石从沉睡中唤醒。他在路途中没见到任何人,可那些布赖特总让他心神不宁。有一次,他从一栋显然有人居住的房子前面经过。那是座有着穹顶的方形建筑,门口有黑铁立柱,其中一根柱子上用铁链拴着条猎犬:它双脚站立时比德克还高,有着猩红的眼睛和无毛的长脸,这让德克莫名地想起了老鼠。这动物正撕扯着一根骨头,可当德克经过时,它就站直身体,从喉咙深处发出一阵咆哮。不管房子里住着什么人,显然都不希望有人打扰。

地下电梯依然正常。他向地下降去,阳光消失不见,接着,他从底层通道走出。这儿是拉特恩城和卡瓦娜邦国最相似的区域:通道内嵌有无数锻铁挂钩,石壁回声阵阵,铁门无处不在,小房间彼此连接。这是石头里的要塞——鲁阿克这么说过。一座堡垒,一座易守难攻的堡垒。可如今已遭废弃。

地底车库分为十层,有些许照明,十层中的每一层都足可容纳一千辆飞车停泊。德克在尘灰中搜寻了半小时,才发现了第一辆飞车。可它毫无用处。这又是一辆野兽外形的飞车,怪异的巨型蝙蝠状车身上点缀着蓝黑色金属,和扬·维卡瑞那辆颇为模式化的蝠鲼飞车相比,它更真实,也更可怕。可它只是个燃烧殆尽的空壳。一只装饰用的蝠翼扭曲变形,烧熔了一半,车体也只剩下外壳。内部零件、动力源和武器设备全都没了,德克猜想重力格栅多半也没了,虽然他看不到这辆弃车的底部。他绕着它转了一圈,然后继续前进。

他找到的第二辆飞车状况更加不堪。它甚至配不上"飞车"这个称呼,只剩下光秃秃的金属框架和四张腐朽不堪的座椅——就像一具被掏光内脏、连皮都没剩下的骨架。德克围着它绕了一圈便走了。

后两具残骸倒是完整无缺,却全无生气。他猜测车主都死在了沃罗恩星,而这两辆被人遗忘的飞车在城底等候良久,直到动力耗尽。他试图发动,可它们对他的触碰和敲打全无回应。

第五辆车——这时已过去了整整一个钟头——的回应却太快了些。

这辆彻头彻尾的卡瓦娜式飞车有低矮的车体和两个座位,配有短小的三角翼,那三角翼看上去比卡瓦娜制造的其他飞车的翅膀更加无用。它周身覆满银白色珐琅,金属顶篷被塑造成狼头的形状,车身两边装有激光炮。车没上锁,德克伸手去掀顶篷,它便轻巧地翻开来。他爬进车里,合拢车篷,带着嘲弄的微笑,经由那双巨大的狼眼向外望去。接着他试了试控制设备,这辆飞车依然保留有全部的动力。

他双眉紧皱,切断了动力,靠向椅背,开始思考。他已经找到了想要的交通工具,只要开走它就行。可他不能欺骗自己:这辆飞车和他找到的另几辆不同,它不是弃车。它的状况好过头了。毫无疑问,它属于仍然逗留在拉特恩城的几个卡瓦娜人中的一个。如果颜色意味着什么的话——他对此不太确定——那它的主人没准就是洛瑞玛尔或另外某个布赖特。开走它并不是可选方案中最安全的,远远不是。

德克认识到危险所在。他不喜欢等待,可同样不喜欢潜藏的危机。不管扬·维卡瑞在不在,盗走飞车都可能促使布赖特们采取行动。

于是他不情愿地掀开车篷,爬出车外。就在这时,他听到了人声。他轻轻松开手,随着一声堪可耳闻的"咔嗒"声,车篷盖上了。德克俯下身,匆忙躲进狼形飞车几米外的阴影里。

早在看到他们之前,德克就听到了卡瓦娜人的交谈声和嘈杂的脚步声。他们只有两个人,可吵闹得像有十个人。等他们走进飞车附近的灯光下,德克已钻进了车库墙壁上的一个凹洞——这个小洞里满是用于悬挂各式工具的挂钩。他不清楚自己为什么要躲,可他很是庆幸。格温和扬对拉特恩城其他住户的介绍令他无法安心。

"布雷坦,你保证这消息可靠?"当两人出现在德克视野中时,那高个子说道。他并非洛瑞玛尔,可两人的相似之处却极为显著:他有同样惊人的身高,同样满是皱纹的古铜色面容。他比洛瑞玛尔·高阶布赖特胖一些,有着牙刷似的髭须,头发纯白,不像后者主要是灰色。他和同伴都穿着短袖白夹克和短裤,还有在昏暗车库中转为近乎纯黑的变色衬衫。二人都佩带着激光枪。

"罗瑟夫不会戏弄我的。"第二个卡瓦娜人用砂纸般粗哑的声音说。他比同伴矮上许多,接近德克的身高,也较为年轻,身材极瘦。他的夹克剪去了衣袖,以展示他有力的棕色双臂和厚实的铁火臂环。在走向飞车途中的某个瞬间,他的身体完全暴露在灯光下,目光似乎投向德克藏匿的那片黑暗。他只有半张脸,另一半布满不断抽搐的疤痕。他的左"眼"随着脸部的转动而不知疲倦地转动,德克看到了那泄漏天机的光芒:那是一颗嵌入空眼眶的耀石。

"你怎么知道?"两人在狼形飞车旁停下脚步,年长男子开口,"罗瑟夫最喜欢戏弄人。"

"可我不喜欢,"被叫作布雷坦的人说,"罗瑟夫也许会戏弄你、洛瑞玛尔甚至派尔,但他没胆子戏弄我。"他的语气令人异常不适,生硬得刺耳。看着他颈上密密麻麻的伤疤,德克不由得为这人还能说话而感到惊讶。

高个子卡瓦娜人用力想掀起狼头的一侧,可顶篷纹丝不动。"好吧,要是这事当真,我们就得抓紧时间了。"他不满地说,"车锁,布雷坦,车锁!"

独眼的布雷坦发出一声介于咕哝和咆哮之间的噪声。他自己也抬了下车篷。"我的特恩啊,"他粗声道,"我先前留了条缝……我……找你没花多少时间啊。"

德克在阴影里紧紧贴向墙壁，挂钩陷入双肩之间的肌肉，令他背脊生疼。布雷坦紧蹙眉头，单膝着地，而他年长的同伴站在那儿，显得迷惑不解。

这个布赖特突然起身，激光手枪紧握在右手中，瞄准了德克。他的耀石眼睛闪现着微芒。"出来，让我们瞧瞧你是谁，"他郑重地说，"你在尘土里留下的脚印太明显了。"

德克沉默着把双手举过头顶，走了出来。

"一个伪人！"高个儿卡瓦娜人说，"居然来了这儿！"

"不，"德克小心地说，"我是德克·提拉里恩。"

高个子没理睬他。"少见的好运气，"他拿着激光枪对同伴说，"罗瑟夫的那些果冻人只能勉强算得上猎物。这家伙看上去合适多了。"

他年轻的特恩又发出那种怪声，左半边脸抽搐了一阵，可拿着激光枪的手毫不动摇。"不，"他告诉另一个布赖特，"我不觉得他是我们的猎物。可惜了，这家伙只可能是洛瑞玛尔提过的那个。"他把激光枪塞回枪套，谨慎地朝德克微微颔首，与其说是点头，倒不如说是抬了抬肩膀。"你真不小心。这车篷每次合拢就会自动锁上。从里面可以打开它，可——"

"我明白了，"德克放下双手说道，"我只想找辆没人用的车。我需要交通工具。"

"所以你想偷走我们的飞车。"

"不是的。"

"是的。"这人卡瓦娜人每说一个字要花上好大力气，"你是铁玉的科拉瑞尔？"

德克犹豫着，否认的话卡在了嗓子眼里。不管怎么回答，他好像都会惹上麻烦。

"你没话可答?"伤疤男追问。

"布雷坦,"另一个布赖特告诫道,"伪人的话不重要。如果扬托尼·高阶铁玉叫他科拉瑞尔,那他就是科拉瑞尔。这些畜生对自己的身份没有发言权。不管他怎么说,真相都不会改变。要是我们干掉他,就等于偷走了铁玉的财产,他们肯定会发起挑战。"

"你想想这些个可能性,切尔。"布雷坦说,"这家伙,这个德克·提拉里恩,他可能是人,也可能是伪人;他可能是铁玉的科拉瑞尔,也可能不是。对不对?"

"对。可他不是真正的人。听好了,我的特恩。你还年轻,我的观念可都是从那些逝去已久的克西那里学来的。"

"你还是想想吧。如果他是伪人,那些铁玉又管他叫科拉瑞尔,那他不管承不承认都是个科拉瑞尔。但如果真是这么回事,切尔,你我就该在决斗里对抗铁玉们。别忘记,他刚才想从我们这里偷东西。就算他属于铁玉,也是个铁玉的小偷。"

大个子白发男人不情愿地缓缓点头。

"如果他是伪人,又不是科拉瑞尔,那就没有任何问题了,"布雷坦继续道,"这么一来,他就是合法的猎物。另一种可能性,他是人,且位列高阶呢?"

切尔的反应比他的特恩要慢得多。年长的卡瓦娜人深思着皱起眉头:"噢,他不是女性,所以他不可能有主人。如果他是人,他肯定拥有人类的权利和姓名。"

"的确,"布雷坦赞同,"可这样的话,他就不可能是科拉瑞尔,所以他的罪行就属于他本人。我会跟他,而不是扬托尼·高阶铁玉决斗。"这个布赖特又发出了古怪的低沉咆哮。

切尔频频颔首,而德克几乎吓呆了。看起来,两个猎人中年轻的那位得出了极其精准的结论,准确到了讨厌的程度。德克先前用不容置疑的口气回绝了维卡瑞和加纳塞克的提议，拒绝了那份令他引以为耻的保护。当时，话似乎很容易说出口。在阿瓦隆这样的正常星球上，这么做无可厚非。可在沃罗恩星，情况就很难说了。

"我们带上他？"切尔说。听这两个布赖特的口气，好像德克不比他们的飞车更有自主意识。

"我们带他去见扬托尼·高阶铁玉和他的特恩，"布雷坦用他砂纸般的嗓音低吼道，"我知道他们的塔楼就在附近。"

德克脑海中掠过了逃跑的念头。但这没有可行性。他们有两个人，带着武器，甚至还有辆飞车。他逃不了。

"我去，"当他们迈步走来时，德克说，"我给你们带路。"无论如何，这样让他有些时间思考：布赖特们不知道维卡瑞和加纳塞克此刻已在无星池中城，无疑是想保护那些不幸的果冻孩子不被猎人伤害。

"那就带路吧。"切尔说。别无他法的德克带他们走向地下电梯。前往地面的过程中，有个苦涩的念头涌起：这一切都是因为他厌倦了等待。而现在，他好像除了等待之外，再没有其他选择了。

6

起初，等待的过程就像地狱。

他们遍寻不见铁玉们，便带德克来到塔楼顶部空旷的起降台，逼他在这饱经风蚀的屋顶的角落坐下。他有些恐慌，胃部一阵绞痛。"布雷坦。"他的话音有少许歇斯底里，可卡瓦娜人只是转向他，朝他嘴上狠狠地扇了一巴掌。

"你没资格叫我'布雷坦'，"他说，"要是你非得开口，就叫我布雷坦·布赖特好了，伪人。"

在那之后，德克没说过一句话。破碎的烈焰巨轮慢吞吞地越过沃罗恩星的天际，德克看着它缓缓蠕动，只觉自己离崩溃仅有咫尺之遥。在他身上发生的一切都显得那么不真实，其中又以这些布赖特和这天下午的经历为甚。他思索，若是自己突然一跃而起，踏到屋顶外，跳向街道，又会发生什么？他会不断坠落，坠落，仿佛身在梦中，等他撞上下方的暗色耀石街面，不会感到痛苦，只有惊醒时的震惊。他将发现自己躺在布拉克自己家里的床上，大汗淋漓，为这荒谬的噩梦而放声大笑。

他把玩着诸如此类的念头，感觉过去了好几个钟头，可当他抬头望去时，胖撒旦却几乎半点都没有下落。他开始颤抖；这是因为寒冷，他告诉自己，是沃罗恩星的风带来的寒意，可他心里清楚，颤抖的原因并非寒冷。而他越是努力自制，就颤抖得越厉害，最后两个卡瓦娜人开始用古怪的眼神打量他。可他依旧颤抖不止。

最后那战栗自行远去，自杀和恐慌的念头也没了，一股怪异的镇静扫过他的身体。他发现自己又开始思考，想的却是些毫无意义的事。他漫无目的地猜测——就好像要去下注似的——先回来的是灰蝠鳏还是战车，扬或盖瑟又会如何与独眼布雷坦决斗，而在遥远的黑酿海世界里，那些果冻孩子出了什么事？这些事似乎很重要，可他说不出为什么。

他开始打量俘虏他的两个人。这是所有乐子里最有趣的，且同样能打发时间。在这个过程中，他发现了一些事。

两个卡瓦娜人自从押他到屋顶后几乎没说过话。高个子切尔坐在环绕起降台的矮墙上，离德克只有一米远，德克一眼就看出他实际上很老了。他乍看上去跟洛瑞玛尔·高阶布赖特颇为相似，其实不然：切尔的走路和打扮显得较为年轻，可他至少要比洛瑞玛尔年长二十岁，岁月对他施以重压。在泛着金属柔光的网眼钢腰带上方，他凸出的肚子清晰可见，皱纹铭刻在他饱经风霜的棕色面庞之上。德克看见切尔膝上放着的那双手，手背满是青筋和浅灰色的斑点。等待铁玉归来的漫长过程也扰乱了切尔的心境，他感到的不仅是厌烦。此刻他脸颊松弛，宽阔的双肩因为疲累不自觉地耷拉下来。

他动过一次，叹着气，双手离开膝盖，揉搓几下，又伸了个懒腰。这时，德克看到了他的臂环。右臂上的那一只是铁和耀石，和独眼布雷坦傲然展示的臂环一般无二；左臂上的则是白银，但玉却不见了——它曾经存在过，可玉石却被人从底座上扯脱，白银臂环上遍布孔洞。

当疲惫的老切尔——德克突然觉得很难把他和不久前那个可怕又好战的形象联系在一起——坐在那儿静观其变的时候，布雷坦（或按他要求的叫法，布雷坦·布赖特）则在踱步中度过了几个钟头。他身上满是焦躁不安的能量，超过了德克认识的每个人，甚至超过珍妮，以前她也总会焦虑地踱步。他的双手深藏在白色短夹克的狭长口袋里，人在屋顶上来来回回，来来回回，来来回回。大约每三个来回，他就会不耐烦地抬起目光，仿佛在责备仍未拱手交出扬·维卡瑞的暮色苍穹。

他们俩真是古怪的搭档，德克看在眼里。切尔那么老，而布雷坦·布赖特那么年轻——他肯定不会比盖瑟·加纳塞克老，或许比格温、扬和自己都小。布雷坦怎么能成为年长他这么多的卡瓦娜人的特恩？他并非高阶者，因为他未曾将贝瑟恩带给布赖特邦国。当他走得离德克够近，全身也沐浴在阳光下时，他覆满微红汗毛的左臂偶尔会露出来，上面并没有银玉臂环。

他的脸庞，那怪异的半张脸庞，丑陋的程度超出德克的想象，可随着白昼渐逝，虚假的暮色变为真实，他发现自己逐渐习惯了这张脸。当布雷坦·布赖特朝着一个方向踱步时，他看起来再普通不过，就是个如长鞭般瘦削的年轻人，全身充满了被压抑的能量，到了几乎会让他爆裂开来的程度。他的一半脸孔光滑而平静，短小的黑色发卷紧贴耳际，几绺蜷曲的长发垂落肩头，却不见任何胡须，就连眉毛也只是那只绿色阔眼上方的一条黯淡条纹。他甚至看起来很无辜。

等他踱着步子，走到屋顶边缘，再沿来路返回，一切就都发生了变化。他的左脸不似人形，那扭曲起伏的样貌让人恶心。他脸上足有半打缝合的痕迹，剩下的部分则光滑闪亮，仿如珐琅。在布雷坦的这半边脸上，没有任何毛发，更没有耳朵——只有个窟窿——而左半边鼻子是一小片肉色塑料。他的嘴是一道没有嘴唇的裂缝，最可怕的是，它还能动。他不时抽搐（那是种怪异的痉挛），而这颤动触及他的左半边嘴，顺着裸露的头皮扩散，在他头顶的疤痕组织上泛起涟漪。

在阳光中，布赖特的耀石眼睛如黑曜石般漆黑。可随着夜幕渐垂，地狱之眼西沉，火焰也开始在他的眼窝中翻搅。在全然的黑暗中，布雷坦就会成为地狱之眼（并非那颗疲惫地照耀沃罗恩的超巨星），他眼眶里的那颗耀石会放射出红光，那光一闪也不闪，眼周的半边脸孔被照成了一幅骷髅般的黑色漫画。这半张脸真是这只眼睛的绝佳归宿。

这一切看起来是那么吓人，直到你想起——像德克那样想起——这一切都是刻意而为。没人强迫布雷坦·布赖特安上一只耀石眼睛，这是出于他自身的意志或缘由，而那些缘由并不难理解。

德克的思绪回到了下午早些时候，在那辆狼头飞车旁的对话。布雷坦机敏精明，可切尔已呈老态，迟钝得难以理解所有事情，但他年轻的特恩会巨细靡遗地向他说明……德克回忆着，突然间，这两个布赖特似乎没那么可怕了，德克好奇自己为何会对他们如此畏惧。他们甚至算得上有趣。无论扬·维卡瑞从无星池中城回来后如何表态，都肯定不会出什么事的，这样两个人不会真有什么危险。

仿佛在强调德克的看法似的，切尔开始喃喃自语，说些自己也不明白的话。德克打量着他，试图听清内容。老人说话时微微晃动身体，双眼茫然凝视着某处。他的话根本无法理解。德克花了好几分钟思考，随后醒悟过来：切尔说的是古卡瓦娜语。一种在空白期的漫长年代里，在卡瓦娜演化出的语言。当时幸存的卡瓦娜人与其他人类星球隔绝，他们的语言便朝标准地球语的方向回归，同时添加了许多母语中无对应说法的词语。盖瑟·加纳塞克告诉他，如今已很少有人会说古卡瓦娜语了，可这儿的切尔就是一个：这位来自最传统的邦国的长者，正低声念叨着显然是他年轻时听闻的事情。

布雷坦也在说什么，那个只因为德克用了错误的称呼——只适用于克西间的称呼方式——就狠狠扇了他一巴掌的布雷坦。盖瑟曾说，如今连高阶者也不再遵循礼数。可布雷坦·布赖特，这位年轻的非高阶者，却在坚持比他年长数辈的人早已弃如敝屣的传统。

德克几乎开始怜悯他们了。他认定他们是群异类,比自己更孤独,更受排斥,从某种意义来说,他们根本无家可归。因为卡瓦娜星的发展超越了他们的认知,无法再成为他们的家园。

难怪他们来到沃罗恩星。他们属于这里,因为他们和他们的传统正慢慢地迈向死亡。

布雷坦更是可悲的化身,那个费尽心思想成为恐惧化身的布雷坦。他很年轻,或许是最后一个虔诚的信徒,恐怕他会活着见证一个除他之外所有人都别无信仰的时代。这就是他成为切尔的特恩的原因吗?因为他的同辈们否认他和这位老者的价值观?也许吧,德克心想,这真是无情又可悲。

一颗黄色的太阳仍旧在西方闪烁。轴心悬挂在地平线上,犹如模糊不清的红色回忆。深思中的德克心情平静,超脱于恐惧之外,这时,他们听见了飞车接近的声响。

布雷坦·布赖特身体僵直,抬头上望,而他的双手也从口袋中抽出。其中一只几乎机械地放在了激光手枪的枪套上。切尔眨着眼睛,缓缓起身,突然好像年轻了十岁。德克也站起身来。

飞车映入眼帘,共有两辆,灰色和橄榄绿色,以军人般的精准并排飞行。

"过来。"布雷坦粗声道,德克走向他,切尔也加入进来。三人并肩站立,德克位于中央,活像个囚犯。狂风撕扯着他。在他们身旁,拉特恩城的耀石散发出血红色的光,而布雷坦的眼睛——它离得如此之近——在它伤痕累累的安身之处狂野地闪耀着光芒。出于某种缘由,抽搐停住了,他的脸庞异常平静。

扬·维卡瑞操纵灰色蝠鳐车悬停在空中,让它飘浮着缓缓落下,接着从车侧跃出,快步走向两人。另一辆四四方方、覆有车顶和装甲(因此看不到驾驶员)的丑陋战车几乎同时着陆,厚实的铁门旋开,盖瑟·加纳塞克走了出来。他匆忙将头俯低少许，四下张望，想弄明白出了什么事。等他看清状况，便直起身，"哐当"一声重重地关上车门，走到维卡瑞的右手边。

维卡瑞先跟德克打了个招呼，配以短暂的颔首和淡淡的笑容。接着他望向切尔。"切尔·尼姆·寒风·废布赖特·戴弗森，"他彬彬有礼地说，"向你的邦国致敬，向你的特恩致敬。"

"也向你们致敬，"老布赖特说，"我的新特恩护卫在侧，你以前没见过他。"他指指布雷坦。

扬转过身，飞快地打量着眼前这个面带伤疤的年轻人。"我是扬·维卡瑞，"他说，"来自铁玉。"

布雷坦回以那种噪声，他独有的嗓音。接着是一阵难堪的沉默。

"准确地说，"加纳塞克说，"我的特恩是扬托尼·里弗·沃尔夫·高阶铁玉·维卡瑞。我是盖瑟·铁玉·加纳塞克。"

布雷坦开口答道："向你的邦国致敬，向你的特恩致敬。我是布雷坦·布赖特·兰特莱。"

"我们听说过你，"加纳塞克毫不掩饰他的笑意，说道，"虽然我宁愿自己没听说过。"

扬·维卡瑞丢给他警告的一瞥。扬的脸好像有什么不对劲。起初德克以为那是光线的恶作剧——黑暗此时正迅速降临——可他随即看到了维卡瑞略微发肿的下巴。这软化了他原本刚毅的面部轮廓。

"我们满怀不平而来。"布雷坦·布赖特·兰特莱说。

维卡瑞盯着切尔："是这样吗？"

"是的，扬托尼·高阶铁玉。"

"很抱歉，我提出异议，"维卡瑞回答道，"出了什么问题？"

"我们必须询问你。"布雷坦说，他把手放在德克肩上，"关于他，扬托尼·高阶铁玉。告诉我们，他是铁玉的科拉瑞尔，或不是？"

盖瑟·加纳塞克咧开了嘴,无情的蓝眼与德克目光交接,在他冰冷深邃的眼底,露出了一丝笑意,就好像在说:这下好了,瞧你现在怎么办。

扬·维卡瑞只皱了皱眉:"怎么?"

"高阶者,你的答案莫非和我们问话的理由相关?"布雷坦用刺耳的声音反问道。他的疤脸猛烈抽搐了一阵。

维卡瑞看着德克。显然他并不高兴。

"你没有拖延或是拒绝回答的理由,扬托尼·高阶铁玉,"切尔·戴弗森道,"是或否,不可能有别的回答。"老者的声音不紧不慢,至少他无须掩饰紧张,他的信条为他指明了必要的言行。

"你的说法曾经是对的,切尔·废布赖特,"维卡瑞开口道,"在从前的邦国,真相很简单,可现在是新时代,充斥着各种新事物。我们如今是横跨许多个世界的种族,不再单单生活在一个世界上,所以真相也变复杂了。"

"不,"切尔说,"这个伪人要么是科拉瑞尔,要么不是。这不复杂。"

"我的特恩切尔说出了真相,"布雷坦补充,"问题非常简单,高阶者。我要求你回答。"

维卡瑞不为所动。"德克·提拉里恩是个来自遥远的阿瓦隆星的人类,那颗人类星球远在诱惑者面纱里侧,我曾在那儿进修。我确实叫过他科拉瑞尔,这是为了给予他我本人和铁玉邦国的保护,阻止那些可能伤害他的人。我保护着他,就像保护一位朋友,就像保护铁玉邦国的兄弟,就像特恩保护特恩那样。他不是我的财产。我不是他的主人。你明白吗?"

切尔没明白。老人那撮古板的髭须下方,双唇紧抿,用古卡瓦娜语咕哝着什么。接着他大声说起话来,声音响亮得几近高呼。"你扯什么鬼话?你的特恩是盖瑟·铁玉,不是这个陌生人。你怎能像保护特恩那样保护他?他是铁玉吗?他甚至连武器都没有!他究竟是不是人类?"

嘿，如果他是，就不可能是科拉瑞尔；要是他不是人类，又确实是科拉瑞尔，那你就肯定是他的主人。我完全听不懂你这通鬼话。"

"很抱歉，切尔·废布赖特，"维卡瑞说，"问题出在你的耳朵上，和我说的话无关。我本想保持礼貌，可你让我很难做到这点。"

"你在戏弄我！"切尔责难道。

"我没有。"

"你有！"

这时布雷坦·布赖特开了口，他的语气不带分毫切尔的怒意，却冷酷无情："德克·提拉里恩——正如他对自己和你对他的称呼——损害了我们的权益。这才是问题的核心，扬托尼·高阶铁玉。他未经布赖特的许可就染指了布赖特的财产。现在，谁该为此负责？如果他是伪人和你的科拉瑞尔，那么，我在此向你发出挑战，因为铁玉损害了布赖特的权益。如果他不是科拉瑞尔，那样的话……"他停了口。

"我明白了，"扬·维卡瑞说，"德克？"

"首先，我所做的只是在那辆该死的飞车里坐了一秒钟，"德克不安地说，"我是在寻找一件弃置物，一辆仍能开动的废弃飞车。格温和我在克莱尼·拉米娅城找到过一辆，所以我觉得自己或许能找到另一辆。"

维卡瑞耸耸肩，看着那两个布赖特，"看起来，就算有什么损害，程度也不大。他什么也没拿走。"

"我们的车被碰过了！"老切尔怒吼道，"被他，被一个伪人碰了——他没有这个权利！你说损害很小？他本可能把飞车开跑的。你是不是觉得我该像个伪人那样闭上双眼，感谢他手下留情？"他转身面向他的特恩布雷坦。"铁玉在戏弄我们，在冒犯我们，"他说，"或许他们俩也不是真正的人类，而是两个伪人，尽说些伪人的鬼话。"

盖瑟·加纳塞克立刻做出回应："我是扬托尼·里弗·沃尔夫·高

阶铁玉的特恩，我可以为他担保。他并非伪人。"这些话说得飞快。死记硬背的结果。

从加纳塞克望向维卡瑞的方式来看，德克肯定他期待自己的特恩能重复相同的话语。可扬只摇摇头："呃，切尔。这儿没什么伪人。"

他的语气疲惫至极，宽阔的肩膀无力地垂下。

年长的高个子布赖特的表情就像是被扬狠狠打了一拳。他再次嘶哑地低声咕哝起古卡瓦娜语。

"这可不成，"布雷坦·布赖特说，"我们又回到原点了。扬托尼·高阶铁玉，你有没有叫过他科拉瑞尔？"

"叫过。"

"我否认这个称呼。"德克平静地说。他觉得有必要声明，而且时机看来刚好。布雷坦侧向他，对他怒目而视，此人绿眼里的火焰似乎和那只耀石眼睛里的同样旺盛。

"他否认的只是他作为他人财产的暗示，"维卡瑞飞快地说，"我的朋友在坚持他的人类本质，但他依旧处于我的保护之下。"

盖瑟·加纳塞克咧开嘴，摇摇头："不，扬。早上那会儿你不在家。提拉里恩确实不要我们俩的保护。他亲口说的。"

维卡瑞狂怒地看着他："盖瑟！现在不是开玩笑的时候。"

"我没开玩笑。"加纳塞克道。

"他没有，"德克承认，"我说过我能照顾好自己。"

"德克，你不知道自己在说什么！"维卡瑞说。

"恰恰相反，我想我知道。"

布雷坦·布赖特·兰特莱发出那种怪声，突如其来而又异常响亮。而当德克和两个铁玉争论时，他的特恩切尔仍由于愤怒站得笔直。"安静，"砂纸般的声音如此要求，"这些都不重要。情况没有变化。你说他是人类，铁玉。假使这样，他就不会是科拉瑞尔，你也没法保护他无论他要不要保护，你都不能给他。我的邦国弟兄会监督你的。"他旋转脚跟，正对德克说："我向你挑战，德克·提拉里恩。"所有人都安静下来。拉特恩城发出阴郁的光，风冷极了。"我无意冒犯，"德克想起了铁玉们从前用过的词句，说道，"能允许我道歉或做些别的什么吗？"他朝布雷坦·布赖特伸出手掌，向上摊开，掌心空无一物。

那张疤脸抽搐起来："你侮辱了我。"

"你必须和他决斗。"加纳塞克说。

德克的手掌缓缓放下，在他身侧，捏成了拳头。他什么都没说。

扬·维卡瑞悲哀地凝视着地面，可加纳塞克仍旧精神奕奕。"德克·提拉里恩对决斗的风俗一无所知，"他告诉两个布赖特，"这风俗在阿瓦隆可不流行。能允许我指导他一下吗？"

布雷坦·布赖特点点头，那严谨笨拙的头部和肩部动作和德克下午在车库里看到的完全相同。切尔甚至好像没听清加纳塞克的话。这位老布赖特仍旧面朝维卡瑞，喃喃低语，眼露怒意。

"你们要做四个选择，提拉里恩，"加纳塞克对德克说，"由于你是受挑战的一方，你可以先做选择。我强烈建议你先选择决斗武器。选择刀剑最好。"

"刀剑。"德克轻声道。

"我来选择决斗形式，"布雷坦粗声道，"我选择死斗。"

加纳塞克点点头："你拥有第三个选择，提拉里恩。因为你没有特恩，人数已经限定好了，必定是单人对决。你可以确认这个或选择决斗场所。"

"古地球？"德克满怀希望地说。

加纳塞克咧嘴笑了："不。恐怕只能是这颗星球。其他选项都不合规矩。"

德克耸耸肩："那就这儿吧。"

"我来选择决斗人数。"布雷坦说。这时天已完全黑了,唯有稀疏四散的外域群星照亮头顶的漆黑苍穹。布赖特的眼睛正熊熊燃烧着,怪异的反光在他的伤疤上泛动湿冷的色泽。"毋庸置疑,我选择单人对决。"

"就这么定了,"加纳塞克说,"你们俩必须决出一个仲裁人,然后……"

扬·维卡瑞抬头上望。他的面庞朦胧不清,唯有耀石的苍白光芒照耀其上,他肿胀的下巴勾勒出一幅怪异的侧身像。"切尔。"他异常平静地说,显得胸有成竹,不疾不徐。

"我在。"老布赖特回答。

"你是个相信伪人存在的蠢货,"维卡瑞告诉他,"相信这些的都是蠢货。"

维卡瑞发话时,德克仍旧面对着布雷坦·布赖特。那张疤脸抽搐了一次,两次,三次。

切尔的话语浑如梦呓:"你侮辱了我,扬托尼·高阶铁玉,伪卡瓦娜人,伪人。我提出挑战。"

布雷坦连忙旋身,想要高喊,但他的声音却难当重任,因而他显得语无伦次,吞吞吐吐:"你……你这个决斗破坏者!铁玉……我……"

"这是法典的一部分,"维卡瑞不怎么热心地回答,"可要是布雷坦·布赖特能够忽略某个无知外乡客的小小过错,我或许也会真心向切尔·废布赖特乞求宽恕。"

"不,"加纳塞克阴郁地说,"乞求一点都不光荣。"

"不。"布雷坦附和道。他的脸现在真的变成了骨架。他那颗宝石眼睛闪烁着微光,脸颊在狂怒中抽搐。"我让步让得够多了,伪卡瓦娜人。我可不会嘲笑自己邦国的古训。我的特恩说得对。我光是想避免跟你决斗就已经大错特错了,骗子。伪人。这真是奇耻大辱。可我会洗清一切的。我们会干掉你,切尔和我。我们会干掉你们三个。"

"也许你说得对，"维卡瑞说，"反正解决这事花不了多少时间，到时候我们再走着瞧吧。"

"还有你的贝瑟恩婊子。"布雷坦说。他无法高喊，每次尝试提高声调，声音都会变得断断续续。但他的语气带着不加掩饰的残忍。"等我们解决了你，我们就会带上猎犬，在它们熟悉的森林里狩猎她跟那个奇姆迪斯胖子。"

扬·维卡瑞没理他。"我受到挑战，"他对切尔·废布赖特说，"四个选择中的第一个属于我。我选择决斗人数。我选择和我的特恩并肩战斗。"

"我选择决斗武器，"切尔回答，"我选择便携枪械。"

"我选择决斗方式，"维卡瑞说，"我选择死斗。"

"最后是决斗地点，"切尔说，"就在这里。"

"由仲裁人画出一个方形场地。"加纳塞克说。屋顶上的五人之中，只有他还在笑。"我们依然需要一个仲裁人，两场决斗请同一个来仲裁如何？"

"嗯，一个人就够了，"切尔说，"我提议洛瑞玛尔·高阶布赖特。"

"不，"加纳塞克说，"他昨天才满腔不平地来找我们。我提议奇拉克·赤钢·凯维斯。"

"不，"布雷坦说，"奇拉克·赤钢写得一手好诗，可别的方面一无是处。"

"夏恩埃吉的两位，"加纳塞克说，"我不太清楚他们的名字。"

"我们宁愿选一位布赖特，"布雷坦抽搐着说，"布赖特能做出完美的裁决，维护法典的所有荣耀。"

加纳塞克瞥了瞥维卡瑞，维卡瑞耸耸肩。"同意，"加纳塞克说，重新面向布雷坦，"那就布赖特吧。派尔·布赖特·奥尔扬。"

"派尔·布赖特可不行。"布雷坦说。

"你可真难伺候，"加纳塞克冷冷地说，"他可是你的邦国弟兄啊。"

"我和派尔·布赖特之间有些问题。"布雷坦说。

"高阶者更合适，"老切尔说，"有名望和智慧的人。罗瑟夫·兰特·猎女·高阶布赖特·凯尔塞克。"

加纳塞克耸耸肩："同意。"

"我会去找他的。"切尔说。其他人点点头。

"就定在明天。"加纳塞克说。

"就这么定了。"切尔说。

正当德克伫立张望，感到迷茫和不自在的时候，四个卡瓦娜人已互相道别。古怪的是，分别之前，每人都在两个敌人的唇上轻轻一吻。

接着，半脸伤疤、独眼、少了半边嘴唇的布雷坦·布赖特·兰特莱吻了德克。

等布赖特们离去，剩下的人乘电梯下楼。维卡瑞推开他房间的门，打开灯，接着沉默而有条不紊地从旁边墙中的储物暗柜里取出弯曲的黑色圆木，在壁炉架下的炉膛里生起火来。德克坐在沙发一头，眉头紧皱。盖瑟·加纳塞克坐在另一头，脸上挂着暧昧的笑容，手指漫不经心地扯着红色的胡须。没人说话。

火堆焕发出炽烈生机，橘蓝相间的火舌舔舐着圆木，德克感受到脸和手上突如其来的热量。房间里弥漫着肉桂的香味。维卡瑞起身离去。

他回来时，手里拿着三只杯子，那是黑如黑曜石的白兰地高脚杯；手臂下面夹着个瓶子。他递给德克一只杯子，把另一只递给盖瑟，最后那只放在桌子上，再用牙齿咬开软木塞。瓶里的酒是深红色的，辛辣异常。维卡瑞把三只杯子倒满，德克把他那杯拿到鼻子底下，尽管酒气刺鼻，可他觉得莫名惬意。

"好了。"品尝美酒之前，维卡瑞说，他放下瓶子，举起自己的酒杯，"现在，我希望你们做一些对彼此而言都非常困难的事情。请你们暂时跳出自己文化的小圈子，做出些前所未有的举动。盖瑟，我要求你——为了我们两个——成为德克·提拉里恩的朋友。我明白，在古卡瓦娜语里没有对应的词语。对生活在卡瓦娜星的人来说，这个词没有必要。卡瓦娜人拥有邦国和克西，最重要的是，他们还拥有特恩。可我们现在人在沃罗恩星，明天就是决斗的日子。或许我们不需要一起出场，可我们的敌人是一致的。所以我要求你，作为我的特恩，接受朋友这个称呼，和提拉里恩建立纽带。"

"你对我的要求可真多。"加纳塞克答道，他把酒杯举在面前，看着黑色酒杯里火焰舞动，"提拉里恩窥探过我们，试图偷走我的克罗-贝瑟恩，败坏你的名声，现在又把我们卷进了和布雷坦·布赖特的争斗中。我都想为了他的所作所为而挑战他了。可你，我的特恩，却要求我和他建立朋友关系。"

"是的。"维卡瑞说。

加纳塞克看着德克，喝了口酒。"你是我的特恩，"他说，"我遵从你的意愿。作为朋友，我应该履行什么样的义务？"

"像对待克西那样对待朋友。"维卡瑞说，他稍稍转身，面向德克，"至于你，提拉里恩，你引发了这场巨大的麻烦，而且我并不清楚——如果有的话——你需要承担多少责任。我也向你提出要求，请你暂时成为盖瑟·铁玉·加纳塞克的邦国弟兄。"

德克还没回答，加纳塞克便抢了先。"你不能这么做。这个提拉里恩，他算什么东西？你怎么会觉得他有资格成为铁玉？扬，他会背信弃义的。他不会遵守誓约，不会保护邦国，也不会跟我们返回邦国。我抗议。"

"如果他接受，我想他会暂时遵守誓约。"维卡瑞说。

"暂时？克西的誓约可是永久的！"

"这是种新事物，一种新型的克西，一个暂时的朋友。"

"事情没这么简单，"加纳塞克说，"我不同意。"

"盖瑟，"扬·维卡瑞说，"德克·提拉里恩现在是你的朋友。怎么你这么快就忘了？你不能背弃刚刚接受的誓约，不该这么对待一位克西。"

"没人会邀请克西成为克西，"加纳塞克抱怨道，"整件事根本没有意义。他是个外人。高阶议会会谴责你，扬，这显然是错的。"

"高阶议会远在卡瓦娜星，而我们人在沃罗恩星，"维卡瑞说，"在这里能代表铁玉发言的只有你自己。你会伤害你的朋友吗？"

加纳塞克没有回答。

维卡瑞又朝德克转过身："你呢，提拉里恩？"

"我不知道，"德克说，"我想我明白成为邦国弟兄是什么意思，而且我对这份荣誉什么的很感激。可我们之间存在着很多问题，扬。"

"你说的是格温吧，"维卡瑞道，"她的确是我们之间的问题。可德克啊，我是要你成为一名前所未有、与众不同的邦国兄弟，这身份只在你待在沃罗恩星的这段时间内保留，而且只针对盖瑟一个人，对我、对其他铁玉都没有。你明白吗？"

"明白。这样就容易多了。"他注视着加纳塞克道，"可就算我和盖瑟之间，也存在着问题。他一直想把我变成财产，而且他刚才根本没打算让我摆脱那场决斗。"

"我只是实话实说。"加纳塞克说。可维卡瑞挥手要他安静。

"我想，这些我都能原谅，"德克说，"但格温的事可不行。"

"那件事会由我、你和格温·迪瓦诺来解决，"维卡瑞冷静地说，"盖瑟无权插嘴，虽然他也许会说自己有这个权利。"

"她是我的克罗-贝瑟恩，"盖瑟控诉道，"我不仅有发言和行动的权利，我还有这个义务。"

"昨晚，"德克说，"我就站在门外。我听到了。加纳塞克打了她，从此之后你们俩就阻止我再见她。"

维卡瑞笑了："他打了她？"

德克点点头："我听到了。"

"你听到了争吵和殴打的声音，毋庸置疑，"维卡瑞摸了摸肿胀的下巴，道，"你以为这是怎么来的？"

德克凝视着他，忽然间觉得自己蠢得难以置信。"我……我以为……我不知道。果冻孩子……"

"盖瑟打的是我，不是格温。"维卡瑞说。

"我很想再给你一拳。"加纳塞克粗暴地补充道。

"可……"德克说，"可接着发生了什么？昨晚？今早？"

高大的加纳塞克站起身，走到德克坐着的沙发那头，俯视着德克。"德克吾友，"他用略带恶意的语气说，"今早我说的是真话。格温和阿金·鲁阿克出去工作了。那个奇姆迪斯人昨天找了她一整天，都快发疯了。他说一整群装甲虫开始了迁徙，无疑是对袭来的寒流做出的回应。据说这种事在伊瑟琳星也非常罕见。当然，在沃罗恩星，这种事极其罕见，不会再次出现，所以鲁阿克觉得应当立即着手研究。现在你明白了吧，吾友德克·提拉里恩，嗯？"

"呃，"德克说，"那她应该告诉我的。"

加纳塞克坐回原位，瘦骨嶙峋的脸上堆起愁容。"我的朋友认为我是骗子。"他说。

"盖瑟说的是真话，"维卡瑞说，"格温说她会用便条或录音给你留言。也许她在准备时太过激动，忘记了。这种事很常见。她对工作非常投入，德克，她是个优秀的生态学家。"

德克看着盖瑟·加纳塞克。"等等,"他说,"你今天早上说,你们确实不想让我见她。你说了。"

维卡瑞也是满脸困惑:"盖瑟?"

"的确,"加纳塞克不情不愿地承认,"他过来以后逼问个没完,强迫自己相信显而易见的谎言。还有,他显然认定格温已遭到邪恶铁玉们的俘虏。我怀疑他什么理由都会相信。"他小心地呷了口酒。

"这,"扬·维卡瑞说,"可不明智,盖瑟。"

"种瓜得瓜,种豆得豆。"加纳塞克自鸣得意地说。

"你这可不够朋友。"

"我会改过自新的。"加纳塞克道。

"我很高兴,"维卡瑞说,"好了,提拉里恩,你愿意成为盖瑟的克西吗?"

德克思考了很久。"我想是吧。"最后,他说。

"那就喝吧。"维卡瑞道。三人同时举杯——加纳塞克的那杯已经喝了一半——火辣而略显苦涩的酒液涌过德克的舌尖。这算不上他喝过的酒中最棒的,不过已经很不错了。

加纳塞克干了酒,站起身:"我们谈谈这场决斗。"

"是啊,"维卡瑞说,"今天真够难堪的。你们两个都不够明智。"

加纳塞克背靠壁炉架,站在一只目露凶光的滴水兽下方。"最不明智的就是你,扬。你明白,我不怕跟布雷坦·布赖特或'空臂'切尔决斗,可这没有必要。你是存心挑拨他们。你说了那些话,布赖特只好向你挑战,否则连他的特恩也会看不起他。"

"事态发展和我期望的不同,"维卡瑞说,"我想布雷坦也许会因为畏惧我们,而放弃和提拉里恩的决斗。可他没有。"

"是啊,"加纳塞克说,"他没有放弃。要是你问我,我会告诉你：你把他逼得太狠，而且险些破坏了决斗。"

"这是法典允许的。"

"大概吧。可布雷坦说得对，要是他因为害怕你而放过提拉里恩，真是奇耻大辱。"

"不，"维卡瑞说，"在这点上，你和我们的同胞都弄错了。避免决斗没什么可耻的。我们卡瓦娜人要延续下去，迟早得明白这个道理。可惜，从某种意义上说，你是对的——考虑到他的身份和性格，他不会给出别的答案。我误判了他。"

"严重误判。"加纳塞克说。他咧开嘴笑笑，红胡须间开了一道口子。"还不如让提拉里恩决斗的好。我说过让他们用刀剑搏斗，对不对？那个布赖特不会因为这点微不足道的冒犯就杀掉他。杀掉像德克这样的人，呃，毫无荣耀可言。我得说，布赖特最多刺他一剑。伤口对提拉里恩有好处，让他吸取教训。一道小小的伤口还会让他的脸更有个性。"他看着德克，"可现在，当然了，布雷坦·布赖特会干掉你。"

他不经意地说出最后的评论时，仍在露齿而笑。德克差点被酒呛死："什么？"

加纳塞克耸耸肩："你先受到挑战，必须先进行决斗，所以别指望扬和我能在之前解决他们。布雷坦·布赖特·兰特莱决斗的技巧和他惊人的'美貌'一样出名。事实上，他臭名昭著。我猜他是跟切尔一起来沃罗恩星狩猎伪人的，可他算不上真正的猎人。据我了解，比起荒郊野外，他更喜欢待在死斗场里。就连他的邦国弟兄都觉得跟他很难相处。除相貌丑陋外，他还选了切尔·废布赖特做特恩。切尔过去是个有权有势的高阶者，但他比他的贝瑟恩和特恩活得久，现在只是个没脑子却很有钱的迷信老头儿罢了。邦国间的传言说，切尔的财富正是布雷坦·布赖特和他立下铁火誓约的原因。当然，没人敢当面跟布雷坦这么说。据说他相当敏感。现在扬已经把他惹火了，没准他还有点害怕。他不会怜悯你的。"

希望你能在死前让他挂点彩。这样我们接下来的决斗就会轻松些。"

德克想起自己在屋顶时满怀信心。他确信这两个布赖特算不上真正的危险人物。他理解他们，同情他们。现在他开始同情自己了。"他说的是事实吗？"他问维卡瑞。

"盖瑟在开玩笑，夸大其词，"维卡瑞说，"可你确实身处危险当中。毫无疑问，只要你给布雷坦机会，他就会试图干掉你。但这不是必然发生的。你们的决斗方式和武器都很简单。仲裁人会用粉笔在街上画出一个长宽都是五米的正方形场地，而你和敌人的起始点分别在相对的角里。仲裁人一声令下，你们就得拿起武器走向中央，碰面后，搏斗就开始了。为满足彼此对荣耀的需求，你至少必须承受一击，施以一击。我建议你砍他的脚或腿，这表示你不想进行真正的死亡决斗。你承受他的第一击之后——可以的话，用你的剑挡开它吧——立刻走向场地边界。不要跑。逃跑没有荣耀可言，而且仲裁人会判决这场决斗由布雷坦取得'致命胜利'，然后那些布赖特就会干掉你。你必须走过去，冷静地走过去。等到了边界线，跨过它，你就安全了。"

"想要安全，你得到达边界线才行，"加纳塞克说，"布雷坦会先杀掉你的。"

"要是我砍出一剑，接下一剑，然后丢掉武器走开呢？"德克问。

"这样的话布雷坦会满脸迷惑地——或者说半脸迷惑地——干掉你。"

"我可不会这么做。"维卡瑞劝告。

"扬的建议很蠢。"加纳塞克说。他缓步走回沙发边，拿起杯子，又给自己倒了杯酒，"你应该握紧武器，跟他搏斗到底。想想看吧，这家伙有一只眼睛看不见。他那一边肯定很脆弱！瞧瞧他点头和转头的姿势有多笨拙。"

德克的酒杯空了。他拿起杯子，加纳塞克给他倒满。"你们会怎么跟他们决斗？"德克问。

"我们的决斗方式和武器跟你们不同，"维卡瑞说，"我们四个必须站在死斗场的四个角，手拿决斗用激光枪或别的便携武器。我们不能移动，除非为了安全而后退，走出场外。但在场地里每个人都承受一次射击之前，没人可以后退。在这之后，退不退就看你了。那些留在场中的人，只要还没倒下，可以继续开枪。这种决斗可以不流血，也可以致人死命，完全取决于参与者的意志。"

"明天那场，"加纳塞克断言，"会致人死命。"他又喝了口酒。

"我宁愿是另一种，"维卡瑞懊悔地摇摇头说，"恐怕你说得没错。那些布赖特太危险，我们不能放空枪。"

"的确，"加纳塞克露出一丝笑意道，"他们受的侮辱太深了。至少，'空臂'切尔是不会原谅我们的。"

"你们就不能射伤他们吗？"德克提议，"解除他们的武装？"这些话说出口很容易，可听起来还是很奇怪。这样的情形完全超出他的经验，他发现自己正在逐渐接受，逐渐古怪地适应这两个卡瓦娜人、他们的酒和他们关于死亡、致残的言论。或许成为克西真的意味着什么，或许这就是他的不安淡去的原因。德克只觉得心境平和，就像在自己家里聊天。

维卡瑞显得很苦恼："射伤他们？我也希望这样，但我不能。现在猎人们畏惧我们，他们放过铁玉的科拉瑞尔，全是出于畏惧。我们是在拯救生命。要是我们明天对那些布赖特太过手软，其他人就会觉得自己顶多冒着受点小伤的风险，可能就不会停止狩猎了。不，很不幸，我想我们必须杀死切尔和布雷坦——只要我们做得到。"

"我们做得到，"加纳塞克胸有成竹地说，"另外，提拉里恩吾友，在决斗里打伤敌人可没你想象的这么简单，也绝对不够明智。至于解除他们的武装，哈，你是在说笑吧？这实际上是不可能的。我们使用的是决斗用激光枪，朋友，不是作战武器。这种便携武器发射的脉冲一次只能维持半秒，却需要整整十五秒才能再次开火。明白吗？匆忙开枪或许会让决斗变得不必要地艰难，而想开枪打落武器——那就离死不远了。就算只差五米，你还是可能打偏，接着敌人就会在你开第二枪之前干净利落地干掉你。"

"无论如何都不能避免死亡吗？"德克说。

"很多人在决斗中只是受伤，"维卡瑞告诉他，"事实上，受伤的人远远多于被杀的人。不过这往往不是预期的结果。如果有人放了空枪，而他的敌人决心饶过他，那就只会在他身上留下可怕的伤疤。不过这种情况并不常见。"

"我们可以打伤切尔，"加纳塞克说，"他又老又慢，武器没法很快举起来。可布雷坦·布赖特就是另一回事了。据说他已杀过半打人了。"

"把他交给我，"维卡瑞说，"你别让切尔开火，盖瑟。这就够了。"

"或许吧。"加纳塞克望向德克，"如果你能伤到布雷坦一点，提拉里恩，伤到他的胳膊、手或者肩膀——给他留一道痛苦的伤口，减缓他的速度，这么一来，情况就不一样了。"他咧嘴笑道。

德克发现自己不由自主地回以微笑。"我可以试试，"他说，"不过要记住，我对决斗知之甚少，对刀剑的了解更为浅薄。我的第一要务是保命。"

"别为做不到的事情烦恼，"加纳塞克笑意未消，"尽量伤他就行。"

门开了。德克转身抬头，加纳塞克陷入沉默。格温·迪瓦诺呆站在门口，她的脸和衣服沾满灰尘。她怀疑地把目光从一张脸转向另一张脸，接着慢步走进房间。她的一边肩膀挂着个传感背包。阿金·鲁阿克跟着她进了门，双臂下夹着两个沉重的仪器箱。他大汗淋漓，气喘吁吁，穿着厚重的绿色短裤、夹克衫，戴着头巾，平日的浮华气质消散大半。

格温小心翼翼地把传感背包放到地面，可手还握在背带上。"伤？"她说，"伤什么？谁要伤害谁？"

"格温……"德克张口欲言。

"不，"加纳塞克站得僵直，打断道，"奇姆迪斯人必须离开。"

鲁阿克四下张望，面色苍白，困惑不已。他扯下头巾，开始擦拭金白发丝下的额头。"胡说八道，盖西，"他说，"这算什么，卡瓦娜最高机密吗？战争，狩猎，决斗，再加点暴力，对不对？我才不会打听这种事呢，不，我不会。好，我给你们隐私好了，我走。"他转身走向房门。

"鲁阿克，"扬·维卡瑞说，"等等。"

奇姆迪斯人停下脚步。

维卡瑞看着他的特恩："我们必须告诉他。如果我们失败——"

"我们不会失败！"

"如果我们失败，他们发誓会狩猎这些人。盖瑟，奇姆迪斯人也卷进来了。我们必须告诉他真相。"

"你知道这会有什么后果。在托贝星、在沃尔夫海姆星、在伊瑟琳星，在整个边缘星域，他和他那群人会传播谎言，所有卡瓦娜人都会被说成是布赖特。这就是伪人操纵言论的方式。"加纳塞克的语气全无揶揄德克时的幽默，他现在非常严肃。

"他的生命正危在旦夕，格温的也是，"维卡瑞说，"我们必须告诉他们。"

"一切？"

"猜谜游戏结束了。"维卡瑞说。

鲁阿克和格温同时开口。

"扬，你——"她叫道。

"猜谜，生命，狩猎，这都是些什么啊？快说！"

扬·维卡瑞转过身，把事情告诉了他们。

7

"德克，德克，你肯定是在说笑。不，我不相信。我一直以为，噢，真的，我以为你比他们要好。可你现在却告诉我这些？不，我是在做梦。这实在蠢透了！"鲁阿克已然恢复了少许精神。他穿着绣有夜枭图案的丝质长睡衣，看起来更像他自己了——尽管他和周围乱糟糟的工作室仍然显得格格不入。他坐在一张高脚凳上，背对电脑控制台黑暗的矩形屏幕，穿着拖鞋的两脚在脚踝处交叠，圆滚滚的双手端着一只覆有寒霜的玻璃杯，里面是奇姆迪斯绿葡萄酒。酒瓶就在他身后，瓶边还有两个空杯子。

德克坐在宽大的塑料工作台上，盘着双腿，手肘搁在一个传感背包上。他先前给自己腾地方的时候，把这个背包拨向一边，又把一堆幻灯片和纸张扫到另一边。整个房间一片狼藉。"我没看出蠢在哪儿。"他固执地说。他边说边看，这间工作室的规模和卡瓦娜公寓的起居室相近，但看上去却小了许多，他没见过这间工作室。一组小型电脑在墙上排列成行，对面是一张巨大的沃罗恩星地图，地图上足有一打不同的颜色，贴满了各式各样的大头针和标记牌。地图和电脑之间有三张工作台。格温和鲁阿克就是在这间屋子里把从这颗濒死节庆星球的荒野中搜寻到的知识拼凑起来的,在德克看来,这儿更像是军事指挥部。

他还是不清楚他们为什么要来这儿。在维卡瑞漫长的说明,以及随后鲁阿克和两个卡瓦娜人之间刻薄的对话之后,奇姆迪斯人跺着脚,领着德克回到了他自己的公寓。现在似乎不是找格温谈话的合适时间,不过鲁阿克很快换好了衣服,喝下一杯酒压惊,然后坚持要德克陪他上楼到工作室去。鲁阿克拿来了三个杯子,可只有他自己在喝——德克对上次醉酒的情形记忆犹新,而且他还要考虑明天的决斗,必须保持感官灵敏。况且说实话,要是奇姆迪斯的酒和卡瓦娜的酒混合之后,和这两颗星球居民相处的状况一样,那么喝这种酒无异于自杀。

所以鲁阿克自斟自饮。"愚蠢之处在于,"奇姆迪斯人呷了口那绿色的液体说道,"你得像卡瓦娜人那样决斗。光听见自己说这话,我都不敢相信自己的耳朵!扬托尼可以这样做,盖西不用说,那些布赖特就更别提了。他们是些仇外的野兽、野蛮人。可你,啊!德克,你,一位阿瓦隆的公民,不该如此粗鄙。三思而后行,我求你,真的,我求你,为了我,为了格温,为了你自己。你说你不是开玩笑?是吗?你可是阿瓦隆人!你成长在人类知识学院所在的地方,啊,还有阿瓦隆非人类物种研究学会。那是托马斯·庄的故乡,是克莱勒诺玛斯勘察站的总部,你浸染了丰富的历史知识,阿瓦隆的智慧比什么地方都多——也许古地球除外,没准再加上新霍姆。你旅行,读书,见识过截然不同的星球、天南地北的文化。啊!你是个见多识广的人,不是吗?是的!"

德克皱起眉头:"阿金,你不明白,这场打斗不是我挑起的。全都是出于误会。我试图道歉,可布雷坦不肯听。你觉得我还能怎么办?"

"怎么办?噢,当然是离开了。带上亲爱的格温走吧,尽快动身,离开沃罗恩星。你欠她的,德克,真的,你心里清楚。她需要你,是啊,其他人都帮不了她。你要怎么帮她呢?是变得跟扬一样坏,还是让自己送命？啊？告诉我，德克，告诉我。"

这让德克又迷惑起来。和加纳塞克还有维卡瑞共饮的时候，一切都那么条理清晰，那么容易接受。可现在鲁阿克却说这全是错的。"我不知道，"德克回答道，"我是说，我拒绝了扬的保护，所以我必须保护自己，不是吗？这怎么能是别人的责任呢？我做出了选择，决斗已经定下，现在没法收手了。"

"你当然可以收手，"鲁阿克说，"有人会阻止你吗？哪条法律会阻止你？沃罗恩星上没有法律，不，完全没有。这是大实话！那些野兽是依照法律来狩猎我们的吗？不，正因为没有法律，所以每个人都惹上了麻烦。可只要你不愿意，就用不着去决斗。"

门"咔嗒"一声打开了，德克转过身，恰好看见格温走进来。他眯起了眼睛，鲁阿克却眉开眼笑。"啊，格温，"奇姆迪斯人说，"来吧，帮我跟提拉里恩讲讲道理。真的，这个大傻瓜想要决斗，就好像他是盖西似的。"

格温走上前，站在两人之间。她穿着变色裤子（现在成了灰黑色）和黑色套头衫，头上扎着条绿头巾。她的脸刚洗过，此刻露出严肃的神情。"我跟他们说的是下来查阅资料，"她的舌尖不安地舔着嘴唇，说道，"我不知该怎么说——我问了盖瑟关于布雷坦·布赖特·兰特莱的事，德克，他很可能会杀掉你。"

她的话让他心生寒意。不知怎么，这句话从格温口中说出，就显得截然不同。"我知道，"他说，"但这改变不了什么，格温。我是说，如果我只想要平安，做铁玉的科拉瑞尔就好了，对吧？"

她点点头：："是啊。可你拒绝了。为什么？"

"你在森林里不是说过吗？还有之后那次说的？关于名字？我不想成为任何人的财产，格温。我不是什么科拉瑞尔。"

他看着她，她的脸上有一丝阴郁飞掠而过。她随即低垂双眼，盯着银玉臂环。"我明白。"她用几近耳语的声音说道。

"我不明白,"鲁阿克嗤之以鼻,"要做科拉瑞尔就做好了。这算什么?只是个词语而已!这样你就能活下来,对吧?"

格温望向他,望向高坐在凳子上的他。那身长睡衣让他显得有点滑稽。他紧攥着杯子,皱紧了眉头。"不,阿金,"她说,"我以前也这么认为。我以前认为贝瑟恩只是个词语而已。"

鲁阿克涨红了脸:"噢,好吧!所以德克不是科拉瑞尔,很好,他不是什么人的财产。但这不代表他必须决斗,不,绝不代表。卡瓦娜的荣耀法典毫无道理,说实话,它非常愚蠢。你是一心想变蠢吗,德克?变蠢然后死掉?"

"不。"德克说。鲁阿克的话惹恼了他。他并不相信卡瓦娜法典。那他究竟是为了什么?连他自己也说不清。可能是为了证明吧,可他不知道自己要证明什么,要向谁证明。"我必须去,就这样。这是我该做的事。"

"傻话!"鲁阿克叫道。

"德克,我不想看你死掉,"格温说,"求你了。别让我经历这种事。"

矮胖的奇姆迪斯人突然笑出了声。"放心,我们会说服他收手的,我们俩,对吧?"他抿了口酒,道,"听我说,德克,你能听我仔细分析吗?"

德克愠怒地点点头。

"很好。首先,回答我的问题:你承认决斗法典吗?作为社会制度?作为道德标准?真的,告诉我,你承认吗?"

"不承认,"德克说,"可从扬的言论来看,他和我一样也不喜欢,但迫于无奈时还是会决斗。别的做法只会显得怯懦。"

"不,没人会觉得你甚至他是懦夫。作为卡瓦娜人,扬托尼或许有各种各样的缺点，可就连我也不会说他是懦夫。但勇气有很多种，不是吗？如果这座塔楼着了火，你会冒生命危险拯救格温吗？或许也救我？没准还有盖西？"

"我希望我会。"德克说。

鲁阿克点点头："看，你本就是个勇敢的人。你不需要用自杀来证明这点。"

格温颔首赞同："别忘记那晚你在克莱尼·拉米娅城说过的话，德克，关于生命和死亡。你不能就这么放弃自己的生命，对吧？"

他皱起眉："该死，这不是自杀。"

鲁阿克大笑："不是？这是一回事，差不离。你以为自己能打败他？"

"哦，不，可——"

"要是他因为汗水或什么原因，导致武器脱手，你会杀他吗？"

"不，"德克说，"我——"

"是啊，你觉得这么做是错的，对吧？对极了！噢，反过来，让他杀掉你，这毫无疑问也是错的，连给他这个机会也显得太蠢了。你跟我一样不是卡瓦娜人，所以你比较的对象应该是我，不是扬托尼——不管下手前会不会犹豫，他毕竟是杀人凶手。你比他好，德克。他有借口，他以为自己——或许是真的吧——在为改变他的同胞而战。扬很有救世主情结，我们不会因此嘲笑他，不会。可你呢，德克，你没有类似的理由。对吧？"

"我想我没有。可该死的，鲁阿克，他做得没错，当他说没了他的保护，布赖特就会来追杀你们的时候，你的脸色可没这么好。"

"是啊，可有了他的保护，我也没感觉好过，不骗你。说到底，这改变不了任何事，所以我可能是个科拉瑞尔，所以布赖特比铁玉更糟糕，所以扬没准是在用暴力阻止暴力，这是好事吗？啊，我可不知道，烦人的道德问题！你想想，没准扬的决斗还有些理由，呃，比如为了他的人民，为了我们。可你的决斗实在太愚蠢了，除了让你死掉别无意义。然后格温就得永远跟扬和盖西待在一起，直到他们输掉某场决斗为止，那对她来说可不是什么值得高兴的事。"

鲁阿克顿了顿，喝光了酒，就着凳子转身，又给自己满上了一杯。德克稳稳地坐着，格温看着他，她耐心的凝视让他觉得头很沉。鲁阿克把一切都搅浑了，自己必须做正确的事，可什么才是正确的？突然间，德克的洞察力和决心都无迹可寻。浓重的沉默笼罩了整间工作室。

"我不会逃跑，"最后，德克说，"决不会。我也不会去决斗。我会去那儿，告诉他们我的决定，并且拒绝战斗。"

奇姆迪斯人喝下一大口酒，"哧哧"笑起来："噢，这话里面透着股大义凛然啊。对极了。从耶稣基督和苏格拉底，到埃丽卡·风暴琼斯，现在又有了德克·提拉里恩，一群伟大的殉教者！没错，或许那个赤钢诗人会为你写点什么。"

格温的答案严肃得多："他们是布赖特，德克，一群守旧的布赖特高阶者。在卡瓦娜高原星，你或许永远不会被人挑战，高阶议会认为外乡客无须遵循法典。可在这儿不一样，仲裁人会判你丧失决斗资格，随后布雷坦·布赖特和他的邦国弟兄会杀死你，或者开始追杀你。如果拒绝决斗，在他们看来，你就证明了自己的伪人身份。"

"我不能逃跑。"德克重申。他的论据忽然全不见了踪影，他只剩下一股冲动，一种直面危险、坚持到底的决心。

"你抛开了仅剩的理智。真的，这不是怯懦，德克。这样想吧，最勇敢的选择，就是冒着被他们奚落的危险逃跑。而就算是那样，你也会面临危机。或许他们会猎捕你，如果布雷坦·布赖特活着，猎捕你的会是他，要么就是别人，你明白吧？可你没准能活下来，躲开他们，帮助格温。"

"我不能这样，"德克说，"我答应他们了，我答应了扬和盖瑟。

"答应？答应什么？答应去送死？"

"不。是。我是说，扬说服我做加纳塞克的兄弟。要不是维卡瑞想帮我摆脱麻烦，他们本不会卷入这场决斗。"

"在盖瑟火上浇油之后。"格温怨恨地说，德克被她平静语调里突现的恶意吓了一跳。

"他们明天也可能会死，"德克的语气不太确定，"而我得对此负责。现在你们却叫我抛弃他们。"

格温走到离他很近的地方，抬起手。她的手指轻轻擦过他的脸颊，又把他额前的棕灰发丝拂开，那双宽阔的绿眼与他目光交接。突然间，他想起了另一些诺言：呢喃宝石，呢喃宝石，久远的过去闪现回转，世界开始旋转，是非对错逐渐混淆不清。

"德克，听我说，"格温语速缓慢，"扬因为我卷入过六场决斗。而盖瑟，那个不爱我的盖瑟，参与了其中四场。他们杀戮是为了我，为了我的尊严，为了我的荣誉。我没要求过他们决斗，就像你没要求过他们的保护一样。这是他们对我的荣誉的概念，不是我的。可那些决斗毕竟是为了我，正如这场决斗是因为你。虽然他们做了这些，你还是要我离开他们，回到你身边，重新爱上你。"

"是啊，"德克说，"可——我不知道。我曾经背弃过诺言。"他的语气充满苦恼。"扬管我叫克西。"

鲁阿克哼了一声："要是他叫你晚餐，你就会跳进烤炉里，对吧？"

格温只是悲哀地摇摇头："那你感觉到了什么？职责？义务？"

"我想是的。"他不情愿地回答。

"那你已经回答了自己的问题，德克，你说出了我应该给你的答案。如果你履行临时克西责任的意愿都如此强烈——这种甚至在卡瓦娜高原星都不存在的誓约——你又怎么能要求我放弃银玉臂环呢？要知道，贝瑟恩的含义比克西更深。"

她抽身退后,指尖离开了他的脸庞。

德克的手猛然伸出,抓住她的手腕。左手腕。他的手掌握住了冰冷的金属和抛光玉石。"不。"他说。

格温未置一词。她在等待。

顷刻间,德克忘记了鲁阿克,而工作室黯淡下去,化为一片漆黑。只有格温,正凝视着他,那双宽阔的绿眼里,充斥着——什么?诺言?威胁?失落的梦境?她等待着,全然沉默,而他揣摩词句,不知该说什么。银玉臂环在他手中是如此冰凉,而他心中唯有回忆:

充满爱意的红色泪滴,包裹在银箔和天鹅绒中,寒意灼人。

随后出现的是扬的脸,那高耸的颧骨,干干净净、方方正正的下巴,向后梳拢的黑发,还有从容的笑。他的声音一如既往,钢铁一般平静:可我确实存在。

克莱尼·拉米娅城的白色幽灵塔,哀号着,嘲笑着,高歌着绝望与悲哀,而远方的鼓低沉而毫无意义地隆隆作响。这一切当中,蕴藏着叛逆和决心。他突然想到了该说的话。

盖瑟·加纳塞克的脸:遥远(他的双眼笼罩在蓝烟中,头颅僵硬地昂起,嘴巴抿紧),充满敌意(他眼窝里藏着寒冰,胡须后面挂着残忍的笑容),写满了黑色幽默(他的双眼闪烁,牙齿露出来,犹如死神在咧嘴大笑)。

布雷坦·布赖特·兰特莱:一阵抽搐,一颗耀石眼睛,一副恐惧与可怜交织的形象,还有一个冰冷而骇人的吻。

装在黑曜石高脚杯里的红酒,刺痛双眼的酒气,在一个满是肉桂香气,有一位陌生伙伴的房间里痛饮。

话语。一名前所未有、与众不同的邦国兄弟,扬说。

话语。他会背信弃义的,盖瑟断言。

格温的脸,更为年轻的格温,更苗条,不知为何,双眼也更大。格温大笑。格温哭泣。格温在高潮。她抱着他,乳房泛起红晕,红晕扩散到她全身。格温对他低语:我爱你,我爱你。珍妮!

孤独的黑影,在没有尽头的黑色运河上撑着低矮的驳船。

回忆。

他的手握着她的手臂颤抖。"如果我不去决斗,"他说,"你会离开扬吗?回到我身边?"

她的颔首缓慢至极:"我会的。我一整天都在思考,在和阿金讨论。我们计划好了,所以他才会把你带到工作室,而我告诉扬和盖瑟我得工作。"

德克伸展起交叠的腿,麻木感和倦意涌来,他双腿刺痛,如同被上百把细小的尖刀戳刺一般。他站起身,做出了决定。"你无论如何都会这么做?不是因为这场决斗?"

她摇摇头。

"那我们走吧。我们要多久才能离开沃罗恩星?"

"两个礼拜零三天,"鲁阿克说,"到那之前都没有船。"

"我们得躲起来,"格温说,"考虑到种种因素,这是唯一安全的方法。下午我原本还在犹豫,是该告诉扬我的决定,还是就这么离开。我觉得或许我们可以谈谈,然后一起去面对他。可这场决斗让我下定了决心。现在他们不会允许你离开的。"

鲁阿克从高脚凳上爬下来。"走吧,"他说,"我会留在这儿监视他们。你们可以呼叫我,我会告诉你们状况。我很安全,除非盖西和扬托尼输掉决斗。那样的话,我就尽快逃走,和你们一起走,好吗?"

德克握住格温的双手。"我爱你,"他说,"依然爱你。真的。"

她露出庄严的笑意:"是啊。我很高兴,德克。也许好时光会重演的。可我们的行动必须快,而且不能留下任何痕迹。从现在起,所有卡瓦娜人都会与我们为敌。"

"好,"他说,"去哪儿?"

"下楼拿上你的东西,你需要些御寒的衣服。我们在屋顶碰头。等我们坐上飞车,上路之后再做决定。"

德克点点头,匆匆吻了她一下。

当黎明的第一缕玫红浮现在天际,绯芒在东方地平线处闪耀时,两人正飞行在公共区黑色河流与起伏的山丘上空。很快,第一轮金黄色的太阳升起,下方的黑暗转为飞快消融的灰色晨雾。蝠鲼飞车一如既往地敞开车顶,而格温把速度推到了极限,寒风在他们身旁呼啸,令人无法交谈。格温驾车时,德克睡在她旁边,身子蜷缩在两人离开前,鲁阿克给他的那件打满补丁的棕色大衣里。

当形状如同闪亮长矛的挑战城出现在两人视野前方时,她温柔地推推他的肩膀,唤醒了他。他睡得很浅,也很不舒服,此时立刻伸展身体,打了个呵欠。"到了。"他毫无必要地说。

格温没有回答。随着伊莫瑞尔人的城市越来越庞大,越来越接近,蝠鲼车也减缓了速度。

德克转头望向破晓的天空。"两颗太阳升起来了,"他说,"瞧啊,都快能看见胖撒旦了。我猜他们现在知道我们离开了。"他想象维卡瑞和加纳塞克在街道上用粉笔画出的死斗场边等待着他,和布赖特们一起等。毫无疑问,布雷坦此刻正在不耐烦地踱步,并发出那种怪声。他那只眼睛在早晨会耗尽光能,变得冰冷无光,成为伤痕累累的脸上一块毫无生气的余烬。或许他现在也已失去生命,或者失去生命的是扬,或盖瑟·加纳塞克。德克忽然因为羞愧涨红了脸。他凑近格温,伸手环抱住她。

挑战城在两人面前急剧膨胀。格温驾着飞车疾速爬升,穿过一块纤薄的白云。登陆甲板无底洞般的黑色开口随着他们的接近而亮起来,当格温驾车驶入时，德克看到了它的编号：520层。这是一片一尘不染却空空荡荡的巨型起降台。

"欢迎，"随着蝠鲼车盘旋着落向金属地板，熟悉的声音响起，"我是挑战城之声。能为您效劳吗？"

格温关闭了飞车的动力，翻过翅膀，爬出车外。"我们想成为临时住户。"

"住宿的费用非常公道。"挑战城之声说。

"那就带我们去客房吧。"

墙壁开启，一辆低压轮胎车开出来，停在他们面前。除了颜色之外，它几乎就是两人上次来访时那辆车的同胞兄弟。格温坐进车里，而德克从飞车后座取出行李，装到这辆车上。行李包括格温带来的一个传感背包，三个塞满衣服的手提包，一包适用于野外远足的补给品。那两架天梭，连同飞行靴一起，压在这堆东西的最底下。德克把它们留在了飞车里。

车子发动，挑战城之声开始叙述它能够提供的各种住宅。挑战城有上百种不同配置的客房，让外乡客有宾至如归之感，尽管其房间大多带有后伊莫瑞尔艺术风格的影子。

"简朴又便宜的，"德克告诉它，"一张双人床，烹饪设施，再加个淋浴间就行。"

于是挑战城之声把他们送到两层楼上一间有淡蓝色墙壁的小卧室。卧室里确实有一张双人床，床占了大半个房间，卧室里还有一间嵌进墙壁的小厨房，另一面墙壁的四分之三被巨大的彩色显示墙填满了。

"真是伊莫瑞尔式的华丽装潢。"两人进门时，格温不无讽刺地说。她放下传感背包和衣物，惬意地躺到床上。德克则把手提包塞进滑门式壁橱里，在格温摆在床沿的脚边坐下，注视着那面显示墙。

"我们提供各类录像以供消遣，"挑战城之声说，"我要遗憾地告知两位,所有节庆的常规节目都已终止。"

"你就不能走开吗?"德克喝道。

"基本监控功能将持续运作,以保护你们的安全,如果你有此意愿,我的服务功能可以在你周围暂时停止。有些住户喜欢这么做。"

"我也是,"德克道,"停止吧。"

"如果您改变了主意,或是需要某些服务,"挑战城之声不依不饶地补充,"只需按下显示墙上有星形记号的按钮,我就会再次听候您的命令。"然后,它陷入沉默。

德克等待片刻。"挑战城之声?"他说。没有回答。他满意地点点头,继续观察屏幕。格温在他身后,已经睡着了,她双手环抱头部,身体向一侧蜷曲。

他很想不顾一切地呼叫鲁阿克,好弄清楚决斗的状况:谁还活着,谁又死了?但他认为现在还不安全。

某个卡瓦娜人——可能不止一个——也许正跟鲁阿克一起,在他的房间或工作室里,一次呼叫就会暴露他们的位置。他必须耐心等待。出发前,奇姆迪斯人把比自己公寓高两层的某个空房间的呼叫号码给了他们,告诉德克黄昏过后呼叫这个号码。他承诺,只要状况安全,他就会去那里,回应呼叫。如果情况有异,则不会有人应答。不管怎么说,鲁阿克并不知道这两位逃亡者去了哪儿,所以卡瓦娜人没法从他的嘴里撬出话来。

德克累极了。尽管在飞车里小憩了一阵,可夹杂着负疚感的疲惫依然沉重地压在他身上。他终于让格温回到了自己身边,却感觉不到任何狂喜之情。或许等他的烦恼烟消云散,等他们二人再次心心相印,就像漫长的七年前在阿瓦隆那样心心相印的时候,那份喜悦就会回来。他们必须安全地离开沃罗恩,远离扬·维卡瑞、盖瑟·加纳塞恩和其他所有卡瓦娜人,远离这些死去的都市和濒死的森林。他们得再次回到诱惑者面纱里面。德克坐在床边想着，心不在焉地看着那块空白的屏幕。离开边缘星域，前往塔拉星或布拉克星，前往居民精神正常的星球，或许回到阿瓦隆星，或许去更远的地方，去格列佛星、漂泊星甚至古波塞冬星。他从未见过的星球成百上千——人类的星球，非人类的星球，野兽的星球，各式各样遥远浪漫的地方。他们要去一个没人听说过卡瓦娜高原星和沃罗恩星的世界。他将和格温一起游历这些世界。

德克困倦到无法入睡，心里难以平静，满怀不安。他把玩起显示墙，漫无目的地测试它的功能。他像前天在拉特恩城鲁阿克公寓里那样，按下标有问号的按钮，同样的服务列表在他面前闪出，只是文字大了两倍。他仔细研究列表，尽可能了解它们的作用。或许他能从中学到些有用的知识，或者找到些有用的东西。

列表中包括行星新闻报道。他希望其中会提到拉特恩城黎明时的那场决斗，或许是以讣告的形式。可屏幕灰暗下来，一行白字"服务终止"闪动不休，直到他清空屏幕。

德克皱起眉头，选了另一项服务：太空港信息，以确认鲁阿克提供的航班资料。这次他运气不错。接下来的两个标准月内预计有三艘飞船到达。最早的一班，正如奇姆迪斯人所说，会在两个星期多一点之后到来，那是艘边缘星域的太空梭，泰瑞克·尼戴赫里尔号。可鲁阿克没提到，这艘船驶向面纱外侧，它来自奇姆迪斯星，开往伊瑟琳星、黑酿海世界，最后到达伊莫瑞尔星，它的起始点。再过一周，会有一艘来自卡瓦娜高原星的补给船。然后就只有等待开往面纱内侧的战栗号返回了。

尽管等到那时候也没问题，但他和格温应该会直接搭乘泰瑞克·尼戴赫里尔号，再换乘其他飞船去别的星球。德克认定，上船将是他们面临的最大危机。有这么一个星球要搜寻，卡瓦娜人基本上不可能在挑战城找到他们，但扬·维卡瑞会猜到他们打算尽快离开这颗星球，这意味着他将在太空机场守株待兔。德克不知该如何应对这种状况，只好祈祷这种状况不要出现。

德克清空屏幕，试了其他功能。他记下那些被彻底关闭的功能，那些压缩到最低限度的功能，比如医疗急救服务，还有依旧按照节庆标准运作的功能。城市之间的对比分析让他坚定了自己的想法：来挑战城是正确的。伊莫瑞尔人决心证明他们高塔都市的不朽，所以他们公然蔑视寒流、黑暗和即将到来的冰川时代，几乎把一切都留了下来。这儿很适合居住，与之相比，其他城市都相形见绌。十四座城市里，有四座已经完全处于黑暗中，动力供应中断，甚至其中一座受风雨侵蚀过于严重，崩塌后化为了尘土废墟。

德克持续按着按钮过了一段时间，最后，这个游戏开始消耗他的耐心，他心中的烦厌和焦躁逐渐增长。格温仍在酣睡。现在还是早晨，不可能呼叫鲁阿克。于是他关闭了显示墙，在盥洗间里简短地洗漱了一下，接着回到床上，关掉照明板，坐下来思考了一阵后，准备睡觉。他躺在温暖的黑暗中，凝望着天花板，听着格温轻柔的呼吸，可他的思绪仍然是那么纷乱遥远。

很快一切都会好起来的，他告诉自己，一切都会像在阿瓦隆时那样。可他并不相信。他没觉得自己和过去那个德克·提拉里恩——格温的德克——和他承诺会变回的那个自己有多少相像。他反而觉得，这许多天来，一切都没有变：他痛苦依然，疲惫依然，无望依然，就像在布拉克星，还有其他星球上过着漂泊生活。他的珍妮重回他身边，他本该满心喜悦，现在却只感到疲倦和不适。

就好像他又辜负了她一次。

德克抛开这些念头，闭上双眼。

等他醒来，时间已近黄昏。格温早已起床。德克冲了个澡，穿上柔软的淡色阿瓦隆人造纤维外衣。两人步入走廊,去探索挑战城的第五百二十二层楼。他们漫步时手牵着手。

他们所在的房间是这座建筑居住区里数千个隔间中的一个。周围是其他隔间,除了黑色房门上的号码之外,这些隔间与他们的房间完全相同。两人经过的走廊地板、墙壁和天花板都铺有厚厚的钴蓝色帘布,而路口处球形灯投下的灯光——那些黯淡的球体,光芒柔和,可用肉眼直视——也与这蓝色色调相称。

"真无趣,"两人走了几分钟之后,格温说,"这千篇一律的景色太压抑了。而且找不到地图。居然没人在这里迷路,真让我惊讶。"

"我猜只要跟挑战城之声询问方位就行。"德克说。

"是啊,我都忘了,"她皱起眉头道,"挑战城之声出什么事了?它最近都没说话。"

"我让它闭嘴了,"德克告诉她,"不过它一直在看着我们。"

"你能让它重新工作吗?"

他点点头,停下脚步,带她走向最近的那道黑门。如他所料,那个隔间没人住,他轻轻一推就打开了门。房间里,床铺、家具、显示墙——全都一模一样。

德克打开显示墙,按下有星形标记的按钮。

"我能帮你做什么吗?"挑战城之声问。

格温对他笑笑:那是种不自然的浅笑。她似乎跟他一样疲倦,她的嘴角泛起忧虑的皱纹。

"对,"她说,"我们想找点事做。给我们找点乐子。别让我们闲着。带我们游览城市。"德克觉得她的话说得有点太快了,就像个企图急着分散注意力、以免想到某件烦心事的人。他猜想,她究竟是在担心他们的安全,还是在想着扬·维卡瑞的生死。

"明白,"声音答道,"那就让我充当你们的向导,去欣赏挑战城的奇妙，去目睹后伊莫瑞尔星在遥远的沃罗恩星所展现的荣耀。"它为他们指路，他们走向最近的那组电梯，离开这无尽的、笔直的钴蓝色走廊，步入更具色彩与乐趣的地带。

两人一路向上，来到"奥林匹斯"——一间位于城市顶点的豪华休息室，站在齐脚踝深的黑色地毯里，从挑战城唯一的一扇巨型窗户向外望去。下方一千米处，道道黑云在他们感受不到的刺骨寒风中飞掠而过。白昼黯淡昏暗，地狱之眼一如既往地燃烧着、怒视着，可它的金黄色伙伴却被横跨天际的灰色雾气遮蔽了。他们还隐约看到了遥远的群山，以及下方远处公共区的墨绿色彩。一位机械侍者端来了冰镇饮料。

他们向中轴走去，这是一个从上到下贯穿整个塔城的一个长圆柱体。他们站在最高处的这间阳台，手牵手，一起向下望，目光穿过无穷无尽的其他阳台，直达灯光昏暗的塔底。接着，他们打开那扇锻铁大门，跳了出去，在向上浮动的暖流轻柔的裹挟中，飘向下方。中轴仅用于娱乐，它维持在微重力状态——弱到几乎不能被称为重力，还不到伊莫瑞尔星标准重力的百分之零点零一。

他们沿着外部环道漫步，那是条宽敞、带坡度的走道，呈螺旋状，环绕城市，就像巨大螺钉上的螺纹，野心勃勃的旅客可以从塔底一直走到塔顶。道路两旁，餐厅、博物馆和商店依次排开，它们之间设有早已废弃的小巷，可供低压轮胎车和更快捷的车辆通行。十二条自动滑道位于弧度均匀的林荫大道中间，六条向上，六条往下。他们走累了，便登上滑道的输送带，接着换乘较快的一条，又换乘更快的第三条。风景从旁掠过，挑战城之声指出了一些受欢迎的景物，可没有一样是他们特别喜欢的。

他们在伊莫瑞尔海里裸泳。那是一片人工海，占据了第二百三十一和二百三十二层的大半区域。海水如同鲜绿色的水晶，清澈到能看清两层之下的水底，里面有绞成曲折绳索状的海藻。海面在照明板下闪耀，让人误以为反射着明亮的阳光。小型食腐鱼在深海区穿梭往返；海面上，浮游植物上下漂流，犹如绿毛毡上长出的巨型蘑菇。

他们踏着动力滑板顺坡直下，在低摩擦力塑料上乘着风俯冲，一直冲到最底层。德克坠落了两次，不过随后又弹了回去。

他们参观了一座自由落体体育馆。

他们去了能容纳数千人的昏暗礼堂，但拒绝观看挑战城之声提供的全息录影。

他们走进了一座繁华不再的商场，在商场中央的路边咖啡馆简单吃了顿没什么滋味的饭。

他们在曲折的树木和黄色苔藓组成的丛林中漫步，动物叫声全是预录的，在这座湿热公园的墙壁间怪异地回响着。

最后，焦躁依旧，担忧依旧，两人只好让挑战城之声尽快送他们回房。他们被告知，在城外，真正的黄昏已经降临了沃罗恩星。

德克站在床铺和墙壁狭窄的空隙间，依次按下那些按钮。格温坐在他身后。

鲁阿克久久没有回应，久得过了头。德克担忧地猜想，会不会发生了什么可怕的事。就在他思索的时候，一闪一闪的蓝色呼叫讯号消失了，奇姆迪斯生态学家浑圆的脸蛋塞满了屏幕。在他身后，是一间积满灰尘的废弃公寓，笼罩在一片灰暗中。

"怎么？"德克说。他回头望向格温。她咬着嘴唇，静止的右手放在左前臂依然戴着的银玉臂环上。

"德克？格温？是你们吗？我看不见你们，不，我的屏幕是黑的。"鲁阿克浅色的双眼在几缕苍白的细长发丝下眨个不停。

"当然是我们了，"德克斥道，"还有谁会呼叫这个号码？"

"我看不见你们。"鲁阿克重复道。

"阿金，"格温坐在原位说，"如果你能看见我们，你就知道我们在哪儿了。"

鲁阿克的脑袋上下摆动了一下。这个动作让他的双下巴略微明显了一点。"没错,我没想到这点。你说得对。我还是不知道你们在哪儿的好。"

"决斗,"德克提示道,"今早那场,情况如何?"

"扬还好吗?"格温追问。

"没有决斗。"鲁阿克告诉他们。他的双眼依旧眨个不停,德克猜他是在寻找可看的东西。又或者他只是担心卡瓦娜人会突然冲进空旷的公寓,把他抓个正着。"我去看了,可没有决斗,真的。"

格温的叹息声清晰可闻。"这么说,大家都没事?扬没事?"

"扬托尼活得好好的,还有盖西,还有布赖特们,"鲁阿克道,"没人开枪也没人被杀,可德克没有按时赴约送死,因此每个人都发了狂,没错。"

"告诉我真相。"德克平静地说。

"好,噢,你是另一场决斗推迟的原因。"

"只是推迟?"格温说。

"只是推迟,"鲁阿克回答道,"他们还是会打,用同样的方式和武器,但不是现在。布雷坦·布赖特向仲裁人申诉。他说他有权先和德克决斗,因为他也许会在跟扬和盖西的决斗里死掉,这样他所受的侮辱就没法弥补了。他要求第二场决斗延后,直到找到德克为止。仲裁人同意了。布赖特走狗!——我是说那个仲裁人,没错,他对那些畜生有求必应。他们叫他罗瑟夫·高阶布赖特,恶毒的小人!"

"铁玉们,"德克说,"扬和盖瑟。他们说什么了吗?"

"扬托尼,没有。他一个字都没说,他只是在死斗场的角落站得笔直。其他人都在到处乱跑、乱叫、乱喊,以卡瓦娜人的方式发泄。站在场地里的除了扬之外没有别人,可他还是站在那儿东张西望,好像以为决斗会随时开始一样。至于盖西,他非常生气。起先,看到你没来,他还编了些你生病了之类的笑话,接着他突然冷酷起来,沉默了一阵子,和扬一样安静。我觉得他心里在发火,他开始跟布雷坦·布赖特、仲裁人还有另一个叫切尔的决斗对象争论。布赖特们全在那儿,没准是想做见证吧。我从不知道我们在拉特恩城还有这么多邻居,真的,噢,理论上我是知道的,可眼看着他们一起出现,感觉不一样。两个夏恩埃吉也来了,不过那个赤钢诗人没来。全城居民只少了三个,就你们和他。这说不定就是一场城市会议呢,每个人都打扮得很正式。"他笑出了声。

"你清楚现在的状况吗?"德克问。

"别担心,"鲁阿克说,"你们俩能躲过他们,再搭上飞船的,没错。他们找不到你们,有一整个行星要找呢!我想那些布赖特连找都不会找。真的,他们叫你'伪人'。布雷坦·布赖特提出要求,他的搭档则提起那些老旧的传统,其他布赖特纷纷附和,仲裁人便说,好啊,既然你没有来决斗,你就不是真正的人。所以他们会猎捕你,也许吧,但不带什么特别的意义,你只是头待宰的野兽,谁见到都能下手。"

"伪人。"德克空洞地说。真奇怪,他觉得自己好像失去了什么。

"对布雷坦·布赖特那伙人来说,你是伪人。但我想盖西会努力寻找你的。他可不会像狩猎野兽那样狩猎你,他发誓说你会决斗,先跟布雷坦·布赖特决斗,然后跟他决斗,也或许先跟他决斗。"

"维卡瑞呢?"德克说。

"我告诉你了,他什么都没说,一句都没。"

格温起身下床。"你只提到了有关德克的事,"她对鲁阿克说,"我呢?"

"你?"鲁阿克苍白的双眼眨动了几下,"布赖特说你也是伪人,可盖西不同意。他口气强硬地说谁敢碰你,他就跟谁决斗。罗瑟夫·高阶布赖特扯了一通废话,想把你和德克都叫成伪人,盖西则非常生气。

卡瓦娜的决斗者可以挑战判决不公的仲裁人,虽然他们还是得服从仲裁人的判断,这是事实。所以说,亲爱的格温,你还是受到保护的贝瑟恩,如果他们抓住你,只会把你带回去,让你接受惩罚。不过惩罚你的将是铁玉。真的,他们没怎么说你的事,大部分时间都在说德克。你只是个女人,对吧?"

格温什么都没说。

"我们这几天会再呼叫你的。"德克说。

"德克,我们得定好时间,不是吗?我可不要一直待在这堆灰尘里。"鲁阿克为自己这番话又一次轻笑起来。

"那就三天后,还是在黄昏。我们得考虑一下怎么才能乘上船。我认为到时候扬和盖瑟会在太空机场等我们的。"

鲁阿克点点头:"我考虑考虑。"

"你能弄点武器来吗?"格温突然问。

"武器?"奇姆迪斯人怪叫一声,"真的,格温,卡瓦娜人的思维渗进你骨子里了。我是个奇姆迪斯人,我怎么可能了解激光枪,以及诸如此类的暴力玩意儿?不过我可以试试,为了你,为了我的朋友德克。我们下次通话时再谈吧,现在我得走了。"

他的面容隐去,德克关掉了显示墙,这才转身看向格温。"你想跟他们战斗?这么做明智吗?"

"我不知道。"她缓步走向门边,转过身,又走回来。接着,她停下脚步:这间屋子实在太小,根本没法畅快地踱步。

"挑战城之声!"德克忽然灵机一动道,"挑战城有枪械店吗?可以购买激光枪或其他武器的地方?"

"我遗憾地告知您,后伊莫瑞尔的法律严禁私人携带武器。"

"运动用武器呢?"德克提示,"用作狩猎和打靶练习的那些?"

"我遗憾地告知您,后伊莫瑞尔的法律严禁一切血腥运动和纯粹以暴力为基准的竞技项目。如果您来自推崇此类行为的文明，我在此保证，这段话并无冒犯您母星的意思。此类消遣活动可以在沃罗恩星的其他地方找到。"

"忘了它吧，"格温说，"反正这是个馊主意。"

德克的双手按上她的双肩。"我们不需要武器，"他微笑着说，"不过我得承认，也许带着武器会让我感觉好一点。就算有用得上的时候，我多半也不知道该怎么用。"

"我会用。"她说。她的眼睛里——那双宽阔的绿眼里——有种德克从没见过的坚定。在那古怪的一秒钟，他想起了盖瑟·加纳塞克和他那轻蔑的冰蓝色眼眸。

"你会用？"他说。

她不耐烦地晃晃身体，耸耸肩，把他的双手从她的肩膀抖落。接着她转身从他身边走开。"在野外，阿金和我会用一些弹射式枪械。这是为了追踪某只野兽、研究它的迁徙模式而射出追迹针、催眠镖，还有些指甲盖大小的植入式传感器。传感器能让你了解这个生命体的一切——它如何狩猎，吃些什么，交配习惯，不同生命周期的大脑构造。有了足够的线索，你就能描绘出整个生态体系。要完成研究，首先你得安插探子，得用催眠镖稳住这些生物。我已经开过几千次枪了。我枪法很准。要是我带一把过来就好了。"

"不一样的，"德克说，"用武器来做科学研究，跟用激光枪射击人是不一样的。虽然我两样都没试过，可我不觉得这两者有可比性。"

格温斜倚房门，朝几米外的他投去不快的目光："你觉得我杀不了人？"

"对。"

她笑了："德克，我不是你在阿瓦隆认识的小女孩了。我在卡瓦娜高原星住了好几年，那段时光并不好过。我忍受过其他女人的蔑视，我听盖瑟·加纳塞克说了一千遍银玉誓约的义务,我不知多少次被其他卡瓦娜人叫成伪人和贝瑟恩婊子,有几次我甚至不由自主地答了话。"她摇摇头。在紧系在前额的宽大发带下,她的双眼如同绿色坚石。就像玉石,德克莫名地联想到了她仍然戴着的臂环上的玉石。

"你生气了,"他说,"人要生气是很容易的。可我了解你,亲爱的,你本质上是个温柔的人。"

"从前是这样。我努力维持着这样。可这段岁月实在太久了,德克,太久了,太久,现在这些全是伪装出来的,而扬·维卡瑞是其中唯一美好的部分。我把这番话告诉过阿金,他了解我的感受。我有几次很接近……就差那么该死的一点……特别是,从某种奇怪的角度来说,盖瑟也是我和扬的一部分,瞧,你所关心的人伤你会更深——某个你几乎已经爱上的人,要不是因为……"

她停了口,交叠的双臂紧抱着胸口,眉头皱紧。她停了口,肯定是看到了他脸上的表情。德克很想知道那是怎样的表情。

"也许你是对的,"片刻之后,她松开双臂道,"也许我确实杀不了人。可你知道,有时候我觉得自己可以。而且现在,德克,我真的很想有把枪。"她的浅笑中全无欢欣。"当然,在卡瓦娜高原星,他们不允许我配备武器。贝瑟恩要携带武器做什么?她的誓主和誓主的特恩会保护她的。而且拿枪的女人说不定会误伤自己。扬……好吧,扬一直在为改变很多事而奋斗。也是由于他的努力,我才能来到这里。大多数女人接受银玉誓约之后就没离开过邦国安全的石窟。对他所有的付出,我都心怀敬意,虽然扬并不理解。毕竟,他是个高阶者,他还会为其他事情战斗,而无论我对他说什么,盖瑟都会来说上一通反话。有时我说的,扬根本不在意。这些'小事',比如让我佩带武器外出之类的,他会轻描淡写地说'不重要'。我跟他谈过一次,而他指出我这么干等于违反了整个携武习俗,违反了决斗法典的核心。话倒没错。可——

德克，你知道，我理解你昨晚对阿金说的那些话，你说即使你没觉得自己应当遵守法典，也一心想要面对布雷坦。有时候，我跟你的感受相同。"

房间的灯光短暂地闪烁了一阵，黯淡下去，很快又恢复了亮度。"怎么了？"德克说着，抬起头。

"住户们无须惊慌，"挑战城之声用不紧不慢的低沉声音说，"影响您楼层的暂时性动力故障已被修复。"

"动力故障！"德克脑海中闪现出一幕景象，一幕挑战城死寂的景象——一个密不透风、没有窗户、完全受控、动力被切断的城市。他不喜欢这个念头。"怎么回事？"

"请不要惊慌。"挑战城之声重复，可头顶的照明面板没给它留面子。灯光彻底熄灭，片刻间，格温和德克满心惊恐地站在全然的黑暗中。

"我们最好离开这里。"照明恢复后，格温说。她转身拉开墙上的滑门，取出两人的包裹。德克过去帮她。

"请不要恐慌，"挑战城之声继续保证，"为了您自身的安全，建议您留在自己的房间里。状况已得到控制。挑战城有许多内置安全措施，所有重要系统也都有备份。"

他们装好行李。格温走向房门。"你现在启用的是次级动力吗？"她问。

"第一到五十层，第二百五十一到三百层，第三百五十一到四百五十一层以及第五百零一到五百五十层正在使用次级动力，"挑战城之声承认道，"不必惊慌，机器人技师正在抓紧维修主动力源，而就算次级动力故障这种极不可能发生的事件发生，我们也还有其他备用系统。"

"我不明白，"德克说，"这是为什么？动力故障的原因何在？"

"请不要惊慌。"挑战城之声机械地保证。

"德克，"格温冷静地说，"我们还是走吧。"她右手拎着一个提包，左肩上挂着传感背包。德克拿起另外两个提包，跟随她走进钴蓝色的走廊。他们匆忙走向电梯。格温稍快两步，地毯吞没了他们的脚步声。

"和那些留在安全房间里的住户相比，在这场小小的意外发生期间，恐慌的人更容易伤害自己。"挑战城之声斥责道。

"告诉我们状况，我们或许会考虑一下。"德克说。他们没有停下，也没有放慢脚步。

"紧急管制条例开始实行，"挑战城之声声明，"已派遣守卫机械人引导诸位返回房间。这是为了保护你们。重复一遍，已派遣守卫机械人引导诸位返回房间。后伊莫瑞尔规章严禁……"声音突然模糊不清，那低沉的声音时而高亢，时而吱吱尖叫，时而化为抓挠他们耳膜的刺耳哀鸣。

最后，声音戛然而止，留下令人战栗的沉默。

灯光也熄灭了。

德克停步片刻，又往浓稠的黑暗中前进两步，撞到了格温身上。"怎么回事？"他说，"抱歉。"

"安静。"格温低声道。她开始读秒。读到第十三声时，悬挂在走廊交叉处的那些照明球体再度发亮。可那蓝色光辉黯淡而微弱，仅够勉强视物。

"来吧。"格温说。她又开始前进，这次步伐变慢了，她借着昏暗的蓝色光芒小心地踏步向前。电梯已经不远。

等墙壁再次发话时，传来的已不再是挑战城之声的声音。

"这真是座大城市，"那个声音说，"可它还没大到能藏住你，提拉里恩。我在伊莫瑞尔地下室的最底部等你，地下五十二层。这座城市现在是我的了。你赶快来，否则你身边的动力会全部中断，而我和我的特恩会在黑暗中狩猎你们。"

德克认出了发话人，他不可能弄错。在沃罗恩星或是其他任何地方，要模仿布雷坦·布赖特·兰特莱那扭曲粗哑的嗓音都不是件容易事。

8

他们站在阴影笼罩的走廊里，仿佛瘫痪了一般。格温是一团模糊的蓝色剪影，双眼如同黑色凹坑。她的嘴角一阵痉挛，这让德克惊恐地想起了布雷坦抽搐的脸。"他们找到我们了。"她说。

"是啊。"德克说。两人都压低了声音，唯恐布雷坦·布赖特——那个取代了挑战城之声的人——会听见他们的话。德克有种强烈的感觉，仿佛身边到处都有嘴巴和耳朵，或许还有眼睛，这些东西全都隐藏在盖着毛毯的墙壁背后。

"怎么会呢？"格温说，"他们应该找不到我们才对。这不可能啊。"

"可他们确实找到了。我们现在该怎么办？我该去会会他们吗？地下五十二层有什么？"

格温皱起眉头："我不知道。挑战城可不是我的家。不过我知道地下那几层不是居住区。"

"机器？"德克提示说，"动力系统？维生设备？"

"电脑。"格温低声补充道。

德克放下手里的提包。这时候还顾虑衣服和随身物品什么的就太蠢了。"他们干掉了挑战城之声。"他说。

"也许吧,如果它能被干掉的话。我还以为它是一整套计算机网络,分散在塔城各处。谁知道呢?或许它仅仅是一台大型装置而已。"

"不管怎么说,他们肯定找到了这座城市的主脑或神经中枢什么的。墙壁不会再给我们友好的建议了,而且布雷坦可能现在正盯着我们。"

"不对。"格温说。

"怎么不对?挑战城之声能做到这些。"

"是啊,也许吧,但我不觉得挑战城之声的传感设备包括可视传感器。我是说,它不需要这些东西。它拥有许多感应功能,人类没有的感应功能。再说了,挑战城之声是一台超级电脑,能够同时处理数十亿比特的信息。布雷坦可做不到。人类都做不到。他大概看不懂那些输入设备,你我也一样,只有挑战城之声本身才懂得。所以,就算布雷坦能接收到挑战城之声搜集的全部资料,对他来说,其中的绝大部分信息也都跟天书似的,或者因为太多太频繁而派不上用场。也许训练有素的控制论[1]学家能看出点门道来,可布雷坦做不到,除非他知道某些我们不知道的秘密。"

"他知道怎么找到我们,"德克说,"而且他知道挑战城的大脑在哪儿,还有让它短路的方法。"

"我不清楚他是怎么找到我们的,"格温回答道,"可要找到挑战城之声并不难。它一定在最底层,德克!他是猜到的!卡瓦娜人都把邦国建造在岩石深处,最底层永远是最安全、最可靠的地方。他们把女人和邦国的财宝都放在那儿。"

1.对信息传递和控制的科学研究。

德克沉思道："对。他不可能知道我们的确切位置，否则何必让我们去地下，又何必威胁要猎捕我们？这是虚张声势。"

格温点点头。

"可如果他待在电脑中心，"德克继续道，"我们就得小心了。也许他最终能找到我们。"

"肯定还有几台电脑运转正常，"格温瞥了瞥几米开外发出黯淡蓝光的球体，说道，"这座城市多多少少还活着。"

"他能询问挑战城之声我们的位置吗？如果他让它复活的话？"

"也许吧，可它为什么要告诉他？我觉得挑战城之声不会。我们是合法住户，手无寸铁，而他是个危险的入侵者，违反了每一条后伊莫瑞尔规章。"

"他？是他们吧。切尔和他在一起。或许还有其他人。"

"那就是一群入侵者。"

"但人数肯定不会超过——多少？二十个？还是更少？他们是如何接管这么庞大的城市的？"

"后伊莫瑞尔是个彻头彻尾的非暴力世界，德克，而且这儿是颗节庆星球。我很怀疑挑战城里有多少防卫措施。所谓的守卫机械人……"

德克突然四下张望起来。"是啊，守卫机械人们。挑战城之声提到过它们。它派了其中一位来找我们。"他几乎以为自己会看到某种又大又可怕的东西驶入视野。可周围什么都没有，只有阴影、钴球和无声的蓝色光芒。

"我们不该傻站在这儿。"格温说。她不再低声细气。他也一样。两人都意识到，假使布雷坦·布赖特和他的同伴能听清他们说的每一个字，那就有一打方法能确定他们的方位。真是这样的话，他们就彻底没希望了。耳语纯粹是徒劳无功的行为。"飞车离这儿只有两层楼远。"她说。

"或许那些布赖特离这儿也只有两层楼远，"德克回答道，"就算他们不在那儿，我们也不该使用飞车。他们肯定知道我们有飞车，料到我们会跑去那边。或许这就是布雷坦发话的原因，为了把我们赶到天上，让我们成为唾手可得的猎物。他的邦国弟兄或许就等在外面，准备用激光击落我们。"他停顿了一下，若有所思："可我们也不该待在这儿。"

"不该待在我们的公寓附近，"她说，"挑战城之声知道我们在哪儿，而布雷坦·布赖特也许有办法查出来。不过你说得对，我们必须留在城里。"

"那我们躲起来吧。"德克说。

"躲在哪儿？"格温耸耸肩。

"随便哪里。如布雷坦·布赖特所说，这是座大城市。"

格温飞快地俯下身，仔细检查行李，丢弃了那些累赘的衣服，只留下野外补给包和感应背包。德克穿上鲁阿克给的那件厚重大衣，丢掉了其余所有东西。他们走向外部环道，格温一心想尽快远离公寓，而两人都不愿冒险使用电梯。

宽敞的林荫道上方，洁白的灯光依旧明亮，而自动滑道也发出均匀的嗡鸣声，这条螺旋状道路似乎拥有独立动力源。"上还是下？"德克问。

格温似乎没听见，她在听别的什么。"安静。"她说道，嘴角抽动了一下。在自动滑道坚定的嗡鸣声中，德克听到了另一声响动，一个微弱不清却绝不会听错的声音：那是一声嚎叫。

德克能肯定，声音来自他们身后的走廊，犹如温暖的蓝色静谧中吹来的一股寒气，在空中驻留的时间也长得超乎常理。隐约的叫声从远处接连传来。

接着是一阵短暂的沉默。格温和德克对望着彼此，伫立当场，侧耳倾听。嚎叫声再度传来,这次更为响亮,也更加清晰,还略带少许回音。这是愤怒的嘶吼,冗长而高亢。

"布赖特猎犬。"格温用冷静得异乎寻常的语气说。

德克想起了自己在拉特恩城街道中穿行时碰到的那头畜生——那头朝他狂吠、马儿大小的狗,有着无毛的老鼠脸和红色的小眼睛。他忧心忡忡地望向身后的走廊,可钴蓝色阴影中没有任何活动的物体。

那个声音越来越大,越来越近。

"向下,"格温说,"而且得快。"

她用不着说服德克。他们匆忙走向中央地带,穿过寂静林荫道的宽阔路面,走上速度最慢的第一条下行自动滑道。接着他们在输送带之间跳跃,直到踏上速度最快的下行滑道。格温取下补给包,仔细翻找,德克站在高处,一只手搭在她的肩上,观察着掠过的楼层编号。编号位于挑战城内部走廊的入口——那些暗如黄昏的无底洞处,以均匀的间距持续闪过。

经过第四百九十层楼的时候,格温站起身来,右手握着一根粗如手掌的蓝黑色金属棒。"脱衣服。"她说。

"什么?"

"脱衣服。"她重复了一遍。她看到德克动也不动地盯着她,便不耐烦地摇摇头,用金属棒敲了敲他的胸口。"这是除味剂,"她告诉他,"我和阿金在野外工作时会用它。喷在身上,它会消去体味,效果大约维持四个钟头。希望这能让那些猎狗跟丢。"

德克点点头,开始除去衣物。等他全身一丝不挂,格温便让他岔开双腿,双臂举过头顶。她按下金属棒的一端,另一端便喷出一股细密的灰色雾气,它温柔的碰触令他裸露的肌肤微感刺痛。当她为他前前后后、从头到脚地喷洒时,他感到一阵寒冷,觉得自己傻里傻气的,而且格外脆弱。她单膝跪地,把他的衣服也里里外外喷洒了一通,唯独阿金给他的那件厚重大衣除外,她小心地把它放到一旁。待她完工后,德克穿好衣服——他的衣物干燥，沾满尘土——接着轮到格温褪去衣衫，让他为她喷洒。

"这件大衣怎么办？"等她穿好衣服之后，他说。她给每件东西都除了味：感应背包，野外补给包，她的银玉臂环——只有阿金缀满补丁的大衣除外。德克用靴尖轻轻踢了踢它。

格温拿起大衣，掷过护栏，丢到飞快移动的一条上行滑道上。他们看着它向后退去，退到视野之外。"你不需要它，"等大衣不见了踪影，格温说，"或许它能领着那群人走上错误的方向。他们肯定会沿环道跟过来。"

德克犹疑不定。"也许吧。"他瞥了眼内侧的墙壁，楼层编号472从眼前掠过。"我想我们应该下去，"他突然说，"远离环道。"

格温注视着他，面露疑惑。

"你说过，"他说，"不管我们身后跟着谁，都会沿环道追来。如果他们已经开始往下走了，我的大衣就不太可能骗得了他们。他们会眼看着它飘过，然后哈哈大笑。"

她也笑了："同意。但这毕竟值得一试。"

"假设他们跟着我们往下走了……"

"那样我们就有优势，"她插嘴道，"他们没法把一群猎犬赶上滑道，也就代表他们在徒步前进。"

"那又如何？环道不安全，格温。你瞧，上面那个不可能是布雷坦，他还在地下呢。多半也不是切尔，对吧？"

"对。卡瓦娜人只和自己的特恩一同狩猎。他们不会分开。"

"这么说，下面有两个人在和动力系统玩游戏，还有至少两个人跟在我们身后。究竟有多少人在追踪我们呢？你知道吗？"

"不知道。"

"可能有好几个人，就算事实不是这样，我们也应该考虑最糟的状况，再做打算。如果城里还有其他布赖特，如果他们互相联系上了，那我们头顶的那些人就会叫其余人封锁环道。"

她眯起双眼："也许不会。狩猎队伍很少互相合作。每一对猎人都想亲手干掉猎物。见鬼，要是我有武器该多好！"

德克没理睬最后那句抱怨。"我们不该冒任何风险。"他说。正说话间，他们头顶明亮的灯光开始闪烁，光芒骤然消退，转为挥之不去的暗褐色影子，与此同时，他们脚下的滑道颠簸了几下，开始减缓速度。格温失足倒下。德克伸手抓住她，用双臂紧紧搂住。最慢的输送带首先停止，接着是旁边那条，最后是他们所在的那条快速下行滑道。

格温颤抖着抬起头，看着他，而德克把她抱得更紧，绝望地想从她温暖的身体里汲取能量。

在下方——德克发誓那个声音一定来自他们下方，来自滑道原本前进的方向——有个尖锐的声音在离他们不远的地方短暂地响起。

格温抽身退开。他们一言不发地在输送带之间移动，穿过阴影笼罩的空旷滑道，远离危险，再度踏上走廊。当两人离开朦胧灰影，步入蓝色光辉之时，他抬头瞥了眼编号：468层。脚步声再次被地毯吞没，他们开始奔跑，飞快地跑下第一条长廊，接着转弯、再转弯，有时向右，有时向左，随意选择着前进的方向。一直跑到上气不接下气，两人才停下脚步，倒在被一只暗蓝色球体照耀的地毯上。

"那是什么？"等喘过气来，他开口问。

格温仍因奋力奔跑而气喘吁吁。他们跑了很长一段路。她努力平顺气息，在蓝光的照耀下，沉默的泪水在她脸上留下了潮湿的足迹。"你以为那是什么？"最后她尖刻地说，"一个尖叫的伪人。"

德克张开嘴，尝到了咸味。他摸了摸自己脸颊湿润的地方，猜想自己哭了多久。"也就是说，还有更多的布赖特。"他说。

"就在下面，"她说，"而且他们找到了牺牲品。见鬼，见鬼，见鬼！是我们带他们来的，都怪我们。我们怎么会这么蠢？扬一直担心他们会在城里狩猎。"

"他们从昨天就开始了，"德克说，"狩猎那些黑酿海世界的果冻孩子。他们来这儿只是时间问题。别把所有的……"

她转脸望向他，满面怒容，泪水在她的双颊上留下道道印痕。"什么？"她脱口而出道，"你觉得我们没有责任？那是谁的责任？布雷坦·布赖特在跟踪你，德克。啊！我们为什么要来这儿？我们可以去第十二梦，去穆斯奎，去伊斯沃克，去那些空城。没人会因此而受伤。现在伊莫瑞尔人会——挑战城之声上次说还有多少住户？"

"不记得了。四百个吧。应该差不多。"他试图把手臂绕过她的腰间，把她拉到身边，可她挣脱他的手，朝他怒目而视。

"这是我们的错，"她说，"我们得做点什么。"

"我们能做的只有保命而已，"他告诉她，"他们也在追捕我们，记得吗？我们没办法操心别人。"

格温凝视着他，满脸难以置信的神情。多半是轻蔑吧，德克想。那神情令他吃了一惊。

"我不敢相信你会说这种话，"她说，"除了自己，你就不能替他人着想吗？该死，德克，就算身处险境，至少我们身上涂了除味剂。可伊莫瑞尔人什么都没有。没有武器，没人保护。他们是伪人，是猎物，仅此而已。我们必须做点什么！"

"做什么？去自杀？这是你所希望的吗？你不让我今早去面对布雷坦，去和他决斗，可现在——"

"没错！现在我们得做点什么。你在阿瓦隆时可不会这么说，"她的语调逐渐升高，几近尖叫，"你变了。扬不会……"

她停了口，突然意识到自己说了些什么，便把目光从他身上移开。接着，她开始啜泣。德克静静地站着。

"那就是了,"过了一会儿,他从容地说道,"扬不会考虑自己,对吧?扬会扮演英雄。"

格温重新凝望他:"你知道,他会的。"

他点点头:"他会。或许过去的我也会。或许你是对的。或许我变了。就这样吧。"他感到厌倦和挫败,而且满心羞愧。他的思维来回往复,周而复始。他们两人的说法都没错:他们确实把布赖特带到了挑战城,带到了数百位无辜受害者面前。格温说得对,这是他们的罪过;可他也是对的,他们现在什么都做不了,毫无用武之地。就算这是自私的想法,却也是无可争议的事实。

格温毫不掩饰地哭出了声。他再次朝她探出手去,而这次她允许他抱住她,抚慰她。可就在他抚摸她的黑色长发,并努力忍住自己的泪水时,他明白这没用,这什么都改变不了。布赖特们正在狩猎和杀戮——而他无力阻止。他几乎拯救不了他自己。他不是从前的德克,那个阿瓦隆的德克,不再是了。而在他臂弯的这个女人也不是珍妮。他们只是两头无助的猎物。

他突然想到了什么。"没错。"他大声说。

格温看着他,而德克摇摇晃晃地站起身,也拉着她一起。

"德克?"她说。

"我们可以做点什么。"他把她带向最近的公寓前,门很容易就被打开了。德克走到床前的显示墙边。房间的灯光已全部关闭,唯一的照明是投射在敞开大门内的矩形淡蓝光影。格温站在门框中,心神不定,像一幅阴冷的黑暗人物画。

德克打开屏幕,心怀期待(除此之外他什么也做不了)。屏幕在他手掌下亮起。他的呼吸顺畅了些,转身面向格温。

"你打算怎么做?"她问他。

"告诉我你住处的呼叫号码。"他说。

她懂了，缓缓地点头，跟他说了号码，而他一个接一个按下那些数字，开始等待。屏幕上闪烁的呼叫信号照亮了房间，随后信号逐渐消融，光点重新组合为扬·维卡瑞坚硬的下巴。

没人说话。格温走上前，站在德克身后，一只手放在他肩上。维卡瑞默然地注视着两人，很长一段时间里，德克担心他会关掉屏幕，留下他们面对自己的命运。

他没这么做。他对德克说："你是邦国弟兄。我信任你。"接着，他的目光转向格温："而我爱过你。"

"扬。"她语速飞快，语调低柔，如同耳语，让德克怀疑维卡瑞能否听到她的话。接着她停口不语，转过身，迅速走出房间。

维卡瑞没有中断连线。"我明白了，你们在挑战城。为何呼叫我们，提拉里恩？你要我和我的特恩做什么吗？"

"我冒着很大风险呼叫你。"德克说，"我必须告诉你，布赖特跟着我们也来到了挑战城。我不知他们是怎么办到的，我们没想过自己会被跟踪。可他们确实来了。布雷坦·布赖特·兰特莱破坏了城市的电脑，似乎还控制了全部动力——这儿有他们的狩猎队。他们就在走廊里。"

"我明白了。"维卡瑞说，某种神情——难以理解的古怪神情——掠过他的脸庞，"城里的住户？"

德克点点头："你会来吗？"

维卡瑞微微一笑，其中全无欢欣。"你在向我求助，德克·提拉里恩？"他摇摇头道，"不，我不该取笑你的，这不是你的要求，不是为你自己。我明白。是为了其他人，为了伊莫瑞尔人，是的，我和盖瑟会来。我们会带上信物，而我们先于那些猎人找到的人都会成为铁玉的科拉瑞尔。可这需要花时间，也许会用上很久。其间，许多人会死。昨天，在无星池中城，有个叫'母亲'的生物突然死去。那些果冻孩子——你知道黑酿海世界的果冻孩子吧，提拉里恩？"

"是的。我很清楚。"

"他们从母亲的身体里跑出来,想另找一个母亲,却找不到。几十年来,他们一直居住在庞大的宿主体内。这种生物被黑酿海世界中的其他人抓住,带到沃罗恩,最后被抛弃。你知道,果冻孩子和黑酿海世界中非信徒的其他人之间几乎没有什么好感可言。所以昨天上百个果冻孩子——或许更多——跌跌撞撞地冲了出来,在城市里乱跑,让整座城市充满了突如其来的生机。但他们对周遭的环境一无所知。大多数人都已年迈,在恐慌中,他们唤醒了死去的城市,让罗瑟夫·高阶布赖特轻而易举地发现了他们。我做了力所能及的事,保护了其中一些人,可因为时间关系,布赖特们得到了大部分猎物。现在挑战城的情形也会是一样,没等我和我的特恩伸出援手,那些在走廊里游荡和奔跑的人就会遭到追捕和杀戮。你明白吗?"

德克点点头。

"呼叫我还不够,"维卡瑞说,"你自己也必须采取行动。布雷坦·布赖特·兰特莱想抓的是你,只有你。他可能甚至会允许你决斗。其他人只想把你当成伪人来猎捕,但他们也会将你视为最有价值的猎物。公开你的位置吧,提拉里恩,他们会追上来的。对躲在你附近的伊莫瑞尔人来说,时间很重要。"

"我明白,"德克说,"你想要格温和我……"

维卡瑞明显吓了一跳:"不,不算格温。"

"那就是我一个人了。你想要我去吸引他们的注意力?不带任何武器?"

"你有一把武器,"维卡瑞说,"你偷走了它,令铁玉蒙羞。是否使用它是一项只有你才能做出的选择。说实话,我不相信你会做出正确的选择。我相信过你一次,现在我只是告知你情况而已。还有一件事,提拉里恩。不管你用它还是不用它,都不会给你我的关系带来任何改变。这次通话不会带来任何改变。你知道的，有些事我们非做不可。"

"你说过了。"德克回答。

"这是我第二次说这话。我希望你能记住。"维卡瑞皱起眉头，道，"现在我得走了。前往挑战城的航程很长，又长又冷。"

在德克想到如何作答前，屏幕就暗了下去。

格温就等在门外，斜倚着覆盖了毛毯的墙壁，脸庞深陷在双手中。见德克出门，她站直身体。"他们会来吗？"她问。

"是的。"

"抱歉，我……回避了。我没法面对他。"

"没关系。"

"有关系。"

"没关系。"他用刺耳的语气重复道。他的胃隐隐作痛。他一直在强迫自己想象远方的尖叫声。"没关系。你之前就表现出来了——你的感受。"

"是吗？"她笑道，"要是你了解我的感受，那你就比我自己知道得还多了，德克。"

"格温，我没有——不，听着，真的没关系。你说得对。我们得……扬说我们有一把武器。"

她皱起眉头："他这么说了？他以为我带上了催眠镖？还是别的？"

"不，我想不是这些。他只说我们拥有武器——我们从铁玉那里偷来，令铁玉蒙羞的武器。"

她闭上双眼。"什么？"她思考道，"当然。"她的双眼再度睁开。"飞车。它配备有激光加农炮。他指的肯定是这个。但它们没充过能，我甚至不觉得它们接通过能源。这是我最常使用的飞车，而盖瑟把……"

"我明白。不过,你觉得我们能搞定那些激光炮吗?让它们正常工作?"

"也许吧。我不知道。可扬指的还能是什么?"

"布赖特们也许已经找到那辆飞车了,"德克语气沉着,不紧不慢道,"我们得抓住这个机会。躲——我们不能躲,他们最终会找到我们的。也许布雷坦现在已经出发了,如果我跟拉特恩城的通信在下面那儿有显示的话。不,我们掉头往飞车那边去。如果他们知道我们原先是打算沿环道向下的话,不会料到这种变故的。"

"飞车在我们头顶五十二层的地方,"格温指出,"怎么过去?如果布雷坦像我们认为的那样操控着动力系统,他肯定会关闭电梯。他已经让滑道停下了。"

"他知道我们在用滑道,"德克说,"至少知道我们在滑道上。是追踪我们的那些人告诉他的,他们保持着联系,格温,肯定是这样。那些输送带停下的时机太巧了点。不过这倒让事情方便了不少。"

"方便?怎么说?"

"方便我们吸引他们的注意力,"他说,"方便让他们追踪我们,这样就可以拯救那些天杀的伊莫瑞尔人。这是扬想要我们做的,不也是你想要我们做的吗?"他语气尖锐。

格温的脸色有些发白。"噢,"她说,"是的。"

"你赢了。我们就去做吧。"

她面露沉思之色:"那电梯呢?要是它们还能用?"

"我们不能相信电梯,"德克说,"能用也不行。布雷坦也许会趁我们在里面的时候切断电源。"

"我不知道哪儿有楼梯,"她说,"就算有楼梯,没了挑战城之声,我们也绝对找不到它们。我们可以沿环道走上去,可……"

"至少有两个布赖特狩猎队在环道上游荡。也许更多。这不行。"

"那怎么办?"

"还剩下什么?"他皱紧眉头,说道,"中轴。"

德克倾身向前,越过锻铁栏杆,看看头顶,又看看脚下,只觉头晕眼花。中轴的两端似乎绵延到无限远处。其实它全长只有两千米,对此他很清楚,可和它相关的一切仍然给人以无限遥远的感觉。上升的暖流让轻如羽毛的飘浮物飘在空中,也使中轴里弥漫着灰白的雾气,而在周围排列成行、一层接一层的阳台全都毫无分别,给人以无尽循环的假象。

格温从感应背包里拿出某样东西,那是一台巴掌大小的银色金属仪器。她站在德克身边,靠着栏杆,把它轻轻掷进中轴里。两人眼看着它不断旋转,不断闪烁反光。它飘过了这个巨大圆柱体直径的一半,才开始坠落——缓慢、轻柔,被上浮气流托举着坠落,仿佛一粒在人造阳光中起舞的金属尘埃。他们仿佛在阳台上看了一整个世纪的时间,直到它消失在下方的灰色深渊中。

"好吧,"等它彻底不见踪影之后,格温说,"重力网还开着。"

"对。布雷坦不了解这座城市。不够了解。"德克再度抬头上望,说道,"我猜我们该出发了。谁先来?"

"你先吧。"她说。

德克打开阳台门,退向墙边。他不耐烦地拂开眼前的一束乱发,耸耸肩,冲向前去,等靴子碰到阳台边缘,他便用力一蹬。

这一跃让他离开了阳台,向上升去,不断上升。在那疯狂的一刻,德克像是在坠落,他的胃开始抽搐,可随即,他看见且感受到,这不是坠落,而是飞翔,翱翔于天际。他大笑几声,突然头晕眼花,连忙把手伸到身前,又奋力挥向身后,像游水似的越游越快,越游越高。一排排空旷的阳台在身边掠过：一层、两层、五层。他迟早会开始下落，会以缓慢的曲形轨迹降入灰暗笼罩的远方，可他不会落到深处。中轴另一边只有三十米远，一次轻轻的跳跃就能让他摆脱微弱的重力。

那曲折的墙壁逐渐接近，他从一根黑铁栏杆上借力跳起，荒谬地旋转身体，翻滚着上升，然后探出手，抓出正上方那个阳台的支柱。爬进阳台没费什么工夫。现在他彻底越过了中轴，而且一举上升十一层楼。他微笑着，带着莫名的得意坐了下来，为第二次跳跃积聚力气，一面看着格温跟来。她飞行的姿势像一只极其优雅的鸟儿，当她翱翔时，黑发在身后泛动微光。她比他跳得高了两层。

等到达第五百二十层，德克已因为碰撞铁栏杆而留下了半打淤伤，可他感觉很舒坦。他第六次头晕目眩地跃过中轴，把自己拖进目的地的阳台，回到正常重力下时，竟然有些不情愿。格温已经在那儿等他了，她的感应背包和野外补给包都绑在肩胛骨之间的背上。她伸出一只手，帮他翻过栏杆。

他们并肩步入环绕中轴的宽敞走道，笼罩在如今已颇为熟悉的蓝色光影中。

球体在两侧走道的交会处闪烁着微芒，而漫长笔直的通道自城市中心延伸而出，就像巨大车轮上的轮辐。他们随便选了一条，快步朝城市外围走去。这段路程长得超乎德克的想象，他走过无数个外观相仿的路口（四十之后他没再数下去），从许许多多一模一样、只有编号不同的黑色房门前经过。他和格温都没说话。当他穿行于这片朦胧的暗色中时，先前短暂体验的那种惬意，那种无翼翱翔的愉悦，突然消散了。取而代之的，是一丝恐惧。他的双耳中幻音种种，令他疑虑重重：那是远方的嚎叫和追捕者轻松的脚步声。他的眼睛把更远处的照明球体当成了某种陌生可怕之物，又觉得钴蓝角落黑暗笼罩处有形体伫立。可他们什么都没碰到，一次都没有。这只是思维的把戏。

可布赖特们确实在这里。在接近挑战城外围，交叉的走道和外部环道交会之处，他们发现了一辆挑战城之声用来运送客人的低压轮胎车。车里空无一人，车身倾覆，一半倒在蓝色地毯上，一半倒在塑料环道光洁冰冷的表面上。格温和德克来到车边，停下脚步，双目对视，彼此无言自明。德克想起低压轮胎车没有可供乘客使用的控制装置，它们是由挑战城之声直接驱使的。这辆车车侧着地，纹丝不动。他还注意到另外一件事，一只车后轮附近的蓝色地毯又湿又臭。

"走吧。"格温小声说，接着两人迈步穿过寂静的环道，一面祈祷来到这里的布赖特们已走到听不见响动的远处。起降台和飞车不远了，要是这样还到不了，那可真是残酷的讽刺。在德克听来，他们的脚步声在没有铺设地毯的林荫道表面以可怕的响度回荡，响到足够让整座塔城的人都听到，甚至远在地下几千米处的布雷坦·布赖特也能听到。当走上横跨静止的自动滑道的人行天桥时，他们开始飞奔。他不清楚是谁先开始跑的，是格温还是他。前一秒他们还在肩并肩地行走，试图以尽可能小的噪声换取尽可能快的速度；下一秒，他们突然开始奔跑。

在没有地毯的走道的另一头，转过两个弯，是一道似乎不情不愿地开启的宽敞大门。德克用他淤伤累累的肩膀撞上了它，两者都发出抗议的呻吟，可门还是让步了，于是他们再次站到了挑战城第五百二十层楼的起降台上。

夜晚冰冷漆黑。沃罗恩永无休止的狂风正对着伊莫瑞尔人的塔城哭诉，一颗明亮的星辰位于透出外域夜空的狭长矩形开口中，闪闪发光。起降台上同样伸手不见五指。

他们进门时，没有任何灯光亮起。

可飞车还在，它就像活物那样蜷缩在黑暗中，如同一只和它外表相似的黑猞女，而且周围没有布赖特看守。

他们走到车边。格温取下感应背包和野外补给包，把它们放进后车座，天梭也还放在那里。德克站在一旁，注视着她，身体瑟瑟发抖。鲁阿克的大衣没了，而今晚的空气格外寒冷。

格温碰了碰仪表板上的控制器，蝠鲼的引擎罩上裂开了一道黑色缝隙，金属面板旋转开启，卡瓦娜机械的五脏六腑展现在他们眼前。她走向车前，开启了一盏位于引擎板底部的灯。德克看到，另一块面板上扣有一排金属工具。

格温站在一汪黄色的灯光中，研究起这复杂的机械构造来。德克走到她身边。

最后她摇摇头。"不，"她用疲惫的语气说，"不行。"

"我们可以从重力格栅里取得动力，"德克提议道，"你有工具。"他指了指。

"我的知识不够多，"她说，"只有一点点。我本以为自己能……你知道的，可我不能。这不只是动力的问题，我甚至没找到车翼激光炮的接通线路。对我们来说，它们恐怕只有装饰作用。"她看着德克。"我想你应该不会……？"

"我不会。"他说。

她点点头："那我们就没有武器了。"

德克站起身，目光越过蝠鲼飞车，望向沃罗恩空旷的天际："我们可以飞出去。"

格温伸出双手，分别握住两块引擎板，把它们按下，合拢，黑猎女恢复了完整和凶恶的样子。她单调地说："不行。你说过的，布赖特们会在外面等。他们的飞车武装齐全。我们没有机会。没有的。"她绕过德克，坐进车里。

片刻之后，他也上了车。他在车座上扭转身体，面朝那颗冰冷夜空中的孤独星辰，感到异常疲倦。他清楚这疲倦不仅仅来自身体。自从来到挑战城，他的情感就像沙滩上的海浪那样冲刷着他的身体，一波又一波、接连不断地涌向他，可突然间，似乎整个海洋都消失不见了。海浪也没剩下一星半点。

"我想你先前在走廊里说的那些话是对的。"他用反省的语气说，眼睛没有对上格温的视线。

"对什么？"她说。

"关于我变得自私的那些话。有关……你知道……关于我当不了大英雄的那些话。"

"大英雄？"

"就像扬那样的英雄。我做不了。可在阿瓦隆的时候，我喜欢做这种梦。我坚持某些原则。现在我都记不起是什么了。除了你，珍妮。我还记得你。这就是为什么……噢，你明白，过去七年间，我做过很多事，不是什么可怕的事，但仍旧是我在阿瓦隆时不可能去做的。愤世嫉俗的事，自私的事。可直到目前为止，我都没害死过任何人。"

"别自嘲了，德克，"她的语气也满是倦意，"挺无聊的。"

"我想做点什么，"德克说，"我必须做点什么。我不能只是……你知道的，你说得对。"

"我们除了逃跑和死掉，什么都做不了，而且这根本没用。我们没有武器。"

德克苦涩地笑了："所以我们就等着扬和盖瑟来拯救我们，然后……我们的重聚真是短得可怜，对不对？"

她没有回答，而是倾身向前，将脑袋枕在放在仪表面板的前臂上。德克瞥了她一眼，随即将目光转回城外。单薄的衣物仍然令他寒冷，可不知为何，这似乎不再重要了。

他们静静地坐在蝠鲼飞车里。

最后德克转过身，一只手放在格温的肩膀上。"武器，"他用莫名愉悦的语气说，"扬说过我们有武器。"

"我们有飞车的激光炮，"格温说，"可——"

"不，"德克说着，突然露齿而笑，"不，不，不！"

"他说的还能是什么？"

德克伸出手，开启了飞车的浮游引擎，灰色的钢铁猎女陡然萌发生机，微微地飘离地面。"飞车，"他说，"这辆飞车本身。"

"外面的布赖特有飞车，"她说，"武装的飞车。"

"是啊，"德克说，"可扬指的不是外面的布赖特，而是城里的狩猎队，是那些在环道上游荡、大肆杀戮的家伙！"

格温恍然大悟，咧嘴笑了。"没错。"她恶狠狠地说，接着伸手按向仪表盘，金属蝠鳐车咆哮连连，明亮的白色光柱自引擎盖下四散而出，立即驱散了黑暗。

当飞车飘浮到离地半米高时，德克从车翼处跃下，走向遍体鳞伤的大门，用他同样伤痕累累的肩膀撞松了另一块门板，使飞车能够通行。然后，格温把飞车开了过来，而他也爬回车里。

过了一会儿，他们已进入环道，飘浮在林荫道上。车头灯的明亮光束扫过早已废弃的商铺和寂静的滑道，沿着这条环绕高耸入云的挑战塔城、最终抵达地面的道路前进。

"要知道，"两人出发后，格温说，"我们走的是上行滑道。要往下，应该待在道路另一边才对。"她指了指。

"毫无疑问，这是后伊莫瑞尔规章所严禁的事，"德克笑了，"可我想现在挑战城之声不会介意的。"

格温回以一个鬼脸，她又碰了碰仪表盘，让他们身下的蝠鳐车向前方疾驰而去。很长一段时间里，他们各怀心思，任飞车在灰色阴霾中穿行，速度越来越快。格温脸色苍白，双唇紧闭，驾驶着飞车，德克坐在她身边，一道道走廊飞快闪过，他懒懒地注视起那些楼层编号来。

早在看见布赖特们之前，他们就听到了声音——又是那种嚎叫，那种在德克听来不似任何犬科生物的尖声狂吠，那种声音沿环道不断回荡，更显疯狂。德克刚听见犬吠，就伸出手去，关闭了飞车的灯光。

格温看着他，满脸疑惑。

"我们没弄出什么动静，"他说，"他们别想从这阵嚎叫和自己的叫声里听出我们的声音。可他们会发现身后照来的灯光。对吧？"

"对。"她没再多说什么，只是专心驾驶飞车。德克借着车内仅剩的灰白灯光注视着她。她的双眼又变成了玉石，坚定而明亮，一如盖瑟·加纳塞克偶尔流露出的盛怒神情。她终于拿到了武器，而卡瓦娜猎人就在前方。

在第四百九十七层附近，他们通过了一片撒满碎布的区域，残屑随着他们的到来而漫天飞扬。其中一块碎布——比其他碎屑都大——没被吹离多远，依旧躺在林荫道中央。那是一件打满补丁的棕色大衣，已然被撕成碎片。

前方，嚎叫声愈加响亮。

笑意短暂地掠过格温的嘴角。德克看到这个笑容，忆起了在阿瓦隆时那个温柔的珍妮。

接着他们看到了身影，那是阴暗环道上矮小的黑影，当蝠鲼车朝着影子直冲而去时，黑影迅速膨胀成了人和狗。五条巨犬正沿林荫道大步奔跑，紧随在比它们更大的第六条狗身后。这六条狗被两根粗重的黑色链条拴在一起。链条一端有两个男人，他们跌跌撞撞地跟在狗群后，任凭那庞大的领头犬引路。

身影接近了！好快！

猎犬们首先听到了飞车声。领头犬挣扎欲逃，将一根链条从猎人手里抽出。三条摆脱了束缚的猎犬转过来，咆哮连连，而第四条在环道上转向，朝飞快下降的飞车跃去。两名猎人大惑不解。其中一个在领头犬掉转方向时被铁链缠住了脚。另一个人两手空空，此时伸手去拿腰间的某件东西。

格温打开灯。在这几近漆黑的环境里,蝠鲼车的"目光"足以炫花对方的双眼。

飞车猛地撞上了他们。

接下来的景象深深刻入了德克的脑海里。驻留不去的嚎叫声骤然转为痛苦的尖叫,冲击力令蝠鲼车颤抖起来。凶狠的红眼在极近处闪烁,一张老鼠的脸和滴落涎水的黄牙,接着又一次撞击,一次颤抖,一次尖叫。令人厌恶的血肉碎裂声接踵而来,一次,两次,三次。一声惊呼,一声极似人类的惊呼,接着车头灯照出了一个男人的轮廓。他们相撞前的时间,仿佛漫长得足有一个钟头。他是个大块头——德克没见过他——穿着厚厚的长裤和似乎随着他们的接近而即时变化色彩的变色面料夹克。他双手高举,挡在眼前,一只手握着一把无用的决斗用激光枪,德克能看到他袖管下的金属光泽,白发垂落在他肩头。

接着,在漫长如永恒的静止瞬间之后,他突然不见了。蝠鲼车又颤抖了一下。德克的身体也随之颤抖。

前方是空旷的灰影,漫长曲折的林荫道。

身后——德克转身回望——有条猎犬仍在追逐着他们,两条铁链在飞奔的猎犬身后发出"噔、噔"的噪声。可就在他张望时,声音也越来越小。远处,黑色的躯体散落在冰冷的塑料路面上。他刚开始计算躯体的数量,它们就消失不见了。一束不知来自何处的光芒从他们头顶飞掠而过。

很快,又只剩他和格温两人,除了飞车运作的嗡嗡声之外,再无响动。她的神情格外平静,双手没有一丝颤抖。他可不是。"我想我们杀了他。"他说。

"是啊,"她回答道,"我们杀了他。还杀了几条猎犬。"她沉默半响,接着又说:"我还记得,他叫特莱安·布赖特什么的。"

两人都没说话。格温再次关闭了车灯。

"你在做什么？"德克说。

"前面还有呢，"她说，"别忘了我们听到的尖叫。"

"是啊，"他沉思道，"可我们的车还受得了那样的冲击吗？"

她浅浅一笑。"啊，"她说，"卡瓦娜决斗法典规定了几种空战方式。常有人选择飞车作为决斗武器。它们很结实，是以尽可能承受激光攻击为标准建造的。它们的装甲——还要我继续说吗？"

"不用了。"他顿了顿。

"格温。"

"怎么？"

"别再杀人了。"

她瞥了他一眼。"他们在狩猎伊莫瑞尔人，"她说，"还有不幸留在挑战城里的随便什么人。他们也会很开心地猎捕我们。"

"可是，"他说，"我们引开他们，替其他人争取些时间就好。扬很快就到。没有杀人的必要。"

她叹了口气，双手动了几下，减缓了车速。"德克。"她刚开始说，紧接着有些东西映入眼帘，让她匆忙拉下刹车。飞车悬浮在空中，向前缓缓滑行。"看啊，"她说，"看那儿。"她指了指。

灯光异常昏暗，以致无法看得分明，最后他们接近了些，才发现——那是某种生物的尸体，或者说尸体残留的部分。它静静地躺在环道中央的血泊之中。肉块散落在周围。塑料路面上有干了的黑色血迹。

"这肯定是我们先前听到的受害者。"格温用不经意的语气解释道，"要知道，猎人不会吃掉他们的猎物。虽然他们宣称伪人不是人类，只是某种半智慧动物，而且对此深信不疑，可是对他们来说，食人行径也无法容忍，所以他们是不敢这么干的。就算在古老的年代，在黑暗纪元的卡瓦娜，邦国猎人也从不食用被他们捕获的伪人的血肉。他们会把尸体留下，留给诸神，留给食腐蛾，留给砂甲虫——当然了，是在嘉奖猎犬，让它们品尝之后。不过猎人们会取走战利品——脑袋。看到那边的躯干了没？"

德克几欲作呕。

"还有皮肤，"格温继续道，"他们会带剥皮刀。或者说过去会带。别忘了，几个世代以前，卡瓦娜高原星就禁止了伪人狩猎，连布赖特的高阶议会也立法反对这种行为。猎人们只能暗中杀戮。他们必须藏起战利品，不让猎人以外的人看见。哦，这么说吧，扬认为布赖特们想留在沃罗恩，留得越久越好。他跟我提起，说这些人打算放弃布赖特的身份，从母星的邦国带来他们的贝瑟恩，在这儿组建新邦国，恢复所有古老的传统、所有已死和濒死的陋习。这能持续一段时间，一年、两年、十年，或者直到托贝层云护盾无法维持温暖为止。他们会叫自己洛瑞玛尔·高阶拉特恩什么的，从此不再有约束。"

"简直太疯狂了！"

"也许吧。可他们是不会善罢甘休的。要是扬托尼和盖瑟明天就离开，一切就都完了。铁玉的存在对这些人来说是种威慑。他们担心若是和其他布赖特守旧派一起大规模迁移到这里，那铁玉中的激进派就会有样学样。这么一来，就没了狩猎的对象，他们和后代就得面对濒死星球上短暂艰难的一生，甚至连他们渴望的消遣——崇高狩猎的愉悦都得不到。这可不行。"她耸耸肩，道，"尽管如此，拉特恩城还是有着战利品陈列室。洛瑞玛尔常夸耀自己有五颗伪人头颅，据说他还收藏了两件伪人皮夹克——当然，他从不敢穿出门。扬会杀了他的。"

她重新启动引擎，驶向前方，飞车也再次开始加速。

"好了，"她说，"在你了解他们的本性之后，你还想要我转向避开吗？"

他没有回答。

片刻后，那种噪声——那种拖得长长的嚎叫和叫嚣——再次于下方响起,在那条空旷的环道上不断回荡。他们经过另一辆倾覆的汽车,它柔软的低压轮胎破裂干瘪,格温不得不转弯绕行。又过了几秒钟,一大块毫无生气的黑色金属挡住了去路。那是个庞大的机械人,紧绷的四臂高举过头,摆出怪异的姿势,却一动不动。它躯干的上半部分是个镶有玻璃双眼的黑色圆柱体,下半部分是个飞车大小的底座,装备着轮胎。

"守卫机械人。"当两人从这具无声的机械死尸边绕过时,格温说。德克发现它的四只机械掌被全数扯下,身上也满是激光枪打出的窟窿。

"它是不是跟他们搏斗过?"他问。

"也许吧,"她回答道,"这意味着挑战城之声还活着,还控制着些许机能。也许这就是我们没再听到布雷坦·布赖特说话的原因。没准他们在下边惹出了麻烦呢。挑战城之声会自发聚集守卫机械人来保护城市的维生机能。"她耸耸肩。"可这没用。伊莫瑞尔人无法容忍暴力。守卫机械人只是种约束手段。它们只会射出催眠镖,或许底座这些铁格还能散发催泪瓦斯。但最终的赢家会是布赖特。肯定。"

在两人身后,机械守卫消失无踪,环道重新变得空空荡荡。前方的噪声愈加响亮。

这次当格温发起突然袭击、开启车灯的时候,德克一言不发,尖叫声和撞击声接踵而至。她撞倒了两个布赖特猎人,尽管稍后她说自己不太确定第二个人有没有死去。那个人被车身侧面撞中,身体朝一边飞旋,砸在他的一条猎犬身上。

德克也实在说不出话来。因为当那个人摇摇晃晃,身体翻滚着从右侧车翼落下时,松开了手里握着的一样东西,而它穿过空气,撞上了某座商铺的窗户,在玻璃上留下淋漓鲜血,最后滑落在地板上。德克发现,此人之前握住的,是他的头发。

螺旋路面沿挑战塔城不断回旋，缓慢而稳定地下降。从第三百八十八层——他们遇到第二支布赖特狩猎队的位置——降到第一层，花去的时间超出德克预料。这是一段在灰暗寂静中的长途飞行。

他们没再遇到其他人，没有卡瓦娜人，也没有伊莫瑞尔人。

在第一百二十层的位置，一名守卫机械人挡在路上，它每一只暗淡无光的眼睛都转向他们，用挑战城之声的声音——这声音依旧平和友好——命令他们停下。可格温并未减速。当她接近时，守卫机械人让到了一旁，没有射出飞镖，也没有喷射瓦斯。它的命令声在环道中回响，朝两人追逐而来。

在第五十七层的位置，他们头顶昏暗的灯光闪动了几下，继而熄灭，有一瞬间，他们在全然的黑暗中飞行。接着格温开启了车头灯，稍稍减缓车速。两人都没说话，可德克想起了布雷坦·布赖特，不由得担心照明灯到底是出了故障，还是被人为关闭了。大概是后者，他猜想，楼上的幸存者终于和下方的邦国弟兄通了话。

环道在第一层的林荫商业步行环街处到达终点。他们能看到的东西不多，车灯光束扫过之处，有形体从周遭的树海中骤然跃出。林荫道中央似乎有着某种树木。德克瞥见它庞大粗糙的树干，是道名副其实的木头墙。他们听到头顶树叶的瑟瑟响声。道路沿巨树回旋，再重新交会。格温便沿着这巨大的圆环向前驶去。

在巨树的另一边，一道宽阔的门廊在夜色中浮现。风吹拂在德克的脸上，这是树叶沙沙作响的原因。当他们在圆环上行驶，朝门廊前进时，德克极目远眺。门廊彼端，一条细长的白色道路朝城外延伸而去。

有辆飞车正在道路上低飞，朝着城市前进，朝着他们前进。德克只瞥了它一眼。它是黑色的——尽管在星光微弱的外域夜空下，一切都是黑色的——泛动着金属光泽，像是某种他不认识的卡瓦娜畸形野兽。

不是铁玉的飞车，这点他可以确定。

9

"我们成功了,"格温干巴巴地说,"现在他们会来追我们了。"

"他们发现我们了?"

"肯定发现了。我们开着车灯。他们不可能漏过的。"

浓稠的黑暗从他们两侧掠过,树叶仍在头顶沙沙作响。"要跑吗?"德克问。

"他们车上有能用的激光炮,而我们车上没有。如果回去环道,布赖特的飞车会追上来,而在楼上某个地方,还有猎人等着我们。我们只干掉了两个,也许三个。他们有更多人。我们走投无路了。"

德克陷入了沉思。"我们可以绕圆环再开一圈,趁他们进来时从门口冲出去。"

"这是个很容易想到的方法,但有点太明显了。要我说,外面可能还有另一辆飞车在等着我们呢。我有个更好的主意。"说话间,她减缓了蝠鳑飞车的速度,拉下刹车。明亮车灯的照耀下,道路在两人面前分岔。在左方,圆环回转,自行交会;右边则是外侧环道,是这条长达两千米的上行道路的起点。

格温关闭了车灯,黑暗吞没了两人。德克张口欲言,而她发出刺耳的嘘声,示意他噤声。

整个世界黑暗至极。眼睛成了摆设。格温、飞车、挑战城——一切都消失不见。他听到树叶互相摩挲,更觉得自己听到另一辆飞车——布赖特的飞车——朝他们径直驶来,可这无疑只是他的想象,因为若是如此,他肯定会先看到车灯。

轻微的摇摆传来,让他觉得自己仿佛身处小艇之中。某个坚硬的东西碰到了德克的手臂,他吃了一惊,接着又有些东西刮过他的脸庞。

是树叶。

他们正在上升,一头扎进这棵伊莫瑞尔巨树低垂的浓密树叶里。

一根弹回的枝条重重抽打在他的脸颊上,鲜血渗出。树叶挤压着他全身。到最后,蝠鲼车的双翼重重地撞上一根粗大的树枝,发出轻微的"砰砰"声。没法再上升了。他们悬浮在空中,无法视物,被包裹在黑暗和看不见的树叶当中。

转瞬间,一道模糊的光芒闪过他们下方,转向右侧,沿环道离去。它才消失没多久,另一道光芒也出现在视野中——来自左方——它在岔道处急速转弯,跟在第一道光的后面。德克很庆幸格温没采纳他的提议。

他们悬停在叶片之间,等了又等,可再没有其他飞车出现。最后格温降回了路面。"这不是一劳永逸的法子,"她说,"等他们收拢圈套,却发现我们不在里面的时候,他们就会怀疑了。"

德克正用衬衣下摆轻擦脸上的伤口。等手指最后告诉他,那道细小的血痕已经干透的时候,他便转向了格温声音传来的方向。他还是什么都看不见。"他们在全力猎捕我们,"他说,"太好了。在拼命思考我们去向的这段时间里,他们是不会去杀伊莫瑞尔人的。而且扬和盖瑟应该很快就到。我想,我们现在应该躲起来。"

"躲，或者跑。"格温的回答从黑暗中传来。她依然没有开启车灯。

"我有个主意，"他又摸了摸脸颊，满意地把衬衣下摆塞了回去，说道，"你在圆环上绕圈的时候，我看到了一样东西。一道斜坡，还有块标牌。我只借着车头灯瞥见了一眼，可它提醒了我。沃罗恩有一套地铁线路，对吧？城际地铁？"

"的确，"格温说，"可它已经停运了。"

"是吗？我知道地铁不开了，可地铁隧道呢？他们把它也堵上了？"

"我不知道。我想不大可能。"突然间，飞车的前灯再度苏醒，而德克在突如其来的光亮中眨起了眼睛。"告诉我标牌在哪儿。"格温说，接着他们再度驶上围绕中央巨树的宽阔圆环。

正如德克的猜测，它是个地铁入口。一道缓坡向下延伸，直至黑暗之中。格温将飞车悬停在离入口几米远处，将前灯对准标牌。"我们必须遗弃飞车，"她最后开口道，"遗弃我们唯一的武器。"

"是啊。"德克承认。入口太过狭窄，灰色的金属蝠鲼车无法通行——显然地铁的建造者没想到有人会飞进他们的隧道里。"这样或许是最好的。我们不能离开挑战城，而在城里，飞车也让我们的行动非常不便。没错吧？"见格温没有立刻回答，他疲倦地擦了擦额头，道，"我觉得没错，也许我考虑得不够清楚。我累了，而如果停止思考，我会被这事给吓坏的。我身上满是淤青和伤口，很想睡一觉。"

"好吧，"格温说，"地铁也许值得一试。我们可以逃到离挑战城几千米的地方休息。布赖特们应该不会到隧道里猎捕我们。"

"那就这么定了。"德克说。

他们的行动有条不紊。格温把飞车停在地下坡道附近，从后座取出感应背包和野外补给包。他们也带上了天梭，换上了飞行靴，丢掉了他们原本的鞋子。在飞车引擎盖底侧安放的工具之中，有个小型照明棒，这是一根金属和塑料材质的细棍，长如男子的前臂，散发出淡淡的白光。

准备就绪之后，格温重新喷洒了一遍除味剂，又让德克在地铁入口等待，而她驾驶飞车绕过半个圆环，将它停在最宽的底层走廊之一的路面中央。就让布赖特们以为他们跑回挑战城的迷宫走廊里去了吧，这可够难找的了。

德克在黑暗中等待着，格温用照明棒照着脚下，绕过巨树走了很长一段路回来。接着，两人沿着斜坡，一同走向废弃的地铁站。这段路程比德克想象的要长。他们至少到了地下两层的深度，他猜想着。二人平静地前行，毫无特色的淡蓝墙壁反射着照明棒苍白的光。德克又想到了身处约莫五十层下方的布雷坦·布赖特，短暂而疯狂地希望地下隧道的动力仍接通着，毕竟这儿已是伊莫瑞尔塔城之外，也不在布雷坦的掌握之中。

可是，显然早在布雷坦和其他布赖特来到沃罗恩星之前，地铁线路就被切断了动力。他们在下面什么也没有发现，空旷的隧道内回声阵阵，只有一座地铁月台和数个巨大的虫蛀石块，绵延至无限远处。在黑暗中，无限仿佛是稀松平常的事。月台很安静，而这安静中似乎充满死气，远比挑战城的走廊更为死寂，感觉就像在墓穴中穿行。到处都是灰尘，德克想到，挑战城之声不允许挑战城里有一星半点的灰尘。可地铁不属于挑战城，也根本不是伊莫瑞尔人建造的。他们行进着，脚步声响得可怕。

进入隧道前，格温仔细研究了设施结构图。"前方有两条线路，"因为某些原因，她压低了声音说道，"一条是环线，连接所有的节庆都市。之前，地铁大概是沿着这条环线双向行驶的。另一条是往返挑战城和太空港的班车线路。每座城市都有自己的太空港班车。我们走哪一条？"

德克筋疲力尽，满心烦躁。"我才不管呢，"他说，"这能有什么区别？我们没法走到下一座城市。就算用天梭飞过去，距离也实在太远了。"

格温沉思着点点头，仍旧看着那张地图。"这个方向去伊斯沃克城的距离是两百三十千米，如果我们走另一条路，需要三百八十千米的路程才能到克莱尼·拉米娅城。到太空港则更远。我想你说得对。"她耸耸肩，转过身，随便选了个方向。"那边走。"她说。

他们既想要速度也想要脚程。于是他们坐在月台边缘，把靴子扣在天梭的金属箔平台上，朝格温所指的方向缓慢前进。她飞在前面，离地仅有四分之一米高，左手顺着隧道墙壁轻轻拂过，右手拿着照明棒。德克站在她身后，飞得略高一些，以使目光越过她的肩膀看到前方。他们选择的隧道呈现一条和缓的弧线，持续地朝左方略微偏斜。没什么可看的，也没什么值得留意的。德克几乎感觉不到自己在动，只因这场飞行是如此平静，如此平凡无奇。

他和格温仿佛飘浮在某个没有时间概念的监狱，两侧的墙壁有规律地徐徐退去。

终于，在离挑战城三千米左右的地方，他们降向隧道底部，停了下来。两人一时都想不到可说的话。格温把照明棒斜靠在做工粗糙的石墙上，两人在尘灰中坐下，脱去靴子。她一言不发地取下野外补给包，把它当枕头。她的脑袋才挨着背包没多久，便自行坠入梦乡。

留下他孤单一人。

疲倦感并未消散，可德克发现自己难以入睡。他只是坐在那苍白光圈的边缘——格温没关照明棒——看着她，看着她呼吸的样子，看着在睡梦中不安移动的她脸颊和发梢上起舞的阴影。他逐渐意识到，她躺的地方离他有多远，而他更想到，自从离开挑战城以来，他们一路上没有任何接触，也没有任何交谈。尽管他的脑海被恐惧和疲惫笼罩，难以思考，可他感觉得到这些，这些就像胸口的重担，而在这世界底部漫长的积尘空穴之中，周遭的黑暗也趁机朝他狠狠压来。

最后他切断了照明棒的电源，也切断了注视珍妮的视线。他试图入睡，睡梦如期而至，梦魇也如影随形。他梦见自己在格温身边，亲吻她，紧紧拥抱她。可当他吻上她的双唇时，却发现那根本不是格温——他吻的是布雷坦·布赖特，那嘴唇干燥坚硬，闪光的耀石眼睛在黑暗中燃烧，近得吓人。

然后他开始奔跑，沿着某条没有尽头的隧道，漫无目地奔跑。可他能听到背后传来奔涌的水声，当他转首回望时，瞥见了一个撑着空空驳船的孤单船夫。那船夫顺着漆黑如沥青的河水漂流而下，而德克却是在干燥的石头上奔跑。不知怎么，梦中这些细节似乎并不重要。他跑啊跑，可驳船总在逐渐靠近，最后他清楚地看到，那条驳船上的船夫没有脸。根本没有脸。

此后是一片寂静，而在这漫长夜晚余下的时间里，德克没有再做梦。

一束光在不应有光之处闪耀。

那束光照到了他的身上，甚至穿过了他紧闭的眼皮，闯入他的梦境：那是一束不停晃动的黄色光芒，近在眼前，继而稍稍向后退去。在它首次打扰了德克得来不易的睡梦时，他才模模糊糊地察觉，随即咕哝着翻过身去。附近有低语声传来，有人发出尖锐的大笑声。德克没去理睬。

接着他们踢了他，重重地踢在他的脸上。

他的头猛地偏向一旁，梦境消融，化为模糊的痛楚。迷茫而疼痛，不知身在何方的他挣扎着站起，太阳穴抽痛不已，一切都明亮得过分。他把一条手臂横在眼前，以遮蔽光线，同时阻挡下一次踢打。又一阵大笑传来。

世界在他眼前缓缓成形。

不用说，是布赖特们。

其中一个瘦削的、有着一头黑色卷发的男人站在隧道另一侧，一只手抓着格温，另一只手握着把激光手枪。还有一把激光步枪被他挎在肩上。格温双手被捆在身后，低垂双目，默然伫立。

站在德克身前的那个布赖特没有拔出激光枪，但他的左手握着一根高能照明棒，黄色的光照亮了整个隧道。照明棒炫目的光芒让德克难以辨清他的面容。他有卡瓦娜人的标准身高，块头也不小，脑袋光秃秃的，像个鸡蛋。

"我们终于引起你的注意了。"拿照明棒的人说。另一个家伙大笑起来，正是德克先前听过的笑声。

德克有些艰难地站起身，退后一步，远离这些卡瓦娜人。他倚着隧道墙壁，试图站稳身体，可他的脑袋正在尖叫，一切都旋转不休。那明亮灼热的照明棒啃噬着他的双眼，带来痛楚。

"你伤着猎物了，派尔。"隧道另一边，那个拿激光枪的布赖特如此评论。

"我只希望别伤得太厉害。"大块头说。

"你们打算杀了我？"德克问。考虑到他们的身份，这句话说得相当随便。挨过那一脚之后，他终于开始缓过神来。

他说话时，格温抬起目光。"他们最后会杀掉你的，"她用不抱希望的语气说，"不会那么快就结束的。抱歉，德克。"

"闭嘴，贝瑟恩婊子。"那个叫派尔的大块头叫道。德克模糊地想到，自己听过这个称呼。那个人说话时不经意地看了格温一眼，接着把目光转回德克身上。

"她这话什么意思?"德克紧张地发问。他把身体紧贴着石头,试图以不显眼的方式绷紧肌肉。派尔离他的距离还不到一米。这个布赖特看起来自大而又缺乏戒心,可德克想知道,这份印象有多少是正确的?这个人左手高举火把,右手握着别的什么东西——那是根约有一米长的短棍,以某种黑色木料制成,一端是个硬木制的圆球,另一端是一截短刃。他轻巧地握着它,手掌环绕棍身,有节奏地用它拍打大腿。

"你让我们追得很尽兴,伪人,"派尔说,"这话没有轻视或是嘲笑的意思。在古老的高阶狩猎上,很少有人让我如此费劲。我是最强的,连洛瑞玛尔·高阶布赖特·阿凯洛的战利品也只有我的一半。所以当我说这次狩猎非同一般的时候,你该明白我说的是真话。我很高兴它还没结束。"

"什么?"德克说,"还没结束?"这个人靠得那么近——他很想知道,自己能否把派尔挡在他和拿着激光枪的人中间,也许还能从派尔手里夺下那根刃棍,甚至拿到他装在枪套里的便携武器。

"干掉睡着的伪人没什么乐趣,更没有荣耀可言。你可以再跑一次,德克·提拉里恩。"

"他会把你标记为他个人的科拉瑞尔。"格温愤怒地说。她以毫不掩饰的轻蔑看着这两个布赖特。"之后,除了他和他的特恩之外,没有人可以狩猎你。"

派尔再次转向她:"我说过闭嘴!"

她冲他大笑。"精明的派尔,"她继续道,"到时候,这场狩猎会以完全传统的方式进行。你会被丢在森林里,也许先被脱光。这两个人会放弃激光枪和飞车,徒步追捕你,身边带着匕首、投剑和猎犬——当然,这是在把我移交给我的主人们之后。"

派尔双眉紧皱。另一个布赖特抬起手枪,往格温嘴上狠狠地砸了一下。

德克身体紧绷，犹豫了太过漫长的一瞬间，然后跳了过去。

但就算一米也太远了些。派尔再次转过头来，面露微笑。那根短棍以骇人的速度抬起，木球正中德克的肚子。他步履蹒跚，身体弯折，却不知为何还想继续前进。于是派尔优雅地退后几步，木棍转回，狠狠地砸进德克的腹股沟。整个世界消失在一片红色的阴霾中。

德克模糊地意识到，他倒下时，派尔就站在他身边。接着布赖特给了他第三下，几乎是漫不经心地击中了他的头部一侧，接着一切归于虚无。

他很痛。这是最初的念头，也是所有的念头。他很痛。他的脑袋在以某种古怪的节奏旋转、抽动和颤抖，他的胃也在隐隐作痛，而胃以下的部分只有麻木感。痛苦和晕眩充斥着德克的世界。在很长一段时间里，这便是一切。

然而，一股模糊不清的意识逐渐归来。他开始注意到一些事。首先仍是痛苦——它一浪接一浪地袭来。痛苦犹如浪头卷起，落下，起落不停。他最后才意识到，自己确实在起起落落，颠簸跃动。他躺在某样东西上，被拖拽、搬运着。他挪动双手，或者说试图挪动。这很困难。痛苦似乎抹消了一切正常的知觉。他嘴里满是鲜血，双耳嗡鸣灼痛。

没错，是有人在搬运他。人声响起。有人在嗡嗡低语。话的内容听不真切。前方某处，有道光芒在舞动、摇摆。此外的一切都是灰色的迷雾。

嗡鸣声逐渐减小。最后，话语声传来。

"……不会高兴的。"一个他从没听过的声音说。当然听没听过很难说。一切都遥远得可怕，而他的身体在轻微跃动，痛苦也随之此消彼长,来回往复。

"对。"另一个声音说。那声音响亮、清晰而坚定。

更多的嗡鸣声——几个声音同时响起。德克一句也没听明白。

有个人示意其他人噤声。"够了。"他说。这个声音比前两个更遥远,来自前方某处,来自那摇曳光芒的所在。是派尔?是他。"罗瑟夫,我不怕布雷坦·布赖特·兰特莱。你忘了我是谁。布雷坦·布赖特还在吃奶的时候,我已经在野外取下三颗头颅了。根据传统,这个伪人是我的。"

"的确,"第一个不知身份的声音回答道,"如果你在隧道里干掉他,那就没人能否认你的权利。可惜你没有。"

"我想要一次纯粹的狩猎,最古老的那种。"有人用古卡瓦娜语说了些什么。接着是一阵大笑。

"我们年轻时一同狩猎过许多次,派尔,"那个陌生的声音说,"要不是你只对女人有感觉,我们两个也许能成为特恩拍档。我不想搬弄是非,但布雷坦·布赖特·兰特莱确实想要这个人。"

"他不是人,他是伪人。你自己就是这样认定他的,罗瑟夫。布雷坦·布赖特的愿望与我无关。"

"我的确认定他是伪人,他也确实是伪人。但对你对我来说,他只是诸多伪人之一。我们可以去狩猎果冻孩子、伊莫瑞尔人和其他伪人。你不需要他,派尔。可布雷坦·布赖特的感受不同。他去了死斗场,却因为挑战的那个人根本不是人,从而沦为笑柄。"

"的确如此,可这不是事情的全部。提拉里恩是特别的猎物。我们的两位克西死在他手里,考拉特也因为脊椎断裂而濒临死亡。从没有哪个伪人做过这种事。我会干掉他,这是我的权利。是我仅凭自己的力量找到他的。"

"是啊,"第二个声音,那个洪亮而清晰的声音道,"说得太对了，派尔。不过，你是怎么找到他的？"

派尔很高兴能有夸耀的机会。"我没有被飞车误导，不像你，还有你，甚至洛瑞玛尔也被愚弄了。这个伪人，还有他身边的贝瑟恩婊子实在太狡猾。他们才不会让飞车暴露他们离开的方向呢。当你们全都带着猎犬四散在走廊里搜索的时候，我和我的特恩举着照明棒搜索这条林荫道，寻找足迹。我很清楚猎犬没有用。不需要它们。我追踪的技巧比任何猎犬或是猎犬的主人更强。我曾越过雷姆兰山丘的光滑岩石，穿行于被炸毁的死城，甚至在塔尔、铜拳以及耀石山脉等废弃邦国中追踪过伪人的足迹。追踪他们二人轻松至极。每条走廊我们都搜寻了一段距离，就这样一条接一条，很快就找到了踪迹。在一条地铁坡道的外部，有脚底摩擦的痕迹，这是真正的灰尘中的路标。当然，当他们开始使用飞行玩具时，足迹消失了，可那时我们只需要考虑两个方向了。我担心他们会一路飞到伊斯沃克城或者克莱尼·拉米娅城，但他们没有。我们花了大半个白天的时间赶路，最终逮住了他们。"

德克的精神几乎警觉了起来，可身体仍被包裹在痛苦的薄纱中，他怀疑自己如果想有所动作，身体也不会给他有效的回应。他现在看得很清楚。派尔·布赖特拿着照明棒走在前方，和一名个头稍矮、身着白紫相间衣服的男子交谈，那肯定是罗瑟夫，那场从未发生的决斗的仲裁人。格温位于两人之间，凭自己的力气步行，双手仍被绑缚着。她一声不吭。德克猜测他们堵住了她的嘴，但无法确定，因为他只能看见她的背。

他正躺在担架之类的东西上面，身体随着"担架"颠簸。另一个身穿白紫衣服的布赖特握着担架前端，他指节粗大的双拳将木杆包裹得严严实实的。那个瘦骨嶙峋、连声大笑的家伙，即派尔的特恩，多半在他身后，也就是担架另一头。他们仍在隧道中行走，地铁轨道似乎绵延无尽，德克根本不知道自己昏睡了多久。大概有一段时间了，他猜想着。

当他试图制服派尔的时候，这儿既没有罗瑟夫，也没有担架。俘虏他之后，两人很可能在隧道里等待，呼叫邦国弟兄，请求援助。

似乎没人注意到德克睁开了眼睛。又或许他们注意到了，但没放在心上。照他眼下的状况，或许除了高喊救命之外什么都做不了。

派尔和罗瑟夫继续交谈，另外两个人不时插一句嘴。德克试图聆听，可痛楚令他难以集中精神，而他们说的对格温和他自己都没有太大意义。罗瑟夫似乎在警告派尔，如果杀死德克，布雷坦·布赖特会非常不快，因为布雷坦·布赖特打算亲手干掉德克。派尔并不在乎，从他的回答来看，他对布雷坦显然没有多少敬意，后者的辈分比其他人差了整整两代，因此不值得信任。这场对话从头到尾都没人提起铁玉们，这让德克得出了结论：扬和盖瑟尚未抵达挑战城，又或者这四人对铁玉的到来全然不知。

不久后，他不再强迫自己辨清对话，而是放松身心，回归先前那种半梦半醒的状态。人声再度模糊下去。这种状态持续了很长一段时间。最后，他们终于停了下来。担架的一头猛然摔落在地，震动让德克打起了精神，紧接着有力的双手抓着他的双臂，将他抬了起来。

他们已抵达挑战城下的地铁站，而派尔的特恩把他抬上月台。他尽量瘫软着身子，让他们像移动一摊死肉一样移动他。

接着德克又躺上了担架，他们抬着他走上斜坡，进入城区。那抬法并不温柔，德克又开始头晕眼花。淡蓝色墙壁向后退去，而他想起了昨晚沿斜坡向下的那段路程。当时，出于某些原因，藏在地铁隧道里似乎是个好得要命的主意。

墙壁消失，他们再次进入了挑战城。他能看到那棵伊莫瑞尔巨树，此时这棵树显得庄严无匹。这是一棵饱经风霜的巨树，蓝黑相间，枝条低垂在环道上空，最高处的枝条摩挲着笼罩阴影的天花板。德克这才发现，白天已经到来了。大门仍然开着，他的目光越过拱门，看到胖撒旦和一颗黄色星星悬挂在地平线上。他此时精神太过迷茫,也太过疲惫,不知它们是在升起还是下落。

两辆笨重的卡瓦娜飞车停泊在地铁坡道附近的路上。派尔接近飞车后停下脚步,而德克也被放在了地上。他挣扎着想坐起来,却徒劳无功。肢体无力地抽动着,疼痛又回来了。最终他只有屈服,重又乖乖躺下。

"把其他人叫来,"派尔说,"必须马上把一切安排妥当,让我的科拉瑞尔准备好接受捕猎。"说话时,他就站在德克身边。所有人都聚集在担架边,连格温也是。可人群中只有她低头俯视,两人目光交接。她被塞住了嘴。疲倦。绝望。

布赖特们花了一个多钟头的时间聚集起来,对德克来说,这是光芒渐消、气力渐长的一个钟头。他很快意识到,现在是日落时分。大门彼端,胖撒旦正缓缓坠向视野之外。黑暗在他们周围膨胀,愈加厚实,愈加浓稠,最后卡瓦娜人被迫开启了飞车的车灯。这时,德克的晕眩感已经差不多消失了。留意到这点的派尔把他的双手绑在背后,强迫他靠着某辆飞车的侧面坐起来。他们把格温安置在他身边,却没有除去她的塞口物。

尽管没人塞住德克的嘴,他也不打算说话。他坐在那儿,背靠着冰冷的金属,手腕被绳索磨得生疼。他只是等待着,注视着,聆听着。他时不时把目光转向格温,可她只是垂头丧气地坐在那里,对他的注视毫无回应。

他们独自或结伴前来:布赖特的克西、沃罗恩的猎人。他们从阴影和暗处现身,仿如苍白的魂灵。起先是响动和模糊的形体,继而步入小小的光圈之中,再度化为人形。尽管如此,他们依旧和人类或多或少有所区别。

最早到来的那个人牵着四条高大的鼠脸猎犬,德克想起自己在外侧环道的那次疯狂俯冲中见过他。这个人把猎犬拴在罗瑟夫飞车的保险杆上,先向派尔、罗瑟夫和他们的特恩简短地问候了几句,接着叉腿坐在离两个俘房不远处的地板上。他没说话,一句也没有。他的目光始终定格在格温身上,身体纹丝不动。德克能听到他的猎犬在阴影中咆哮,铁链弯曲扭动,"咔嗒"作响。

随后,其他人也到了。洛瑞玛尔·高阶布赖特·阿凯洛是个棕色的巨人,穿着黑如沥青的变色套服,配有苍白的骨制衣扣,乘着一辆庞大的深红色圆顶飞车抵达。德克听到车里传来一队布赖特猎犬的声音。洛瑞玛尔身边是另一个男人,一个魁梧的胖子,块头是派尔的两倍,身板结实得就像砖块,苍白的脸孔又像极了家猪。随后抵达的是一个孤身徒步而来的老人,虚弱,秃顶,满脸皱纹,牙齿几乎掉光了。他的一只手是完好的,另一只则是黑色金属制成的三叉爪。老人的腰带上挂着个孩子的头颅,仍在滴血,他白色长裤的一条裤管因此留下了长长的污迹。

切尔最后到来,他和洛瑞玛尔一样高大,白发、蓄须,疲惫不堪,手里牵着一条巨大的布赖特猎犬。在这片灯光中,他停下脚步,眨了眨眼睛。

"你的特恩在哪儿?"派尔询问。

"在这儿。"有个刺耳的声音从黑暗中传来。几米开外,一颗耀石闪烁着模糊的光。布雷坦·布赖特·兰特莱走上前来,站到切尔身边。他的面孔抽搐了一下。

"所有人都到齐了。"罗瑟夫·高阶布赖特对派尔说。

"不,"有人反对,"还有考拉特。"

那名坐在地上一言不发的猎人突然大声说道:"他已经不在了。他伤得太重,乞求终结。我同意了。他是我今天看到的第二个死去的克西。头一个是我的特恩,特莱安·布赖特·纳拉瑞斯。"他说话时,双眼仍没有离开格温。他一口气说完了很长的一句古卡瓦娜语,作为发言的终结。

"那么,我们中有三位已经逝去。"那个老人说。

"我们应当为他们默哀。"派尔说。他仍旧握着短棍,那根有硬木圆球和短刃的木棍。说话时,他不停地用它拍打着大腿,就像在隧道里做的那样。

格温试图透过塞口物发出尖叫。派尔的特恩,那个身材瘦削、一头杂乱黑发的卡瓦娜人走上前来,不怀好意地站在她身边。

可没有被堵住嘴的德克有了主意。"我不打算默哀。"他大喊道,或者说他试图大喊道。他的声音还没法高到大喊的地步。"他们全都是杀人魔,他们都该死。"

每一个布赖特都看着他。

"堵住他的嘴巴,别让他胡言乱语。"派尔说。他的特恩飞快地遵从了命令。等做完这些之后,派尔又开了口:"你有时间尖叫个够的,德克·提拉里恩,当你赤身裸体在林间奔跑,听见我的猎犬在身后咆哮的时候。"

布雷坦的头和肩膀笨拙地转了过来。光芒在他的伤疤上闪耀。"不,"他说,"我先狩猎他。"

派尔面对着他。"追踪这个伪人的是我,抓住他的也是我。"

布雷坦开始抽搐。切尔的一只大手上缠绕着拴住巨犬的铁链,另一只大手则放到了布雷坦肩上。

"这些与我无关。"另一个声音说。是坐在地板上的那个布赖特。他仍旧目不转睛,纹丝不动。"这婊子怎么办?"

其他人不安地把注意力转向他。"我们不能拿她怎样,麦里克,"洛瑞玛尔·高阶布赖特解释道,"她是铁玉的人。"

这个人抿紧嘴唇，一瞬间，他平静的面孔疯狂地扭曲，变成了一张野兽的脸孔，露出龇牙咧嘴的表情。接着这个表情消失了，他又恢复了苍白宁静的表情，隐忍不发。"我要杀了这个女人，"他说，"特莱安是我的特恩。她把他的魂魄送进了没有灵魂的世界。"

"她？"洛瑞玛尔的声音里满是怀疑，"此话当真？"

"亲眼所见，"那个坐在地上，名为麦里克的人答道，"在她撞倒我们，留下特莱安等死之后，我朝她开过枪。此话不假，洛瑞玛尔·高阶布赖特。"

德克努力想站起身，可瘦削的卡瓦娜人又重重地把他推倒在地，还把他的后脑勺砸向飞车的金属车身，以此强调意图。

这时，那个带着孩童头颅，装有利爪的虚弱老者开了口。"把她当成你的私有猎物吧，"他的声音又细又尖，犹如腰间的剥皮刀，"邦国古训里有这样的例子，我的兄弟。她此时已非真正的女人——即使她过去曾是——既非盟妻，也非伊恩-克西。这儿有谁能为她担保？她离开了誓主的保护，跟着伪人一起逃跑！就算她曾拥有人类的血肉，那也是过去的事了。你了解伪人的行事方式，那些骗子、恶人和可怕的欺诈者。这个伪人德克，在黑暗中独自与她相伴，肯定已经杀死了她，让类似她的恶魔变幻成她的形象，取代了她的位置。"

切尔点头赞同，并用古卡瓦娜语庄严地说了些什么。其他布赖特就显得没那么肯定了。洛瑞玛尔和他的特恩——那个魁梧的胖子——交换着愁容。布雷坦骇人的脸上神情暧昧，一半被伤疤掩饰，另一半是茫然无措。派尔皱起眉头，继续用短棍拍打大腿。

答话的是罗瑟夫。"作为死斗场的仲裁人，我裁决了格温·迪瓦诺的人类身份。"他小心翼翼地说。

"的确如此。"派尔说。

"也许她曾是个人类，"老人说，"可她品尝了鲜血，又跟伪人上了床,现在谁还会把她称为人类?"

猎犬们开始嚎叫。

麦里克拴在飞车上的四条猎犬是这阵噪声的源头,锁在洛瑞玛尔圆顶飞车里的那群狗也跟着叫起来。切尔的巨犬咆哮着,拖拽着铁链,直到年长的布赖特愤怒地把它拉回为止——这头畜生坐了下来,加入这阵嚎叫之中。

大多数猎人把目光移向了这小小光圈之外的寂静黑暗(表情冷酷、毫不动摇的麦里克是个例外——他的双眼没离开过格温·迪瓦诺),不止一个人把手伸向了腰间的配枪。

在人群边缘,飞车和光圈之外,两个铁玉肩并肩站在阴影中。

德克的痛楚——他砰然作响的脑袋——突然显得不再重要了。他的身体震颤不已。他看着格温,发现她仰起头,目光炯炯地看着他们,特别是看着扬。

扬走进了光芒中,德克发现他几乎和那个叫麦里克的家伙一样,目光始终不离格温。他似乎走得很慢,就像一个尘封的梦中出现的人影,一个沉睡的人。盖瑟·加纳塞克走在他身旁,鲜活而闪亮。

维卡瑞穿着色彩斑驳的变色套装,当他步入敌人中间时,衣服正逐渐转为黑色。等猎犬安静下来,服色已变为尘灰。衬衫袖管正好到扬的手肘,黑铁与耀石包裹着他的右前臂,左臂则是白银和玉石。在那仿佛永恒的瞬间里,他的身躯显得高大异常。切尔和洛瑞玛尔都比他高出一个头,可不知怎么,在那个瞬间,维卡瑞似乎在俯视他们。他飘过他们身边,就像个大步流星的幽灵——就算近在眼前,他也显得如此虚幻——他穿过布赖特们,好像看不到他们似的,然后在格温和德克身边停下脚步。

可这一切毕竟只是幻象。等噪声平息,布赖特们开口说话,扬·维卡瑞又变回了人形。他比在场的多数人高大,只比个别人稍矮些。

"你们这是入侵,铁玉们,"洛瑞玛尔用冷酷而愤怒的语气说,"没人邀请你们前来此地。你们没有权利来到这里。"

"伪人,"切尔说,"假卡瓦娜人。"布雷坦·布赖特·兰特莱又发出他独一无二的噪声。

"我把你的贝瑟恩还给你,扬托尼·高阶铁玉,"派尔语气坚定,可手里的短棍却晃动得颇为慌乱,"你想怎么管教她——你当然会的——随你的便。可这个伪人是我的猎物。"

盖瑟·加纳塞克停在几米开外,目光从一位发话者移向另一位,有两次他似乎准备答话。扬·维卡瑞则毫不在意眼前的众人。"把他们嘴里的塞口物弄出来。"他说着,指了指两位俘虏。

派尔那又高又瘦的特恩站在德克和格温身边,看着铁玉的这位高阶者。他犹豫了一段时间,继而屈服听命。

"多谢。"德克说。

格温摇摇头,把散落的头发从眼前甩开,脚步不稳地站起身,双臂仍被绑在背后。"扬,"她的语气不太肯定,"你能听见吗?"

"我听见了。"维卡瑞道。接着,他对布赖特们说:"松开她的双臂。"

"你太傲慢自大了,铁玉。"洛瑞玛尔说。

可派尔似乎很好奇。他拄着短棍。"松开她的双臂。"他说。

他的特恩粗鲁地拉过格温,用匕首割断了绳索。

"让我看看你的手臂。"维卡瑞对格温说。

她犹豫片刻,接着把双手从背后伸出,手掌摊开,手心向下。在她的左臂上,白银和玉石光芒闪亮。她没有取下它。

身遭束缚而无能为力的德克看着这一幕,心寒不已。她没有取下它。

维卡瑞俯视着麦里克,后者交叠双腿,端坐在地,一对小眼睛紧盯着格温。"站起来。"

这人站起身,转身面对铁玉,自他来到这里,这还是头一次把目光从格温身上移开。维卡瑞张口欲言。

"不。"格温说。

她之前一直在揉搓手腕。此时她停止了动作,把右手放在臂环上。她语气坚定。"你不明白吗,扬?如果你挑战他,如果你杀了他,那我就会取下它。我会的。"

扬的脸庞终于流露出了情感,一种名为痛苦的情感。"你是我的贝瑟恩,"他说,"如果我不……格温……"

"不。"她坚定地说。

一个布赖特大笑起来。听到这个声音,盖瑟·加纳塞克扮了个鬼脸,德克看见残忍的神情在那个叫麦里克的卡瓦娜人脸上一闪而过。

就算格温注意到了,她也未加理会。她面对着麦里克。"我杀了你的特恩。"她说,"是我杀的,和扬、和可怜的德克都没关系。我杀了他,而且我承认。当时他和你一起在狩猎我们,还在杀戮伊莫瑞尔人。"

麦里克什么都没说。一片静默。

"所以,如果你非得决斗,如果你真想要我死,就跟我决斗吧!"格温继续道,"是我干的。如果复仇真的这么重要,你就和我打一场吧。"

派尔哈哈大笑。片刻之后,他的特恩也随声附和,接着是罗瑟夫,再来是其他人——那个胖子,罗瑟夫面色阴冷、矮小敦实的搭档,那个装着铁爪的老者。他们全都在大笑。

麦里克的脸变成了血黑色,再变成白色,最后又变回黑色。"贝瑟恩婊子。"他说。那副龇牙咧嘴的骇人表情再次浮现在他的脸上,这次所有人都看见了。"你羞辱我。决斗……我的特恩……而你是个女人!"

他发出一声令众人震惊、使猎犬再度咆哮起来的尖叫。接着他崩溃了。

他双手高举过头,紧握成拳,随后松开。当她在他的怒火前退缩时,他打中了她的脸,随后突然扑向她,手指掐住了她的咽喉。他猛冲向前,她步步退后,接着,两人在地板上翻滚,最后重重地撞上了一辆飞车的车身。麦里克牢牢掌控着局势,将格温压在身下,他的双手深深地嵌入了她脖颈的肉里。接着,格温打了他,狠狠打中了他的下巴,可怒火中烧的他根本感觉不到。他把她的头颅撞向飞车,一次、两次、三次,且自始至终以古卡瓦娜语高喊着什么。

德克挣扎起身,可绑住的双手让他只得无能为力地站着。盖瑟又前进了两步,而扬·维卡瑞终于有所动作。但抢先来到两人身边的却是布雷坦·布赖特·兰特莱,他围住麦里克的脖颈,把他从格温身上拖开。麦里克疯狂地甩打着手臂,最后洛瑞玛尔走上前来,和布雷坦一起制住了他。

格温躺在原地,一动不动,脑袋靠在被麦里克摔打的金属门板上。维卡瑞在她身边单膝跪下,试图用手臂环住她的双肩。她的后脑勺在车身上留下了一摊血迹。

加纳塞克也迅速跪坐下来,试探她的脉搏。接着他满意地站起来,转身面向布赖特们,紧抿着的嘴角带着怒意。"她戴着银玉臂环,麦里克,"他说,"你死定了。我向你挑战。"

麦里克早已停止了嘶喊,可仍然气喘吁吁。他的一条猎犬高声嚎叫,随后默然无语。

"她还活着?"布雷坦用那砂纸般的声音问。

扬·维卡瑞仰头看着他,那张脸就像麦里克不久前那样怪异而紧张。"她活着。"

"很幸运，"加纳塞克说，"可别以为我会谢你，麦里克，也别以为这会让情况有所变化。选择吧！"

"松开我！"德克叫道。没人理他。

"松开我！"他大喊。

有人替他割断了绳索。

他跑向格温，跪坐在维卡瑞身边。他们的目光短暂交接。德克检查了她的后脑勺，那边的黑发已被凝结的血块粘连在一起。"至少是脑震荡，"他说。"也许是颅骨骨折，也许更糟。我说不清。这儿有医疗设施吗？"他看着每个人，"有吗？"

布雷坦回答了他："挑战城内已经没有能用的设施了，提拉里恩，挑战城之声跟我对着干。这座城市不听我的话。我只好干掉它。"

德克面露苦相："那就别动她。也许只是脑震荡。我想应该让她休息。"

扬·维卡瑞难以置信地把她留在德克的臂弯里，自己站起身来，朝洛瑞玛尔和布雷坦——这两人正在用力制住麦里克——打了个手势。"放开他。"

"放开……？"加纳塞克朝维卡瑞投去困惑的眼神。

"扬，"德克说，"别管他了。格温——"

"把她弄进车里。"维卡瑞说。

"我不觉得我们该移动——"

"这儿不安全，提拉里恩。把她弄进车里。"

加纳塞克皱起了眉头："我的特恩？"

维卡瑞再次面对布赖特们。"我说，放开这个人。"他顿了顿，"或者照你们的说法，这个伪人。他赢得了这个称呼。"

"你究竟意欲何为，高阶铁玉？"洛瑞玛尔严肃地问。

德克抱起格温，温柔地把她放在最近一辆飞车的车座里。她身躯无力,但呼吸依旧有规律。接着他滑进驾驶座里等待,一面摩挲手腕来让血液恢复流通。

似乎所有人都遗忘了他。洛瑞玛尔·高阶布赖特还在说话。"我们承认你和麦里克对抗的权利,可这必须是单人决斗,因为特莱安·布赖特·纳拉瑞斯已经死去。由于你自己的特恩首先挑战……"

扬·维卡瑞把激光手枪握在手中。"放开他,然后站开。"

大吃一惊的洛瑞玛尔放开了麦里克的手臂,迅速走向一边。布雷坦迟疑片刻。"高阶铁玉,"他粗声道,"为了你和他的荣誉,为了你的邦国和特恩,放下武器吧。"

维卡瑞把枪口对准了这个只有半张脸的年轻人。布雷坦的脸孔一阵抽搐,他以怪异的姿势耸耸肩,放开麦里克,向后退去。

"怎么回事?"那个独手老人用尖声询问,"他在做什么?"没人理会他。

"扬,"盖瑟·加纳塞克用怕人的口气说,"这事把你的脑子搞糊涂了。放下枪,我的特恩。我已经发出了挑战。我会为你杀死他的。"他把手放在扬的胳膊上。

扬·维卡瑞猛然转过身,用武器对准盖瑟。"不。退后。你别插手,至少这次别插手。这是为了她。"

加纳塞克的神情黯淡下去。他笑意全无,黑色幽默也不见了踪影。他将右手握成拳,缓缓举向面前。黑铁和耀石在两位铁玉之间闪烁光芒。"我们的誓约,"加纳塞克说,"好好想想,我的特恩。我的荣誉,你的荣誉,我们邦国的荣誉。"他的语气严肃至极。

"那她的荣誉呢?"维卡瑞说。他不耐烦地用激光枪示意,迫使加纳塞克从旁退开,随后他再度面对麦里克。

孤单而迷惑的麦里克似乎对自己的命运一无所知。怒火早已离他而去,他仍旧呼吸沉重。一条被鲜血染成粉色的唾液从他嘴角流出。他用手背将它擦去，不明所以地看着盖瑟·加纳塞克。"第一个选择，"他茫然地开口，"我选择决斗模式。"

"不，"维卡瑞说，"你没有选择。面对我，伪人。"

麦里克的目光从维卡瑞移向加纳塞克，又再次移回。"选择决斗模式。"他麻木地重复道。

"不，"维卡瑞又说了一遍，"你没给格温·迪瓦诺选择，她本该和你在决斗中公平对抗的。"

麦里克的面孔泛起毫无作伪的困惑神情。"她？决斗？我……她是个女人，是个伪人。"他点点头，仿佛一切都水落石出，"她是个女人，铁玉。你疯了吗？她羞辱我。女人没资格决斗。"

"你也没资格决斗，麦里克。明白吗？你也——"维卡瑞开了枪，一道半秒长度的脉冲光线命中了麦里克下身的两腿之间。他开始尖叫。

"没有——"维卡瑞又开了一枪，正中并烧焦了他的脖颈，麦里克倒了下去，激光枪开始充能——

"资格——"十五秒之后，维卡瑞继续道。伴随着话音，一道骤然喷射的脉冲光线烧焦了那在痛苦中辗转的躯体的胸膛，接着维卡瑞向后退去，向飞车退去——

"决斗！"当维卡瑞说这句话时，他半个身子已经坐入车里，半个身子仍在车外，随声而至的是臂环的闪烁和第四道脉冲光线，洛瑞玛尔·高阶布赖特·阿凯洛应声倒了下去，他的武器刚抽出一半。

接着，车门"砰"的一声关上，德克开启了重力格栅，飞车猛冲向前，急速升空，向门外飞去，就在离出口还有一半路程时，激光开始"嘶嘶"作响，烧灼飞车的装甲。

10

公共区上空已是黑夜。洁净而冰冷的空气如同黑水晶包裹了人们。风很大。德克庆幸自己乘着这辆装甲厚重的布赖特飞车,舱室温暖,密不透风。

他在平原和低矮的山丘上方几百米处飞行,将速度提到了极限。在挑战城消失在身后之前,德克曾转头回望,看看是否有人追赶。他没看见追兵,却被伊莫瑞尔人的城市俘获了目光。那是一根高大的黑矛,即将融入更为深沉的苍穹,不知为何,它让他想起了一棵曾被卷入森林大火的巨树,它的分枝和树叶全被烧毁了,唯有灼烤后煤黑色的树干彰显着残存的辉煌。他想起了当初,他提出想见有生命的城市,而格温带他参观挑战城时的情景:大楼与夜色相映生辉,何等壮丽高大。它闪烁着银光,最出彩的便是那不断攀升的道道光芒。如今它只是死去的空壳,一同死去的还有建城者的梦想。

布赖特猎人们杀死的不仅是人和动物。

"他们很快就会追来的,提拉里恩,"扬·维卡瑞说,"不用特意去找他们。"

德克把注意力转回仪表盘。"我们该去哪儿？总不能在公共区上空这么没头没脑地飞上整晚吧。去拉特恩城吗？"

"我们现在可不敢去拉特恩城。"维卡瑞回答。他的激光枪已经插回了枪套，可他的脸色仍像先前在挑战城射击麦里克时那样可怖。"你真的蠢到不明白我做了什么？我违背了法典，提拉里恩。我现在成了背誓者、罪犯和决斗破坏者。毫无疑问，他们会追捕我，最终杀死我，就像对待伪人那样。"他沉思着，交扣的双手撑住下巴，"我们最大的希望……我不知道。也许我们没有希望了。"

"那只是你的看法。比起几分钟以前，我现在觉得有希望多了！"

维卡瑞看着他，露出全无喜悦的微笑："尽管这是相当自私的观点，但我得说，我所做的不是为了你。"

"为了格温？"

维卡瑞点点头。"他——他甚至连拒绝和她决斗的荣幸都没给她，就好像她是只动物。可……可根据法典，他做得对。那是我过去视为生命的法典。我本可以依靠法典杀死他。如你所见，盖瑟本来打算这么做的。他很生气，因为麦里克……损害了他的财产，败坏了他的荣誉。如果我不加阻止，他会为这份无礼而复仇。"他叹口气，道，"你明白我为什么阻止他吗，提拉里恩？你明白吗？我曾住在阿瓦隆，我曾爱过格温·迪瓦诺。她躺在那里，全凭叵测的运气才活下来。麦里克·布赖特才不在乎她的性命，其他人也一样。可盖瑟却允许做出这些事的人清白而体面地死去，会在夺走他们渺小的生命前，留给他们荣耀的亲吻。我……我在乎格温。所以我不能坐视不理，提拉里恩，不能看着格温……一动不动，受人漠视地躺在一旁。我不能。"

维卡瑞缄口不言，陷入沉思。在这寂静的时刻，德克听得清车外沃罗恩星哀恸的高亢风声。

"扬，"片刻之后，德克说，"还是需要决定目的地。我们得为格温找个避难所，让她舒服地躺着，不被打扰。或许再找个医生来照料她。"

"我没听说沃罗恩星上有医生，"维卡瑞说，"但我们还是把格温带去城里吧。"他考虑着。"最近的是伊斯沃克城，可那座城市已成废墟。所以我想，克莱尼·拉米娅城是我们的最佳选择，它是离挑战城第二近的城市。转向南边吧。"

德克让飞车画出一条长长的弧线，升入高空，朝远方排列成行的山墙飞去。他依稀记得那段由格温驾驶，从伊莫瑞尔人的闪亮高塔飞往黑暗黎明星的荒凉都市（还有它的阴郁乐曲）的航程。

当他们飞向群山时，维卡瑞又陷入了思虑中，心不在焉地凝视着沃罗恩星黑沉的夜幕。对卡瓦娜人的痛苦有所了解的德克，不忍去打扰扬的悲伤，便退回自己沉默的空间里。他非常虚弱，头部的剧痛再度袭来，口腔和咽喉也感到一阵突如其来的灼痛。他试图回想上次进食或喝水的时间，却怎么也想不起来。不知为何，他彻底失去了时间感。

沃罗恩星的炭色山巅于前方隐现，德克驾驶布赖特飞车攀向高空，他和扬·维卡瑞依旧一言不发。直到群山被抛在身后，荒野在下方出现时，卡瓦娜人才再度开口，但只是简要地告知了德克正确的飞行路线。随后，他回归沉默，两人在默然中飞过了最后这段孤独的航程，最终抵达目的地。

这一次德克早有准备，于是侧耳聆听。拉米娅-拜里斯的乐曲随即传入耳中，那是风中的微弱哀号，早在这座城市被那些森林吞没之前就已存在。在飞车厚重装甲的庇护之外，唯有虚无：夜色中的纷乱森林、稀疏的星辰和空旷的天空。黑暗中，绝望的音符来到他身边，连绵倾诉，叮当作响，碰触着他的身体。

维卡瑞也听到了乐声。他瞥了德克一眼："这是如今最适合我们的城市，提拉里恩。"

"不。"德克说。他的声音太大了些。他不想相信。

"那就是最适合我的城市吧。我的努力全白费了。被我拯救的人已经不再安全。布赖特们现下可以随心所欲地狩猎他们,无论他们是不是铁玉的科拉瑞尔。我无法阻止他们。盖瑟也许可以,可他一个人又能做得了什么呢?或许他连试都不会去试。一意孤行的向来是我,不是他。何况盖瑟受到了沉重的打击;我想,他会独自返回卡瓦娜高原星,独自前往地下的铁玉邦国。到时候,高阶议会会将我除名,而他必须找把匕首,切下镶座里的耀石,佩戴空空的铁臂环。他的特恩死了。"

"卡瓦娜人也许会这样,"德克说,"可你在阿瓦隆待过,记得吗?"

"是啊,"维卡瑞说,"不幸。真不幸。"

身旁的乐声抑扬顿挫,隆隆作响,下方的塞壬之城展露真容:外围的高塔仿佛凝固在痛苦之中的消瘦手掌,苍白的桥梁跨在黑色的运河上,还有微光闪烁的苔藓,直刺风中的呼啸尖塔。这是一座白色之城,一座死城,一座长满锐利白骨的森林。

德克在空中盘旋,直到发现上次到访时来过的那栋大楼,方才靠近降落。起降台上,那两辆废弃的飞车仍旧在尘灰中静静沉眠,在德克看来,它们就像某些忘却已久的梦境片段。曾经,出于某些理由,它们似乎很重要,可他、格温还有整个世界都已改变,现在很难再回忆起这些金属幽灵和眼前的事态有何种关联了。

"你来过这儿。"维卡瑞说。德克望向他,点点头。"那就带路吧。"卡瓦娜人命令道。

"我不……"

可维卡瑞已经站了起来。他伸出双臂,将躺卧的格温温柔地抱起,等待着。"带路。"他又说了一遍。

于是德克带他离开起降场,步入长廊(两旁的灰白色壁画随着黑暗黎明星的交响曲起舞),打开一扇又一扇门,最后找到了一个仍有家具的房间。事实上,这是个套间,有四个相连的房间,陈设单调,天花板很高,而且远远算不上干净。里面的几张床——四间里有两间是卧室——实际是沉入地板中的圆孔,床垫上盖着一种无缝的油性皮革。皮革散发出些微异味,闻起来像发酸的牛奶。但它们毕竟是床,是柔软的安歇之所,维卡瑞小心翼翼地把格温无力的躯体安置在上面。等她躺舒服之后——她几乎显得有些安详——扬便留下德克陪在格温身边,自己则出门在他们抢来的那辆飞车上搜寻。他很快便回来了,手里拿了个水壶,还为格温带了张毛毯。

"喝一口吧。"他说着,把水递给德克。

德克拿过帆布包裹的金属水壶,拧下瓶盖,喝了一小口,然后递了回去。液体温热,依稀有些苦涩,可它淌过他干涸喉咙的感觉真是太美妙了。

维卡瑞沾湿一块灰布,开始清洗格温脑后的血迹。他轻轻擦拭褐色的血痂,一遍又一遍,直到她纤细的黑发洁净如常,在床垫上披散成一把有光泽的罗扇,在壁画的间歇光芒中闪烁微光。做完这些,他为她包扎好伤口,望向德克。"我来照看,"他说,"你到别的房间去睡吧。"

"我们得谈谈。"德克犹豫不决地说。

"回头再谈。现在不行。去睡吧。"

德克连争辩的力气都没了:他疲惫不堪,头部仍在隐隐作痛。他去了另一个房间,毫无风度地倒进那散发酸味的床垫里。

可睡梦不顾他的努力,迟迟不肯到来。或许是因为头痛,又或许是因为墙面涌动的光芒不安的律动,那道光甚至穿透了他紧闭的眼皮,萦绕不去。但主因还是乐声。它从未离开过他,似乎他每次闭上双眼,回声就会愈加响亮,眼皮落下,乐声就会困在颅骨里:无力的笛鸣、哀号和哨声，还有那永远隆隆作响的孤单鼓声。

狂热的梦境最终大步闯入无尽的黑夜——那是多么紧张离奇的幻景，充斥着火热的焦虑。德克三次从不安的睡梦中惊醒，坐起身——他战栗着，身体潮湿冰冷——听着拉米娅-拜里斯的乐曲，却总也记不起惊扰他的梦境内容。某次醒来时，他觉得自己听到了隔壁房间的说话声。另一次他相当肯定自己看到扬·维卡瑞正坐在远端的墙壁旁，注视着他。两人都没说话，而德克又花了将近一个钟头才重新入睡。可当他再次醒来时，只看到回音缭绕的空旷房间和舞动的光芒。他突然怀疑他们抛下了他，让他自生自灭了。越是思考，德克就越是恐惧，颤抖也愈加剧烈。可不知怎么，他就是无法起身，走到毗邻的卧室去亲眼确证。他转而闭上双眼，努力将各种想法与记忆驱离脑海。

再次醒来时，已是黎明。胖撒旦已升上半空，病态的阳光如同德克的噩梦般鲜红而冰冷，透过高大的彩色玻璃窗奔涌而入（玻璃正中清晰透明，周围却是阴郁的红棕色和烟灰色的复杂花纹），落在他脸上。他翻身躲开，挣扎着坐起，扬·维卡瑞继而出现，把水壶递给了他。

德克喝了几大口，几乎被冰冷的水呛着，几滴水从他干裂的唇间溅出，顺着下巴滴落。扬把满满的水壶递给他，而他交还时只剩下一半。"你找到水了。"他说。

维卡瑞拧紧壶盖，点点头："水泵站已经关闭了好几年，克莱尼·拉米娅城的塔楼里没有新鲜的饮用水。不过运河还在。昨晚你和格温都在睡觉的时候，我下去过。"

德克摇摇晃晃地站起身，维卡瑞伸出手，帮他从这种下沉式床铺里爬出来。"格温她……"

"她昨晚早些时候恢复了意识，提拉里恩。我们交谈了一会儿，我把自己所做的都告诉了她。我想她很快就会康复的。"

"我能跟她谈谈吗？"

"她现在正在休息,睡眠正常。我相信她回头会跟你谈的,不过眼下你不该去吵醒她。她昨晚想坐起来,结果觉得很不舒服,还吐了。"

德克点点头:"我明白了。那你呢?睡了一会儿没?"说话间,他开始环顾这间屋子。黑暗黎明星的乐声不知怎的小了下去,但它依然在回响,依旧在哀号和呜咽,依然弥漫在克莱尼·拉米娅城的空气里。可在德克耳中,它似乎变得模糊而遥远了,或许是他终于开始渐渐习惯,学会从主观上将它排除在听力之外。那些发光的壁画,就像拉特恩城的耀石那样,在自然的光照中黯淡熄灭,如今墙壁灰暗而空洞。屋里的家具——几张看上去就很不舒服的椅子——出现在墙壁旁、地板上,这些扭曲的压制品与房间的色彩和格调如此相衬,肉眼几乎难辨。

"我睡够了,"维卡瑞说,"这不重要。我先前考量了我们的处境。"他打个手势。"过来。"

他们穿过另一个房间——一间空荡荡的就餐室——走上俯瞰这座黑暗黎明星都市的众多阳台之一。白天的克莱尼·拉米娅城不太一样,没有那么令人绝望,即使是沃罗恩星的贫瘠阳光,也足以让湍急的运河水焕发光彩。在这整日的暮光中,连苍白的高塔也不再阴森。

德克浑身无力、饥肠辘辘,但好在他的头疼已经消失了,微风拂面的感觉也不错。他把头发——纠缠纷乱,脏得无可救药的头发——从眼前拂开,等待扬开口。

"我在这里守了一夜,"维卡瑞说着,手肘撑在冰冷的栏杆上,双眼在地平线上搜寻,"他们在找我们,提拉里恩。我两次看见飞车从城市上空飞过。第一次只是一道光,远在高空,所以可能是我看错了。但第二次我不可能弄错。切尔的狼头飞车在运河处低飞,还加装了某种探照灯。它从离我们很近的地方经过,里面还有条猎狗。我听到它在狂吠,大概是被黑民的音乐弄疯了。"

"他们没找到我们。"德克说。

"的确，"维卡瑞回答道，"我想我们在这里很安全，暂时很安全。除非——我不知道他们是怎么发现你们在挑战城的，这让我有点担心。要是他们追踪我们到了克莱尼·拉米娅城，打算用布赖特猎犬把城市翻个底朝天，我们的处境就非常危险了。我们已经没有除味剂了。"他看着德克："他们怎么知道你逃到了那里？你有没有什么头绪？"

"没有，"德克说，"没人知道，肯定也没人跟踪我们。或许他们是猜到的。毕竟这是最合乎逻辑的选择。在挑战城生活要比在其他城市更舒适、更轻松。你知道的。"

"是啊，我知道，但我无法接受你的理论。记住，提拉里恩，当你把我们遗弃在死斗场里蒙羞的时候，盖瑟和我考虑过这个问题。挑战城是最显而易见的选择，因此我们觉得是最不合逻辑的。你们更可能去穆斯奎城，捕鱼为生，或者去格温熟悉的野外，让她负责寻找食物。盖瑟甚至说，你们或许只是把飞车藏了起来，然后躲在拉特恩城的其他地方，这么一来，当我们搜索整个星球的时候，你们就可以放声大笑了。"

德克坐不住了。"是啊。好吧，我想我们的选择确实很蠢。"

"不，提拉里恩，我可没这么说。我想，唯一的愚蠢选择，就是逃去无星池中城，那里遍地都是布赖特。挑战城是个狡猾的选择，无论你们是否刻意而为。表面错误的选择往往是正确的。你明白吗？我不认为布赖特们是通过排除法找到你们的。"

"也许吧，"德克想了一会儿，道，"我记得当初是布雷坦对我们说话，我们才明白自己被发现了。他——好吧，他不像是在猜测。他知道我们在城里，在某个角落。"

"可你一点头绪都没有？"

"没有。一点都没有。"

"那我们就得活在随时可能被找到的恐惧里了，等待布赖特们重演奇迹。

"此外，我们的处境并不轻松。我们拥有庇护所和取之不尽的饮水，却没有半点食物。我们最后的退路——我已得出了结论，我们必须尽快前往太空港，然后离开沃罗恩星——将会非常艰难。布赖特们会赶在前头。我们手里有我的激光手枪，还有我在飞车里找到的两把狩猎用激光枪，外加全副武装、装甲精良的飞车本身。这辆飞车大概是罗瑟夫·高阶布赖特·凯尔塞克的——"

"这座起降台上有两辆废弃的飞车，其中一辆还能勉强开动。"德克插嘴道。

"那么，如果需要的话，我们就有两辆飞车，"维卡瑞说，"相对地，至少有八个布赖特猎人还活着，或许是九个。我不清楚洛瑞玛尔·阿凯洛被我伤得有多重。或许他被我干掉了，虽然我本人倾向于相反的情况。如果布赖特们愿意的话，他们能同时调动八辆飞车，尽管更传统的做法是特恩搭档结伴飞行。他们的每辆车都有装甲保护，还有补给、动力和食物。他们的人数远胜过我们。而且，因为我是个背誓的决斗破坏者，他们没准还能说服奇拉克·赤钢·凯维斯和另外两个夏恩埃吉的猎人加入追捕我的行动。最后，还有盖瑟·加纳塞克。"

"盖瑟？"

"我希望——我祈祷他会切下臂环上的耀石，返回卡瓦娜星。他会蒙受羞耻，孤单一人，戴着冰冷的铁臂环。这命运可不轻松，提拉里恩，我玷污了他和铁玉的名誉。我同情他的痛苦，可这些都只是我的一厢情愿。你得明白，还有另一种可能性。"

"另一种……？"

"他会来狩猎我们。反正在飞船到来前，他都不能离开沃罗恩星。这得等上好些时间。我不知道他会做出什么。"

"不，他不会加入布赖特们。他们是他的敌人，而你是他的特恩，格温是他的克罗-贝瑟恩。他或许想杀我,这点我毫不怀疑,可——"

"盖瑟是个比我地道得多的卡瓦娜人,提拉里恩,一向如此。现在更不用说,因为做过这些事以后,我已经不算是卡瓦娜人了。古老的风俗要求,如果破坏决斗的是自己的特恩,那也必须一视同仁地亲手杀掉。这个风俗只有极为坚定的人方能遵守。铁火誓约太过亲密,因此人们往往只会选择独自离开,独自悲恸。可盖瑟·加纳塞克正是个坚定的人,他在许多方面都强过我。我不知道。我不知道。"

"要是他追过来呢?"

维卡瑞语气冷静:"我不会对盖瑟动武。他是我的特恩,无论我还是不是他的特恩。我伤他伤得那么重,让他失望,让他蒙羞。因为我,他成年后的大半时光都伴随着一条痛苦的伤疤。那是我们还年轻的时候,有个年长的男人被他的某个笑话冒犯,发起了挑战。模式是单发制和搭档决斗,我被自己可怜的智慧驱使,说服盖瑟,符合荣誉的方式是朝空气开枪。我们真这么做了,遗憾的是,他们决定在幽默方面给盖瑟上一课。令我羞愧万分的是,我毫发无伤,他却因为我的愚蠢被毁了容。

"可他从未责备过我。那场决斗以后,我跟他初次碰头时——他还在养伤——他对我说:'你说得对,扬托尼,他们确实瞄准了空气。可惜他们打偏了。'"维卡瑞笑了起来。德克看着他,发现他的眼里满盈泪水,双唇阴郁地紧抿着。但他没有哭,靠着极强的意志力,他忍住不让泪水掉下来。

扬突然转身,走回房内,留下德克独自待在阳台上,唯有轻风、白色的暮色之城和拉米娅-拜里斯的乐声相伴。远方,那些奇形怪状的白色手掌高高耸立,抑制着不断蚕食而来的荒野。德克若有所思地打量着它们,心中回想维卡瑞的话语。

卡瓦娜人在几分钟后归来。他双眼干燥,面无表情。"抱歉。"他开口道。

"不必——"

"我们必须直面问题,提拉里恩。无论盖瑟是否参与狩猎,我们的机会都极为渺茫。我们有武器,可却没有足够的人手来使用它们。格温是个神枪手,而且足够勇敢,可惜她受了伤,站都站不稳。至于你——我能相信你吗?我坦白说吧。我相信过你一次,可你背叛了我的信任。"

"我该怎么回答你的问题呢?"德克说,"我承诺什么你都不会相信。可布赖特们也想干掉我,记得吗?还有格温。你觉得我也会背叛她吗?就像我……"他吃惊于自己的话语,因而住了口。

"就像你背叛我那样。"维卡瑞冷笑着帮他说完,"你还真是直言不讳。不,提拉里恩,我觉得你不会背叛格温。可我也曾经觉得,在我们称你为克西,且你接受了这个称呼之后,你不会丢下我们,一走了之。要知道,若不是为你,我们根本用不着决斗。"

德克点点头:"我明白。或许我犯了错。可要是我对你们保持忠诚,恐怕我早就死了。"

"作为铁玉的克西而死,荣耀加身。"

德克笑了:"对我来说,格温比死亡更有吸引力。我希望你能明白。"

"我明白。说到底,她仍旧在你我之间摇摆不定。直面真相吧,她迟早会做出选择。"

"她已经做出了选择,扬,就在她跟我离开的时候。你才该直面真相。"德克迅速而又顽固地说。他很想知道,自己对这番话又相信多少。

"她没有脱下银玉臂环,"维卡瑞回答道,并且不耐烦地打了个手势,"这些现在都不重要。我会相信你的,暂时相信你。"

"很好。那你想要我做什么？"

"得有人飞去拉特恩城。"

德克皱起眉头："你为什么总想说服我去自杀，扬？"

"我可没说非得由你去，提拉里恩，"维卡瑞说，"我自己去。的确，这么做很危险，却势在必行。"

"为什么？"

"因为那个奇姆迪斯人。"

"鲁阿克？"德克几乎已经忘了他的前房东和同谋者。

维卡瑞点点头："从我们在阿瓦隆那时起，他就是格温的朋友。尽管他从没喜欢过我，我也不喜欢他，可我不能就这么彻底抛弃他。布赖特们……"

"我明白。可你要怎么找到他？"

"只要能安全抵达拉特恩城，我就可以通过显示墙呼叫他。至少，理想情况下是这样。"他耸肩的动作带着模糊的听天由命的意味。

"那我呢？"

"陪格温留在这儿。照顾她，守护她。我会留一把罗瑟夫的激光步枪给你。如果格温恢复了健康，就让她来用。她或许比你更擅长使用武器。同意吗？"

"同意。这听起来不太难。"

"不要大意，"维卡瑞说，"在我带着奇姆迪斯人回来，并找到你们之前，我希望你们能好好躲着。如果不得不逃跑，你们手边也有另一辆飞车。这附近有个山洞，格温是知道的。她可以为你带路。如果必须离开克莱尼·拉米娅城，就从那个山洞走吧。"

"可要是你回不来呢？要知道，这可能性是存在的。"

"这样的话，你们又得靠自己了，就像你们当初从拉特恩城逃跑时那样。你们肯定制订过计划，可以的话，照计划来吧。"他露出毫无笑意的微笑，"我觉得自己能回来。记住这点，提拉里恩，记住这点。"

维卡瑞的话音中有某种锐利如刀的暗示，令人想起同样在寒风中的一番对话。扬的话语以惊人的清晰度回归德克的脑海：可我的确存在。记住这点……这儿不是阿瓦隆，提拉里恩，而且这里已今不如昔。这是颗濒死的节庆星球，一个毫无法则可依的世界，所以每个人都必须谨守自己的法则。可扬·维卡瑞这个人，德克疯狂地想着，当他来到沃罗恩时，带着两种不同的法则。

德克自己则什么法则都没带来，除了对格温·迪瓦诺的爱，他什么都没带来。

两人离开阳台，进入房间时，格温仍在酣睡。他们没去打扰她，而是一同走向起降台。维卡瑞已把那辆布赖特飞车翻了个遍。在追捕进展不顺利的情况下，罗瑟夫和他的特恩显然没有做好在荒野里长途狩猎的准备。德克觉得，要是他和格温计划的旅行能走得更远就好了。

事实上，维卡瑞只找到了四根硬蛋白质能量棒，外加两把狩猎用激光枪和一些挂在座椅上的衣物。德克立刻吃掉了其中一根——他都快饿死了——把另外三根丢进了他挑选的那件厚重夹克衫的口袋里。它披在身上，松垮垮的，但还算合身，因为罗瑟夫的特恩跟德克的块头差不多。而且它穿着很暖和——厚实的皮革，深紫色，有衣领、袖口，以及脏兮兮的白色皮毛衬里。夹克衫的两只袖子都画有复杂的漩涡图案，右边是红色和黑色，左边是银色和绿色。德克还找到了另一件较小的夹克（毫无疑问，是罗瑟夫的），他留给了格温。

维卡瑞取出那两把激光步枪，它们有着长长的墨黑色塑料枪管，白色枪托上印着咆哮的狼形浮雕。他把第一把挂在自己肩头，另一把交给了德克，顺便简单说明了使用方法。这把武器非常轻巧，触感略有些油腻。德克笨拙地单手拿着它。

告别异常简短,而且正式得过了头。维卡瑞把自己关进庞大的布赖特飞车里,从地面浮起,直冲云霄而去。当他起飞时,烟尘弥漫,德克从憋闷的喷射气流中抽身退后,一只手捂在嘴上,另一只手拿着步枪。

接着他回到套房,格温正好醒了。"扬?"她说着,从皮革床垫上抬起头,想看看进来的是谁。随后她呻吟着迅速躺下,开始用双手摩挲太阳穴。"我的头。"她低声抱怨。

德克竖起激光枪,靠在屋里门边的墙上,自己坐在这下沉式床铺的边上。"扬刚走,"他说,"他飞回拉特恩城去接鲁阿克了。"

格温唯一的答复是另一声呻吟。

"要我帮你弄点什么吗?"德克问,"水?食物?我们有几根这玩意儿。"他从夹克口袋里取出蛋白质能量棒,拿给她看。

格温略微瞥了眼,脸上露出厌恶的表情。"不,"她说,"拿走吧。我还没这么饿。"

"你总得吃点东西啊。"

"吃过了,"她说,"就昨晚,扬把几根这玩意儿碾碎,泡在水里,做了摊面糊。"她的双手从鬓角处放回身侧,转身面向他。"我吃不下,"她说,"我觉得不太舒服。"

"我想也是,"德克说,"发生了这种事,你不可能舒服。你也许有些脑震荡,没死已经很幸运了。"

"扬告诉我了,"她语气有些尖锐,"还有后来发生的事,他对麦里克做的那些。"她皱起眉头。"我觉得,倒地的时候,我结结实实地给了他一下。你瞧见了,对不对?我觉得我打断了他的下颌骨,要不就是我的手指骨折了。可他连感觉都没有。"

"没。"德克说。

"跟我说说——你知道,后来的事。扬只是大略描述了一下。我想知道真相。"她的语气疲惫,充满痛苦,却不容拒绝。

于是德克告诉了她。

"他拿枪指着盖瑟?"讲到一半时,她追问。德克点点头,然后她再次平躺下去。

等他讲完,格温已彻底陷入沉默。她的双眼短暂地闭上,重新睁开,然后闭紧,不再睁开。她静静地侧身躺卧,像胎儿那样蜷曲成球,双手攥成小小的拳头,放在下巴底下。德克凝视着她,发现自己的目光被她的左前臂、被她依然佩戴着的、冰冷而引人遐思的银玉臂环吸引了过去。

"格温。"他柔声说。她的双眼再度睁开——在极短的时间内——她剧烈地摇着头,无声地高喊着"不!"。"嘿。"他说,可那时她的眼皮已再次紧闭,而她迷失在自己的思绪里,扔下孤零零的德克,与她的银玉饰物和他自己的恐惧为伴。

房间沉浸在阳光里,或者准确地说,沉浸在"沃罗恩星的阳光"里。正午的日暮气息透过窗户斜射而入,微尘在这道宽大的光柱中懒散地飘游。阳光垂落,床垫的一侧暴露在光芒中,格温的躺卧处半是光辉,半是阴影。

德克——他没有再跟格温说话,或是再去看她——发现自己正在凝视光芒在地板上编织的图案。

在房间中央,一切都温暖而通红,尘灰于此处飞舞,从黑暗中飘飞而来,变换着色彩,片刻深红,片刻金黄,投下渺小的影子,直到再次飘离阳光,消失不见。他抬起手,伸入光芒中,等了——几分钟?几小时?——总之是好一会儿。手变得越来越温暖,灰尘在周遭盘旋,而当他扭转手指时,阴影便如流水般滑落。阳光是那么友好而熟悉,可突然间,他开始意识到自己手的动作:就像灰尘永无止境地旋转,全无目的,全无规律,全无意义。让他这么做的是乐声,是拉米娅-拜里斯的乐声。

他抽回手掌，眉头紧蹙。

环绕着这光辉与生命中心的，是一条曲折、纤细的边界，在那里，阳光透过黑色和血色的玻璃边缘照射进来，或者说努力照射进来。它只是一条小小的边界，却从四面八方封闭了尘埃之国的翻搅扩张。

边界彼端是黑色的角落，是这房间里，轴心与特洛伊诸阳从未触及之处，肥胖的恶魔与德克恐惧的化身们弯腰躲藏在那里，免于监视、永远安全。

他微笑着一边揉搓下颌——胡楂盖满了双颊和下巴，开始发痒——一边打量那些墙角，让黑暗黎明星的乐声回归他的灵魂之中。他不清楚自己是如何把它赶走的，可此时它已再度归来，并在他身周萦绕。

他们所在的塔楼——他们的家——奏出了悠长低沉的音符。在几年或是几个世纪远处，某个合唱团以响亮的寡妇哀号作为应答。他听到战栗的律动，听到弃婴的哭叫，听到利刃划开温热血肉的声响。还有鼓声。风是怎么敲响鼓的？他思索着。他不知道。或许那是别的什么东西。可它听起来像是鼓声。尽管它遥远得可怕，而且如此孤独。

如此无休无止的可怕孤独。

迷雾与阴影在屋中最远也最为模糊的角落聚集，随后视线逐渐清晰。德克看到一张桌子和一张低矮的椅子，它们从墙面生长而出，犹如古怪的塑料蔬菜。他忽然好奇自己是怎么看到的，如今太阳又移动了少许，只有一道细细的光束自窗间洒落，最后连它也突然不见，世界彻底成了灰色。

他注意到，等到世界变成灰色，尘埃便不再舞动。一丝一毫的动作都不再有。他感受着空气，以坚定自己的看法。此刻屋里没有尘埃，没有温暖，也没有阳光。他庄严地点点头，就好像自己发现了什么伟大的真理一样。

模糊的光彩在墙中流转，幽灵们于夜晚再度醒来。那些幻影和过往梦境的空壳，全部呈灰色和白色。色彩只属于生者，而它们不属于此。

幽灵开始移动。它们一个个被困在墙中，时不时地，德克觉得自己看到某个幽灵停止了狂怒的舞蹈，无助而无望地敲打着将它和房间阻隔开来的玻璃墙壁。幽灵的双手不断捶打，房间却没有丝毫震颤。因为沉寂是它们的本质，这些幻影不具实体，无论如何去捶打墙壁，最终的命运仍旧是重新起舞。

那舞蹈——那翩翩起舞，不具形体的骇人阴影——噢，它们是如此美丽！跃动，沉沦，翻腾，犹如一道灰色的火焰之墙。这些舞者远远胜过那些微尘，它们的舞步有迹可循，而配乐便是塞壬之城的歌声。

凄凉。空虚。腐朽。孤单的鼓声，节奏缓慢。孤独。孤独。孤独。一切全无意义。

"德克！"

是格温。他摇摇头，目光从墙壁转开，落向黑暗中她的躺卧之处。夜晚已临。夜晚。不知怎么，白昼已然逝去。

格温——她没有入睡——正仰视着他。"抱歉。"她说。她想告诉他什么。可他已然知晓，从她的沉默中知晓，从——或许是从鼓声中知晓，或许是从克莱尼·拉米娅城的氛围中知晓。

他笑了。"你根本没有忘记，对吧？这不单是忘没忘的问题。你肯定有什么理由，才没有取下……"他指了指。

"对。"她从床上坐起来，任被单落在腰际。扬解开了她衣服的前襟，所以它松垮垮地挂在她身上，胸部的柔软曲线清晰可见。在摇曳的光芒中，她的肌肤苍白而灰暗。德克没有反应。她的手伸向银玉臂环，碰触它，抚摸它，叹了口气："我根本没忘记——我不知道——我只是做了我该做的，德克。布雷坦·布赖特原本会杀死你的。"

"或许那样更好些。"他答道，语气并不苦涩，只是带着困惑，而且略显烦乱,"所以你没有离开他的想法?"

"我不知道。我怎么会知道自己的想法?我想试一试,德克,真的。可我从没真正相信过这些举动。我是跟你说过的。我没说谎。这儿不是阿瓦隆,而且我们都变了。我不是你的珍妮。从来不是,更别提现下了。"

"是啊,"他说着,点点头,"我记得你驾驶的样子,你握住操纵杆的方式,你的脸,你的眼睛。你的眼睛就像碧玉,格温。碧玉的双眼和白银的微笑。你吓着我了。"他的目光从她身上移开,回到墙壁上。光的壁画混乱、无序地移动,伴随着空洞而狂野的乐声。不知怎的,幽灵们消失了。他的双眼不过移开片刻,它们却已全数消融离去。就像他过往的梦,他心想。

"碧玉的眼睛?"格温还在问。

"就像盖瑟。"

"盖瑟的眼睛是蓝色的。"她提醒。

"可还是像他。"

她"咻咻"轻笑,然后呻吟起来。"我笑的时候会痛,"她说,"不过这很好笑。我像盖瑟。不用说,扬——"

"你会回到他身边?"

"也许吧。我不确定。现在要离开他非常困难。你明白吗?他最终做出了选择。就在他拿枪指着盖瑟的时候。在这之后,在他转而对抗他的特恩、邦国和整个世界之后,我不能就这——你知道。可我不会回去当他的贝瑟恩,永远不会。银玉誓约远远不够。"

德克觉得心里空荡荡的。他耸耸肩:"那我呢?"

"不会有结果的,你很清楚。当然。你肯定感觉到了。你从没有停止过叫我珍妮。"

他笑了:"没有吗?也许没有。也许没有。"

"从没有。"她揉着脑袋。"我现在感觉好些了，"她说，"那蛋白质能量棒还有吗？"

德克从口袋里拿出一根，丢给她。她用左手在空中接住，对他笑笑，剥开包装，吃了起来。

他突然起身，双手塞进夹克的口袋里，朝那扇高大的窗户走去。这些骨白色塔楼的顶端染有逐渐衰落的微红色彩——或许地狱之眼和它的伴星仍未在西方天际彻底消失。可在下方的街道间，黑暗黎明之城正贪婪地吸吮着夜色。运河成了黑色的缎带，而这幕景色有磷光苔藓的昏暗紫光作为点缀。透过闪动柔光的黑暗，德克瞥见了那位孤单的船夫，正如先前在这黑色河水上瞥见他那样。船夫依旧依杆而立，任水流带着他不断前行，显得如此轻松，如此无动于衷。德克笑了。"欢迎，"他咕哝道，"欢迎。"

"德克？"格温刚刚吃完。她借助昏暗的灯光，重新系紧连身服。她身后的墙壁里，充斥着灰白的舞者。德克听到了鼓声、耳语，以及诺言。而他明白，最后那些全是谎话。

"我有个问题，格温。"他语气沉重。

她盯着他。

"你为什么召唤我？"他说，"为什么？如果你觉得我们——你我之间——已经毫无希望，那又是为什么？"

她的面孔苍白而茫然。"召唤你？"

"你知道的，"他说，"呢喃宝石。"

"是啊，"她迟疑着说，"它留在拉特恩城了。"

"当然了，"他说，"它还在我的行李箱里。你把它送到了我那里。"

"没有，"她说，"没有。"

"可你来见了我！"

"你在飞船上联络了我们。我绝对没——相信我,那是我第一次知道你要来。我不知道原因。可我觉得你早晚会告诉我的,所以一直没深究。"

德克说了些什么,可塔楼呜咽出低沉的音符,掩盖了他的话。他摇摇头:"你没有召唤我?"

"没有。"

"可我拿到了呢喃宝石。在布拉克星上。是同一颗,有灵能蚀刻,不可能伪造。"他想起了另一件事,"而且阿金说——"

"是了,"她咬了咬嘴唇,说道,"我不明白。肯定是他把宝石寄给了你。可他是我的朋友。我总得有个倾诉的对象。我不明白。"她抽泣起来。

"头痛吗?"德克飞快地问道。

"不,"她说,"不是的。"

他审视着她的脸。"是阿金寄出去的?"

"是啊。只有他了。肯定是他。我们在阿瓦隆相遇,就在你和我……你知道的……后来阿金帮助了我。那段时间很难熬。你把你的宝石寄给珍妮的时候,他也在场。我哭了好久,跟他说了宝石的事,然后聊起来。就算到后来,在我遇见扬之后,阿金和我也走得很近。他就像我的兄长!"

"兄长,"德克重复道,"可为什么——"

"我不知道!"

德克思考起来:"当你和我在太空港碰面时,阿金在你身边。是你叫他一起来的吗?我本以为你会一个人来。"

"那是他的主意,"她说,"好吧,我告诉他我很紧张。对于再次见到你很紧张。他便……他便建议陪我一起来,给我些精神上的支持。而且他说,他也想见见你。你知道,在阿瓦隆时我跟他说过你。"

"还有你和他到野外去的那天——我先是跟盖瑟闹得很不愉快,然后碰上了布雷坦——到底怎么回事?"

"阿金说……有一场装甲虫的迁徙。事实上并没有,不过我们总得去确证一下。我们走得很匆忙。"

"但你为什么不告诉我你要去哪儿?我还以为扬和盖瑟狠狠地打了你一顿,而且不让你见我。前一天晚上,你才说过——"

"我知道,可阿金说他会告诉你的。"

"而他让我相信自己必须逃跑,"德克说,"至于你,我想他对你说过,要说服我,你应该……"

她点点头。

他转脸面向窗户。最后一缕光芒已从塔顶消失。稀疏的星辰在天空中闪烁。德克数了数。十二颗。恰好一打。他猜想着,也许其中一些是真正的星系,远在黑色大洋彼端。"格温,"他说,"扬今早离开了。乘坐飞车,从这里往返拉特恩城——要花多久时间?"

见她没有答话,他转过脸,再次望向她。

墙壁里挤满幻影,格温却在光辉中颤抖。

"他现在就该回来了,对不对?"

她点点头,躺回苍白的床垫上。塞壬之城吟唱着它的催眠曲,那是献给最终沉眠的赞美诗。

11

德克穿过房间。

激光步枪靠墙放着。他抬起它,再次感受到光滑的黑色塑料枪管略显油腻的表面。他的拇指擦过狼头。最后他把武器靠在肩头,瞄准,开火。

光柱在空中悬停了整整一秒。其间他略微挪开步枪,光束也随之移动。等光束淡去,残影也从视网膜中消失,他看到自己在窗户上烧出了一个形状不规则的圆孔。冷风呼啸着从中穿过,伴随着拉米娅-拜里斯的乐曲,奏出刺耳的不和谐音。

格温摇摇晃晃地爬出床外:"怎么了?德克?"

他朝她耸耸肩,垂低枪口。

"怎么了?"她重复了一遍,"你在做什么?"

"我想证实自己真的知道怎么用它,"他解释道,"我要……我要走了。"

她眉头紧皱。"等等,"她说,"我找找靴子。"

他摇摇头。

"你也这样?"她的脸色很难看,"该死的,我不需要保护。"

"不是这么回事。"他说。

"如果哪个傻瓜打算让你在我面前逞英雄,那可骗不了我。"她说着,双手叉腰。

他笑了:"事实上,格温,那个傻瓜打算让我在自己面前逞英雄。你的看法……已经不重要了。"

"为什么?"

他迟疑着掂了掂步枪。"我不知道,"他承认,"也许是因为我喜欢扬,而且我欠他的。我想为信任我、和我兄弟相称,却被我抛下的他做些补偿。"

"德克。"她开口。

他摆摆手,要她安静。"我知道……别说了。也许我只是想接走鲁阿克。也许是因为克莱尼·拉米娅城的自杀者比其他节庆都市都要多,而我成了其中之一。以上这些,随你相信哪一个,格温。"一缕笑意拂过他的脸庞,"或许是因为天上只有十二颗星星,看见了吗?怎样都没区别,不是吗?"

"你这样做能有什么用?"

"谁知道?这又有什么关系?你在乎我吗,格温?你真的在乎吗?"他摇摇头,发丝再次荡回额前,而他也再次停口,将它拂开。"我才不管你在不在乎,"他强硬地说,"在挑战城时,你说过,或者暗示过,我很自私。好吧,也许那时我的确很自私。也许到现在也是一样。可我要告诉你一件事。无论我要做什么,都用不着先看你的胳膊,格温。你明白我的意思吗?"

这是段绝佳的退场台词,可没等完全走出门,他就开始软化。他犹豫着转过身。"待在这儿,格温,"他告诉她,"待在这儿就好。你身上有伤。如果你非走不可,扬提过某个山洞。你知道山洞的事吧?"她点点头。"很好，如果有必要，你就去那里吧。否则就待在这儿。"他扛着步枪，笨拙地朝她挥手道别，然后转身急匆匆地离去。

起降台那里的墙壁只是墙壁而已——没有幽灵，没有壁画，没有光。德克被他要找的飞车绊了一跤，便开始等待双眼适应黑暗。那辆弃车并非卡瓦娜星的产品，它是辆狭小的双座飞车，呈泪滴状，由黑色塑料和轻巧的银色金属制成。不用说，它完全没有护甲，车上唯一的武器就是他横放在大腿上的那把激光步枪。

它比整颗星球的其余地方稍具生气，而这已足够。他接通动力时，飞车悠然醒转，仪表盘放射出的苍白光辉照亮了车舱。他匆忙吃下一根蛋白质能量棒，研究起读数来。能量贮备相当之低，可这也没办法。他可以不开车灯，利用有限的星光飞行。暖气也同样可以省去，只要他身上还有皮夹克御寒就行。

德克用力关紧车门，把自己封闭在车舱里，再轻轻打开重力格栅的开关。飞车离开地面，剧烈颤抖了一阵，但最终还是浮了起来。他握紧操纵杆，推向前方，这时他已身在楼外，飞翔于空中。

在他脑中，惊恐一闪而过。他明白，如果重力格栅的动力不足，那就别提什么飞翔了，他只会翻腾着、轰鸣着，摔向苔藓丛生的地面。飞车确实骇人地颤动着，骤然降低了高度，可那只是短短一瞬。格栅随即发挥了效力，一人一车在高歌的风中爬升，只有他的胃依然翻腾不止。

德克平稳地攀升，努力让这辆小车飞向高处。山墙就在前方，他必须确保前路畅通无阻，此外，他并不希望撞见其他开夜车的人。高空中，因为车灯熄灭，他能够看见下方经过的任何飞车，而自己被发现的机会则少之又少。

他没有回望克莱尼·拉米娅城，可他感到城市就在身后，驱使他向前飞行，洗去他的恐惧。恐惧是那么愚蠢，一切都不再重要，尤其是死亡。甚至当塞壬之城和它灰白相间的光芒都已消失之时，乐声仍在流连，它平稳地消退，逐渐变轻，可始终如影随形，始终强而有力。某个音符，某种空洞而颤抖的呼哨声，在他耳边萦绕得最久。飞离城市大约三十千米后，他仍旧能听到它，它与更为深沉的呼啸风声交融混合。最后他才意识到，那种声音出自他自己的唇间。

他止住呼哨，试图专心飞行。

飞行了差不多一小时之后，山墙涌现，它就在他前方，或者说下方更恰当，因为那时他已飞得相当高了。他觉得，比起下方远处的森林，天上的星辰和渺小的银河离他更近。寒风发出刺耳的怒号，从门缝的狭小空隙间挤过，可德克浑不在意。

在群山与荒野的交会之处，他看到了一道光。

他转过车头，环绕几圈，开始下降。他很清楚，山的这一边不该有光，无论那是什么，都有查清的必要。

于是他盘旋下落，一直飞到光芒的正上方，然后停止了飞车的行进。他在空中悬停，逐渐调低重力格栅的动力。飞车在风中轻轻地前后晃动，德克缓慢地、安静地降落了下来。

下方有好几道光。主要的光源是一团火。他看得一清二楚，看到它在狂风的肆意吹拂下变幻形体，闪烁不定。附近还有其他较为微弱的光芒——在黑暗中，稳定的人造光源排成环状，离火焰不算太远。或许有一千米，他估算着，或许更近。

狭小车厢里的温度开始升高，德克感到皮肤渗出汗水，浸湿了那件厚重夹克下的衣物。烟雾也侵袭而来，结成云团，乌黑如煤，自火焰处升起，模糊了视线。他皱着眉头，转开飞车，直到不再位于那团烈焰的正上方，然后继续下降。

火焰起身向他致意，那是长长的橙色火舌，在缕缕烟雾中显得异常明亮。他还看见了火花，或是余烬，或是类似的东西。它们自明亮炽热的火焰中倾泻而出，飞入夜空，并逐渐消亡。等飞得稍低些，他又看到了另一幕景象,在刺鼻的臭氧气味中,一道蓝白色火焰燃烧得"噼啪"作响,然后消散无形。

德克彻底停止了飞车的动作,这时下方的火焰离他还有一段距离。他不希望被人看见。附近有人——从那圈稳定的人造灯光可以看出。银黑色的飞车悬停在黑色的夜空中,纹丝不动,很难被察觉,可要是被火光勾勒出轮廓,就是另一回事了。尽管他所在之处的视野开阔,却难以分辨火中燃烧的究竟是什么,火焰中央是一团不成形的黑暗,时而有火星从中迸出。火焰周围,他看到绞杀树浓密纠结的枝条,白蜡般的枝干在反射的火光中泛动着亮黄色光泽。几根树枝落入烈焰中心,起皱枯萎,化作飞灰,造就了大部分的黑烟。可其余的东西,那环绕着黑色燃烧物的扭曲围栏却没有燃烧。火焰非但没有扩散,熄灭的势头反倒显而易见。

德克等待着,看着它逐渐熄灭。他这时已相当肯定,自己看到的是一辆坠落的飞车——这是从那些火星和臭氧气味中得出的结论。他只想知道是哪一辆飞车。

火势渐弱,火星也停止迸发。还没等火焰彻底熄灭,转为油腻的烟雾,德克瞥到了一具形体,仅仅一瞥。它长有翅膀,略似蝙蝠,被扭曲成怪异的角度,直指天际,火光在它身后闪耀。够了,它不是他所知的任何一辆飞车,但明显是卡瓦娜人的制品。

他从将熄的火堆上方掠过,犹如森林上空的暗色幽灵,飞向那处人造的环形光源。这次他在远处停下,不需要再靠近了。那些光芒颇为明亮,将眼前的情景映照得清清楚楚。

这是一片宽敞的空地,照明棒环绕在旁,旁边是平静开阔的水体。下方有三辆飞车,而且他全都认得,那正是挑战城的伊莫瑞尔巨树下,麦里克·布赖特袭击格温时停在旁边的三辆。其中一辆,暗红色装甲的大圆顶飞车属于洛瑞玛尔·高阶布赖特。另外两辆较小些,几乎像双胞胎,只是现在已不像了——其中之一受损严重,即使隔这样远的距离也能看见它笨拙地躺卧在地,一半车身浸没在水中,另一部分变得奇形怪状,还发着光。它的装甲车门裂开了。

几个细长的人影在损毁的飞车周围转悠。德克除了知道他们在移动之外什么都看不清,他们与环境融合得太完美了。近旁某处,有人正从洛瑞玛尔飞车的侧门里牵出布赖特猎犬。

德克皱着眉,按下重力调节器,让飞车向上直飞,直到那些人和飞车都在视野中消失,而下方也只剩下林中的一个光点。事实上,是两个光点,但那火焰如今只是模糊的橙色余烬,消退得飞快。

他安然待在苍穹的黑色子宫里,开始思考。

受损的飞车属于罗瑟夫,就是他们从挑战城偷来的那一辆,也是扬·维卡瑞今早乘往拉特恩城的那一辆。他能肯定这一点。很明显,布赖特们找到了扬,一路追击到森林里,然后击落了他。可看起来,他死掉的可能性不大,否则要这些布赖特猎犬做什么?洛瑞玛尔把猎犬牵出来不会只是想遛遛而已。更有可能的情况是,扬活了下来,逃进了森林,而布赖特们正准备去追捕他。

德克略微考虑了实施救援的可能,但前景渺茫。在这夜色包裹的外域荒野中,他不知该如何找到扬。在这方面,布赖特们的准备比他要充足得多。

他重新向山墙驶去,拉特恩城就在山墙另一头。在森林中,拿着武器却孤身一人的他帮不上扬·维卡瑞什么忙。但在卡瓦娜的烈焰堡垒里,他至少能跟阿金·鲁阿克算算铁玉的这笔账。

群山在下方掠过,德克再次放松身体,一只手却落在仍旧摆在膝头的激光步枪上。

这段航程只花了不到一小时，红色的拉特恩城随即现身，它依旧背负群山，闷燃不止。此刻的它显得异常死寂、异常空旷，可德克明白，这只是假象。他降低高度，没浪费任何时间，径直翻越低矮的方形屋顶和耀石广场，朝他曾经和格温·迪瓦诺、两位铁玉和那个奇姆迪斯骗子同住的大楼飞去。

只有一辆飞车静候在饱经风霜的屋顶——那辆全副装甲的军用古物。鲁阿克的黄色飞行器踪影全无，灰色蝠鲼车也不见了。德克略微思索了一下，那辆被遗弃在挑战城的飞车会有怎样的遭遇。他摇摇头，把这个想法抛到一旁，开始降落。

他爬出飞车，手里紧握步枪。世界是平静的深红色。他快步走向电梯，前往鲁阿克的房间。

房里空无一人。

他彻底搜索了房间，翻箱倒柜，根本不在乎自己弄乱了什么或是损坏了什么。奇姆迪斯人的东西都留在原处，可鲁阿克却不知去向，更没有留下半点蛛丝马迹。

德克自己的东西也都还在，那是他和格温逃离时留下的，其实只是他从布拉克星带来的一小堆轻便衣物而已。它们在沃罗恩星的寒风中毫无用处。他放下激光枪，跪坐在地，在那些脏兮兮的裤袋里摸索。直到寻获它的那一刻——它依旧在银箔和天鹅绒的包裹之中——他才真正明白自己要找什么，还有他返回拉特恩城的缘由。

在鲁阿克的卧室里，他在一个锁匣里找到了装有私人珠宝的暗格：戒指、挂饰、图案复杂的手镯和王冠，还有不怎么值钱的宝石耳环。他翻动匣子，最后找到了一条精致的细链子，上面有只银丝编织的猫头鹰，凝固在琥珀中，被夹子扣在链条上。这夹子应该很合适，于是德克扯下琥珀猫头鹰，换上了呢喃宝石。

接着他解开夹克和沉重的衬衣，让那颗冰冷的红色泪滴紧贴他的肌肤，低声耳语，承诺谎言。胸口传来的微弱的寒冰戳刺之感，令他痛苦，但没有关系，它就是珍妮。他很快适应了这种感觉，很快接受了它的触碰。咸咸的泪顺着他的双颊滚落。他并未留意，径直走上楼去。

鲁阿克和格温共用的工作室和德克记忆中一样杂乱，可奇姆迪斯人也不在这儿。他也不在德克从挑战城呼叫他时所在的那间废弃公寓。只剩下一个地方可找了。

他飞快地登上塔楼顶层。房门洞开。他犹豫片刻，进了门，手里的激光枪准备就绪。

宽敞的起居室里，一片狼藉。

显示墙被人砸碎或是炸坏了，玻璃碎片到处都是。墙上满是激光留下的痕迹。沙发被翻倒过来，撕成了十几片，许多填塞物被扯出，散落在地。其中一些被扔进了壁炉，变成了潮湿、散发焦味、阻塞炉膛的炉烬。一只滴水兽没了脑袋，上下颠倒，斜靠在壁炉架的底座上。它的脑袋，那对耀石眼睛和其他东西，都被丢进浸透的灰烬里。空气中散发着酒和呕吐物的气味。

盖瑟·加纳塞克睡在地板上，一动不动，红胡子被滴落的酒液染得更红，嘴巴大张。他的味道和这间房一样。他鼾声如雷，激光手枪仍然紧攥在手中。德克看到他揉起来的衬衫放在一摊呕吐物中——先前加纳塞克肯定心不在焉地试图用它擦拭。

他小心翼翼地绕过去，从加纳塞克无力的指间取出激光枪。看来，维卡瑞的特恩和扬心目中那个坚强的卡瓦娜人不太一样。

加纳塞克的右臂仍被黑铁耀石臂环束缚着。但几颗黑红色的宝石已从底座中撬了出来，那空洞的样子令人厌恶。不过，除了几道长长的刮痕外，臂环的大部分完好无缺。臂环上方，加纳塞克的前臂同样伤痕累累。伤痕很深，而且和黑铁上的痕迹相连。手臂和臂环上都结有干涸的血块。

在加纳塞克的靴子旁边，德克找到了一柄血迹斑斑的长匕首。他想象得到。不用说，加纳塞克喝醉了，用受旧伤影响、很不灵活的左手试图撬出耀石，然后失去了耐心，开始疯狂地戳刺，又在痛苦和狂怒中掉落了匕首。

德克略微退后，绕过加纳塞克潮湿的衬衣，停在门口，抬起步枪，大喊一声："盖瑟！"

加纳塞克没动。德克又喊了一声。这次鼾声明显低落下去。备受鼓舞的德克俯下身，捡起身边最近的东西——一颗耀石——扔向卡瓦娜人。它打中了加纳塞克的脸。

加纳塞克缓缓坐起身，眨着眼。他看到了德克，立刻怒目而视。

"起来。"德克晃了晃激光枪。

加纳塞克晃悠悠地站起来，张望四周，寻找自己的武器。

"你找不到的，"德克告诉他，"都在我这儿呢。"

加纳塞克的双眼蒙眬而疲惫，但醉意已消去大半。"你来这儿做什么，提拉里恩？"他语速缓慢，语中多是疲倦而非酒气，"你是来嘲笑我的吗？"

德克摇摇头："不，我可怜你。"

加纳塞克怒目瞪着他："可怜我？"

"你不觉得自己可怜吗？看看你身边吧！"

"小心，"加纳塞克告诉他，"提拉里恩，要是你太过分，我倒要瞧瞧你有没有胆量开你拿都拿不稳的枪了。"

"别，盖瑟，"德克说，"求你。我需要你帮助。"

加纳塞克哈哈大笑，仰起头来，朝他高声咆哮。

等咆哮止息，德克便把维卡瑞在挑战城杀死麦里克·布赖特之后发生的一切告诉了他。加纳塞克僵硬地站在原地，聆听着，双臂环抱，紧贴住他伤痕累累的赤裸胸膛。当德克说出自己对鲁阿克的推论时，他再次大笑。"奇姆迪斯的幕后黑手。"加纳塞克嘀咕道。

"所以呢？"等德克讲完，加纳塞克开口询问道，"为什么你觉得这些事会跟我有关系？"

"我只是觉得你不会允许布赖特们像狩猎动物那样狩猎扬。"德克说。

"他把自己变成了动物。"

"那是布赖特的看法，"德克回答道，"你是布赖特吗？"

"我是个卡瓦娜人。"

"莫非卡瓦娜人全都一样？"他指了指壁炉里的滴水兽头颅，"我发现你也开始搜集战利品了，就跟洛瑞玛尔一样。"

加纳塞克一言不发。他目光冷酷。

"也许我错了，"德克说，"可当我进门瞧见这一切的时候，它让我思考。它让我以为你对曾经是你特恩的那个人还抱有些人类的感情。它让我想起，你曾经告诉我，你和扬之间的纽带比我所知的一切情感都要牢固。可我猜这只是句谎话。"

"这是实话。但扬·维卡瑞切断了纽带。"

"格温多年前就切断了我和她之间的一切纽带，"德克说，"可当她需要我的时候，我来了。噢，虽然我随后发现，她并不真正需要我，而我只是为了许多自私的目的前来的。可我毕竟是来了。你不能否定这点，盖瑟，我遵守了诺言。"他顿了顿："而且只要我能做到，我就不会让别人去狩猎她。看起来，联结我们的，是一条比你们卡瓦娜人的铁火誓约更加牢固的纽带。"

"随你怎么说，提拉里恩。你的话什么都改变不了。你对守诺的看法太可笑了。你对扬和我的诺言又算什么？"

"我背弃了那些诺言，"德克飞快地说，"我很清楚这点。所以你和我半斤八两，盖瑟。"

"我没有背弃任何人。"

"你抛弃了你最亲近的那些人。格温是你的克罗-贝瑟恩,和你同床共枕,对你爱恨交加。你还抛弃了扬,他是你最珍贵的特恩。"

"我没有背弃他们,"加纳塞克怒气冲冲地说,"格温不仅背弃了我,还背弃了自她到来那天起就佩戴的银玉臂环。扬杀害了麦里克,把公义道德抛诸脑后。他忽视了我,忽视了铁火誓约的职责。我不欠他们的。"

"你不欠他们的,是吗?"衬衫下,德克感觉到呢喃宝石紧贴着肌肤,将诺言和回忆注入他体内,伴随着过去那个他的感受。他很生气。"这就没事了,是吗?你不欠他们的,那又怎样?说到底,你们这些见鬼的卡瓦娜誓约只是债务和义务而已。传统和邦国古训,决斗法典和伪人狩猎……都是这样,不经思考,依样画葫芦就行。鲁阿克有件事说得没错——你们全都不懂爱,或许扬除外,这我说不准。要是那时格温没戴他的臂环,他会怎么做?"

"做同样的事!"

"真的?那你呢?你挑战麦里克,是因为他伤了格温?还是因为他损坏了你的财产?"德克哼了一声,"或许扬会做出同样的行为,可你不会,加纳塞克。你和洛瑞玛尔是同样的卡瓦娜人,你和切尔或是布雷坦同样顽固不化。扬想让他的同胞变得更好,我猜你只是盲目地跟在他身边,半点没相信过这些。"他从腰带上抽出激光手枪,用空着的那只手把枪丢了过去。"来吧,"他垂低枪口,大喊道,"来狩猎伪人吧!"

震惊的加纳塞克纯凭本能接住了武器。他站在那里,笨拙地握着它,眉头纠结。"我现在能干掉你了,提拉里恩。"他说。

"随你便,"德克说,"都是一回事。要是你真的爱过扬——"

"我不爱扬,"加纳塞克怒喝道,脸孔通红,"他是我的特恩!"

德克让这个卡瓦娜词在空中回荡良久，接着，他若有所思地挠了挠下巴。"噢？"他说，"你应该说扬'从前'是你的特恩，不是吗？"

加纳塞克脸上的红晕消褪得和泛起时一样迅速。胡须下方，他嘴角抽搐的样子让德克想起了布雷坦。他的目光转动，近乎鬼祟，更带着几分羞愧，随后落在仍旧挂在他血淋淋前臂的沉重铁制臂环上。

"你没把全部耀石取出来。"德克轻声道。

"对。"加纳塞克说，他的语气出奇地柔和，"对，我没有。当然了，这不代表什么。若誓约逝去，臂环便再无意义。"

"可它没有逝去，盖瑟，"德克说，"在克莱尼·拉米娅城的时候，扬提起了你。或许他觉得他跟格温也有铁火誓约要遵守，或许不是。别问我。我只知道扬和另一枚臂环都在。在克莱尼·拉米娅城的时候，他戴着他的铁火臂环。我猜他会一直戴着它，直到布赖特猎犬把他撕碎为止。"

加纳塞克摇摇头。"提拉里恩，"他说，"我敢说你母亲一定是奇姆迪斯人。所以我抵抗不了你的话。你太有手腕了。"他露齿而笑，那是他的招牌笑容，是那天早晨他用激光枪瞄准德克，问他有没有吓坏时，脸上闪过的笑容。"扬是我的特恩，"他说，"你想要我做什么？"

加纳塞克的转变尽管艰难，却足够彻底。卡瓦娜人立刻挑起了指挥重任。德克觉得他们应当立刻离开，在途中讨论计划，可加纳塞克坚持他们应该花时间洗澡和打扮。"如果扬还活着，那他直到黎明前都会很安全。猎犬的夜视能力很差，而且布赖特们对闯进漆黑的绞杀树林没多少兴趣。不，提拉里恩，他们会扎营等待。孤身徒步的人是走不了多远的。所以我们有足够时间打扮得像个铁玉，然后再跟他们碰面。"

等到出发时，加纳塞克已经除去了所有酒醉的痕迹。他穿着毛边变色套服，显得身子修长整洁，胡须经过清理修整，暗红色头发仔细向后梳理。只有他的右臂——尽管经过清洗和仔细包扎，仍旧引人注目——在做出对他不利的证词。但那些刮伤似乎并未减少他的体力，他为手枪上膛、检查状况、再把它滑入皮套的过程优雅而流畅。除了激光手枪，加纳塞克还带了一把双刃长匕首，还有一把和德克相同的步枪。拿起它时，他露出了欢快的笑容。

德克在等待期间梳洗完毕，刮了胡子，也抓住机会吃了他几天来的第一顿饱饭。他几乎有种精力充沛的感觉了。

加纳塞克的庞大方形飞车内部就跟德克从克莱尼·拉米娅城开来的那辆小巧的弃车一样狭窄，尽管这辆飞车有四个座位。"因为装甲。"当德克提及有限的车内空间时，盖瑟解释说。他用紧绷的作战用皮带把德克系在硬邦邦的椅子上，对自己也照做了一遍，随后迅速起飞。

车厢内有微弱的照明，彻底密封，到处是仪表和器械，连车门上都有。车厢没有窗户，只在一块面板上装有八个小型屏幕，让驾驶员可以从八个角度观察外界。车厢内壁是未经涂漆且毫无装饰的耐久合金。

"这辆车比我们俩都要老。"升空后，加纳塞克说。他似乎非常渴望交谈，生硬的语气中透着友好。"而且它见过的星球比你还多。它的往事引人入胜。这一辆差不多有四百个标准年的历史了，是诱惑者面纱内侧的达姆·图里安星的智者们建造了它，把它用在跟埃丽坎星和浪客之期星的战争里。大约一个世纪后，它的机能受损，遭到废弃。埃丽坎人在和平期间修好了它，把它卖给了堡垒星的钢铁天使们。他们在许多场战役中使用它，直到它被普罗米修斯人俘获。有个奇姆迪斯商人在普罗米修斯星弄到了它，把它卖给了我，于是我根据决斗法典改造了它。从此以后，没人再敢向我提出空中决斗。瞧好了。"他伸出手，按下某个发光的按钮，突如其来的加速令德克向后贴紧椅背。"这是紧急加速用后备脉冲管,"加纳塞克咧嘴笑着说,"我们到那里的时间会比你先前短一半以上,提拉里恩。"

"很好。"德克说。有个念头困扰着他:"你刚才说它是从奇姆迪斯商人那儿买来的?"

"对,"加纳塞克道,"爱好和平的奇姆迪斯人都是些军火贩子。你知道,我对这些幕后黑手没有任何好感,不过我可不介意占他们的便宜。"

"阿金总是摆出一副反暴力的姿态,"德克说,"我想那只是另一副伪装吧。"

"那可不是。"加纳塞克说,他瞥了眼德克,露出微笑,"吃惊吗,提拉里恩?真相恐怕会更让你惊讶。我们叫奇姆迪斯人幕后黑手不是没有原因的。我想,你在阿瓦隆学过历史吧?"

"学过一些,"德克说,"古地球历史,联邦帝国,双面战争,大扩张。"

"但没学过外域历史。"加纳塞克"咯咯"笑起来,"不出所料。毕竟,人类宇宙中有那么多星球,那么多文明,那么多历史。光名字就够你记的了。听好了,我来点拨点拨你。你在沃罗恩星降落时,注意到那圈旗帜没有?"

德克茫然地看着他:"没有。"

这件事似乎令他忍俊不禁:"或许它们已经不在那儿了。但在节庆期间,太空机场外的广场曾高高飘扬着十四面旗帜。这是托贝星人荒谬的花样,可它在某种程度上还是被执行了,尽管十四面行星旗帜里有十面毫无意义。像伊瑟琳星和遗忘殖民地这样的星球甚至连旗帜代表什么都不知道。而另一个极端,后伊莫瑞尔星的上百座塔城却有各不相同的城旗。黑民们则嘲笑了所有人,升起了一块纯黑的布料。至于卡瓦娜高原星,本没有代表整个星球的旗帜。可我们从历史记载里找到了一面。

旗帜上是个矩形，被分割成色彩不同的四块：黑底上的绿色猞女代表铁玉，夏恩埃吉是黄底上的银色狩猎蝠，红底的交叉利剑代表赤钢，布赖特则是紫底上的白狼。它就是高阶同盟的古老旗帜。

"同盟在太空船初次回归卡瓦娜星时创立。当时有一个人，一位伟大的领袖，名叫维科尔·高阶赤钢·科尔本。他领导赤钢的高阶议会长达一个世代，当外域客到来时，他相信所有卡瓦娜人必须联合在一起，分享知识和财富，以作为抵御。因此，他组建了高阶同盟，旗帜的样子我先前给你描述过了。不过呢，同盟短命得令人悲伤。因为畏惧卡瓦娜人团结的力量，奇姆迪斯商人们签订了契约，为布赖特独家提供现代化军备。布赖特的高阶议会加入联盟只是出于恐惧，事实上，他们想要避开他们口中那些充满伪人的星球。可用着伪人造的激光枪并不会有损他们的形象。

"所以我们打响了最后一场高阶战争。铁玉、赤钢和夏恩埃吉共同镇压了布赖特，尽管他们拥有奇姆迪斯人的武器，但维科尔·高阶赤钢·科尔本在此战中被杀，死亡人数更十分惊人。高阶同盟只比它的创始者多存活了几年。遭受重创的布赖特坚信他们遭到了奇姆迪斯伪人的欺骗和利用，也因此对古老的传统更加忠诚。为了让和平延续下去，同盟——后来由夏恩埃吉的高阶议会领导——逮捕了卡瓦娜高原星上所有的奇姆迪斯商人，还扣押了一艘托贝飞船，宣布他们全都是战犯——顺带一提，这是外域客教我们的词——然后把他们在平原上释放，当作伪人来狩猎。黑猞女杀死了许多人，另一些人饿死了，可被猎人们追杀而死的最多。他们的头颅被带回家，当成战利品。据说布赖特高阶者在剥那些人——那些给他们武器，帮他们出谋划策的人——的皮的时候尤其喜悦。

"如今我们虽不以那场狩猎为荣，但能理解它的来由。自烈焰与恶魔纪元以来，我们历史上的战争没有哪一场比这次更漫长、更血腥的。

那是个伤痛极深、敌意极盛的时代，而毁灭了高阶同盟的，就是时代本身。当年，铁玉没有选择默许，反而退出了狩猎，宣布奇姆迪斯人是人类。赤钢很快仿效。杀戮伪人的都是布赖特和夏恩埃吉，结果从那时起，夏恩埃吉领导的联盟就只剩下了他们自己。维科尔的旗帜很快被人废弃，被人遗忘，直到节庆让我们重新想起。"

加纳塞克顿了顿，望向德克："你现在明白真相了吧，提拉里恩？"

"我明白卡瓦娜人和奇姆迪斯人互相看不顺眼的原因了。"德克承认。

加纳塞克笑了。"现在说说我们历史之外的东西。"他说。"奇姆迪斯人从不打仗，可他们的手上沾满了鲜血。当面纱托贝星攻击沃尔夫海姆星时，幕后黑手们为双方提供补给；当后伊莫瑞尔星的内战在将小小的塔城当成整个宇宙的市民，以及心怀不满、渴望广阔宇宙的寻星者之间展开时，奇姆迪斯人更是深入参与，并为市民提供了决定性的取胜手段。"他露齿笑道，"事实上，提拉里恩，甚至有传言说奇姆迪斯人在诱惑者面纱内侧进行密谋。据说奇姆迪斯的探子挑起了钢铁天使和普罗米修斯星的改造人之间的对抗；他们让塔拉星的第四代库楚莱恩被免职，只因他拒绝和他们通商；他们染指布拉克星，让科技在布拉克祭司的压力下停滞不前。你了解奇姆迪斯人的古老信仰吗？"

"不知道。"

"你应该会喜欢的，"加纳塞克说，"那信仰和平又文明，而且复杂得要命。你可以用它来证明除了人身暴力之外一切行为的正当性。而他们伟大的先知，梦者族裔——一般认为他只是个传说人物，但他们一直尊崇他——曾说：'记住，你的敌人也有敌人。'是啊，这正是奇姆迪斯古训的重点。"

德克在座椅上不安地挪动身体。"你是说鲁阿克——"

"我什么也没说，"加纳塞克打断道，"你自己下结论吧。不需要接受我的。这些话我曾对格温·迪瓦诺说过一次，因为她是我的克罗－贝瑟恩，我担心她。当时她笑得很快活。她告诉我，历史什么都说明不了。阿金·鲁阿克只代表他自己，不是什么外域的历史人物。她就是这么告诉我的。她还说，他也是她的朋友，而且这条纽带，这份友谊，"他说出这个词时，语气酸溜溜的，"莫名其妙超越了他身为骗子和奇姆迪斯人的事实。格温告诉我，看看我们自己的历史。如果阿金·鲁阿克只因生在奇姆迪斯，就是个幕后黑手，那我作为卡瓦娜人，就该是个伪人头颅搜集者了。"

德克想了想。"要知道，她说得对。"他平静地说。

"噢？是吗？"

"她的论点没错，"德克说，"也许看起来，她对鲁阿克评估有误，可总体来说——"

"总体来说，最好别相信所有奇姆迪斯人，"加纳塞克坚决地说，"你被人欺骗和利用，提拉里恩，却学不到教训。你和格温太像了。到此为止吧。"他用指节轻叩一块屏幕。"要不了多久，就到山那边了。"

德克握紧了激光步枪。他汗津津的手掌在裤子上擦干。"你有计划了吗？"

"有啊。"加纳塞克说着，露齿而笑。他靠向两人之间的空当，毫无困难地把激光枪从德克的膝头夺走。"事实上，计划很简单，"他小心地把武器放到德克能够到的范围外，同时继续道，"我会把你交给洛瑞玛尔。"

12

德克并不惊讶。衣物之下，冰冷的呢喃宝石依旧紧贴肌肉，提醒他往昔的诺言和背叛。他几乎已经不在乎了，只是交叠双臂，等待着。

加纳塞克显得很是失望。"你好像根本不担心。"他说。

"没关系的，盖瑟，"德克回答道，"离开克莱尼·拉米娅城时，我就认为自己死定了。"他叹口气。"这样做对扬能有什么好处？"

加纳塞克没有立即作答，他用蓝色的双眼仔细打量着德克。"你变了，提拉里恩，"最后，笑容在他脸上消失不见，而他继续道，"你真的关心扬·维卡瑞的命运，胜过你自己的？"

"我怎么知道？"德克说，"把你的计划说完吧！"

加纳塞克皱起眉："我考虑过在布赖特营地降落，直接提出决斗，但这行不通。我对死亡的渴望还不像你那样强烈。我可以挑战一个或几个猎人，但这明显是在帮助可耻的背誓者，所以他们肯定不会接受。事实上，我目前也没什么地位可言。因为我在挑战城的言行，布赖特们还把我视为人类，虽然是名誉扫地的人类。如果我公开帮助扬，我在他们眼里就自行堕落了。法典的礼仪将不再生效。我会成为罪犯，可能还是个伪人。

"另一个选择是发动突袭,不加预警,能杀多少就杀多少。不过呢,我还没堕落到这个程度。和这种罪行相比,连扬攻击麦里克的行为也算得上纯洁了。

"当然啦,最好的做法是飞进森林,找到扬,把他安全而隐秘地带走。可在我看来,机会渺茫。布赖特们有猎犬。我们没有。他们是经验丰富的猎人和追踪的好手,尤其是派尔·布赖特·奥尔扬和洛瑞玛尔·高阶布赖特这两位。我的技巧比不上他们,而你根本派不上用场。他们抢在我们前头发现扬的可能性非常大。"

"是啊,"德克说,"所以?"

"反正只要协助扬,我就会变成假卡瓦娜人,"加纳塞克用略带苦恼的语气说,"这顶多让我变得更虚假一点而已——但这是最好的方法。我们飞进空地,然后我把你交给他们,就像我刚才说的。这样能勉强博得他们的信任。然后我会加入狩猎队伍,用尽除谋杀之外的一切方法去协助狩猎。其间或许我能挑起一场争吵,用看起来不像是为了保护扬·维卡瑞的方式和其中几个人决斗。"

"但你可能会输。"德克指出。

加纳塞克点点头:"我可能会输,但我不觉得我会输。在单人决斗中,只有布雷坦·布赖特·兰特莱才是危险的敌手,而他和他的特恩没有参与狩猎——如果你看到的飞车就是全部的话。洛瑞玛尔很厉害,但扬已经伤了他;派尔身手敏捷,而且擅长使那根小棍子,可如果用刀剑或是便携枪械,他就不行了。剩下的人是些老弱。我不会输的。"

"若是你没法让他们跟你决斗呢?"

"那么,等他们找到扬时,我也在旁边。"

"然后?"

"我不知道。不过他们别想杀他。我向你保证,提拉里恩,他们别想杀他。"

"在此期间，我又会怎样？"

加纳塞克的目光再次扫来，那双蓝眼也再次若有所思地打量着他。"你的处境会非常危险，"卡瓦娜人说，"可我不觉得他们会立刻杀死你——在我把被捆住双手、毫无抵抗力的你交过去时肯定不会。他们可能会狩猎你。派尔很可能会宣布你是他的猎物。我希望他们会切断你的绳索，剥光你，再让你跑进森林。如果有人决定狩猎你，那么狩猎扬的人数就会变少。还有另一种可能性：在挑战城，派尔和布雷坦差点为了你争吵起来。如果布雷坦也参与了狩猎，他们很可能再次争执起来。这对我们只有好处。"

德克笑了。"你的敌人也有敌人。"他讽刺地说。

加纳塞克也露齿而笑。"我可不是阿金·鲁阿克，"他说，"我会尽力帮你。进入布赖特营地以前，我们会降落到——可能的话，在黑暗中秘密降落——你看到的那辆坠毁的飞车、那个熄灭的火堆边上。我会把你的激光枪放进残骸里。然后，在他们切断绳索、让你赤裸着跑进森林的时候，你就能好好利用这把武器，有希望给追捕你的人一个惊喜。"他耸耸肩。"你的性命取决于你跑得有多快，路线有多妙，还有你的枪法有多准。"

"以及我能不能下手杀人。"德克补充。

"无论你能不能做到，"加纳塞克回答道，"我都没法给你更好的选择了，提拉里恩。"

"我接受你的计划。"德克说。接着他们在沉默中飞行了很长一段时间。可当黑色刀丛般的山墙终于落在身后，而加纳塞克也熄灭了飞车的所有灯光，开始缓慢而谨慎地降落时，德克再次转身面向他。"如果我拒绝跟你合伙骗人，"他问，"你打算怎么做？"

盖瑟·加纳塞克在座椅上转过身，右手放在德克的胳膊上。那些依然完好的耀石在臂环的铁底座里微弱地燃烧着。"铁火誓约的牢固程度胜过你所知的一切纽带,"卡瓦娜人严肃地说,"更远远胜过稍纵即逝的感激之情。如果你拒绝我,提拉里恩,我就会割掉你的舌头,让你没法告密,让我的计划可以顺利进行。无论愿意与否,你都必须扮演你的角色。你得明白,提拉里恩,我并不恨你,尽管你已经有好几次理应令我憎恨了。不知怎的,有时候我甚至觉得自己喜欢你。所以,我不会出于怨恨而伤害你。可我仍然会伤害你。因为我已考虑万全,因为我的计划是扬·维卡瑞最大的希望。"

他说话时,脸上看不到半点笑意。至少这次,他不是在说笑。

德克没有揣摩这番话的时间。他们向下滑翔,穿过夜空,就像某颗轻得不可思议的巨石,从绞杀树丛的顶端鬼魅般掠过。残骸仍闷燃着微弱的橘色火焰,光芒从某棵倾覆的焦黑树木中间渗出来,弥漫的烟雾令其轮廓模糊不清。加纳塞克悬停在坠毁的飞车上方,打开一扇厚重的装甲车门,将那把激光步枪丢到下方几米处的林间地面上。在德克的坚持下,他把德克穿过的那件布赖特夹克也扔了出去,对裸身穿行于林间的人来说,它的毛皮和厚重的皮革不吝于天降横财。

随后,他们再度攀升,飞入高空,而盖瑟绑住了德克的手脚。细细的绳索系得德克又紧又痛,几乎阻断了血液循环,因此才显得异常可信。接着,加纳塞克打开前灯和高速灯,让飞车朝那道光芒之环俯冲而去。

猎犬被拴在桩子上,在水边沉睡,可当这辆陌生飞车下降时,它们全部苏醒过来,而加纳塞克在疯狂的嚎叫声中降下了飞车。附近只有一个布赖特,是那个瘦得皮包骨头、蓬乱的黑发仿佛油煎炭条般根根竖立的猎人。德克知道那是派尔的特恩,尽管他并不清楚对方的名字。当他们刚看见那个人时,他坐在布赖特猎犬附近低矮的营火边,身侧放着一把激光步枪,可他们下落时,他已迅速起身。

加纳塞克再次开启厚重的车门,任由寒夜涌入温暖的车厢。他拉起德克,粗鲁地将其推出门外,强迫德克跪在冰冷的沙粒上。

"铁玉。"负责站岗的人粗声说。这时他的克西们开始聚拢,从睡袋中抽身,自飞车里钻出。

"我有件礼物送给你们,"加纳塞克双手叉腰,道,"铁玉送给布赖特的礼物。"

德克跪着仰起头,发现共有六个猎人:他们全都去过挑战城。秃顶的大块头派尔一直睡在外面,在他的特恩旁边,他是最先赶到的。之后不久,罗瑟夫·高阶布赖特和他强壮的闷葫芦同伴也加入进来,他们都睡在自己飞车附近的地面上。最后是洛瑞玛尔·高阶布赖特·阿凯洛,他的左胸用黑色绷带包裹着,从圆顶的红色飞车中缓缓走出,身体靠在一直陪伴在旁的胖子的手臂上。六人都是一副早已睡醒的模样——穿戴整齐,全副武装。

"你的礼物,"派尔说,"值得感激,铁玉。"他那条黑色金属皮带上别着一把枪,可他的木棍不见了。没了它,他看起来像是缺了点什么。

"你的到来可不值得感激。"洛瑞玛尔奋力挤进人群。他几乎完全靠在他的特恩身上,因而显得弯腰驼背,病怏怏的,不再是以前的那个巨人了。德克看着他,觉得自己看到了新的皱纹,就在那纹路纵横的黝黑皮肤上——那是痛苦在肉体上雕刻而成的溪流。

"显然,我作为仲裁人的那场决斗永远无法实现了,"罗瑟夫平静地说,不带半点洛瑞玛尔的语气中那种浓重的敌意,"所以我不具备特别的权威,不敢代表卡瓦娜人或是布赖特发言。可我相信,我能代替我们所有人发言:我们无法容忍你的阻挠,铁玉。无论有没有礼物。"

"的确。"洛瑞玛尔说。

"我不打算阻挠你们,"加纳塞克对他们说,"我打算加入你们。"

"我们在狩猎你的特恩。"派尔的搭档说。

"他很清楚。"派尔打断道。

"我没有特恩,"加纳塞克说,"有头野兽在林中徜徉,它佩戴着我的铁火臂环。我可以帮你们杀死它,夺回属于我的东西。"他的语气非常坚定,令人信服。

一条猎犬不耐烦地拖着铁链来回踱步。它咆哮一声,沉寂许久,久到足以对加纳塞克皱起那张鼠脸,龇出一排发黄的犬牙。"他是个骗子,"洛瑞玛尔·高阶布赖特说,"连我们的狗都能嗅出他的谎言。它们不喜欢他。"

"一个伪人。"他的特恩补充。

盖瑟·加纳塞克略微转过头。跃动的火光照出了他胡须上的红色闪光,这时他露出了恐吓的微笑。"撒阿尼尔·布赖特,"他说,"你的特恩受了伤,所以能侮辱我而不受惩罚,他知道我不能和他决斗。你可享受不到这种好处。"

"目前他可以,"罗瑟夫严肃地说,"我们不允许你玩弄这种把戏,铁玉。你别想一个接一个地挑战我们,再救你背誓的特恩活命。"

"我发誓,我没想救他。我已经没有特恩了。根据法典,你们不能剥夺我的权利。"

个头矮小、满脸皱纹的罗瑟夫——他是卡瓦娜人中最矮小的一个,比大多数人矮了将近半米——毫不退缩地盯着加纳塞克。"我们人在沃罗恩,"他说,"我们想做什么就做什么。"另外几人低声赞同。

"你们是卡瓦娜人。"加纳塞克语气坚决,却有一丝犹疑掠过他脸庞,"你们是布赖特和高阶布赖特,受你们的邦国、议会和法典的约束。"

"这些日子里,"派尔微笑着说,"我见过太多背弃古训的克西,而其他邦国里这样做的人为数更多。'这条、这条,还有这条都是错的。'装腔作势的铁玉们会这么说。'我们不会遵守了。'赤钢的绵羊们应声附和,然后是夏恩埃吉的娘娘腔们,可悲的是,其中还有很多布赖特。难道我的记忆出错了吗?你站在这儿,向我们鼓吹法典,可我记得我年轻时,铁玉就禁止我继续狩猎伪人了,不是吗?我们送去阿瓦隆学习有关太空船、武器和其他有用知识的那些软弱的卡瓦娜人,回来时脑子里被塞满了'我们必须这样改变,那样改变'的谎话,说我们一直引以为傲的古老法典丑陋可耻,这些我都记错了吗?告诉我,铁玉,我说错了吗?"

盖瑟什么都没说。他交叠双臂,紧贴胸膛。

"扬·维卡瑞,曾经的高阶铁玉,最大的变节者和骗子。你也跟他差不多。"洛瑞玛尔声明。

"我从没去过阿瓦隆。"加纳塞克简单地回答。

"回答我,"派尔说,"难道你和维卡瑞没想过改变古训?难道你没嘲笑过法典里你厌恶的部分?"

"我从未背弃法典,"加纳塞克说,"扬……扬有时……"他支吾着。

"他承认了。"肥胖的撒阿尼尔说。

"我们私下讨论过,"罗瑟夫冷静地说,"如果高阶者能在法典以外杀戮,如果我们奉作真理的东西能被改变和漠视,那么我们也能做出改变,去规避那些我们不喜欢的虚假古训。我们不再受布赖特的束缚了。它是邦国里最好的一个,可还不够。我们那些邦国弟兄的心里被灌输了太多的软弱谎言,而我们不会再受人编派,遭人愚弄了。我们会重拾古老的真理,重拾铜拳溃亡前的古老信条,甚至回到铁玉、塔尔和地脉煤居的高阶者携手对抗雷姆兰山丘的恶魔的时代。"

"你瞧，铁玉，"派尔说，"你叫错我们的名字了。"

"我不知道。"加纳塞克说。他的语速略显迟缓。

"称呼要恰当。我们不是布赖特。"

盖瑟的双眼仿佛蒙上了阴霾，双臂仍然交叠。他看着洛瑞玛尔。"你们创建了新邦国。"他说。

"这有先例，"罗瑟夫说，"赤钢是由耀石山脉的成员所创，布赖特本身也是从铜拳发展而来。"

"我是洛瑞玛尔·雷恩·温特福克斯·高阶拉特恩·阿凯洛。"洛瑞玛尔用他严厉又满溢着痛楚的语调说。

"向你的邦国致敬，"加纳塞克回答，他身体僵硬地伫立，"向你的特恩致敬。"

"我们都是拉特恩。"罗瑟夫说。

派尔大笑："我们组成了拉特恩的高阶议会，我们遵守古老的法典。"

在接踵而至的沉默中，加纳塞克的目光从一张又一张脸上扫过，仍旧无助地跪在沙地中的德克看着他头颅转动，来来回回。"你们叫自己拉特恩，"最后，加纳塞克开口，"那你们就是拉特恩吧。古训对此并无异议。可我得提醒你们，你们所说的一切，你们提及的人物、教义和邦国都已消亡。铜拳和塔尔在你们出生前就在高阶战争中失败被灭，地脉煤居更是在烈焰与恶魔纪元便遭遇洪灾，无人幸存。"

"他们的训诫将被拉特恩延续。"撒阿尼尔说。

"你们只有六个人，"加纳塞克说，"而沃罗恩星即将死去。"

"在我们的管辖下，它会繁荣发展，"罗瑟夫说，"消息会传回卡瓦娜高原星，其他人会跟着到来。我们的子孙会在此诞生，在绞杀树中狩猎。"

"随你们的便。"加纳塞克说。"这与我无关。铁玉邦国和拉特恩邦国并无嫌隙。我毫不顾忌地前来,要求加入你们的狩猎。"他的手落在德克肩头,"而且我带来了血之赠礼。"

"的确。"派尔说完,沉默片刻。接着,他对其他人说:"我说,让他加入吧。"

"不,"洛瑞玛尔说,"我不相信他。他热心过头了。"

"我这样做是有理由的,洛瑞玛尔·高阶拉特恩,"加纳塞克说,"我的邦国和我自己的名声都蒙受了巨大耻辱。我希望能洗清污名。"

"无论有多痛苦,一个人必须保持他的自尊,"罗瑟夫点点头,道,"这句话对每个人都适用。"

"让他来狩猎吧,"罗瑟夫的特恩说,"我们六个人,他一个人,怎么伤害得了我们?"

"他是个骗子!"洛瑞玛尔坚称道,"他是怎么找来的?你们自己想想看!还有睁大你们的眼睛!"他指指加纳塞克的右臂,耀石仍旧在底座上灼烧,就像红色的眼睛,其中只有几颗不见了。

加纳塞克的左手按住匕首,把它稳稳地从鞘中拔出。他把右手伸给派尔。"帮我抓紧手臂,"他用冷静的语气说,"让我抛弃扬·维卡瑞虚伪的火焰。"

派尔照他说的做了。没有人说话。加纳塞克的动作稳定而迅捷。做完这些之后,耀石躺在沙粒上,犹如散开的火堆中的煤块。

他弯腰捡起一颗耀石,轻轻地丢向空中,再接住它,他始终微笑着,仿佛在试探耀石的重量。接着,他抽臂甩出,耀石向上飞出很长一段距离。在抛物线那一头,坠落的它和流星有几分相像。德克几乎觉得它落进湖泊的黑水时会"咝咝"作响了。可他没听到声音,这样的距离,甚至连水花都看不到。

加纳塞克依次捡起所有耀石,在掌中转动片刻,然后丢向湖中。

当最后一颗耀石也消失后，他转身面向猎人们，伸出右臂。"空空的铁臂环，"他说，"瞧啊。我的特恩已经死了。"

此后，没人再找他麻烦。

"黎明就快到了，"派尔说，"让我的猎物跑起来吧。"

于是猎人们把注意力转移到了德克身上，接下来的情形和盖瑟告诉他的差不多。他们切断了绳索，容许他稍稍摩擦手腕和脚踝，让血液循环恢复。接着他被推向一辆飞车，罗瑟夫和肥胖的撒阿尼尔架着他，由派尔亲手切碎他的衣物。秃顶的猎人用起那把小刀来，就像用短棍一样纯熟，可他的动作一点也不温柔。他在德克的大腿内侧留下了一条长长的切口，在胸口留下的那条虽短却较深。

派尔砍出伤口时，德克缩了缩身子，但没有费神抵抗。直到他最后不着片缕，开始在寒风中颤抖时，他的背才紧紧贴向冰冷的金属车身。

派尔突然皱起眉。"这是什么？"他说着，用白色的小手握住了德克胸前挂着的呢喃宝石。

"不。"德克说。

派尔用力拉扯扭动。纤细的银链深深陷入德克的喉咙，然后宝石"啪"的一声从临时代用的珠宝夹中脱落。

"不！"德克大喊。他突然企图扑向前方，身体拼命挣扎。罗瑟夫立足不稳，握住德克右臂的手掌松脱，人也摔倒在地，撒阿尼尔面色阴郁，紧抓不放。德克用拳头狠狠打中了他粗壮如牛的脖颈，靠近颌骨下方的位置。肥胖的男人咒骂一声，放开了手，而德克旋身扑向派尔。

派尔已操起了短棍。他在笑。德克飞快地前进一步，然后停了下来。

他犹豫得太久了。撒阿尼尔从后方伸来一只厚实的手臂，环住他的脑袋,越勒越紧,令他呼吸困难。

派尔满不在乎地看着这一切。他把短棍插进沙地,用拇指和食指捏住那颗呢喃宝石。"伪人的珠宝。"他轻蔑地说道。它对他而言毫无意义,通过灵能蚀刻进这颗宝石的图案和他的心灵不会出现任何共鸣。或许他注意到了这颗小小泪滴的触感有多么冰冷,或许没有,但他听不到任何低语。他转向他的特恩——后者正在火堆边踢打着沙粒——然后说:"想要提拉里恩的礼物吗?"

那个人一言不发地走上前来,接过宝石,略微掂量了一下,便放进夹克衫的口袋里。他面无表情地转过身,在布赖特营地的周围绕行,将那圈放置在沙粒中的电气照明棒依次熄灭。等所有光芒隐去,德克看到东方地平线上出现了第一缕黎明的红光。

派尔朝撒阿尼尔晃了晃短棍。"放开他。"他命令道。胖子松开手臂,退向一旁。德克再次获得了自由。他的脖颈生疼,脚下干燥的沙粒粗糙而冰冷。他感觉到了自己的脆弱。没有了呢喃宝石,现在他非常害怕。他四下张望,寻找盖瑟·加纳塞克的身影,可这位铁玉成员已身在营地另一边,专注地和洛瑞玛尔交谈。

"黎明已至,"派尔说,"我很快就会来追你,伪人。跑吧。"

德克转头回望。罗瑟夫正皱着眉头,揉搓肩膀——德克向前猛冲的时候,他摔得很重。撒阿尼尔露出自鸣得意的笑容,背靠飞车。德克朝森林的方向,离开布赖特们,迟疑着踏出几步。

"跑吧,提拉里恩,我相信你跑得没这么慢,"派尔冲他大喊,"只要跑得够快,你就有可能活下来。我会跟你一样,只靠双脚前进,我的特恩和猎犬也一样。"他拔出枪,把它旋转丢向撒阿尼尔,后者接过它,把它夹在手指又粗又厚的两只巨掌之间。"我不带激光枪,提拉里恩,"派尔继续道,"这会是一场纯粹的狩猎,采用最古老的方式。发生在运用匕首和刀的猎人与赤裸的猎物之间。跑吧,提拉里恩,跑吧！"他骨瘦如柴的黑发搭档走到他身边。"我的特恩，"派尔说，"松开猎犬的铁链。"

德克回转身体，朝森林边缘疾奔而去。

这次奔跑就像噩梦。

他们拿走了他的靴子，结果他才在树林里跑出三米，就在黑暗中的一块尖石上划破了脚，开始一瘸一拐的。森林里有无数石头，而他跑的过程中似乎一块也没落下。

他们拿走了他的衣服，还好有树林荫庇，风不算特别猛烈，可他还是冷。非常冷。他先是起了鸡皮疙瘩，然后连鸡皮疙瘩也消失了。等其他痛苦接踵到来以后，寒冷似乎不再重要了。

外域的野外太暗又太过明亮。树底太暗，使他看不清要走的路。他曾被树根绊倒，膝盖和手掌严重擦伤，脚还踩进坑里；它同时又太过明亮，因为黎明到来得太快，实在太快，光芒令人烦恼地迅速弥漫开来。他的信标正飞快地消失。每次来到开阔地，他都会抬头仰望。每当在高悬的密实叶片间发现空隙时，他都会昂首找寻，找寻那颗明亮的红色星辰，那是在沃罗恩的天空中燃烧的卡瓦娜星。盖瑟曾经指着这颗星辰告诉他，如果迷路，就朝它前进。它会带他穿过森林，找到激光枪和夹克衫。可惜黎明正在到来，飞快地到来。布赖特们花了太多时间给他松绑。现在每当他抬头上望，企图找寻正确的方向时，信标都会变得更加暗淡。森林浓密而混乱，绞杀树在某些地点筑起无法通行的树墙，迫使他绕道而行，这里每个方向都看不出区别，极易走入歧途。东方的光辉微染红芒，胖撒旦已在某处升起，很快他的指路星辰就会在仿如黄昏的天空中消散于无形。他努力加快脚步。

相距不到一千米路程，不到一千米。可对裸身穿越森林，时时有迷路危险的人来说,这一千米却非常漫长。他才跑了十分钟,就听见布赖特的猎犬在他身后狂吠的声音。

在那之后,他不再思考,也不再担忧。他继续奔跑。

他带着属于野兽的恐慌奔跑,呼吸沉重,伤口流血,整个身体都在颤抖,都在隐隐作痛。这场奔跑变得无穷无尽,超脱了时间,犹如发烧病人的梦境,狂乱拍打的双足,些许鲜明的情感,还有身后猎犬的吵闹,越来越近——这或许只是他的想象。他跑啊跑,却什么也没找到,又跑啊跑,似乎一步也动不了。他撞进一丛像墙壁那么厚实的火石楠,红色的荆刺在他身上割出上百道伤痕,可他没有叫出声,他只是跑啊跑。他遇到一片平坦的灰色板岩,试图迅速爬过,却栽倒下去,在石头裂缝中撞碎了下巴,嘴里满是鲜血。他把血吐了出来。石头上本来也有血,所以他会滑倒就不足为奇了:那全都是自他脚底的伤口流出来的血。

他爬过平坦的岩石,踏入林间,又疯狂地奔跑了几步,才想起自己忘记观察信标了。等他找到它时,那颗星辰已在他侧后方,黯淡无光,只是猩红苍穹上某个闪烁的小点。他转身奔向它,再度翻过石块,被看不见的树根绊倒,疯狂挥打的双手撕开了树叶。跑啊跑,他撞上一根矮枝条,重重坐倒。他捂着头起身,继续奔跑。跑啊跑,他在一片黏稠的苔藓上滑倒,那漆黑的苔藓带着腐朽气息,他爬起时浑身黏液和臭气,继续奔跑,继续奔跑。他寻找着他的信标,可它却不见了。他继续奔跑。方向肯定没错,没错。猎犬在他身后狂吠。不过一千米,不到一千米。他快冻僵了。他的身体像着了火。他的胸膛装满尖刀。他继续奔跑,步履蹒跚,绊倒,起身,继续奔跑。猎犬就在他身后,越来越近,越来越近,猎犬就在他身后。

而突然间——他不知道具体时间,不知道跑了多久,不知道跑出多远,星辰不见了——他觉得自己在林间的风中闻到了些许烟雾的气息。

他朝它奔去，离开树林，来到一小片空地。他奔向这片贫瘠开阔地的另一端，途中停下了脚步。

猎犬在他的前方。

至少是其中一条。它从树林间悄然走出，朝他狂吠，它的小眼睛死气沉沉，它缩起无毛的口吻，亮出丑陋的尖牙。他试图绕过它，它却扑了过来，撞倒他，撕咬他，和他滚作一团，然后跃起来。德克挣扎着双膝跪地。猎犬环绕着他，一等他试图站起，便凶残地猛咬过去。它咬中了他的左臂，让他流出更多血来。可它没有杀死他，没有撕碎他的喉咙。它受过训练，他心想，它受过训练。它在他身边绕啊绕，双眼片刻不离他的身躯。派尔让它先行一步，他和他的特恩及其他猎犬会随后赶来。它只会把他困在这儿，等待其他人抵达。

他突然跳起身，朝树丛直扑过去。那条猎犬飞身跃起，再次撞倒他，用力将他扯翻，几乎扯脱了他的手臂。这回他没能起来。猎犬再次退后，它等待着，蓄势待发，湿答答的嘴里满是鲜血和口水。德克努力用完好的那只手撑起身体。他刚向前爬了半米，只听见猎犬咆哮起来。其他人就在附近。他听到了犬吠声。

接着，他听到头顶有别的什么声音。他无力地仰起头，望向被斑驳云彩切成长条状的天空，它在拂晓的地狱之眼及其伴星的光辉映照下显得昏暗朦胧。那条离他一米远的布赖特猎犬也仰头上望。声音再次传来。那是一声哀号、一声战吼，一声徘徊不去的悲戚尖叫，一声几乎算得上悦耳的濒死呼喊。德克怀疑自己是不是快要死了，所以才在脑海里听到了克莱尼·拉米娅城的乐曲声。可那条猎犬显然也听到了。它蹲伏在地，动弹不得，仰望空中。

黑暗的形体从空中落下。德克眼睁睁看着它坠落。它很大，通体漆黑，几近沥青的颜色，而它的底部挤满了上千张细小的红色嘴巴——现在它们全数敞开，全都在歌唱，全都在发出那种令人战栗的可怕哀号。

他看不见它的头：它呈三角形，犹如一张宽阔的黑帆，一只风中的蝠鲼，一件被丢进空中的皮斗篷。不过这件斗篷长着嘴，还有又细又长的尾巴。

他看到那鞭子似的尾巴突然一转，猛地砸中布赖特猎犬的脸。猎犬眨眨眼，向后退去。那个飞行生物在空中飘浮片刻，优雅而缓慢地拍打巨翼，就像水面荡漾着涟漪，然后降落到那条猎犬身上，用身体包裹住它。现在两只动物都没有动静。那条猎犬——那肌肉发达、站起来和人一样高的鼠脸巨犬——看不见了。蝠鲼彻底盖住了它，也盖住了野草和泥土，就像一根比例失调的黑色皮香肠。

万籁俱寂。猎犬的短促哀号声让整个森林安静了下来。他听不见其他猎犬的声音。于是他小心翼翼地站起身，跛足前行，绕过蛰伏在地的杀人斗篷。现在它几乎毫无动静。在拂晓的昏暗光芒中，它就像一根奇形怪状的巨大原木。

但在德克脑海中，它仍旧是先前在空中的形象：通体漆黑，哀号着坠落，全身都是嘴巴。在瞥见它轮廓的那一瞬间，他还以为是扬·维卡瑞驾着灰色的蝠鲼飞车前来拯救他了呢。

空地另一边是一片绞杀树丛，厚实的树木呈棕黄色，异常浓密。烟雾就从它的彼端飘来。疲惫的德克一边躲避，一边挤压推开那些白蜡般的枝干，在不得已时还折断它们，以强行穿过这片树丛。

残骸已不再燃烧，可朦胧的轻烟仍旧悬停在它的上空。一只翅膀从地面刮过，划出一道深坑，又带倒了几棵树，方才折断；另一只翅膀指向天空，金属蝠翼烧熔后再度凝结，上面还有激光炮击穿的诸多孔洞，显得扭曲变形。形状怪异的黑色车厢，透过一个参差不齐的大洞向外敞开。

德克在附近找到了他的激光步枪，也找到了骨头：两具如死神的拥抱般彼此交缠的骷髅，骨骼漆黑潮湿，沾有棕色的血液和少许粘连的肉块。一具骷髅是人类的,或者说从前是,但此人的双手双腿都被折断,多数肋骨粉碎或是消失不见了。不过德克认出了那只位于两度骨折的手臂末端的三叉铁爪。与这具尸骨交缠,同样毫无生气的,是某种将这副残躯从冒烟的飞车里拖入空地的生物——某种骨骼有黑色脉纹、外表像是橡胶、身体弯曲而巨大的食腐动物。黑猸女在它进食时逮住了它。怪不得它会在这样近的地方出没了。

至于他和盖瑟丢弃的那件毛皮夹克,则看不到半点踪影。德克拖动身体,走向冰冷的飞车,爬进那阴影笼罩的大口。他被一块锐利的金属片划伤,却几乎察觉不到——如今再多一道伤口又能怎样?他坐进车里,开始等待,寒风被阻隔在外,他开始希望自己能躲开女妖和布赖特。他迟钝地发现,自己身上大多数伤口似乎都已结痂,至少现在只是断断续续地流着血。然而棕色的伤疤结痂时沾满了泥污,他思索自己是否该做些什么来防止感染。不过这似乎并不重要。他抛开思绪,将手里的激光枪握得更紧,希望猎人们不要太快赶来。

是谁延缓了他们的脚步?或许他们害怕惊扰那头黑猸女?这听来颇有些道理。他躺在冰冷的尘灰中,脑袋枕在手臂上,试图不去思考,不去感受。他的双脚被毫无掩饰的苦痛所包裹,他笨拙地把脚抬向空中,让它们什么都不碰。这稍微起了点作用,虽然他的力气不足以将它们抬高抬久。手臂被布赖特猎犬啃咬的地方抽痛不止,有一阵子,他热切盼望自己能遏止伤痛,让头不再天旋地转。但他随即改变了想法。痛苦,他想,或许正是唯一让他保持清醒的东西。如果他现在睡着,不知为何,他觉得自己永远也醒不过来了。

他看见胖撒旦高悬于森林上空,血色圆盘在蓝黑色枝条遮蔽下半隐半现。近旁有一颗异常明亮的黄色恒星,犹如穹苍之上的小小火花。他对它们眨眨眼。如今他们可是老朋友了。

布赖特猎犬的吠声把他的注意力拉了回来。离此十米开外,猎人们正迫不及待地从树丛中走出。这没近到他期望的距离。当然了，他们绕过了绞杀树，没有硬挤过来。派尔·布赖特就像他身旁的树木一样周身蓝黑，几乎像个隐身人，可德克看到了他的动作，看到了他一只手里握着的短棍，还有另一只手里高举着的明亮银杆。他的特恩走在他前方几步远处，用一根短铁链牵着两条猎犬：猎犬们狂吠不停，几乎拖着他一溜小跑。第三条猎犬在他身边自由奔跑，才钻出矮树丛，就朝坠毁的飞车跃去。

德克腹部着地，躺在灰烬和粉碎的仪器中，突然发现一切都可笑至极。派尔把银杆高举过头，开始了奔跑——他确信自己终于逮住了猎物。可他手里没有激光枪，德克却有。德克轻浮地笑着，抬起步枪，仔细瞄准。

当他开枪时，一段记忆在脑海中重现，突然而强烈，犹如激光枪口闪现的脉冲光束：就在不久以前，加纳塞克一脸严肃，耸着肩膀告诉他，他的性命取决于他跑得有多快，路线有多妙，还有他的枪法有多准。然后德克补充了一句：还有我能不能下手杀人。那时对他来说，是否杀人似乎非常重要，也远比简单的奔跑困难得多。

他又笑出了声。现在奔跑困难，而杀人只不过是他刚刚做完的一件小事，几乎算得上简单。

明亮灼热的激光刀刃在空中悬停了漫长的一秒，就在派尔奔向车身时，从正面刺穿了他宽大的肚皮。布赖特踉跄着双膝跪地，他愚蠢地把嘴巴张大，又维持了整整的一秒钟，然后脸部着地，消失在德克的视线里。他手里拿着的银色长刀插进了满目疮痍的土地，在狂风吹拂下前后摇摆。

派尔的黑发拍档松开了手握的铁链，他在他的特恩倒下时仿佛凝固住了。德克略微移动激光枪，再次扣下扳机，可什么都没发生——这把武器仍在十五秒的脉冲再生期间。这样才能称狩猎为运动，他想道：如果你打偏，就给了猎物逃跑的机会。他发觉自己又"哧哧"笑起来。

那个猎人清醒过来，旋即卧倒在地，滚进那道被飞车翅膀划出的长长沟壑中。他去战壕里寻找激光枪了，德克心想，可是他找不到。

猎犬们包围了飞车，每当他变化姿势或是抬头时就大声吠叫。没有哪条尝试上前杀死他。这是猎人的工作。德克仔细瞄准，射穿了最近那条猎犬的喉咙。它就像一块死肉那样倒地，另两条也向后退去。德克挪动身体，双膝着地，从庇护所里爬出来。他努力站起，一手按住那只扭曲的车翼来稳住身形。世界在旋转。剧痛顺腿而上，穿透了身体，他发现自己已经感觉不到自己的脚了。可不知为何，他还是站得笔直。

一声古卡瓦娜语的叫嚷传来，德克听不懂，但巨大的猎犬接连发起冲锋，它们潮湿鲜红的嘴巴大张，咆哮不断。借着眼角余光，他看到那个猎人在两米以外现身，匕首早已拔出。猎人以细长的胳膊把匕首往斜刺里飞快一掷，而它"咔嗒"一声，从德克倚靠的车翼上弹落下来。那人转过身，开始逃跑，而最近的猎犬扑到了空中。德克矮身抬起枪口。巨犬的猛咬落了空，可这头畜生撞上了他，让他的身体转了个圈，它又在灰尘中压在他身上。他不知怎么找到了扳机。一道短暂的亮光，一阵潮湿毛发烧灼的气味，然后是一声可怕的哀鸣。那条猎犬无力地再度咬下，却被自己的鲜血呛到窒息。德克推开其残躯，挣扎着单膝跪起。对方已经跑到了派尔的尸体旁，开始拔出那把长长的银刀。另一条猎犬的锁链被凹凸不平的飞车残骸钩住了。当德克起身时，它吠叫和冲刺着，令烧焦的庞大车身也似乎晃动了少许，可它仍旧无法前进。

黑发猎人举起了那根银杆。德克举枪，瞄准，开火。光束远离了目标，可一秒钟的时间够长，因此德克得以将枪口急转，从右到左，从左到右。

那个人倒下的同时，武器也脱了手。它向前飞出几米，在扭曲的车翼上弹开，刺中了地面，又开始在风中前后摇摆。德克仍在晃动枪口，左右左右左右，猎人倒地已久，而光束也早已消失。最后脉冲再生完毕，又射出长达一秒的脉冲，却只是烧着了一排绞杀树，这时震惊中的德克方才松开扳机，丢下了武器。

受困的猎犬仍在咆哮和猛冲。德克看着它，嘴巴张开，几乎无法理解。然后他"哧哧"笑了起来。他双膝跪倒，找回激光枪，朝卡瓦娜人爬去。这用去了极其漫长的时间，因为他的脚很痛，手臂被咬到的地方也一样。那条猎犬终于陷入沉默，可德克却不得安宁。他仍旧能听到哭声，那是持续不断的低声呜咽。

他拖着身体，在泥土和灰烬中穿行，越过那根燃烧殆尽的绞杀树树干，来到猎人们倒地之处。他们并排躺着。瘦骨嶙峋的那个人，他从未得知姓名的那个人，也是试图用匕首、猎犬和银刀杀死他的那个人，现在一动不动，嘴里满是鲜血。面孔朝下，俯卧在地的派尔则是呜咽声的源头。德克在他身边跪倒，双手塞到他身下，费力地把他转过来。他脸上满是灰烬和鲜血，跌倒时摔断了鼻梁，红色的涓滴从一只鼻孔中流出，在他沾满煤灰的脸颊上留下鲜明的痕迹。他的面孔十分苍老。他呜咽不止，似乎根本没看到德克，只是用双手紧攥腹部。德克凝视他良久，然后将他的一只手——它软得出奇，小巧而干净，除了掌中有道黑色的划痕，几乎像一双孩童的手，不该和他秃顶的苍老脸庞搭配——抬起来，又抬起另一只手，看着自己在派尔的肚子上烧出的那个洞。他的肚皮很大，那个洞却又小又黑，它似乎不该伤得他这么重才对。他也没有流血——鼻子除外。这简直有些滑稽，可德克发现自己完全笑不出来。

接着，派尔张开嘴巴。德克猜想，也许这个人想跟他说些什么，或许是遗言，或许是恳求宽恕。可布赖特只发出一阵含混的声音，然后继续低声呜咽。

他的短棍就放在旁边。德克拿起它，双手握住一头的硬木球，把那柄细刃举到派尔的胸口上方,举到心脏应该在的地方,然后将全身重量压了下去,想要给他解脱。一瞬间,猎人沉重的身躯可怕地颤抖起来,德克拔出刀刃,又刺了一次,两次,可派尔就是不肯安息。刀刃太短了,稍后德克断定,所以他换了种用法——他找到派尔丰满咽喉上的动脉,把短棍紧握在手,将刀刃那端插进满是脂肪的苍白肌肤中。喷出的血多得可怕,迸上了德克的面孔,直到他松开短棍,抽身退开。派尔的身体又颤抖了一次,脖颈被德克切开的地方血液仍然喷涌不止,德克在一旁注视着。每次喷涌都比上一次更微弱,过了一会儿,泉水只剩下涓涓细流,又过了一会儿,喷涌似乎彻底停止了。灰烬和尘土吸走了许多鲜血,可周围仍然留下了一大片,在两人之间留下了形状规则的血泊。德克这才知道人类体内的鲜血足以造就真正的血泊。他觉得很恶心。可至少派尔不动了,呜咽声也停止了。

他坐在那里,在惨淡的红光中休憩,觉得很热又很冷。他心里明白,他应该从尸体上拿走几件衣服来遮体,可他找不到力气。他的双脚剧痛,手臂肿到正常情况下的两倍粗。当然,他还没睡着,可也只能勉强算是清醒。他眼看着胖撒旦在空中越升越高,时近正午,明亮的黄色恒星在它周围闪着令人痛苦的光。他听到布赖特猎犬嚎叫了几次,他还听到了黑猞女那怪诞的狩猎哀号,开始猜想它是否会回来吃掉他和他杀死的这些人。可那声哀号似乎在很遥远的地方,也或许只是因为他在发烧,又或许那是风声。

等脸上又湿又黏的薄膜干燥成棕色的硬块,而灰尘中的小小血泊也最终消失时,德克明白他必须离开,否则就会死在这儿。他花了很长时间思考要不要死:不知为什么,这似乎是个很棒的主意,可他就是下不了决心。他想起了格温,于是尽力忽略身上的痛楚,爬向派尔的特恩躺倒的地方。

他翻找那个人的口袋,找到了呢喃宝石。

它在他手中，在他脑海里，寒冷如冰，是关于诺言的记忆，是谎言和爱情。是珍妮。她与他，她是吉尼维尔，而他是兰斯洛特[1]。他不能让她失望。他不能。他在手中捏紧这冰冷的回忆，让这滴寒冷的泪水融入他的灵魂，再努力站起身。

之后的事就简单多了。他缓缓脱下死者的衣物，穿到身上，尽管每件衣服对他来说都太长，衬衫和变色夹克的前胸被烧穿了一道口，而且那人还尿了裤子。德克也脱下了尸体的靴子，不过对他血迹斑斑、结满疮痂的脚来说，这双鞋太小。他只好去穿派尔的，毕竟派尔有双大脚。

他用自己的激光步枪和派尔的短棍当拐杖，奋力朝林间走去。走进林中几米后，他停下脚步，短暂地转头回望。那条巨犬还在咆哮和嚎叫，努力想挣脱锁链，而随着它每次猛扑，那辆飞车都会夹着刺耳的金属声颤抖一阵。他能看见泥污中那具赤裸的躯体，更远处的细长银杆依旧在风中摇摆，可他几乎已看不到派尔了。猎人的衣服上染满了棕黑的斑点，还有无处不在的暗红。就这样，他跟死去之处的地面融为了一体。

德克留下被铁链拴住、吠叫不休的猎犬，一瘸一拐地走进纷乱的绞杀树林。

---

1. 传说中亚瑟王圆桌骑士团的成员之一，后也是吉尼维尔的守护骑士。

13

从猎人营地到失事飞车的路程还不到一千米,可对德克来说,却像花去了永恒般漫长的时间。事后他肯定,自己走这段路时并不完全清醒,所留下的记忆只是零散的碎片。他不时绊倒,裤子膝盖处被扯破。他在一条冷冽的急流边驻足,洗去脸上坚硬的血块,又脱下靴子,把脚伸进奔涌的冰冷水流中,直到麻木为止。他爬过先前让他滑倒的倾斜岩脊。漆黑的洞口朝他张开,向他承诺睡眠与休憩。他迷失了方向,便寻找太阳,跟随着它,又再次迷失方向。树灵在绞杀树的枝条间掠过,低声啾鸣。蜡色枝干上,死气沉沉的白色空壳窥视着他。远处,黑猞女的哀号声流连萦绕。他再次绊倒,半是出于手脚麻木,半是出于恐惧。这次短棍滚落在一旁,沿着一段狭窄的陡坡,消失在浓密的灌木丛中,而他根本不打算费神寻找。他走啊走,把一只脚挪到另一只脚前面,先是拄短棍,弄丢短棍后便拄着激光步枪。双脚隐隐作痛,隐隐作痛。黑猞女的声响再次出现,这次离得更近,几乎就在头顶。他抬起头,目光穿过枝条编成的织锦,望进阴沉的天空,试图找寻,却是徒劳。他走着,痛着,想起每一件事,也清楚还有些别的事能把它们彼此联系起来,可偏偏这些事他怎么也想不起。或许他在行走时睡着了。可他一直没有停止前进。

直到下午稍晚时,他才抵达那片绿色湖水边的小小沙地。那些飞车还在那儿,其中一辆损毁严重,深埋在水中,另外三辆停在沙地上。营地空无一人。

其中一辆——洛瑞玛尔那辆庞大的圆顶飞车——有猎犬看守。猎犬被一根长长的黑铁链拴在车门上。它本来躺在地上,可德克接近时,它起身龇牙咧嘴,咆哮连连。他发现自己疯狂地大笑。他走完了这段漫长的路,走啊,走啊,走啊,可这儿却只有一条拴在车上的猎犬。早知如此,他半步也不用挪动。

他小心地绕过猎犬活动的边界,走向加纳塞克的飞车,爬进车厢,关闭了沉重的车门。车厢昏暗、窒闷而狭窄。被冻了这么久之后,他几乎觉得这里热得不舒服。他本想就此躺倒入睡,却先强迫自己在补给柜里搜寻,找到了一个医药包,拖出来打开。医药包里装满了药片、绷带和喷剂。早知道当初应该让加纳塞克把医药包丢在那堆残骸附近,丢在激光枪边上。他知道自己应该出门,在湖水里有条不紊地清洁身体,把伤口上的污物洗去,再努力包扎伤口,可眼下,那扇装甲车门仿佛厚重得无法再次打开。

于是他扯掉靴子,剥去夹克衫和衬衣,朝肿胀的双脚喷洒过药剂,再把一种理应能防止感染(要不就是抑制感染什么的)的药粉涂在左臂上。他太累了,没法仔细读完说明。接着他开始研究药片。最后他吃下两片退烧药、四片止痛药和两片抗生素,因为手边没有水,他就这么直接吞了下去。

然后,他躺在车座间的金属地板上。睡梦转瞬即至。

他醒来时嘴巴发干,身体颤抖,异常紧张。这可能是药片的副作用。他又能思考了,当他用手背碰触额头时,发现它也冷了下来(尽管沾着一层湿冷的汗水），而他的双脚似乎没先前那么疼了。胳膊的肿胀消退了少许，尽管它们仍比平常要粗，而且极为僵硬。他穿上那件有灼烧痕迹和凝结血块的衬衣，套上夹克，收起医药包，走出车门。

黄昏已至，西方的天空一片鲜红和橙黄，两颗小小的黄色恒星在落日云彩的映照下散发出强光。布赖特们没有回来。全副武装、衣物齐全且经验丰富的扬·维卡瑞，显然远比德克精通逃亡之道。

他穿过沙地，走到湖边。湖水冰冷，但他没过多久就习惯了，污泥在脚趾间令人宽心地"嘎吱"作响。他脱去衣物，将头没入水中，清洗身体，接着拿出医药包，开始做早就该做的事。他先洗净并包扎了双脚，方才把脚踏进派尔的靴子里，然后他用消毒剂擦洗最严重的伤口，把一种号称能将过敏反应降到最低的软膏涂抹在红肿的咬痕上。他又咽下一把止痛片，这次是就着舀起的湖水吞服的。

在他再次穿衣时，夜幕飞快垂落。那条布赖特猎犬躺在洛瑞玛尔的飞车边，啃着一大块肉，周围却不见它主人的踪迹。德克小心翼翼地绕过这头畜生，走向第三辆飞车——派尔和他搭档的那辆。他断定自己可以尽情使用他们的补给，当其他布赖特回到空无一人的营地时，绝不会知道他拿走了什么。

他在车里找到了一个大武器架，上面有四把饰有熟悉的白色狼头标志的激光步枪、一对决斗用剑、几把小刀、一根两米半长的银制投刃——它旁边有个架子是空的——还有随随便便丢在座椅上的两把手枪。他还找到了一个装干净衣物的箱子，便迫不及待地换了衣服，把原先破旧的衣着塞到看不见的地方。衣服完全不合身，不过穿起来非常舒服。他又拿了一根网眼钢皮带，一把手枪，还有一件长度及膝的变色大衣。

当他把大衣从悬挂处取下时，另一个储藏箱露了出来。德克用力拉开，里面是四只眼熟的靴子，还有格温的天梭。派尔和他的特恩似乎把这些当成了他们的战利品。

德克笑了。他没打算夺取飞车，那样猎人们会立刻发现，而步行的前景并不乐观。天梭是完美的答案。他没有浪费时间，立刻换上了较大的那双靴子，有了脚底的绷带，他还得把靴带系松一些。

食物跟天梭放在同一个箱子里：蛋白质能量棒，干肉条，还有一小块硬干酪。德克吃下干酪，把剩下的东西塞进放在第二架天梭边的那个背包里。接着他把一只罗盘绑在右腕上，把背包挂在肩膀上，爬出车外，将复杂交错的银色金属网在沙地上铺展开来。

天完全黑了。他先前的信标——卡瓦娜高原星——就在森林上空闪耀光芒，它色调鲜红，显得那么孤独。德克看着它笑了。今晚他不需要指路——他猜想扬·维卡瑞会径直返回克莱尼·拉米娅城，朝着与星星相反的方向。可这颗星辰依旧像他的朋友。

他拿起一把能源充足的激光步枪，轻触掌中的晶片，浮向空中。在他身后，那条布赖特猎犬人立而起，嚎叫连连。

他整夜飞行，保持在树梢上几米高度，不时查看罗盘，观察星辰位置——但根本找不到多少星辰。在他脚下，森林起伏无尽，漆黑而隐匿，没有丝毫打破黑暗的火或光。有时他仿佛觉得自己一直伫立在原地，这不由得让他想起了上次乘坐天梭，穿越沃罗恩的废弃地铁隧道的旅行。

风是他不变的旅伴，它自他身后吹来，用力推动他的背脊，而他也感激地接受它所赠予的额外速度。当他飞行时，它用大衣的下摆在他双腿间抽打，一次又一次把他的长发吹进他双眼里，他还听见它在他脚下的林间穿行，让容易屈服的树干沙沙作响、弯曲身体，用更冰冷无情的双手摇晃较为坚定的那些树，直到它们残存的叶片尽数飘落。不受影响的似乎只有绞杀树。这儿有很多绞杀树。风在穿过那些纠缠的枝干时，发出空洞而狂野的声响。没错，德克明白，这正是吹拂克莱尼·拉米娅城的那股风。它诞生于群山之中，被黑暗黎明星的气象仪操控，踏上命定之途。白色的高塔在前方等待，凝固的手掌在招呼它前进。

还有其他响动传来：林中的声声跃动，夜行猎人的高调叫喊，一条小河的奔涌，一片急流的轰鸣。德克有好几次听到树灵高声啾鸣，看到小巧的形体在枝干间猛冲。他的双眼和双耳都变得异常敏感。后来，他经过一片宽广的湖泊，听到黑水里水花飞溅，接着又是几声。远方湖岸处，一声短促而洪亮的吼叫响彻夜空。随后他身后传来挑战式的答复：一声悠长而悲戚的哀号。那是黑猎女。

起初，这声音令他心生寒意，可恐惧很快过去。当他赤身裸体待在森林里时，女妖是可怕的威胁，仿佛长翅膀的死神。如今他有步枪和手枪，它几乎不再具有任何威胁了。事实上，他寻思，它也许算是他的盟友呢。它救过他一命。或许它还会再救一次。

黑猎女再次发出令人战栗的哀号——声音仍然从他身后传来，只是位置更高，而且还在不断升高——德克笑了笑。他向上爬升，确保这头野兽在他下方，接着他以和缓的弧度绕了一圈，试图捕捉它的踪迹。可它仍然位于远方，漆黑犹如他的变色大衣，而他看到的只是森林映衬下起伏不定的模糊身影，又或是风中摇摆的枝条罢了。

最后他维持在高空，查看罗盘，盘旋着飞回前往克莱尼·拉米娅城的航线。那天夜里，他两次觉得自己听到了黑猎女朝他尖叫，可那声音相隔遥远又模糊，令他难以确定。

初闻飘扬的乐声时，东方的天空才刚刚发亮，散落四方的些许绝望令他倍感亲切。黑暗黎明星的城市已近在眼前。

他减缓速度，悬停于空中，愁眉不展。他已经飞完了全程——他估计扬·维卡瑞会走的全程。可他什么都没看见。或许他的猜测大错特错。或许维卡瑞把猎人们引去了相反的方向。德克不这么想。更可能的情况是：他从他们身边飞了过去，在黑暗的夜色中，他没看见他们，也没被他们看见。

他开始沿路折回，迎风飞翔，感受拉米娅-拜里斯鬼魅般的冰冷手指的抚弄。有光，这次应该会简单些，他想。

地狱之眼升上空中，特洛伊诸阳也接踵而来。一缕缕灰白云彩匆忙穿过苍凉的天空，晨雾在林间的地面上飘舞。他脚下的树木从黑色转为棕黄，无处不在的绞杀树像一对对笨拙的恋人般纠缠环绕，蜡色的枝干泛动着模糊的红光。德克向上攀爬，地平线在他面前延展开去。他看到河面上闪烁的阳光，还有大得出奇却毫无反光的湖泊，湖水黑沉沉的，盖满淡绿的薄翳。还有雪花，或者说看起来像是雪花的东西，等他飞到它上方，才发现那只是一片铺遍荒野、沾满泥污的白色菌菇。

他看到一条断层，一条从北至南横贯森林的岩石裂缝，就像用直尺画出的那样笔直。这里还有棕黑的、臭气熏天的淤泥滩，两边各有一条水流缓慢的宽敞河道。他看到饱经风霜的灰色石崖，出人意料地自林间竖起。绞杀树在崖底的斜坡处生长，崖顶更有几棵树以疯狂的角度探身而出。不过，除了几块白色地衣和一只死在巢里的大鸟的残躯之外，垂直的山崖表面什么都没有。

他看不到扬·维卡瑞，也看不到追赶他的猎人们。

等早晨过半，德克的肌肉已因疲倦而酸疼，手臂再次抽痛起来，他心中的希望逐渐消逝。荒野绵延无尽，从不间断，犹如一张黄色巨毯，他却要在这张毯上搜寻一枚小小的硬币。这是怎样一个被暮色包裹的寂静世界啊！他转身再次飞往克莱尼·拉米娅城，心里觉得自己没走太远。他这次蜿蜒行进，不再直飞向前，而是在空中画出一条曲线，搜寻着，不断搜寻。他累极了。接近正午时，他决定在最有可能出事的地区上空再绕上一圈，找遍每一个角落。

然后他听见了黑猞女嘶鸣。

而且这次他还看见了黑猞女。它正低飞在空中,接近树梢高度,远在他下方。它行动得如此缓慢、如此平静,简直令人难以置信。那黑色的三角形身躯几乎看不出任何动作,它的翅膀纹丝不动地高举着,它仿佛飘浮在这股黑暗黎明星的风中。

当它试图转向时,它扑向一股上升气流,在空中画出宽大的圆环,随后再次降下。无事可做的德克发觉自己正在跟随它。

它又嘶喊起来。声音徘徊不去。

然后他听到了回答。

他碰了碰掌心的晶片,开始飞速下降,一边警觉地侧耳倾听。那回答的声音模糊不清,但他绝不会弄错:那是一群布赖特猎犬,在愤怒和恐惧中疯狂吠叫。他失去了黑猞女的踪迹——现在没关系了——转而追逐那飞快消失的吠声。它来自北方。他飞向北方。

附近某处,有条猎犬发出一声嚎叫。

德克略微有点紧张。如果他飞得太低,那些猎犬有可能不再注意黑猞女,而是朝他吠叫了。这无论如何都是种危险的情形。他的大衣正在尽力呈现沃罗恩天色的色彩,可如果有人碰巧抬起头,就会看见天梭闪出灿烂的光——而且有只黑猞女在附近,他们多半是会抬头的。

但他若是想帮扬·维卡瑞和他的珍妮,就没有选择。于是他轻轻地抓住武器,继续下降。在他下方,一条奔涌的蓝绿色河流如匕首般在林间穿行。他摇摇摆摆地向它飞去,目光不停地来回扫视。后来他听到急流声,便循声而去。从上空望去,这些急流险滩显得湍急而危险,裸露的岩石排列成行,就像腐烂的牙齿,而石色棕褐,奇形怪状,周围翻涌的苍白河水似乎满腔怒火,绞杀树则在两侧河岸低垂绵延。沿河而下,河水变得更宽更缓,他瞥了眼河流的方向,然后把目光移回急流处。

他越过河面,转过身来,再次越过。

一条猎犬吠叫得更响了。其他猎犬也随声应和。

他的注意力被扯向下游。河里有黑色的小点,看上去什么东西正在涉水而过。他朝那边飞去。

小点逐渐变大,化作人类的形体。一个服色棕黄、身材结实的矮个男人,正和他脚下的水流搏斗。另一个男人就在岸边,牵着六条巨犬。

水里的那个人退了回去。德克看到,他手里拿着一把步枪。他是个非常丰满的矮个子。苍白的脸,厚实的躯干,笨重的四肢——这一定是撒阿尼尔·拉特恩,洛瑞玛尔的肥胖搭档。而洛瑞玛尔就站在岸边,牵着猎犬队。两人都没有抬头。德克放慢速度以保持距离。

撒阿尼尔爬出河水。他仍旧在河流这边,和洛瑞玛尔一起,待在远离克莱尼·拉米娅城的这一边。但他还是打算过河,不过不是从这儿。现在两个猎人迈步出发,朝更远处的下游走去,步履沉重地在杂草、岩石和岸边排列成行的绞杀树间穿行。

德克没跟上去。他有天梭,而且他知道他们往哪儿走;如有必要,他终归能找到他们的。可其他人呢?罗瑟夫和他的搭档呢?盖瑟·加纳塞克呢?他转身返回上游,感到自己增添了少许信心。猎人们分头行动的话,就更容易对付了。他在河上疾速低飞,脚下两米处的河水剧烈搅动,与此同时,他的眼睛扫到了另一群试图过河的人。

在急流东北大约两千米处——此处的河面狭窄而湍急——他发现加纳塞克站在河中,一脸迷惑。

他似乎是孤身一人。德克冲他高喊。加纳塞克吃惊地抬起头,挥了挥手。

德克在他身边落下。他降落得很糟。加纳塞克立足的那块隆起的岩石盖满了湿滑的青苔,而德克的天梭在青苔上滑开,让他几乎跌进了河里。加纳塞克抓住了他的胳膊,德克随即关掉重力格栅。"多谢,"他喃喃道,"这下面好像不太适合游泳。"

"和我站在这里时的想法完全一致，"加纳塞克回答。他一脸憔悴，脸和衣服都脏兮兮的，红胡须浸透汗水，一缕长发在他的前额垂落，显得柔软而油腻。"我正考虑是冒险蹚过这股急流，还是浪费时间继续往上游走，寻找能让我安全蹚过去的浅滩。"无力的微笑拂过他的脸颊。"可你用格温的玩具解决了问题。你是从哪儿——"

"派尔。"德克说。他开始向加纳塞克讲述逃向失事飞车的那段路程。

"你还活着，"铁玉飞快地打断，"不用跟我提那些乏味的细节，提拉里恩。昨天黎明之后发生了很多事。你瞧见那些布赖特没有？"

"洛瑞玛尔和他的特恩往下游去了。"德克说。

"我知道，"加纳塞克喝道，"他们过了河没有？"

"不，还没有。"

"很好。扬离我们很近了，或许就在前面不到半小时的地方。决不能让他们先找到他。"他的目光扫过另一边河岸，叹了口气，"你是带着第二架天梭呢，还是我非得用你的不可？"

德克在岩石上放下步枪，打开背包。"我带了另一架，"他说，"罗瑟夫在哪儿？出了什么事？"

"扬的逃亡太出色了，"加纳塞克说，"没人料到他逃得这么快这么远。事实上，这超乎布赖特们的想象。而且他不光是逃跑，还设下了陷阱。"他用手背把那缕垂落的头发拂开。"他昨晚在我们前方很远的地方扎过营，我们后来发现了营火的灰烬。罗瑟夫踩进一个隐蔽的陷坑，被埋在下面的木桩扎穿了脚。"加纳塞克笑了，"他只好由他的特恩搀扶着中途折返。你的意思是派尔和阿瑞斯都死了？"

德克点点头，从包里拿出了靴子，还有第二架天梭。

加纳塞克一言不发地接了过去。"猎人的数量变少了。我想我们赢了，提拉里恩。扬·维卡瑞肯定很累，他已经不眠不休地跑了一天两夜。可我们知道他没受伤,而且他有武器。他是个铁玉。洛瑞玛尔和他的鼻涕虫特恩将会发现,他可不是什么容易对付的猎物。"

他跪倒在地,一边解靴带,嘴里一边仍说个不停:"他们创立新邦国的疯狂设想就要流产了。洛瑞玛尔肯定是精神错乱,才会去做这种梦。我觉得扬在挑战城给他的那一枪让他的神经搭错了地儿。"他穿上一只靴子。"你知道为什么切尔和布雷坦没来吗,提拉里恩?因为那一对太理智了,不会参与这些'高阶拉特恩'的计划!我们狩猎的时候,罗瑟夫把情况都告诉我了。他说,麦里克被杀后,布赖特们回到了拉特恩城,洛瑞玛尔趁此机会宣布了他疯狂的计划。我们在森林里碰到的那六个人都在场,外加老雷玛尔。布雷坦·布赖特·兰特莱和切尔·废布赖特则不在,他们在追踪你和扬托尼,经过了好几个他们认为你可能前往避难的城市。正因如此,洛瑞玛尔完全没有遇到阻力。他总爱恐吓别人——或许派尔除外。可派尔除了搜罗伪人头颅以外,对其他一切都不感兴趣。"

加纳塞克在穿格温那双狭小的靴子时遇到了麻烦。他皱紧眉头,用力拉扯,强行把脚伸进它不想去的地方。"切尔回来后很愤怒。他不赞成。他甚至连解释都不想听。布雷坦曾努力平息他的怒气,却是白费力气。老切尔是个老资格的布赖特,而洛瑞玛尔的新邦国对他来说就意味着背叛。他当即发出挑战。虽然洛瑞玛尔对挑战享有豁免权,因为他受了伤,可他还是接受了。毕竟,切尔已经很老了。作为被挑战一方,洛瑞玛尔做了四个选择中的第一个,决斗人数。"

加纳塞克站起身,用力踏向湿滑的岩石,把脚在靴子里挤得更紧。"需要我告诉你他选择单人决斗吗?如果布雷坦·布赖特和切尔·空臂一起对抗他,那就是一场完全不同的决斗了。结果,尽管先受了伤,洛瑞玛尔还是相当轻松地打败了那个老家伙。方式是死斗场和刀剑。切尔受了多处刀伤,或许太多了。他躺在拉特恩城,已经快死了。更重要的是，布雷坦·布赖特留在了他身边。"加纳塞克把天梭铺开。

"你查清鲁阿克的事了吗？"德克问他。

卡瓦娜人耸耸肩。"一切都跟我们预料的相符。鲁阿克用显示墙联络上了洛瑞玛尔·高阶布赖特——似乎没人知道奇姆迪斯人现在在哪儿——提议说，只要洛瑞玛尔给他科拉瑞尔的称号并因此保护他，他就说出扬藏匿的地方。洛瑞玛尔欣然应允。幸好他们赶来的时候，扬正在飞车里。他直接起飞，开始逃跑。他们追踪他，最后雷玛尔在山墙那边追上了他，可他也是个老家伙，而且远比不上扬·维卡瑞的飞行技术。"加纳塞克的语气中有种欢快而骄傲的调子，就像父母在夸奖孩子，"布赖特的飞车被打了下来，可扬的飞车也受损了，他被迫降落，开始徒步逃亡。等这些'高阶拉特恩'找到他坠落的地点时，他已跑得无影无踪。他们还浪费了些时间来帮助雷玛尔。"他不耐烦地摆摆手。

"你为什么和洛瑞玛尔分开行动？"德克问。

"你说呢？扬就在不远处。我必须抢在他们前头。撒阿尼尔坚持说下游的河水容易过，我就抓住这个机会反驳他。当时洛瑞玛尔已经累到顾不得起疑心了，他一心想着猎物。他的烧伤还痛着呢，提拉里恩！我觉得他只想看到扬·维卡瑞浑身是血地倒在他面前，却忘了自己追捕的究竟是谁。所以我得以离开他们，径直往上游去。我也一度担心自己犯了错。在下游渡河确实比较容易，不是吗？"

德克又点点头。

加纳塞克咧嘴笑了："所以说实话，能碰到你是我运气好。"

"要找到扬，你需要更多运气，"德克警告他，"布赖特们或许已经过了河，而且他们有猎犬。"

"我不怎么担心，"加纳塞克说，"扬这会儿应该在不停地跑，而我知道某些洛瑞玛尔不知道的事——确切地说，我知道他的目的地。山洞，提拉里恩！我的特恩一向对山洞特别感兴趣。小时候，他经常带我去地下探险，还把我带去我根本没想要看的废弃矿洞，更有几次，我们来到了古城的地下，恶魔出没的废墟。"他笑了。"还有被炸毁的邦国，里面有在远古的高阶战争中被炸得焦黑的壁炉，充斥着不安的幽灵。扬·维卡瑞对这些地方了如指掌。他会指引我在其中穿行，滔滔不绝地向我讲述它们的历史，讲述阿瑞恩·高阶耀石、哈米斯-利昂·塔尔和地脉煤居的食人者的故事。他一向很擅长讲故事。他能让古老的英雄活过来，还有那些可怕的东西。"

德克发觉自己在笑："这么说他吓唬过你喽，盖瑟？"

盖瑟哈哈大笑："吓唬我？没错！他吓坏我了，不过我很快就缓过神来。我们那时还年轻，提拉里恩。随后，很久以后，就在雷姆兰山丘下面的山洞里，他和我立下了铁火誓约。"

"很好，"德克说，"所以扬喜欢山洞——"

"离克莱尼·拉米娅城很近的地方有个洞穴，"加纳塞克说着，把话题转回现实问题，"它的出口就在我们附近。我们三个在刚到沃罗恩那年探索过它。现在，我认为只要做得到，扬就会在地底完成这次逃亡，所以我们可以在路上截住他。"他抄起步枪。

德克也抬起自己的武器。"你在森林里是找不到他的，"他说，"绞杀树遮蔽的地方太多了。"

"我会找到他，"加纳塞克说，他的声音有些刺耳，还有比这更多的狂热，"别忘了我们的誓约，提拉里恩。铁与火。"

"现在只剩铁了。"德克盯着加纳塞克的右腕说道。

铁玉露出他招牌式的露齿笑容。"不。"他的手伸进口袋，抽出来时，只见耀石静静躺在他的掌心。只有一颗，浑圆而粗糙，却几乎有德克那颗呢喃宝石的两倍大，在通红的晨光中，它通体漆黑，几不透明。

德克凝视着它，用手指轻轻碰了碰，让它在加纳塞克的掌心移动了少许。"它……好冷。"他说。

加纳塞克皱起眉头。"不，"他说，"它在灼烧，正如火焰总在燃烧。"耀石消失在他的口袋里。"关于它，提拉里恩，有许多故事，有古卡瓦娜人的诗歌，还有邦国育儿所里讲给孩子听的童话。连伊恩-克西也知道这些故事。她们会用女人的嗓音讲述这些，可扬·维卡瑞讲得更动听。找个时间去问他吧。关于特恩曾为特恩做了些什么。他会告诉你伟大的魔法和更伟大的英雄事迹，那些难以置信的古老壮举。我不擅长讲故事，也不打算亲口讲给你听。不过或许你听过以后，就会明白，身为特恩和戴上铁臂环都有些什么意义。"

"也许我已经明白了。"德克说。

漫长的沉默降临到站在湿滑青苔的岩石中、相距仅有半米的两人身上。他们四目交接，加纳塞克俯视着德克，微带笑意。下方的河水不知疲倦地飞快流过，水声在敦促他们赶紧出发。

"你也不算太糟糕嘛，提拉里恩，"最后，加纳塞克开口，"我知道你很软弱，不过反正也没人说你强壮。"

起先这句话听起来像是侮辱，可卡瓦娜人的话中之意似乎并非如此。德克苦苦思索，发现了另一层含义。"给某样东西命名？"他说着，不由得笑起来。

加纳塞克点点头。"听我说，德克，我不会说第二遍。当年我还小，还待在铁玉邦国，而那是我第一次被人警告：要小心伪人。有个女人，一个伊恩-克西——你可以把她称为我母亲，这两个词在我的星球没什么差别——把传说故事讲给我听，但她的说法不太一样。她警告我要当心的伪人不是我后来从高阶者口中听说的恶魔。她说他们也只是人类，不是外星生物的爪牙，更非变形者或吸魂者的亲属。但在某种意义上，他们的确能改变形体，因为他们没有真正的形体。他们是不值得信任的人，忘却了法典，不守誓约。他们是不真实的，是人类的幻象。你明白吗？人类的实质，乃是名字、誓约和诺言。它存在于人的心里，而我们把它戴在手臂上。她告诫我,这就是卡瓦娜人结成特恩,并且形影不离的原因。她说,因为……因为如果你将幻象束缚在钢铁里,它们就会化作实体。"

"绝妙的演讲,盖瑟,"等他说完,德克评论道,"可白银对伪人又会起什么作用呢?"

怒意掠过加纳塞克的脸庞,犹如一片随风飘荡的雷雨云洒下的阴影。然后他咧嘴笑笑。"我都忘了你具有奇姆迪斯人的狡诈,"他说,"我小时候学到的另一件事就是:永远不要和幕后黑手吵嘴。"他笑着伸出手,与德克的手紧握片刻。"够了,"他说,"我们永远不会达成共识,不过只要你还是我的克西,你就可以管我叫朋友。"

德克耸耸肩,心里有种莫名的感动。"好的。"他说。

可盖瑟已然出发了。他放开德克的手臂,手指轻触掌心,笔直地升高了一米,然后飘到河水上空。他速度很快,身体前倾,飞得又快又优雅。阳光在他长长的红发上闪耀,而他的衣服也在闪烁变幻,更改色彩。在澎湃的河水上飞至半途时,他猛地转过头,朝德克高喊了一句什么,可奔涌翻腾的河水将他的话语冲得无影无踪,德克只能感受到他的语调——欣喜至极的语调。

他眼看着加纳塞克抵达河流彼端,不知为何,他自己却疲倦得不想立刻起飞。他空着的那只手滑进夹克口袋,碰了碰那颗呢喃宝石。它似乎不如先前冰冷,而那些承诺——噢,珍妮!——也再度微微地发出光热。

加纳塞克如今在黄色的树丛上空翱翔,飞向灰红的苍穹,他的身影迅速变得模糊。

疲惫的德克跟上去。

加纳塞克也许会轻蔑地把天梭称为"玩具",尽管如此,他还是懂得如何熟练驾驶。他很快就远远地飞在德克前方,在平稳的风中不断爬升，最后飞到森林上空二十米的高度。两人之间的距离似乎在稳步拉伸——加纳塞克可不像格温，会停下来等德克赶上。

德克乐意充当追逐者的角色，反正很容易看见盖瑟——他们俩孤零零地待在昏暗的天空里——所以没有迷路的危险。他再次搭乘上这股黑暗黎明之风，接受它毫不动摇的推搡，一面放任自己漫无目的地冥想。在怪异的白日梦中，他梦到了扬和盖瑟，梦到了铁火誓约和呢喃宝石，梦到了吉尼维尔和兰斯洛特，后者——他突然意识到——也都打破了誓言。

河水消逝。平静的湖泊来了又去，一片片白色菌菇就像森林的一道道疮疤。他又一次听到洛瑞玛尔的狗群的吠叫，这些空洞的声音从身后远方，借由风传递到他身旁。他并不担忧。

他们掉头转向南方。加纳塞克缩成了黑色的小点，当一束阳光照在天梭上时，他又闪起了银光。他越来越小，越来越小。德克跟在后面，就像只瘸腿的飞鸟。最后加纳塞克盘旋着，降到树梢高度。

这个地方很荒凉，比多数地方的岩石都多，有好几座起伏的山丘，还有金银相间条纹的黑色外露岩层。绞杀树无处不在，绞杀树，这里只有绞杀树。德克目光流转，徒劳地想找到一棵高大的银木、一棵蓝色的鳏夫树甚或是一棵细长的黑色幽灵树。但他只见到黄色的迷宫伸展枝条，朝两边的地平线处绵延而去。德克听到树灵狂乱的叫声，看到脚下的它们用小小的翅膀做短暂飞行。

他身边的空气因黑猎女的哀号而震颤，冰冷的刺痛感拂过德克的脊梁，可他说不出缘由。他迅速抬头，望向远方，看到了一束光。

那束光芒十分短暂，又如此强烈，刺得他疲惫的双眼隐隐作痛。这道突如其来的明亮光彩显然不属于这儿，不属于这颗灰色的薄暮星球。它不属于这儿，可它就在这儿。这道可怕而细小的火焰从下方向上直刺，很快消失于天际。

在他前方，接近光束的加纳塞克，就像个破布做成的洋娃娃。薄薄的红色阳光在他身上涂抹开来，轻触它脚下的银色天梭，轻轻地，又是如此迅疾。这幅景象在德克眼中久久地驻留不去。加纳塞克开始可笑地翻滚，甩动双臂。一根黑色棍棒从他手中打着转落下，而他的身影随即消失在绞杀树之间，还把它们互相交扣的枝条撞得粉碎。

声音。德克听到了声音。那是这无尽的冬日寒风的乐声。树木折断，继之以痛苦和愤怒的尖叫，动物和人，人和动物，两者皆是，又或两者均无。克莱尼·拉米娅城的高塔在地平线处闪光，仿如烟雾，全然透明，对他高唱终末之歌。

尖叫突然止息，白塔随之朦胧，而将他推往前方的狂风吹走了乐声的碎片。德克转向下方，举起激光枪。

在盖瑟·加纳塞克坠落的地方，枝叶间留下了一个黑洞：黄色的枝干纠缠着断裂，那个洞足够一个男人的身体通过。

洞里一片黑暗。德克在上空悬浮，却看不到加纳塞克或是林间的土地。阴影太过密集。可在最高处的枝干上，他看到了一丝被扯下的布条，它被风鼓动，变换着色彩。在它上方有一只庄严守卫着的小树灵。

"盖瑟！"他放声大喊，全然不顾下方那个手持激光枪的敌人。树灵们回以啾鸣的大合唱。

他听到树下传来碰撞声，那把激光枪再度迸出明亮的光芒。这次不是向上，而是水平，一道难以置信的阳光正在下方的昏暗处闪耀。德克迟疑不定地在空中盘旋。一只树灵出现在他下方的枝干上，奇怪的是，它竟毫无惧色，清澈的眼睛向上凝望，还把双翼张开在风中拍打。德克用激光枪瞄准它，开了火，直到那小小的野兽变成了黄色树皮上的一块煤黑色污迹。

然后他动了起来，他螺旋状上升，直到在绞杀树间找到一条倾斜的开口，宽度足够他落下。林间昏暗不清，绞杀树在头顶相连，将地狱之眼发出的贫瘠光辉十之八九都遮了去。庞大的树干在他身旁隐现，粗糙的黄色手指四处交缠，僵硬得像得了关节炎。他俯下身——地上的苔藓正在腐烂分解——把靴子从银色底座中抽离，金属网随即软化下来。这时，绞杀树丛间的阴影分开，扬·维卡瑞走了出来，站到他身前。

德克昂起头。

扬的面孔轮廓分明，但全无表情。他浑身浴血，双臂抱着个破碎不堪的红色物体，他抱着它的样子，活像个抱着生病孩子的母亲。盖瑟一只眼睛紧闭，另一只眼睛不见了踪影，被活生生从脸上挖去。事实上，他只剩下了半张脸。他的头轻柔地靠在扬胸口。

"扬——"

维卡瑞缩了缩身子。"是我开的枪。"他颤抖着，丢下那具躯体。

14

在这片荒野中,除了维卡瑞沉重的呼吸和树灵模糊的飞掠声之外,别无声响。

德克走向加纳塞克,把他的身体翻转过来。一块块苔藓粘附在这具躯壳上,像海绵般吸收了血液。树灵们已经撕开了他的喉咙,所以当德克挪动他时,盖瑟的脑袋令人作呕地垂落下来。他厚实的衣物半点没起到保护作用:它们咬遍了他的身体,这件变色衣物只剩下潮湿的红色碎块。加纳塞克的腿仍然连在天梭那毫无用处的银色金属底座上——后者在坠落中摔成了碎块——参差不齐的骨片从腿肚子两侧刺出,骨骼碎裂的状况也一般无二。他的脸部被啃咬得最严重。右眼不见了。眼窝里涌出的鲜血顺着脸颊,缓缓滴落到地上。

没什么可做的了。德克无能为力地看着。他把手平静地滑进加纳塞克破碎不堪的夹克口袋,握住耀石,起身面对维卡瑞:"你说过——"

"我说过我不会朝他开枪,"维卡瑞帮他说完,"我知道我说过什么,德克·提拉里恩。而且我明白自己做了什么。"他说得很慢很慢,每个字都沉重如铅,掷地有声。"我不是有意的。绝不是。我只想阻止他,打坏他的天梭。他落进了树灵的巢穴。树灵的巢穴。"

德克的手掌紧攥着那颗耀石。他一言不发。

维卡瑞摇摇头;他的声音开始有了生气,语调中有一种极度的失望:"他在狩猎我。我在拉特恩城用显示墙和阿金·鲁阿克通话时,他警告了我。他说盖瑟加入了布赖特,发誓要杀我。我不相信。"他话音颤抖:"我不相信!可这是真的。他来追捕我,跟着他们一起来狩猎我,就跟鲁阿克所说的一样。鲁阿克……鲁阿克没有赶来……我们没见……来的是布赖特们。我不知道他……鲁阿克……或许他们杀了他。我不知道。"

他显得疲倦而迷惑。"我不得不阻止盖瑟,提拉里恩。他知道那个山洞。我还要考虑格温。鲁阿克说气得发狂的盖瑟答应把她交给洛瑞玛尔,我不相信!直到我瞥见盖瑟追在我身后。格温是我的贝瑟恩,而你是科拉瑞尔。我有责任在身。我必须活下去。你明白吗?我绝不是有意的。我跑向他身边,用激光枪……巢穴中心的幼崽围住了他,那些白色的玩意儿,还有成年的那些……烧它们,我烧死它们,把他弄了出来。"

维卡瑞的身体因抽泣而颤抖着,却没有泪水涌出——他不允许自己流泪。"看啊,他戴着空铁臂环。他是来狩猎我的。我爱他,他却来狩猎我!"

耀石深藏在德克手心,就像一枚高举于空中、不知如何落下的棋子。他再次低头望向盖瑟·加纳塞克,后者的衣物已消褪为干涸血液和腐朽苔藓的颜色,他又抬头看着扬·维卡瑞,后者脸色苍白地站在那里,宽阔的双肩抽搐着,接近崩溃边缘。给某样东西命名,德克心想,如今他必须给扬托尼·高阶铁玉命名了。

他把拳头伸进黑暗的衣袋里。"你只是做了该做的事,"他撒谎道,"他打算杀了你,然后去杀格温。他说过的。我很高兴阿金警告过你了。"

这些话似乎让维卡瑞镇定了下来。他无言地点点头。

"我是来找你的，"德克继续道，"你没及时回来，格温很担心，于是我赶来帮你。盖瑟抓住了我，缴了我的械，还把我交给洛瑞玛尔和派尔。他说我是一份血之赠礼。"

"血之赠礼，"维卡瑞重复了一遍，"他疯了，提拉里恩。真的。盖瑟·铁玉·加纳塞克不是这样的人：他不是布赖特，不该送什么血之赠礼。你得相信我。"

"我信，"德克说，"你说得对，他精神错乱了，我可以从他说话的方式中看出来。我信。"他感到泪水即将涌出，又猜想扬或许已经看出来了。他仿佛将扬所有的恐惧和苦恼都转到了自己身上：眼前这位铁玉似乎每过一秒都变得更有力量，更加坚定，而悲伤却在德克心中扩散开来。

维卡瑞俯视着那具在树下摊开四肢的平静躯体。"我会为他哀悼，为他曾经的身份和我们的过去，可现在不是时候。猎人们带着猎犬追来了。我们必须继续前进。"他在加纳塞克的尸体边跪倒，握起一只柔软无力、鲜血淋漓的手。然后他吻了这个死去男人面孔的残余部分，吻上他的双唇，用另一只手抚摸他纠结的乱发。

可当他起身时，手里握了一只黑铁臂环。德克看到加纳塞克赤裸的手臂时，忽然感到阵阵痛楚。维卡瑞把空铁臂环放进衣袋。德克压抑着自己的眼泪和舌头，沉默不语。

"我们得走了。"

"我们就这么把他留在这儿？"德克问。

"留在这儿？"维卡瑞皱起眉头，"啊，我明白了。卡瓦娜人没有埋葬的习俗，提拉里恩。按照传统，我们会把死者丢弃在荒野，如果野兽吃掉那些残躯，我们不会感到羞耻。生命就该滋养生命，让他强壮的肌体赋予那些敏捷而干净的食肉动物以力量，难道不比让一群可鄙的蛆虫和墓穴蠕虫吞噬他来得合适？"

所以他们把那具躯体留在了原地，留在这片无边无际的棕黄树丛之间的小小开阔地上，然后动身出发，穿过昏暗的矮树丛，朝克莱尼·拉米娅城的方向前进。德克把天梭带在身边，奋力跟上维卡瑞迅捷的步伐。他们才前进不久，就来到一块高大陡峭、外观曲折的黑色岩脊前。

当德克靠近那块屏障时，扬已爬到了一半高度。加纳塞克的血液在扬的衣物上结成了棕色硬块，而德克从下方能清晰地看出星星点点的血迹——若非如此，卡瓦娜人的衣服早该变成纯黑色了。扬平稳地爬行着，步枪绑在背后，有力的双手坚定地从一个攀援点换向另一个。

德克铺开天梭的银网，飞向岩脊顶端。

他刚飞过绞杀树丛最高处的枝干，便听到了黑猞女短促的呼喊，声音就在不远处。他扫视四周，寻找那头巨型食肉动物的踪迹。从高处望去，他们抛下加纳塞克的那片小小开阔地清晰可见，那是一片近在眼前的、闪烁的暮光。可德克看不到尸体，空地的中央是一大群挣扎扭动的黄色活物。就在他注视时，又有别的细小形体从附近的树丛中飞来，共同享用这顿早已开始的筵席。

黑猞女不知从何处飞出，纹丝不动地悬停在空中，发出它可怕的悠长哀号，可树灵们依旧疯狂地争夺着，对那声响毫不在意。它们互相啾鸣和撕扯。黑猞女落下，影子盖在它们身上，它的巨翼泛起涟漪，折叠合拢。然后它降落下来。然后就只剩下它自己。树灵们和尸体都被它饥饿的拥抱裹在中心。德克有股莫名的振奋感。

可这种感觉只维持了一瞬间。正当黑猞女懒懒地躺卧在地时，一个尖锐的叫声突然响起，德克看到某个细小模糊的形体俯冲而去，落在它身上。另一只跟了上来。然后是另一只。然后同时出现了一打。他眨眨眼睛，树灵的数量似乎翻了个倍。女妖再次伸开它巨大的三角翼，虚弱无力地鼓动了一阵,却没能飞起。这群害虫爬满它的身体,啃咬它,撕扯它,把它拖向地面,将它撕成碎片。它被困在地上,甚至没法叫喊。它就这样静静地死去,它的食物仍旧埋在身下。

当德克站在岩脊顶上,爬下天梭时,空地上又只剩下一片起伏的黄色,就像他初次看到的那样。这里没留下分毫黑猊女曾出没的迹象。森林沉默无声。他等待着扬·维卡瑞爬上顶端。两人重新踏上这段无言的苦旅。

山洞冰冷黑暗,寂静至极。从德克跟随扬·维卡瑞那照明棒的摇摆光辉前进开始算起,他们已在地下前进了好几个小时。那光辉引领他穿过曲折的地下长廊,穿过回音阵阵、黑暗绵延无尽的石室,穿过幽暗骇人的低矮走道(在那里,他们手掌和膝盖着地,向前蠕动)。光辉就是他的整个宇宙,德克失去了所有的时间空间感。他们,他和扬,无话可说,所以就什么也不说,唯一的声响是他们的靴子在多尘的岩石上摩擦的声响,还有偶尔响起的隆隆回音。维卡瑞对这个山洞了如指掌。他从不迟疑,也从未迷路。他们步履蹒跚,徐徐穿过沃罗恩星不为人知的核心。

可当他们从某个倾斜山坡的洞口走出,跻身绞杀树丛之中时,却来到一个充斥着火焰和乐曲的夜晚。克莱尼·拉米娅城正在燃烧。白骨高塔尖声喊叫着,奏出支离破碎的痛苦之歌。

火焰在这座苍白陵寝的每个角落肆虐,这些光彩照人的哨兵在街道间来往游荡。城市被裹在光和热的浪涛中,仿佛某种古怪的幻象般闪烁着微光——它自己就像个没有实体的橘黄幽灵。正当他们注视时,一座纤细的拱桥粉碎崩塌。它焦黑的桥身首先瓦解,落入熊熊大火之中,剩余的石块也旋转着紧随而来。火焰吞噬了它之后,涨得更高,它们"噼啪"作响，厉声尖啸，仿佛意犹未尽。附近某栋建筑发出沉闷的咳嗽声，轰然爆开，伴随着巨大的烟云和火焰倒下。

从他们站立处算起三百米远的地方，一座白色手形高塔在绞杀树丛高处隐现，烈焰尚未对它染指。但在这可怕的光辉中，它就像活物那样挣扎扭动，痛苦不堪。

在火焰的咆哮声中，德克听到了拉米娅-拜里斯的微弱乐曲。这首黑暗黎明星的交响曲遭到了破坏和篡改：高塔不见，音符缺失，歌曲中因而充斥了怪诞的沉寂，"噼啪"的火焰更对那些哀号、哨声和呻吟奏出有力的对位旋律。风自群山之巅不断吹来，让塞壬之城最后一次引颈高歌，也正是这同一股风煽动着吞食克莱尼·拉米娅城的大火，用灰烬和尘埃抹黑它的死亡面具，令它永远沉寂。

扬·维卡瑞解下激光步枪。他的脸色茫然而古怪，浸染了烈火的反光。"怎么——？"

"狼首飞车。"格温回应道。

她就站在几米开外，他们下方的山坡上。他们看着她，半点也不惊讶。在她身后，在山脚一棵低垂的蓝色鳏夫树的阴影下，德克瞥见了鲁阿克那辆小小的黄色飞车。

"布雷坦·布赖特。"维卡瑞说。

格温走到洞口附近的两人身旁，点点头："没错。那辆车在城市里来回了很多次，开了很多枪。"

"切尔死了。"维卡瑞道。

"可你们还活着，"格温回答，"我都开始担心了。"

"我们还活着。"他应道。他让步枪从无力的手指中滑落。"格温，"他说，"我杀了我的特恩。"

"盖瑟？"她震惊地说，皱起了眉头。

"他把我交给了布赖特们，"德克飞快地说，他和格温四目相对，

"而且他还站在洛瑞玛尔一边狩猎扬。扬是情势所迫。"

她的目光从德克转回扬身上。"他说的是真的？阿金也跟我说过这种事。我不相信他。"

"是真的。"维卡瑞道。

"阿金也在这儿？"德克说。

格温点点头："就在飞车里。他从拉特恩城飞来了。你们肯定把我所在的地方告诉了他。他又想对我撒谎，所以我打晕了他。他现在不能动弹。"

"格温，"德克说，"我们对阿金的看法错得厉害，"苦涩的胆汁涌上他的喉咙。"你不明白吗，格温？阿金警告过扬，说盖瑟要背叛他。没有这份警告，扬就永远不会知道事情的真相。他也许会相信加纳塞克，也许就不会朝他开枪。他会被抓住，被杀害的。"他的声音沙哑而急切，"你不明白吗？阿金……"

她看着德克，火焰在她眼中留下冰冷的反光。"我明白，"她含混犹豫地说，接着转身面向维卡瑞，"噢，扬。"她朝他张开双臂。

而他走向她，头靠在她的肩膀上，手臂紧紧环住她的身体。他开始哭泣。

德克留下他们俩，迈步走向飞车。

阿金·鲁阿克被牢牢绑在一张座椅上。他穿着厚实的野外工作服，脑袋耷拉着，下巴靠在胸口上。德克进车时，他费力地仰起头。他整个右半边脸都是肿胀的紫色淤青。"德克。"他虚弱地说。

德克取下笨重的背包，放下来，然后他斜倚在仪表面板上。"阿金。"他平静地说。

"帮帮我。"鲁阿克说。

"加纳塞克死了，"德克告诉他，"扬朝他开枪，他掉进了树灵的巢穴。"

"盖西，"鲁阿克有些吃力地说，他的嘴唇肿胀，血迹斑斑，他的声音也在颤抖，"他会杀死你们所有人。这是真的，全是真的。警告扬，我警告了他。相信我，德克。"

"噢，我相信你。"德克说着，点点头。

"帮帮我。格温，她发了疯。我看着布赖特去抓扬，就准备去找他，但他们先到了。然后我担心她会出事。我去帮她。她却打了我，说我是个骗子，把我捆起来，开车到了这儿。她真野蛮，德克，吾友德克，野蛮透了，跟卡瓦娜人一样野蛮。简直就像盖瑟，一点也不像可爱的格温。我以为她想杀我，还想杀你，也许，我不知道。她准备回到扬身边，我知道。帮帮我，你必须帮我。阻止她。"他呜咽起来。

"她谁都不会杀，"德克说，"扬就在这儿，还有我。你也很安全，阿金，别担心。我们会澄清事实的。我们有很多地方要感谢你，不是吗？特别是扬。没有你的警告，不知会发生什么。"

"没错，"鲁阿克说，他笑了，"没错，很对，完全对。"

格温突然出现，站在门口。"德克。"她对鲁阿克毫不理睬。

他转身看着她："怎么？"

"我让扬躺一会儿。他很累了。到外面来吧，我们谈谈。"

"等等，"鲁阿克说，"先给我松绑吧，嗯？给我松绑。我的手，德克，我的手……"

德克走出车外。扬躺在附近，脑袋靠着一棵树，茫然地凝视着远方的火焰。他们向远处走去，走进绞杀树下的黑暗。最后格温停下脚步，回转身体，面向他。"永远不能让扬知道。"她用右手拂开前额垂下的一缕头发。

德克盯着她："你的手。"格温的右前臂处戴着一只铁臂环，它乌黑而空虚。她手臂的动作因德克的话停滞了。"对，"她说，"以后我会装上耀石的。"

"我懂了,"德克说,"既是特恩,又是贝瑟恩。"格温点点头。她伸出手,握住德克的双掌。她的皮肤冰凉而干燥。"为我高兴吧,德克,"她悲哀地低语道,"求你了。"

他揉捏她的双手,试图令她安心。"我会的。"他这样说,话里却没有多少信心。漫长的沉默与强烈的痛苦笼罩了这两位曾经的恋人。

"你看起来糟透了,"最后,格温开口,她勉强挤出些笑意,"好像浑身是伤。还有你抱着手臂的样子,你走路的样子。你没事吧?"

他耸耸肩。"布赖特们可算不上文雅的玩伴,"他说,"我会活下来的。"他松开她的手,把自己的手探进衣袋。"格温,我有两样东西送给你。"

他握在拳头里的是两颗宝石。耀石浑圆而粗糙,中心闪烁着微芒,它在他空洞的掌心闷燃。旁边还有颗呢喃宝石,更小,更暗,死寂又冰冷。

格温无言地接过它们,在手中揉搓片刻,皱起眉头。然后她把耀石装进口袋,把呢喃宝石还给德克。

他收下了它。"这是珍妮的最后一件东西。"他说。他将那不断低语的冰凉泪滴包裹在手心,让它再次消失在衣袋里。

"我知道,"她说,"感谢你的好意。可如果你想听真话,我得说它早已不再和我说话了。我猜是我变得太多的缘故。这些年来,我没听到过一句呢喃。"

"是啊,"他说,"我差不多猜到了。可我必须把它给你——把它和它所代表的诺言给你。无论如何,诺言还是你的,格温,只要你还需要,就把它当成我的铁火誓约吧。你不想把我变成伪人,对吧?"

"不,"她回答,"那另一颗……"

"盖瑟留下了它,把剩下的都扔了。我觉得你或许愿意把它装回臂环上,和新的耀石放在一起。扬不会发现其中区别的。"

格温叹了口气。"好吧，"然后她又说，"毕竟，我发现自己还是会为盖瑟感到伤心的。这很奇怪吧？我们在一起过了这么多年，很少有哪天不吵得翻天覆地，让爱着我们俩的可怜的扬里外不是人。有几次，我几乎可以肯定，阻挡在我和幸福之间的唯一一样东西，就是盖瑟·铁玉·加纳塞克。可现在他不在了，我却发现自己没法接受这个事实。我一直期待他从飞车里突然现身，全副武装，咧嘴大笑，准备呵斥我，要我收敛一点。我想如果我想象的事真的发生了，我也许会哭的。你不觉得这很奇怪吗？"

"不，"德克说，"一点也不。"

"我差点为阿金哭了，"她说，"你知道他说了什么吗，在他来克莱尼·拉米娅城找我的时候？在我管他叫骗子，把他打倒在地的时候——你知道他说了什么吗？"

德克摇摇头，等待着。

"他说他爱我，"格温冷笑道，"他说他一直爱着我，从我们在阿瓦隆相遇的时候起就开始了。我不知他说的是不是真心话，盖瑟常说幕后黑手们都很狡猾。可阿金不需要多聪明就能明白，他这番表白会打动我。他说这些话的时候，我差点放了他。他显得那么渺小，那么可怜，而且还在哭。虽然——你看到他的脸了吧？"她犹豫起来。

"我看到了，"德克说，"很丑。"

"虽然我对他做了那种事，"格温说，"可我现在相信他。他确实爱我，以某种病态的方式。他看到我对自己做的那些事，他明白，我不会因为自己的意愿离开扬，所以他决定利用你——利用我告诉他的一切，利用我对他的信任——来让我和扬分开。我猜他以为你和我会像在阿瓦隆那样再次分手，然后我会去他的身边。又或许他的计划更巧妙，我不知道。他声称自己只想着我，想着我的幸福，说他不能坐视我承受银玉誓约的重担。说他半点没为自己打算。说他是我的朋友。"她无力地叹息一声。"我的朋友。"她重复道。

"别为他悲伤，格温，"德克提醒她，"他原本会把我和扬推向死亡，连半秒钟都不会犹豫。现在盖瑟·加纳塞克死了，死去的还有好几个布赖特，以及挑战城里无辜的伊莫瑞尔人——这些都可以归功于你的朋友阿金。不是吗？"

"现在你说起话来像盖瑟了，"她说，"你对我说过什么？我有玉石一样的眼睛？瞧瞧你自己吧，德克！不过我猜你说得对。"

"我们该拿他怎么办？"

"给他自由，"她说，"暂时的。决不能让扬猜到自己做了什么。那会毁了他，德克。所以阿金·鲁阿克必须再次成为我们的朋友。你明白吗？"

"明白。"他说。德克注意到，火焰的咆哮已消退为轻柔的"噼啪"，几乎算得上安静了。他把目光转回飞车的方向，发现那股地狱之火已逐渐燃尽。几缕零星的火苗仍在乱石中无力地飘摇，将跃动的火光投向这烟雾缭绕的废墟之城。纤细的高塔多数都已倾覆，幸存的几座也陷入彻底的沉寂。如今的风就只是风而已。

"黎明很快就会来，"格温说，"我们得走了。"

"走？"

"回拉特恩城去，如果布雷坦没把它也毁掉的话。"

"他哀悼的方式过于暴力。"德克附和道，"可拉特恩城安全吗？"

"捉迷藏游戏结束了，"格温说，"我现在神志清醒，也不是需要别人保护的没用贝瑟恩。"她抬起右臂，遥远的火光照亮了这黯淡的铁环。"我是扬·维卡瑞的特恩，血誓盟友，而且我手里有武器。还有你——你也变了，德克。明白吗？你已经不是科拉瑞尔。你是个克西。

"我们现在团聚在一起，我们年轻而且有力。我们知道敌人是谁，也知道该怎么去找他们。现在我们全都当不了铁玉了——我是个女人，扬是个背誓者，而你是个伪人。盖瑟是最后的铁玉，而盖瑟已经死了。我想，卡瓦娜高原星和铁玉的是是非非都随他一起死去了，至少在这颗星球是这样。沃罗恩星上没有法典，记得吗？没有布赖特，没有铁玉，只有彼此杀戮的野兽。"

"你在说什么？"德克问。但他知道自己明白。

"我在说我受够了被人狩猎、追捕和威胁的滋味，"她被阴影笼罩的脸就像黑铁，双眼中灼烧着炽热而凶恶的光，"我在说轮到我们当猎人了！"

德克在沉默中注视她良久。她很美，他想，就像盖瑟·加纳塞克那样美。她跟那只黑猁女有些相似，他断定，而他在心底为他从未存在过的珍妮，为他的吉尼维尔默哀了片刻。"说得好。"他语气沉重。

她走向他身边，在他有所反应前用双臂包裹住他，用全身力量拥抱了他。她的双手缓缓抬起，他也回以拥抱，两人就这么拥抱了足有十分钟，彼此身体紧贴，她光滑冰凉的脸颊紧紧贴住他的胡楂。最后她松开手，仰起头，期待着他的亲吻。他吻了下去。

他闭上双眼。她的嘴唇又硬又干。

黎明的烈焰堡垒，很冷。

狂风在城周盘旋，高声呼啸。上方的天空灰暗多云。

在住处的楼顶，他们发现了一具尸体。

扬·维卡瑞小心翼翼地爬出车外，把激光步枪握在手中，而格温和德克在相对安全的飞车里掩护他。鲁阿克沉默地坐在后车座上，惊恐不已。他们在离开克莱尼·拉米娅城之前便释放了他，而回程的路上，他的情绪一直在闷闷不乐和热情洋溢间变换，显得不知所措。

维卡瑞检查了那具四肢张开、躺在电梯前的尸体，然后返回车内。"这是罗瑟夫·高阶布赖特·凯尔塞克。"他简短地说。

"高阶拉特恩。"德克提醒他。

"的确，"他皱着眉头承认，"高阶拉特恩。据我估算，他已经死了好几个钟头了。他大约一半的胸膛被某种射弹武器炸没了。他自己的枪还在枪套里。"

"射弹武器？"德克说。

维卡瑞点点头："布雷坦·布赖特·兰特莱因为用这种武器决斗而闻名。他是个知名决斗家，可我记得他只选用过两次射弹枪——那是他觉得打伤对手没法让他满足的时候。决斗激光枪是利落而精准的工具，布雷坦·布赖特的枪在性能上远远不如。但这种武器的功用就是杀人，就算没完全打中也能干掉对手。这东西非常残忍，能让决斗变得短暂又致命。"

格温张望着罗瑟夫像一堆破布般躺倒的地方。他的衣物变成了屋顶的肮脏尘土的颜色，在风中胡乱地拍打着。"他们没有决斗。"她说。

"确实没有。"维卡瑞赞同。

"可为什么？"德克问，"罗瑟夫对布雷坦·布赖特不构成威胁，不是吗？除此之外，还有决斗法典——布雷坦仍是布赖特的一员，不是吗？他不是该受到约束吗？"

"布雷坦的确是个布赖特，这就是你要的原因，德克·提拉里恩。"维卡瑞说，"这不是决斗，这是高阶战争，布赖特对抗拉特恩。高阶战争里没什么规则可言，任何敌对邦国的成年男性都是合法的猎物，直到和平降临为止。"

"一场圣战，"格温"哧哧"笑着说，"听起来可不太像布雷坦做的事啊，扬。"

"听起来倒是像极了老切尔，"维卡瑞回答，"我猜切尔临死前要他的特恩起誓去做这些事。如果真是这样，那布雷坦杀人更是出于誓言，而不单单为了哀悼。他绝不会手下留情的。"

后座上的阿金·鲁阿克热切地前倾身体。"这是最好的情况！"他高呼道，"真的，听我说，这样好得很。格温、德克、扬吾友，听着。布雷坦会替我们杀光他们，是这样吧？杀掉他们所有人，是的。他是我们敌人的敌人，我们最大的希望，完全没错。"

"你的奇姆迪斯谚语会误导我们，"维卡瑞说，"布雷坦·布赖特和其他拉特恩成员之间的高阶战争不会让他变成我们的朋友，除非机缘巧合。血海深仇可没这么容易忘记，阿金。"

"是啊，"格温补充，"要知道，他不会认为藏在克莱尼·拉米娅城中的是洛瑞玛尔。他烧掉这座城市是为了逮住我们。"

"猜测，纯属猜测，"鲁阿克咕哝道，"或许他有别的理由，他私人的理由，谁知道呢？没准他疯了，被悲伤折磨疯了。是的。"

"哦，阿金，"德克说，"我们准备把你丢出去，等布雷坦出现，你就能问他了。"

奇姆迪斯人的身体畏缩了一下，用古怪的目光看着他。"不，"他说，"不，跟你们在一起更安全，朋友们，你们会保护我。"

"我们会保护你，"扬·维卡瑞说，"你为我们做了那么多。"德克和格温交换了一个眼神。

维卡瑞骤然启动飞车。他们升空后，迅速离开屋顶，飞到拉特恩城黎明般昏暗的街道上空。

"要去……"德克问。

"罗瑟夫死了，"维卡瑞说，"可他并非唯一的猎人。我们要做一次人口普查，朋友们，一次人口普查。"

罗瑟夫·高阶布赖特·凯尔塞克和他的特恩同住的房屋离铁玉们的住所不远，离地下隧道很近。这是栋巨大的方形建筑，有金属圆顶和黑铁立柱门廊。他们在附近降落,悄无声息地接近。

房屋前方的立柱上,拴着两条布赖特猎犬。它们都死了。维卡瑞查看了一番。"它们的喉咙被人从远处用狩猎激光枪烧穿了,"他报告说,"这样做安全、无声又致命。"

随后他留在屋外,手持激光步枪,疲惫不堪,伫立守卫。鲁阿克待在他身边。格温和德克被他派进屋里搜索。

他们找到许多空房间,还有一座小小的战利品陈列室,里面摆放着四颗头颅:其中三颗又老又干,皮肤紧绷坚韧,表情几近残忍。而那第四颗,据格温说,是个来自黑酿海世界的果冻孩子,从外表看来刚割下不久。德克怀疑地摸了摸某些家具的皮革表面,可格温摇头说不。

隔壁那间屋子里装满了微缩模型:黑獐女和狼群,手持刀剑互相厮杀的士兵;人类和畸形怪物以奇怪的姿势扭打在一起。每一个场景都以铁、青铜和黄铜为材料完美地表现出来。"这是罗瑟夫的作品。"当德克不由自主地停下脚步,拿起其中一只来观赏时,格温简短地说明。她招呼他继续前进。

罗瑟夫的特恩原本在吃饭。他们在就餐室找到了他。他吃剩一半的饭菜——大块炖肉和血红色肉汤里的蔬菜,外加几大块黑面包——已经冷掉了。一个装满棕色啤酒的白镴杯也放在这张木制长桌上。卡瓦娜人的身体几乎在一米开外,他仍然坐在椅子里,可这时椅子平躺在地板上,后方墙壁上有一摊黑色污迹。他的脸已经不见了。

格温站在尸体旁,眉头紧锁,她把步枪随意地夹在一只胳膊下面,枪口指着地板。然后她拿起那杯啤酒,浅抿一口,递给德克。酒液微温,但走了气,酒沫全不见了。

"洛瑞玛尔和撒阿尼尔呢?"步出屋外,站在铁柱下时,格温问。

"我怀疑他们已从森林里回来了,"维卡瑞说,"或许布雷坦·布赖特就在拉特恩城的某个地方等着他们。他昨天肯定看到罗瑟夫和查埃林驾车回来了。他恐怕埋伏在附近什么地方，想趁敌人们返回城市时，一个接一个地解决……哦，不，不对。"

"为什么？"问话的是德克。

"记得吗，提拉里恩？我们是黎明时飞回来的，坐的是没有装甲的飞车，而他没有攻击我们。所以他要么是在睡觉，要么就是不在这儿了。"

"那你觉得他在哪儿？"

"在荒野里，猎捕猎人们，"维卡瑞说，"拉特恩邦国能对付他的人只剩下两个，但布雷坦·布赖特不知道这个情况。据他所知，派尔和阿瑞斯，甚至老朽的雷玛尔·独手也都活着，这是他必须面对的敌手。我猜他驾着飞车离开，想打他们一个措手不及；也或许是担心他们结伴返回城市，发现他们的邦国弟兄被杀，因此察觉到他的意图。"

"那我们还是逃跑吧，真的，在他回来以前逃跑，"阿金·鲁阿克说，"找个安全的地方，远离这些卡瓦娜疯子。第十二梦，没错，去第十二梦。或者穆斯奎，或者挑战城，哪儿都行。很快就有飞船来了，然后我们就安全了。你们怎么说？"

"我说不，"德克回答，"布雷坦会发现我们的。记得吗？我和格温在挑战城的时候，他那种超自然寻找方法？"他的目光直指鲁阿克。令人佩服的是，奇姆迪斯人仍旧一脸茫然。

"我们留在拉特恩城，"维卡瑞果断地说，"布雷坦·布赖特·兰特莱只有一个人。我们有四个，而且其中三个都有武器。只要待在一起，我们就是安全的。我们设下岗哨，随时恭候。"

格温点点头，挽住扬的手。"我同意，"她说，"布雷坦没准连洛瑞玛尔都解决不了。"

"不，"卡瓦娜人对她说，"不，格温。我想你错了。布雷坦·布赖特会干掉洛瑞玛尔。这我可以肯定。"

在维卡瑞的坚持下，他们在离开罗瑟夫的居所之前先在庞大的地下车库中搜寻了一番。结果不出他所料：由于他们自己的飞车在挑战城被抢，而后被毁，罗瑟夫和他的特恩借用了派尔的飞车，以便从荒野返回。现在它就停在下面。扬征用了它。尽管它完全不能跟加纳塞克的巨型橄榄绿古董战车相提并论，但仍比鲁阿克的小飞车结实得多。

然后他们找到了营房。在拉特恩城城墙边，那远眺着远方公共区的陡峭危崖上，有一连串哨塔。塔的上部是开有条形窗口的瞭望点，下方是起居室，也都被高墙环绕。那些高塔的顶端各自栖息着一只巨大的石制滴水兽，塔身装饰考究，带给这座节庆都市一种真实的张扬的卡瓦娜风格。它们易守难攻，也是俯瞰全城的绝佳地点。格温随便选了一座，然后众人飞回城，把他们从前的住处劫掠一空，带走随身物品、食物和几乎被人遗忘的格温和鲁阿克整理的沃罗恩星荒野生态研究报告（顺带一提，这是德克拿的）。整理完毕之后，他们便搬进塔中，开始等待。

德克事后断定，这是他们最糟糕的决定。由于不作为，所有潜藏的危机都逐渐浮现。

他们设立了一套交替轮岗制度，好让警戒塔顶一直保持有两个人，并应装备着激光枪和格温的野外用望远镜。拉特恩城灰暗、空旷而荒凉。守望者们除了交谈和观察耀石街道上阳光缓慢的涨落外，几乎无事可做。

基本上，他们都在交谈。

阿金·鲁阿克跟其他人一起换班，还收下了维卡瑞硬塞给他的激光步枪，尽管有些不情不愿。他一再坚持自己不适合暴力活动，说自己永远没法朝任何东西开枪。可他同意拿着它，因为这是扬·维卡瑞的要求。这期间，他跟其他人的关系发生了根本性的改变。他尽一切可能待在扬身边，把卡瓦娜人视为他真正的保护人。他对格温很热心。她要他原谅她在克莱尼·拉米娅城的行为，声称恐惧和痛苦让她一度患上了妄想症。可她对鲁阿克来说已经不再是"可爱的格温"了：他们之间的敌意每一天都更加明显。对于德克，奇姆迪斯人保持着迟疑不定的态度，时而表现出令人窒息的友谊，而当他发现德克并不感动时，便收敛态度，变得拘谨有礼。在初次和德克共同守望时，鲁阿克的言辞表明，这位身材丰满的生态学家极度渴望那座边缘星带太空梭"泰瑞克·尼戴赫里尔号"的到来，太空梭定于下周内登陆。他想要的似乎不只是安全躲藏而已，他还希望尽快离开这颗星球。

格温·迪瓦诺等待的是截然不同的东西。当鲁阿克担忧地扫视着地平线时，格温则因期待而满怀紧张。他想起他们俩在遭到焚毁的克莱尼·拉米娅城阴影下的对话。"现在轮到我们当猎人了。"她是这么说的。她的意愿没有变。当她和德克一起守望时，德克几乎什么也不用做。格温会坐在又高又窄的窗口前，带着几乎无限的耐心张望远方。她会把双筒望远镜悬在胸前，双臂靠在窗栏上，银玉臂环紧靠空铁臂环。除了去盥洗室外，格温拒绝离开窗户。每隔不久，她就会举起望远镜，观察远处某座似乎有异动的房屋，有时（这种情况不太多见）她会问德克要来一把梳子，开始梳理她总是被狂风吹乱的黑色长发。

"我希望扬弄错了，"某次梳理头发时，她说，"我宁愿看到洛瑞玛尔和他的特恩回来，也不想看到布雷坦。"德克咕哝着附和，说洛瑞玛尔要老得多，而且受了伤，肯定不如狩猎他的独眼决斗家危险。可格温放下梳子，好奇地盯着他。"不，"她说，"不，不是为这个。"

至于扬托尼·里弗·恶狼·高阶铁玉·维卡瑞，等待似乎给他的打击最为沉重。只要他仍在行动，只要还有事需要他去做，他就还是从前那个扬·维卡瑞——强壮，果决，富有领导力。无事可做的他完全不一样。他没有能够扮演的角色，却有无限的时间可供沉思。这很不好。尽管在那些日子里，鲜少有人提及加纳塞克，但扬显然被他红须特恩的幽灵纠缠不休。他的表情变得冷酷起来，不时陷入持续几个钟头的阴郁沉默中。

他早前坚称所有人都该一直待在塔中,如今自己却养成了不站岗时就会在黎明和黄昏时分长途漫步的习惯。他守望时,多数谈话的内容都是他童年时在铁玉邦国的生活回忆,还有取材自历史的传说故事。他讲述那些殉难英雄,例如维科尔·高阶赤钢和阿瑞恩·高阶耀石等,但他从不提起未来,对现状也只是偶尔关心。德克看着他,发觉自己能看出这个人内心的慌乱。在短短几天时间里,维卡瑞失去了一切:他的特恩、故乡和同胞,甚至是毕生相伴的法典。他在和它们搏斗——他接纳了格温作为特恩,允许她享有彻底而完全的独立,这种姿态是他自己从未向她或盖瑟表现过的。在德克看来,扬仍在试图维护法典,紧紧抓住他残存的卡瓦娜荣耀的碎片不肯放手。说要猎捕猎人,说法典都已逝去,说"咱们应该像野兽般互相杀戮"的是格温,不是扬。她认为自己所说的就代表她特恩的意见,可德克并不这么想。因为每当维卡瑞提起迫在眉睫的决战时,话语中都有种自己会和布雷坦·布赖特单独决斗的意味。每每在他穿越城市的漫步过程中,他都会练习步枪和手枪。"如果要面对布雷坦,我必须准备万全。"他如此声明,然后像个机器人那样日日训练。通常他会在哨塔的视野范围之内,依次演练每一种卡瓦娜决斗模式。某天他练习死斗场和十步决斗,杀死他想象出来的对手,第二天就换成了自由式决斗和踏线决斗,再然后是单发决斗,然后再演练死斗场。那些在塔顶守望的人负责为他掩护,并祈祷没有敌人看见那闪耀不断的激光束。德克对此很担心。扬是他们的力量源泉,可他却迷失在自己的错觉里。他的假设不言自明:他觉得布雷坦·布赖特会回到这里,彬彬有礼地依照法典与他决斗,而不顾先前所发生的一切。结果是,无论维卡瑞如何夸耀自己的决斗技艺,无论他每天如何习以为常地练习,但在德克看来,扬无法在一对一搏斗中胜过布雷坦的可能性正逐日增长。

德克自己则周而复始地被半脸布赖特的梦魇所困扰：布雷坦和他古怪的声音、他的耀石眼睛、他怪异的抽搐；布雷坦身材纤细、脸颊光滑、纯洁无辜；布雷坦，都市毁灭者。德克汗流浃背，精疲力竭地从这些梦境中醒来，在床单上蜷缩身体，想起了格温的尖叫（那是高亢尖锐的恸哭，犹如克莱尼·拉米娅城的高塔），还有布雷坦看他的方式。为驱逐这些景象，他只能依靠扬，可扬如今也背负着令人疲惫的命运，尽管他或许仍会完成他的使命。

这全是因为加纳塞克的死，德克告诉自己——还有那死亡的情景。如果盖瑟的死法正常一些，维卡瑞将成为复仇者，他会由于愤怒和狂热而无可匹敌，他会比麦里克和布雷坦加起来还强。可现在，扬相信自己的特恩背叛了他，来狩猎他，就像狩猎野兽或是伪人，而这件事正在逐渐摧毁他。德克和这位铁玉坐在狭小的守望室里时，不止一次涌出冲动，要告诉他真相，要冲上前去冲他大喊："不，不！盖瑟是无辜的，盖瑟爱你，盖瑟愿意为你而死！"可他什么都没说。如果说维卡瑞如今正濒临死亡，被悲伤和背叛感和最终失去的信仰吞噬，那么真相只会加速他的死亡。

所以日子一天天过去，危机渐增，德克看着他的三位伙伴，忧惧渐长。与此同时，鲁阿克等待着逃离，格温期待着复仇，而扬·维卡瑞盼望着死亡。

15

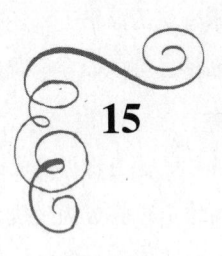

　　守望的第一天，大半个下午都在下雨。整个早晨，云团在东方堆积，现在变得愈加浓厚，愈加可怕，遮蔽了胖撒旦和它的诸多子嗣，令白昼变得比以往更昏暗。将近正午时分，风暴突至。它的嗓门可不小。风声呼啸如此强烈，令哨塔也为之震颤，而棕色的水流狂野地扫荡着街道，流进耀石沟渠。等最终云开日出——这时太阳们已快要落下——拉特恩城熠熠生辉，高墙和楼房泛动着水光，在德克眼里显得前所未有地洁净。烈焰堡垒几乎显得充满希望了。可那只是守望的第一天。

　　到了第二天，一切又变回原样。地狱之眼缓缓地穿越天空，留下殷红足迹，拉特恩城光芒黯淡，狂风将昨日雨水冲走的尘土又从公共区带回。黄昏时，德克发现了一辆飞车。它在群山上空现身，那是个黑色小点，掠过了公共区，然后停止前行，朝他们的方向降下。德克用双筒望远镜仔细观察，手肘抵在狭窄窗口的石制窗台上。这并非他所知的飞车。它通体纯黑，像一只长着宽阔双翼和硕大眼睛（飞车前灯）的小蝙蝠。维卡瑞和他一同守望。德克把他叫到窗边，扬兴味索然地看了看。

　　"对，我知道这辆车，"扬说，"它跟我们没关系，提拉里恩，它属于夏恩埃吉的猎人们。格温报告说他们今早离开了。"这时飞车已经消失，在拉特恩城的高楼之间不见踪影，维卡瑞也回到座位上，留下德克独自回想。

接下来的日子里，他又看见了夏恩埃吉们好几次，可他们在他眼里永远是那么虚幻。他们来来往往，对发生的一切都毫不关心，过着自己的生活，仿佛拉特恩城还是一座和平的濒死都市，仿佛从未有人死去——而光是思考这一切就让他感到怪诞。夏恩埃吉们和一切如此接近，却又如此遥远，仿佛毫不相干；他想象着他们返回卡瓦娜星的邦国，报告说沃罗恩星的生活是多么无趣而平凡。对他们来说一切都没有改变：克莱尼·拉米娅城依旧在哀嚎着高唱挽歌，挑战城也依旧光辉灿烂，充满生命、诺言与热忱。他嫉妒他们。

第三天，德克从异常可怕的噩梦中醒来，在梦里，他独自和布雷坦搏斗，之后再也无法入眠。结束守望的格温在厨房里来回踱步。德克灌下一杯维卡瑞的啤酒，听她说了一会儿话。"他们早该来了，"她一直在抱怨，"我真不相信他们还在找扬。都这时候了，他们应该明白发生了什么！他们为什么还不来？"德克只是朝她耸耸肩，表达出没人公开提起过的期待："泰瑞克·尼戴赫里尔号"就要来了。他话音刚落，她就愤怒地旋身面向他。"我不在乎！"她吼道。然后，她因羞愧而涨红了脸，走到桌边，坐了下来。在宽大的绿色头带下，她的双眼疲惫不堪。她抓住他的手，迟疑着告诉他，维卡瑞自从加纳塞克死后就再没碰过她。德克告诉她，一旦太空船到来，一旦他们安全离开沃罗恩星，一切都会好起来的。格温微笑着附和，过了一会儿，她开始哭泣。等她最后离开，德克回到房间，找到他的呢喃宝石，把它握在掌中，开始回忆。

第四天，维卡瑞离开哨塔，进行危险的晨间散步时，格温和阿金·鲁阿克在守望中起了争执。她用激光步枪枪柄打了他，重重砸在他青肿的脸上,虽然那块肿胀最近才在冰袋和油膏的努力下有所消退。鲁阿克跑下哨塔阶梯,咕哝着她又疯了,想要杀他之类的。熟睡中的德克被他吵醒,来到公共休息室,奇姆迪斯人看到他的眼神突然停步。两人都没说话,可随后鲁阿克的体重急剧减轻,而德克肯定,阿金知道了先前只是猜测的那件事。

第六天早晨,就在鲁阿克和德克相对无言地守望时,矮个子奇姆迪斯人突然恼羞成怒地把激光枪丢到了房间另一头。"脏东西!"他宣称,"布赖特,铁玉,我不在乎,他们都是卡瓦娜野兽!没错,还有你,阿瓦隆来的好人,嗯?哈!你也好不到哪儿去,你跟他们一样。瞧瞧你自己,我真该让你去决斗,杀人或者被杀,遂了你的心意。这会让你开心,是吧?毫无疑问,毫无疑问。你爱着可爱的格温,成了她的好友,可对我的感激在哪里,在哪里,在哪里?"他肥胖的脸颊变得空洞而凹陷,苍白的双眼转动不休。

德克没理睬他,而鲁阿克很快陷入沉寂。可当天早上稍晚时,就在奇姆迪斯人捡起激光枪,坐在一旁,凝视墙壁几个钟头之后,他再次转身面朝德克。"要知道,我也是她的爱人。"他说,"她没告诉你,我知道,我知道,可这是事实,完全的事实。在阿瓦隆,早在她碰见扬托尼,发下那该死的银玉誓约以前,在你把呢喃宝石送去给她的当晚。要知道,她醉得厉害。我们谈了很多,她醉了,后来跟我上了床,第二天她甚至不记得了,不记得了。可这没关系,真的,我也是她的爱人。"他颤抖起来。"我从没告诉过她真相,提拉里恩,或者试图再来一次。我不是你这样的傻瓜,我明白自己是谁,而这件事只属于那个时刻。可它确实存在,那个时刻确实存在,而且我教了她很多,成了她的朋友。我做得非常棒,真的。"他停口喘息,然后无声地离开了哨塔,尽管这时离格温来跟他换班还有整整一个钟头。

格温终于到来时,问德克的第一件事就是他跟阿金都说了什么。

"什么都没说。"他据实相告。然后他问她原因，她告诉他，鲁阿克哭着叫醒了她，一遍又一遍地对她说，无论发生了什么，她要保证公开他们的工作成果，还要署上他的名字，无论他做过什么，都要署上他的名字。德克点点头，放下望远镜，离开窗口边的岗位，走向格温，很快他们就开始谈论别的事了。

第七天，深夜守望的工作落在了德克和扬·维卡瑞身上。这座卡瓦娜城市穿上了泛动着黯淡光泽的晚礼服，耀石林荫道犹如黑色水晶板，而道路上方，朦胧的红色火焰正在燃烧。接近午夜时分，一道光芒在群山旁边现身。德克看着它朝城市飞来。"我说不准，"他仍然高举着双筒望远镜。"外面很黑，分辨不清。可我觉得自己看到了模糊的圆形轮廓。"他放下望远镜，"是洛瑞玛尔？"

维卡瑞站在他身旁。飞车飞得更近了。它无声地在城市上空滑行，侧影清晰显现。"是他的车。"扬说。

他们看着它在公共区顺时针转了一圈，然后掉头飞向山崖表面，飞向地下车库入口。维卡瑞显得思虑重重。"我简直不敢相信。"他说。他们下楼去唤醒其他人。

从地下隧道的黑暗中走出的男人发现自己面对着两把激光枪。格温和她的手枪几乎不经意地瞄准着。手持一把狩猎步枪的德克对准了电梯门，瞄准器紧贴面颊，随时准备开火。只有扬·维卡瑞没举起武器；他松垮垮地握着步枪，手枪则插在皮套里。

电梯门在他身后合拢，那个人站得笔直，带着理所当然的恐惧。这不是洛瑞玛尔。不是德克认识的任何人。于是他垂下步枪。

来人的目光依次扫过每个人，最后定格在维卡瑞身上。"高阶铁玉，"他用低沉的声音说，"你们有何见教？"他中等个头，马脸，蓄须,留着金色长发,身材瘦削。他穿着变色面料的衣服,如今衣服是阴郁的灰红色,狂热地闷烧着,就像人行道的耀石砖块。

维卡瑞伸出手,把格温的手枪轻轻推向一旁。这个动作似乎让她清醒了过来。她皱皱眉头,把武器塞回枪套。"我们以为是洛瑞玛尔·高阶布赖特。"她道。

"的确,"维卡瑞确证,"无意冒犯,夏恩埃吉。向你的邦国致敬,向你的特恩致敬。"

马脸男人点点头,显得松了口气。"也向你们致敬,高阶铁玉,"他说,"我没当真。"他紧张地揪了揪鼻子。

"你驾驶的是布赖特的财产,对不对?"

他点点头:"的确。不过根据救险法,它现在是我们的了。我和我的特恩在荒野中撞见了它,那时我们在驾车追踪一头铁角。那畜生去找地方喝水,飞车就在那儿,被遗弃在湖边。"

"遗弃?你肯定?"

那人大笑。"我太了解洛瑞玛尔·高阶布赖特和他的胖子撒阿尼尔了,不会冒险给他们怀恨在心的理由。不,我们也发现了他们的尸体。他们的敌人在他们的营地等着,可能是躲在某辆飞车里,等他们狩猎归来……"他做了个手势,"他们没法再搜集头颅了,不管伪人的还是别的什么。"

"死了?"格温抿紧了嘴。

"死透了,死了好几天,"卡瓦娜人回答,"当然了,食腐生物已经袭击过尸体,可剩下的部分足以确认身份。我们在附近找到了另一辆飞车,在湖水里面,不过它破破烂烂,已派不上用场,沙地上还留下了其他飞车来过又飞走的痕迹。洛瑞玛尔的车还能用,尽管里头塞满了死掉的布赖特猎犬。我们把它们清理出去,把这辆车占为己有。我的特恩开着我们自己的车跟在后面。"

维卡瑞点点头。

"状况不寻常，"那人眼神锐利地看着他们三个，带着不加掩饰的兴趣；他的目光在德克身上驻留良久，久到让他浑身不舒服，然后又落在格温的黑铁臂环上，可他对两者都未加评论，"最近布赖特们很少出现，比往常少得多，而我们现在找到的两个又被杀了。"

"如果你找得够仔细，你可以找到另外几个。"格温说。

"他们正在建立新邦国，"德克补充，"在地狱里。"

和那人分道扬镳后，他们慢步走回哨塔。没人说话。长长的影子在他们脚下滋生，跟随他们在阴森的深红街道上行进。格温走路的样子仿佛用尽了气力。维卡瑞几乎有些神经质，他疲惫地握着步枪，随时准备朝突然出现在路上的布雷坦·布赖特开火，双眼探视着每条大街小巷的阴暗地带。

回到公共休息室后，格温和德克无力地坐倒在地，而扬在门口附近驻足片刻，心事重重。接着他放下武器，打开一瓶酒，就是那场从未到来的决斗前夕，他、盖瑟和德克共饮的那种陈年烈酒。他倒了三杯，递给众人。"喝吧，"他说，举杯向他们敬酒，"事情就快了结了。如今只剩布雷坦·布赖特。他很快就会去陪伴他的切尔，或者我会去陪伴盖瑟，无论结果如何，平静都将到来。"他飞快喝完他那杯酒。其他人只是小口啜饮。

"鲁阿克应该和我们共饮才对。"维卡瑞重新倒满酒杯后，突然宣布。奇姆迪斯人没有参与这次午夜埋伏。但他的不情愿似乎和恐惧无关，至少德克当时不这么想。扬之前把他叫了起来，而鲁阿克也和其他人一样穿戴整齐，他套上了自己最好的丝质套服，还戴了一顶小巧的绯红贝雷帽，可当门口的维卡瑞递给他步枪时，他只是古怪地笑着，把它递了回去。他说："我也有自己的法典要遵守，扬托尼，你必须尊重它。多谢，可我想留在这里。"他颇为庄重地做出了这番声明，他金白的发丝下,眼神几乎算得上欢快。于是扬叫他继续在哨塔上守望,鲁阿克答应了。

"阿金痛恨卡瓦娜酒。"格温有气无力地反对扬的提议。

"这不要紧,"扬回答,"这是邦国弟兄之间的团聚,并非嬉闹宴会。他应该和我们共饮。"他放下酒杯,神情自若地沿哨塔的阶梯向上走去。

等他片刻后回来时,表情就没这么自然了。他跌跌撞撞地走来,伫立当场,注视着他们。"鲁阿克没法和我们共饮了,"他宣布,"鲁阿克上吊自杀了。"

守望的第八天,那个与众不同的黎明,德克正在漫步。

他没有走进拉特恩城,而是在城墙上步行。城墙有三米宽,黑色石材外覆有厚厚的耀石板,因此没有坠落的危险。德克独自守望(格温割断绳索,放下鲁阿克的尸体后,就带着扬一同就寝去了),百无聊赖地手持激光枪,脖子上挂着双筒望远镜,凝视远方的高墙。当第一颗橙黄的太阳升起时,夜晚的火焰开始熄灭。这时,他突然涌出一股冲动:布雷坦·布赖特不会再返回这座城市了,守望只是无用的形式。他把步枪斜靠在窗口边的墙壁,穿上暖和的衣物,步出塔外。

他走了很长一段路。其他哨塔跟他们的那座颇为相似,以相同的间距矗立着。他走过其中六座,估计塔和塔之间的距离约莫有三分之一千米。每座哨塔顶端都有滴水兽,而他发现这些滴水兽的外形大相径庭。发生了这么多事以后,他终于认出了它们:这些滴水兽的造型并不传统,完全不是来自古地球的形象;它们是卡瓦娜神话里的恶魔,是翼手人、赫鲁恩人和吉斯洋基人的畸形神话版本。从某种意义上说,它们都是真实的。在群星之间的某处,这些种族仍然存活着。

群星啊。德克停步，仰首望去。地狱之眼的边缘刚刚越过地平线，多数星辰都已消失不见。他只看到一颗星，非常微弱的一颗星，在一缕缕灰云衬托下的微小红点。正当他注视时，它消失了。那是卡瓦娜，他想。盖瑟·加纳塞克曾为他指明，作为他的指路星。

不管怎么说，这儿的星辰太少了。外域并非人类的生存之地，沃罗恩星、卡瓦娜高原星和黑暗黎明星……这里离黑色汪洋太过接近，而诱惑者面纱遮蔽了大半个宇宙。这里的天空阴冷而空旷。天空本该拥有群星。

而人类也该拥有法典。有个朋友，有个特恩，有个理由——某种超乎他自身的东西。

德克走向城墙边，向下俯视。这是一段令人眩晕的高度。当他初次乘坐天梭，从城墙上飞过时，只是看一眼他就失去了平衡。沿壁而下，距离漫长，而下方的山崖更是绵延无尽，底端有条河流在绿树和晨雾中流淌。

他把双手塞进衣袋，伫立当场，寒风吹乱了他的头发，让他微微发抖。他只是伫立着，注视着。接着他取出呢喃宝石，用拇指和食指摩挲它，仿佛它是某种幸运符咒。珍妮呢，他想，她去了哪儿？就连宝石也没能将她唤回他身边。

附近某处，响起了脚步声，然后是人声。"向你的邦国致敬，向你的特恩致敬。"

德克转过身，呢喃宝石仍握在手中。有个老人站在他身边。此人和扬一样高大，和可怜的死掉的切尔一样苍老。他身材魁梧，仿如雄狮，一头狂野的雪白发丝与同样杂乱的胡须相连，组成了一副气势惊人的毛发。可他的脸疲惫而黯淡，仿佛他已戴着这张面孔度过了好几个漫长的世纪。这张面孔上唯独那双眼睛与众不同——那是双热情而疯狂的蓝眼睛，就像盖瑟·加纳塞克曾经拥有的那双眼睛，那双眼睛在他的浓眉底下灼烧，映出冰冷的狂热。

"我没有邦国，"德克说，"也没有特恩。"

"抱歉，"那人道，"外乡客，嗯？"

德克略微颔首。

老人"咴咴"笑出声来："噢，你选错了游荡的城市，幽灵。"

"幽灵？"

"节庆的幽灵，"老人说，"不然还能是什么？这儿是沃罗恩星，活人早就回家去了。"他穿着一件配有庞大衣袋的黑羊毛披肩和一件褪色的蓝外衣。他的胡须下用皮带挂着只沉重的不锈钢圆盘。当他把双手从披肩口袋里抽出时，德克看见他少了一根手指。他没戴臂环。

"你也没有特恩。"德克说。

老人嘀咕着："我当然有特恩，幽灵。我是个诗人，不是祭司。这算什么话？留神，我也许会把这话当成冒犯。"

"你没戴铁火臂环。"德克指出。

"对极了，可那又怎样？幽灵不需要首饰。我的特恩死了三十年了，我觉得他应该正在赤钢的领地上游荡，而我在这儿，在沃罗恩星游荡。好吧，说实话，是只在拉特恩城。游荡整颗行星可太累人了。"

"噢，"德克不由得笑了，"这么说，你也是个幽灵？"

"噢，当然是啊，"老人回答，"我就站在这儿，跟你嚼着舌根。不然你以为我是什么？"

"我以为，"德克说，"你是奇拉克·赤钢·凯维斯。"

"奇拉克·赤钢·凯维斯，"老人用粗哑而单调的语调重复道，"我认识他。如果说真有幽灵存在，那非他莫属。他与众不同的命运就是在卡瓦娜诗歌的尸堆上游荡。他于夜晚出没，呻吟不息，诵读着哈米斯-利昂·塔尔所著的悼词，或是埃里克·高阶铁玉·德夫林的更为出色的十四行诗。在满月之夜，他时而高唱布赖特的战斗船歌，时而低咏地脉煤居古老食人族的挽歌。真的，他是个幽灵，而且是最为可悲的幽灵。当他特别想折磨什么人时，他就会朗诵他自己的诗作。我向你保证，如果你听过奇拉克·赤钢朗读诗歌，你会觉得还是"咔嗒"作响的铁链比较动听。"

"是吗？"德克说，"我不明白，为什么成为诗人就会变成幽灵，完全不明白。"

"奇拉克·赤钢创作古卡瓦娜语诗歌，"老人皱眉道，"这就够了。这是种濒死的语言。谁会去阅读他的作品？在他自己的邦国，孩子们长大成人，只说标准的星际语。或许他们会翻译他的诗，可要知道，这真是白费力气。译文没法押韵，节奏拖沓得要命，就像个脊骨折断的伪人。没有一首翻译得好的，一首都没有。盖伦·耀石抑扬顿挫的韵律，拉阿瑞斯·布林德·高阶凯恩的悦耳赞歌，所有歌颂铁火誓约的夏恩埃吉的陈词滥调，甚至还有关于伊恩–克西们的歌——那些几乎算不上诗歌的玩意儿——全都死了，一点都不剩，它们只在奇拉克·赤钢的心里活着。没错，他是个幽灵。不然他到沃罗恩星来做什么？这是个属于幽灵的世界。"老人捋着胡子，打量着德克。"我敢说，你也是个游客的幽灵。不用说，你是在寻找厕所时走丢了，在星球上徘徊至今。"

"不，"德克说，"不。我在寻找别的一些东西。"他笑着举起他的呢喃宝石。

老人用蓝色双眼斜视着它，揣摩着它，寒风则在拍打他的披肩。"无论它是什么，它多半都已死了。"他说。在他们下方远处，就在那条光芒闪烁、从公共区中穿过的河流附近，有个声音飘摇而来：微弱而遥远的黑狯女的哀号。德克猛然转头张望，想寻找那个声音的来源。可周围空无一物，空无一物——只有他们两人站在墙头，寒风推搡着他们，地狱之眼高挂在垂暮的天空中。没有黑狯女。属于黑狯女的时代早已过去。它们已经绝种了。

"死了?"德克说。

"沃罗恩星充斥着死物,"老人说,"还有寻找死物的人,还有幽灵。"他喃喃念出一句古卡瓦娜语,德克没能听清。然后,老人缓缓走开。

德克目送他远去。他俯视着远方,那在大片蓝灰色云彩掩盖下昏暗难明的地平线。在那个方向的某处有太空机场,以及——他可以肯定——布雷坦·布赖特。"啊,珍妮。"他对呢喃宝石说,接着将它抛向远方,就像孩童掷出石子那样。它越飞越远,最后开始坠落。他在片刻间想到了格温和扬,又在好几个片刻里想到了盖瑟。

然后他转过身,面向那位老者,冲着他逐渐缩小的身影高喊。"幽灵!"他喊道,"等等。请等等我,另一个幽灵想和你同行!"

老者停下脚步。

终章

公共区中央有一片平坦的草地，这里离太空机场不远。节庆期间，竞赛在此举行，来自十一个外域星球——虽然参与节庆的一共有十四个——的运动员在此角逐晶铁王冠。

德克和奇拉克·赤钢远在预定时间前抵达，他们等待着。

随着那个时刻的接近，德克开始担忧起来。但这没有必要。咆哮狼头车篷的飞车出现在天际，一如预料。它的脉冲管尖声嘶鸣，它从他们身边掠过，车身离地很低，以确定地上的两人确实存在，然后它开始降落。

布雷坦·布赖特穿过死气沉沉的棕色草地，走向两人，他黑色的靴子踏过一片凋谢的花丛。时间已近黄昏。他的眼睛开始闪耀。

"这么说，我听说的那些是真的，"布雷坦对德克说，他嘶哑的嗓音——那便是德克在噩梦中频繁听闻的嗓音，低了好几个八度，而对布雷坦这样苗条高大的人来说，它又太过扭曲——带着些许惊讶，"你真的在这儿。"布赖特站在几米开外，注视着他。布雷坦的模样显得无比纯洁，他穿着白色的决斗服饰，心脏部位绣有紫色的狼首，黑色的皮带上挂着两把手枪：左侧是一把激光手枪，右侧是沉重的蓝灰色巨型金属自动手枪。他的铁臂环空空荡荡，没有耀石。"说实话，我不相信老朽的赤钢，"他说，"可我想，地方这么近，查看一下也不妨事。如果是假的，我也能很快返回太空港。"

奇拉克·赤钢双膝跪地，用粉笔在草地上画出一个矩形。

"你以为我会尊重你，跟你决斗，"布雷坦说，"我没理由这么做。"他动了动右手，德克突然发现那把自动手枪的枪管近在眼前。"我为什么不杀了你？就这里，就现在？"

德克耸耸肩。"想杀就杀好了，"他说，"不过先回答我几个问题。"

布雷坦盯着他，什么都没说。

"如果我在挑战城时去见了你，"德克说，"如果我如你所愿前往地下，你会跟我决斗吗？或是把我当伪人杀掉？"

布雷坦把武器塞回皮套。"我会跟你决斗。在拉特恩城，在挑战城，在这儿——都没有区别。我会跟你决斗。我不相信什么伪人，提拉里恩。我从不相信有伪人存在。我做那些只因为切尔，他和我立下了誓约，而且不知为何不介意我的脸。"

"是啊。"德克说。奇拉克·赤钢的死斗场已经画完一半。德克把目光转向天空，寻思着还剩下多少时间。"还有一件事，布雷坦·布赖特。你怎么知道该去挑战城寻找我们，而不去其他城市？"

布雷坦别扭地耸耸肩：" 是奇姆迪斯人告诉我的，有代价。每个奇姆迪斯人都能被收买。他在给你的大衣上装了个追踪器。我想那些东西是他工作时用的。"

"代价是什么？"德克问。矩形场地的三条边已经画完，草地上留下了白色线条。

"让我以我的荣誉发誓：我不会伤害格温·迪瓦诺，而且会保护她免受任何人的伤害。"最后一缕阳光退去,落在末尾的那颗黄色太阳已和群山下方的同伴们团聚。"好了,"布雷坦继续道,"我也有个问题问你,提拉里恩。你为什么来找我?"

德克笑了:"因为我喜欢你,布雷坦·布赖特。你烧毁了克莱尼·拉米娅城,不是吗?"

"说实话,"布雷坦说,"我也想烧死你,还有扬托尼·高阶铁玉,那个背誓者。他还活着吗?"

德克没有回答这个问题。

奇拉克·赤钢站起身,擦去双手的粉灰,矩形已经画完。他拿出两把一模一样的利刃:那是卡瓦娜钢制的笔直军刀,华丽的刀柄圆头镶嵌着耀石和碧玉。布雷坦选了一把,试着挥动了一下——它划过空气,伴随着歌声和尖叫——然后满意地退向场地一角。他等待时,身体纹丝不动,在某个瞬间,他几乎显得有些安详,那是个纤长的黑色影像,身体微微靠向手中的利刃。就像那个船夫,德克想,他不由自主地转过目光,狂乱地注视着那辆狼首飞车,以确认它并未转变为低矮驳船的外观。他的心剧烈地跳动。

他推开思绪,拿起另一把武器,退向场地角落。奇拉克·赤钢正朝他微笑。这很简单的,德克告诉自己。他试图回忆盖瑟·铁玉很久以前给他的建议。挥出一击,承受一击,就是这样,他对自己说。可他害怕极了。

布雷坦把手枪丢到死斗场外,开始来回挥动军刀,活动手臂。就算他们相隔有七米远,德克也能看到他脸上的抽搐。

在布雷坦的右肩上方,有颗星辰正在升起。那是颗巨大的蓝白星辰,离他们无比近,它朝着黑色天鹅绒般的苍穹爬升,直至顶点。它越过了顶点,德克想,飞往伊瑟琳星、后伊莫瑞尔星,还有黑酿海世界。他祝愿他们好运。

奇拉克·凯维斯步出死斗场外,念出一个古卡瓦娜词语。布雷坦迈步向前,步伐优雅,光芒照着他的双脚,显得异常洁白。他的眼睛在闪耀。

德克用盖瑟的方式咧嘴大笑,把眼前的发丝甩开,迎上前去。当他举起武器,与布雷坦的军刀相交时,刀锋并无流转的星光。

沃罗恩星狂风呼啸,冰冷至极。

背景名词解释

FTL：超光速。

阿瓦隆：失序星域的人类星球，新霍姆星人于联邦帝国的第一个世纪在此殖民。作为双面战争时期的星区首都，阿瓦隆星从未失去过星际航行能力，它在探索、贸易和再教育项目上的蓬勃发展，为结束空白期发挥了重要作用，随后也成为学术研究中心。人类知识学院与其数量众多的相关研究所就坐落于此。阿瓦隆同时也是重要的贸易中心，有失序星域最大的贸易舰队。来自阿瓦隆的飞船往往将知识作为等同于货物的交易物。

埃丽坎：得名于宗教领袖埃丽卡·风暴琼斯的人类星球，她的追随者定居在这里，坚定地遵守她的训诫，尤其是通过克隆实现永生。

巴尔迪：来自地球的人类在早期星际航行中发现的第一世代殖民地。双面战争时期的星区首都，如今是重要的贸易中心。

巴卡隆：钢铁天使信仰的神祇，经常被描绘为赤身裸体、手持一柄黑剑的人类婴儿；也被称为"苍白之子"。

邦国：卡瓦娜高原星的基本社会单位，指地下洞穴或一连串洞穴，易守难攻，可为六至一百人提供庇护。在古时候，每个邦国都是独立的实体，是家庭和国家的结合体。然而，邦国之间很快开始结盟与合并，甚至连通地下的洞穴；这些被称为"邦国联盟"。在现代，"邦国"一词的用法较为宽松，可以指代更应当被称为"邦国联盟"的势力。

堡垒星：失序星域的人类星球，定居点的细节未知。堡垒星曾是人类的殖民地，在双面战争期间曾被哈兰甘人攻占，最终又被人类夺回，如今由钢铁天使统治，并被定为首都。

贝瑟恩：卡瓦娜词语，指与一名男子立下誓约，受他保护的女子；字面意思为"盟妻"。

敝岩：位于普罗米修斯星和里安农星之间，由联邦帝国打造，充当双面战争期间舰队军事基地的人工星球。敝岩星坐落于深空地带，不环绕任何恒星，而且相当小，在某种角度上更像是静止的大型星际飞船，而非真正的星球。如今，敝岩星受普罗米修斯星统治。

标准（货币/语言/时间）：广泛用于星际贸易的货币单位，也在几乎所有重要人类星球上使用；同时也指在这类贸易中使用的和大多数进行星际旅行的人类使用的语言，又名"泰拉语""标准泰拉语""地球语""通用语"；同时也可作为形容词，表示与古地球相对应的时间单位，例如标准时、标准日、标准年等等。

布拉克：诱惑者面纱附近的人类星球，位于失序星域最外侧。布拉克既原始又迷信，统治阶层是严格控制科技的神职人员。

布赖特：卡瓦娜高原星的四个现代化邦国之一。布赖特是公认的四个邦国中最传统的一个邦国。该词也可指布赖特邦国的成员。

赤钢：卡瓦娜高原星四大现代邦国之一。赤钢被视为最先进的两个邦国之一。该词也可指赤钢邦国的成员。

达隆尼：失序星域的人类星球，靠近诱惑者面纱，受过至少三次的外星殖民，以及两次人类殖民。达隆尼星上集合了各种各样玄妙的文化。

大崩溃：古地球联邦帝国分崩离析的时期。大崩溃发生的具体时间难以确定，战争让星球间的通信比往常更加混乱，每一颗星球又都以自己的方式和时间经历了大崩溃。大多数历史学家会引用托尔星的反叛和惠灵顿星的毁灭，称之为联邦帝国衰亡的关键节点，但需要指出的是，在那之前的几个世纪里，帝国在偏远殖民地眼里就已无异于浅薄的杜撰。

地脉煤居：卡瓦娜高原星神话中的邦国，据说存在于远古时代。地脉煤居邦国的成员都是食人族，会猎捕其他邦国的成员，后在战争中被毁灭。传说他们都是半人半魔。

地球帝国人：原本指联邦帝国最繁荣时期来自地球的行政官员。在空白期以后，通常指经历过帝国时期的任何人类。

地狱王冠：环绕有时被称为"地狱之眼"的红超巨星的六颗黄色恒星的统称之一，它们共同构成了烈焰巨轮。又名"撒旦子嗣"或"特洛伊诸阳"。这六颗恒星几乎毫无分别，以特洛伊天体的方式运转于同一轨道上。

地狱之眼：见"胖撒旦"词条。

第十二梦：奇姆迪斯人在沃罗恩星建造的节庆城市。在见多识广者看来，第十二梦是边缘星域节庆中建造的十四座城市里最有美学价值的一座。它得名于奇姆迪斯星的宗教，他们认为宇宙和其中的一切都由梦者创造，他的第十二个梦是无法超越的美。

非人类：指进化或突变的程度过高，以至于无法与其余同胞拥有后代的人类。

芬迪人：外星种族，也是最先与人类接触、具备星际航行能力的有知觉种族。芬迪人是联邦帝国在双面战争中面对的敌人之一。芬迪人似乎感觉不到何谓种族忠诚，他们的社会由情感互通的"部落"组成，不同部落间存在激烈的竞争关系。无法互通的"心灵哑巴"都会受到驱逐，无家可归。芬迪人统治着大约九十个星球，普遍比人类殖民的星球更接近中心。

风暴琼斯：西莉亚星团的原始星球，得名于宗教领袖埃丽卡·风暴琼斯。另见"埃丽坎"词条。

改造人：普罗米修斯星的基因改造人类。因普罗米修斯人不断进行外科实验，所以改造人的种类很多。在通俗说法里，"改造人"一词往往指代所有普罗米修斯人。

钢铁天使：双面战争时期，联邦帝国士兵中广泛传播的军事宗教运动参与者的昵称。该运动影响深远，持续至今，势头也不断增长。钢铁天使们相信只有人类（地球的种子）拥有灵魂，种族生存才是真正必要的事，而且是唯一真正的美德。今天，除了首都堡垒星以外，钢铁天使统治着十二颗星球，又在另外上百颗星球拥有殖民地、使节团和据点。这个宗教团体的成员自称为"巴卡隆之子"。运动的确切起源仍有争议。钢铁天使有过两次教会分裂，发起过多次战争，主要的战争对象是非人类有知觉生物。

古波塞冬：第三世代的人类星球，殖民时间为联邦早期。古波塞冬星有汹涌的海洋与数不清的财宝，很快成为重要的贸易中心和星区首都。不到一个世纪以后，波塞冬人开始自己建造飞船，向外殖民；他们在超过二十个其他行星上定居，其中包括贾米森世界。

古地球：人类的母星，联邦帝国从前的首都。在空白期，经历了大部分武装部队的叛乱后，古地球召回了剩余的军事力量，将自己与其余人类隔绝。封港令至今仍然生效，只有为数不多的例外。关于现今的古地球生活，有许多传说和猜想，但其中的事实屈指可数。又称"地球""泰拉""家园"。

古哈兰甘：哈兰甘人的母星，也是哈兰甘智者成规模幸存的少数几个地点之一。

哈兰甘人：作为人类在双面战争期间的大敌，哈兰甘人或许是人类遭遇过的最奇异的有知觉种族。他们的社会体系建立在相当数量的生物学社会等级之上，其中大多数似乎都属于不同种族，差异巨大。在数以百万计的哈兰甘人之中，只有那些所谓的"智者"拥有真正的智力，人类从未与他们进行过真正的沟通。哈兰甘人极其憎恨外星种族，在双面战争前，他们就奴役了十多个不够先进的种族，有证据表明，他们还曾彻底消灭过其他种族。双面战争有力地摧毁了哈兰甘人，只有古哈兰甘星本身和几个最古老的哈兰甘殖民地存活了下来。

哈帕拉之城：沃尔夫海姆星人建造的节庆城市，得名于英戈·哈帕拉，那位最先发现沃罗恩星会穿过烈焰巨轮的沃尔夫海姆星天文学家。

海畔穆斯奎：根据忘川星设计的节庆城市，由外域居民联盟为遗忘殖民地在沃罗恩星建造，毕竟忘川星人没有快速建造所需的技术。穆斯奎用砖块和木材建造而成，饱经风霜又色彩斑斓，是节庆中最受欢迎的景点之一。

赫鲁恩人：双面战争时期最常用于作战的哈兰甘奴隶种族，却比大多数哈兰甘奴隶要聪明。他们的母星是人类标准中的高重力行星，因此赫鲁恩人都是拥有巨大力量的战士。他们还拥有一种能够看清红外线的能力，这让他们尤其适合夜间作战。

黑暗黎明星：边缘星域的人类星球，接近星际空间的边缘。黑暗黎明星的彼端只有虚无，那里的冬日天空只能看到遥远星系的星光，此外便空无一物。黑暗黎明星人口稀薄，人迹罕至，是不少奇怪宗教团体的避难所。那里的气候控制完美到堪称艺术，但除此以外的技术全都不受重视。

黑民：黑暗黎明星的居民。

黑酿海人：黑酿海世界的居民。

黑酿海世界：边缘星域的人类星球，空白期后137年，古波塞冬人在此殖民。

黑色大洋：外域词语，指星系之间没有星辰的太空。

后伊莫瑞尔：边缘星域的人类星球，来自达隆尼星的生态建筑师在空白期后不久定居于此。后伊莫瑞尔的文明技术先进，文化发达，崇尚和平，但发展停滞，管控也稍显严格。公民住在上千米高的高塔城市（生态建筑）里，但几乎从不离开他们出生的建筑，建筑周围是农田和荒野。对此不满者可以在后伊莫瑞尔商贸星际舰队任职，但从此不可返回他们出生的高塔。

惠灵顿：温暖的高重力星球，在联邦早期直接由地球殖民，当时是作为罪犯的流放地。惠灵顿星与其姐妹星罗梅尔星随后成为"战星"，为联邦帝国的突击部队提供兵力。另见"罗梅尔"词条。惠灵顿星的所有生命都在双面战争的晚期被毁灭，当时斯蒂芬·科博尔特·诺思斯塔尔正率领第十三人类舰队反抗联邦帝国。该事件常被视为大崩溃的开端。

吉斯洋基人：哈兰甘奴隶种族，人类通常称之为"吸魂者"。吉斯洋基人勉强算是有知觉种族，他们天性恶毒，是强大的心灵感应者，能够扭曲人类的心智，使其屈服；还可以发送虚假的景色、幻象和梦境，强化人类的兽性，歪曲人类的判断力和理性，以达到人类同胞相残的最终目的。

贾米森世界：失序星域的人类星球，主要移民来自古波塞冬星。贾米森人住在这颗行星中绿意盎然的岛屿和群岛上；仅有的大陆大部分还是未勘察地区。贾米森世界是该星域的工业和贸易中心，也是阿瓦隆星在商业方面的竞争对手。

绞杀树：托贝星的常见树种。

卡瓦娜高原星：边缘星域的人类星球，双面战争期间的难民和来自塔拉星的矿工定居于此。哈兰甘人的劫掠摧毁了大部分最初的殖民地，幸存者演化出了卡瓦娜邦国文明。卡瓦娜社会在管控严格的同时又推崇个人主义，他们的文化同时强调忠诚和个人荣誉。商船重新发现卡瓦娜人的时候，他们的生活方式近乎蛮族。如今，卡瓦娜星正在快速实现工业化，让他们的年轻人接受教育，并打造自己的星际舰队。卡瓦娜高原星宣称自己对流浪行星沃罗恩拥有合法的管辖权,也是边缘星域节庆的主要推动方之一。

卡瓦娜人:卡瓦娜高原星的居民。

凯恩:已灭亡的卡瓦娜邦国。

科拉瑞尔:卡瓦娜词语,字面意思为"受保护的财产"。最早是个体和邦国用来指明某个或者某群伪人是私人猎物的词语,偷猎者会成为挑战和决斗的对象。后世较为进步的邦国使用该词语,是为了保护原始人不被传统卡瓦娜猎手彻底消灭。该词在正常情况下不能指代真正的人类,只能指伪人或动物。

克莱尼·拉米娅:黑民在沃罗恩建造的节庆城市,常被称为"塞壬之城"。克莱尼·拉米娅城经过特别设计,那里的高塔能控制群山吹来的风声形成音乐,从而反复演奏黑暗黎明星的首席作曲家、虚无主义者拉米娅·拜里斯创作的那首交响曲。

克罗-贝瑟恩:卡瓦娜词语,用来描述贝瑟恩与誓约对象的特恩的关系;字面意思为"共有的盟妻"。

克西:卡瓦娜词语,指邦国或邦国联盟的男性;字面意思为"邦国弟兄"。

空白期:指大崩溃和星际航行恢复之间的历史时期。从本质来说,空白期的日期是难以精确推断的。有些星球经历大崩溃时期较早,有些较晚;有些星球失去星际航行能力五年,有些是五十年,还有些是五百年;有些——比如阿瓦隆、巴尔迪、新霍姆,以及古地球——始终没有真正与人类隔绝,但还有些星球或许至今尚未被重新发现。普遍的说法是,空白期持续了一个"世代",如果只考虑主要的人类星球,这个数字符合粗略估算的情况。

空白期后:空白期后纪元。

拉特恩:卡瓦娜人在沃罗恩星山脉处建造的节庆城市。拉特恩,字面意思为"天空的誓约者",或者"天之特恩"。这座城市建造时使用了大量的耀石,因此常被称为"烈焰堡垒"。

浪客之期:西莉亚星团的人类星球,从前是星区首都。

里安农:失序星域的人类星球,戴尔德丽星人在联邦帝国中期曾在此殖民。里安农星是个富饶的田园星球,如今实际上受普罗米修斯星统治,没有自己的星际飞船。

联邦帝国:在星际航行初期统治人类太空的政体,殖民了大多数第一和第二世代星球,以及部分第三世代星球,后在双面战争中崩溃垮台。该词语本身属于用词不当,所谓的联邦帝国,正确描述应该是"民主社会控制论制度的政府机构"。终极决策者是行政长官,由选举产生,对古地球日内瓦的三院制[1]立法会议负责,但大部分日常管理交由人工智能进行,电脑所占的比重庞大。在双面战争开始后的衰落期,联邦帝国愈发频繁地采取镇压手段,因此它的殖民地甚至是军事部队纷纷脱离了帝国。

烈焰巨轮:位于边缘星域诱惑者面纱之后的七恒星天体系统的统称。人们认为烈焰巨轮是一座人造的纪念碑,出自某个已经消失的超级生命体之手。另见"胖撒旦""地狱王冠"词条。

罗梅尔:寒冷的高重力行星,在联邦最早期由地球直接殖民。罗梅尔星,以及同一天体系统内的姐妹星惠灵顿星,最初是令人厌恶的监狱星球,用来收容来自地球的惯犯,但在双面战争期间,这两颗星球变成了所谓的"战星",地球帝国的大多数突击小队都是在那里招募成员的。战星人——这是对那些来自罗梅尔和惠灵顿星步兵的统称——毕生都要遵守严格的军事纪律,会以药物和特殊反应训练来加强作战技能。基因改造最终将战星人变成了非人类,无法与其他人类繁育后代。罗梅

1.指由三个议院组成的议会。——译注

尔星在大崩溃期间失去了星际航行能力，而且始终没能取回。如今，商船会绕开这个星球，人们认为罗梅尔人既残忍又危险。

梦者族裔：在联邦中期居住在戴尔德丽星的宗教领袖。梦者族裔宣扬肉体平和与精神激进的教义，又告诫其追随者以智慧而非武力与敌人对抗。如今，他的教义在奇姆迪斯星、卡扬星、坦伯星和另外几个星球都有影响力。

面纱托贝：诱惑者面纱外侧边缘的人类星球，通常被视为边缘星域的一部分。大崩溃期间，以阿瓦隆星为基地的第十七人类舰队在起义反抗联邦帝国的过程中找到并殖民了托贝星。托贝人是外域文化中技术最先进的一群人，研发出的能量护盾与伪物质技术甚至超越了联邦水平。托贝星保有一支强大的军事部队，在好几颗较为原始的边缘星域星球都具备影响力。

呢喃宝石：一颗用灵能"蚀刻"来保存某种情感或想法的水晶，当水晶被心灵能够"共鸣"或者交感的人握在手中时，就可以感知到这些情感或想法。任何一种水晶都可以被制造成呢喃宝石，但某些特定种类的宝石更适合。呢喃宝石的强度和净度可能随着时间，以及进行蚀刻的灵能者的技巧娴熟程度而变化。阿瓦隆的呢喃宝石评价很高。阿瓦隆既有合适的水晶底材，又拥有相当数量的强大灵能者。有些不够发达的星球以出产更精致的呢喃水晶著称，但他们的产品很少能出现在星际市场上。

胖撒旦：诱惑者面纱彼端的红超巨星，因六颗以特洛伊天体[1]的方式环绕它的黄色恒星而著称，整个天体系统被称为"烈焰巨轮"。按照某些人的推测，巨轮的创造者是某个有能力移动恒星、现已消失的超级生命体。胖撒旦又被称为"地狱之眼"或"轴心"。

1.指与较大天体共享轨道，以稳定的方式运转的小型天体群。——译注

普罗米修斯：失序星域的人类星球，在双面战争期间，一支隶属联邦帝国，名叫"生态战争兵团"的军事部队在此定居。普罗米修斯星位于战区深处和哈兰甘人的势力范围内，是在哈兰甘人之中散播疾病、昆虫和动植物虫害的生态战飞船的指挥中心。大崩溃过后，普罗米修斯星迅速恢复了星际航行能力，还保留和改进了联邦帝国始终严守的克隆与基因操纵技术的奥秘。作为失序星域最强大的人类星球之一，普罗米修斯星是其毗邻星球——里安农星和敝岩星——事实上的统治者，同时也对其他众多星球具有强大的影响力。另见"改造人"词条。

奇姆迪斯：边缘星域的人类星球，一群宗教和平主义者定居于此，如今是外域的主要商业星球之一。奇姆迪斯星的传统就是反对暴力，因此对卡瓦娜高原星的决斗准则怀有敌意。

奇姆迪斯人：奇姆迪斯星的居民。

撒旦子嗣：见"地狱王冠"词条。

失序星域：沃尔夫海姆星俚语，如今是外域星球的俗语，指边缘星域和古地球周围的高度文明星球之间的太空。哈兰甘帝国占据了现在"失序星域"的大部分区域，那里也是双面战争战火最激烈的地方，许多行星化为废墟，还有很多文明破碎"失序"，这也是它名称的由来。失序星域的知名人类星球包括阿瓦隆、堡垒星、普罗米修斯星和贾米森世界。

树灵：一种奇姆迪斯星原生的小型掠食性啮齿动物，因成熟前数次蜕皮，并将透明的外皮留在巢穴周围，以此吓退敌人的习性而得名。

双面战争：联邦帝国与两个外星种族——芬迪人和哈兰甘人——长达数个世纪的冲突。又被称为"宏大战争""芬迪人战争""哈兰甘人冲突""千年战争"，或者简称为"那场战争"。从很多方面来看，双面战争确实只是两场冲突，两个敌人从未有过任何接触，因此绝非盟友，只是都在和人类战斗而已。联邦帝国占据了两个敌人之间的太空，因此要在两个前线作战。芬迪部落处于更接近银河系核心的位置，所谓的哈兰甘帝国则靠近边缘。和芬迪人的战争首先开始，这场冲突总体上更短也更纯粹，最终通过谈判和第三个外星种族——达莫什人——的干预得以解决。对人类来说，哈兰甘人要难以理解得多，敌意也强烈很多。哈兰甘星和地球官方都没有宣布二者敌对关系的结束，但两个文明都崩溃了。人类经历了空白期，然后恢复过来，但不再作为统一的政体存在。哈兰甘人遭到了名副其实的种族灭绝，下手的是他们自己的奴隶种族以及人类殖民者。

塔尔：已灭绝的卡瓦娜高原星邦国。

塔拉：诱惑者面纱附近的人类星球，位于失序星域最外侧边缘。塔拉星接受过至少五次移民，移民者来自迥然不同的星球，又在双面战争时期反复遭受劫掠。因此，如今各式各样的碎片文化在塔拉星汇集。然而，占主导地位的两个势力——爱尔兰-罗马改革天主教会，以及被称为"库楚莱恩"的世袭制战士领袖——都是在第一次移民时扎根于此的。

特恩：卡瓦娜词语，指一名男子与另一名男子的誓约，通常是终身的平等关系，这是卡瓦娜人之间最亲密的关系；字面意思为"我的誓约""亲密誓约"或"形影不离"。

特洛伊诸阳：见"地狱王冠"词条。

挑战城：伊莫瑞尔人在沃罗恩星建造的节庆城市。挑战城是一座由自动化电脑管理的、自给自足的生态建筑。

铁玉集会：卡瓦娜高原星四大现代邦国之一。铁玉集会[1]是最先进的两个卡瓦娜邦国之一。

铜拳：卡瓦娜高原星已灭亡的邦国。

1.文中通常简称为"铁玉"。——译注

外域：边缘星域所有星球的统称，即诱惑者面纱与黑色大洋之间的十四个人类殖民星球。面纱内侧的人类通常将这些行星的居民称为"外域客"。

忘川：对边缘星域某个原始人类殖民地的常用称呼。又名为"遗忘殖民地"或者"失落殖民地"。所有这些词语的起源都与地球无关，失落之民称他们的星球为地球。忘川星是诱惑者面纱彼端最古老的人类星球，古老到定居点的种种细节都已失传，留下的只有推测。那里的居民大都以捕鱼为业，对除此之外的生活方式缺乏兴趣。

沃尔夫海姆星：边缘星域的人类星球，来自芬里斯星的难民在大崩溃期间于此定居。人们认为沃尔夫海姆星的文化充满活力又反复无常，这颗行星在贸易方面是奇姆迪斯星的劲敌，在外域群星中的军事实力也仅次于托贝星。

沃尔夫海姆星人：沃尔夫海姆星的居民。

沃罗恩星：西莉亚·马西安命名的流浪行星。空白期后589—599年，边缘星域节庆在此举办，当时它位于"烈焰巨轮"附近。

无星池中城：黑酿海人在沃罗恩星建造的节庆城市，位于一片人工湖泊的水下。

吸魂者：见"吉斯洋基人"词条。

夏恩埃吉：卡瓦娜高原星的四个现代邦国之一。

新霍姆：第一个人类星际殖民地，一颗都市化、人口众多、科技高度发达的星球，距古地球仅有4.3光年。自从空白期和古地球的与世隔绝以后，新霍姆就被公认为最先进的人类星球，也是群星之间的商业交通中心。新霍姆也是所谓"人类联盟"名义上的首都，"人类联盟"宣称自己有权管辖全宇宙的人类。然而，除了新霍姆以外，只有三颗星球承认他们的权力，因此"联盟"本质上是虚构的。

耀石：产自卡瓦娜高原星的矿石，能储存光线后在黑暗中释放。耀石可用于建造房屋，也可用于制作珠宝，是卡瓦娜重要的出口商品。

耀石山脉：卡瓦娜历史上最强大的邦国之一，最终被其敌人击败和摧毁，如今已成为废墟。

伊恩-克西：卡瓦娜词语，指邦国里负责繁育的女子，所有男子都可与之交合；字面意思为"与邦国弟兄誓约者"。

伊莫瑞尔人：后伊莫瑞尔星的居民。

伊瑟琳：边缘星域的人类星球，来自达隆尼星的一批移民定居于此。相对原始，人口稀疏。

伊斯沃克：伊瑟琳星人建造的节庆城市。

翼手人：人类对双面战争时期担任突击部队的哈兰甘有翼奴隶种族的称呼。他们与古地球史前的翼手龙有些许相似之处，便因此得名。翼手人十分残暴，但头脑简单，并非完全的有知觉生物。

猎女：又称"黑猎女"，生长于卡瓦娜高原星的空中捕食者。

诱惑者面纱：银河透镜状星系顶部附近的星际尘埃和气体，遮挡了烈焰巨轮和其他外域星球；也是边缘星域和失序星域之间的分界线。

轴心：见"胖撒旦"词条。